Bibliografische Information der Deutschen
Nationalbibliothek:

Die Deutsche Nationalbibliothek verzeichnet diese
Publikation in der Deutschen Nationalbibliografie;
detaillierte bibliografische Daten sind im Internet über
http://dnb.dnb.de abrufbar
©2024 Robert Hubrich
Verlag: BoD – Books on Demand GmbH, In de Tarpen 42
22848 Norderstedt
Druck: Libri Plureus GmbH, Friedensallee 273,
22763 Hamburg
ISBN: 978-3-7693-0597-5

Robert Hubrich

Dreizehn Monde

Prolog

Entgegen vieler Meinungen, die sich dafür aussprechen würden, seinen genauen Todeszeitpunkt wissen zu wollen, lehnt der Großteil der Bevölkerung dies kategorisch ab. Denn sie argumentieren damit, durch dieses Wissen nicht mehr unbedarft das Leben genießen zu können, weil dieses jeweilige Datum immer im Geist herumschwirren wird und deswegen die Freiheit des Lebens absolut blockieren würde. Die Befürworter meinen dagegen, dass man aufgrund dieses Wissens eben gerade sein Leben noch auskosten kann und soll. Die Umfragestatistik ist jedenfalls eindeutig. Neunzig Prozent der Befragten möchte keinesfalls den genauen Zeitpunkt seines Endes wissen. Lediglich fünf Prozent würden wissen wollen, wann sie sterben werden. Weitere fünf Prozent sind sich darüber unschlüssig. Es wäre wie ein Damoklesschwert, das permanent über einem schweben würde und ein jeder vollkommen unfähig wäre, dies zu ignorieren. Aber was, wenn wir keinen Einfluss darauf hätten, diese endgültige Information zu bekommen? Was, wenn das Ende plötzlich alle betrifft und somit ein kollektives Erlöschen sein sollte? Was wäre, wenn wir gezwungen wären, uns damit definitiv auseinander setzen zu müssen, weil es gar keine Alternative gibt? Global, kultur- und grenzüberschreitend und weltweit bis in den allerletzten Winkel der Erde … wären wir in der Lage, einen finalen Plan zu entwerfen, um unserem Leben den ultimativen und damit den letztendlichen Sinn einzuhauchen? Und was wäre, wenn die Frage nach dem „Was **würdest** du tun, wenn…?" so nicht mehr gestellt werden kann, weil es nur noch heißen würde „Was **wirst** du mit der restlichen Zeit noch tun?"…..

—— ~~~ ——

Der nicht mehr ganz neue lederne Drehsessel verursachte ein knarrendes, leise quietschendes Geräusch, als George Dowell seine Hände von der abgegriffenen Tastatur nahm und sich in seinem Sessel umdrehte. Er hatte die sonst schlitzförmigen Augen weit geöffnet, der schmallippige Mund stand offen und für einen Moment vergaß er Luft zu holen. Das gesamte Team mit all seinen fünfzehn Mitgliedern hatte sich wie auf ein geheimes Kommando erhoben, zusammen gefunden und stand nun mit einem vereisten Blick in den Augen vor ihm. Sie sahen aus, als ob sie ein unsichtbarer Blitz paralysiert hätte. Die augenblickliche atemlose Stille wurde nur durchbrochen von dem tiefen Brummen der Rechner. Die Menschen standen bewegungslos im Raum und glichen in diesem Augenblick einer Gruppe steinerner Statuen. Manche starrten ungläubig auf die Monitore, manche starrten ihn an. Niemand sagte etwas, niemand bewegte sich, niemand gab auch nur das geringste Geräusch von sich. Kaum einer wagte auch nur zu atmen. Es war, als ob die Uhr, die Zeit, stehengeblieben war und jede Bewegung und jeden Laut unterbunden hätte. Einen fürchterlichen Augenblick lang fühlte sich die unheimliche Stille an wie in einem kalten feuchten Grab. Kein einziger Mund war fähig, auch nur einen einzigen Ton zu entsenden. Der Moment war eingefroren. Ein leises Zischen durchbrach nach endlosen Augenblicken die starre Stille. Es atmete der erste geräuschvoll aus, dann der zweite, dann einer nach dem anderen. Das Ausatmen klang nicht nach einer Erlösung, einer Erleichterung oder eines wie immer gearteten „Gott-sei-dank". Es glich mehr einem unartikulierten Keuchen, das sich anfühlte wie „Um Gottes Willen!!!". Es war die natürliche Reaktion einer Erkenntnis, die das tiefe Grauen, den pressenden Schock, die eisige Erstarrung und eine maßlose Angst in nicht mehr fassbare Dimensionen schleuderte.

„Das gibt`s doch nicht...!" hörte es George aus der kleinen Gruppe. Fast ein Flüstern, ein ungläubiges Flüstern. Ein haltloses, hohl klingendes Stöhnen, das in seiner Tonart an ein letztes Aufbäumen erinnerte. An den vergeblichen Versuch, sich aufzurichten – um dann doch kraftlos zurück zu sinken, weil keine noch so übermenschliche Mühe etwas am Zusammensinken ändern konnte.
„Aber...nein, das kann nicht sein...wir müssen das noch einmal berechnen...das ist doch unmöglich. So viele Zufälle in einem Universum...ich glaub das nicht...das ist unmöglich...völlig unmöglich."
George hörte das hetzende Keuchen, diese Ungläubigkeit, dieses Nicht-Verstehen und das Nicht-Akzeptieren der unabwendbaren Tatsachen. Er schüttelte nur ergeben den Kopf.
„Ich habe alles bereits mehrmals durchlaufen lassen. Es gibt keine Zweifel, Leute. Und...vor drei Stunden hat es auch das wissenschaftliche Institut in Toronto bestätigt."

Er drehte sich wieder um, weil ein kurzer Pfeifton den Empfang einer Nachricht signalisierte. Seine Hände lagen wieder auf der Tastatur und auf der Maus. Das Bild auf dem Laptop machte Platz für das Mailprogramm. Die Signale häuften sich. Mehrere Mails kamen gleichzeitig herein. George öffnete sie, las, nickte, sackte unweigerlich noch mehr in sich zusammen. Das ganze Team sah, wie seine Schultern nach vorne und gleichzeitig nach unten fielen. Seine Hände zuckten leicht. Nein, sie konnten nicht alle falsch liegen. Die Ergebnisse waren unumstößlich. Er drehte sich wieder zu seinen Mitarbeitern. Seine Gesichtsfarbe war noch eine Nuance blasser geworden. Es war nicht einmal das Erschrecken über die Wahrheit, sondern dass diese Wahrheit von allen führenden Wissenschaftsinstituten bestätigt wurde und somit die Wahrheit aller Wahrheiten war.

„Alle bestätigen…!" flüsterte er.

„Oh, mein Gott…ich glaub das alles nicht…!" hörte er diesen Satz zum wiederholten Male.

Einen Moment ergriff wieder diese schreiende Stille die Macht in dem Raum. Jeder sah jeden und jede an, dann wieder George, dann wieder die anderen. Sie alle suchten im anderen den Widerspruch, das Kopfschütteln, das Verneinen der bestehenden Fakten. Sie suchten eine Hoffnung, dass doch alles ein haltloser Fake war, ein irrer Spaß oder eine scheinbar witzige Laune der wissenschaftlichen Führung.

„Wann…?"

Susan, die Astrophysikerin aus Seattle, hauchte die wesentliche Frage heraus. George sah sie fast ein wenig traurig an. Es war ab jetzt die Frage aller Fragen. Für einen Augenblick schloss er die Augen. In der vagen Hoffnung, nach dem Öffnen doch alles nur als Einbildung wegschieben zu können. Eine seltsame Hoffnung, an die sich ein subtiler Geist in George klammerte und jegliche Vernunft ignorieren konnte. Er zuckte matt die Schultern.

„Ein Jahr vielleicht...!?...Mehr oder weniger. Die genauen Berechnungen laufen noch. Aber die kleinen Differenzen werden nicht entscheidend sein...das war´s dann!"

Die zeitliche Antwort klang wie eine Frage, aber bedeutete nur die absolute Tatsache. Einem jeden wurde es in diesem Moment bewusst, dass ihr Leben - dass alle Leben - eine zeitliche Begrenzung hatten, die nun definiert worden war. Das Ende hatte ein Datum. Eine Zahl mit Punkt, ein Monat, ein Jahr. Eine kleine Zahlenkolonne, die die ernsthafteste und schrecklichste aller Zahlenkombinationen werden würde. Jeder Mensch auf Erden würde sie bald kennen, sie fürchten und nach Möglichkeit verschließen. Das letzte Datum. Danach würde es keines mehr geben.

„Ein Jahr?....Nur noch ein Jahr...!?"

Wasser sammelte sich in ihren Augen. Wasser, geboren aus der Angst. Gepaart mit Enttäuschung, Aufgabe und auch ein kleines bisschen Wut - und dem niederschmetternden Wissen, dass die Zeit niemals reichen würde, um zu verstehen, was jedem gerade zum Verstehen gegeben worden war … das Ende … das Auslöschen … das Nicht-mehr-Existieren … das Sterben … der Tod … das endgültige Verschwinden…

…Es war bitterkalt geworden. In der Nacht war ein Eissturm über die Stadt hinweg gefegt. Straßen und Plätze waren wie leergefegt. Niemand wollte nach draußen, wenn es nicht unbedingt sein musste. Würde nicht hier und dort Licht aus den Wohnungen strahlen, hätte man meinen können, es leben keine Menschen mehr hier. Die nadelspitzen Eiskristalle donnerten gegen Fenster, Türen, Autos und Gebäude. Es prasselte wie das hämmernde Stakkato eines Maschinengewehrfeuers. Die Temperatur war auf unter minus fünfzehn Grad gefallen. Der Sturm war bereits in der Nacht weitergezogen und hinterließ nur Kälte. Die trockene Luft war schneidend klar. Die Kälte konnte man schlichtweg sehen. Erst mit der beginnenden Morgendämmerung bewölkte sich der Himmel wieder. Das Morgengrauen verband sich mit einer dunklen Düsternis, die keinen großen Enthusiasmus nach sich zog.

Er trat aus der Haustüre und starrte in den grauen griesgrämigen Himmel. Es würde bald wieder Schnee geben, dachte er. Er zog sich die Fellmütze tiefer ins Gesicht, weil der kalte Wind in ihm ein unvermeidbares Frösteln verursachte. Noch einmal sah er auf die Uhr. Es war kurz vor sieben. Er hatte nicht schlafen können. Am Vorabend waren er und sein Freund Alexej mit einem apokalyptischen Vorzeichen konfrontiert worden. Als Leiter des Physikalischen Institutes waren sie beide die ersten gewesen, die das Ergebnis der Berechnungen auf dem Bildschirm sahen. Er, Wassiljev Tomasz Goratschin, Verantwortlicher für die astrophysikalischen Berechnungen, hatte den Schock dieser Nachricht noch immer nicht verarbeitet. Die halbe Nacht war er wach gelegen und hatte sich immer wieder dieselbe Frage gestellt. Kann das wirklich sein? Sein innerstes Gefühl wollte immer nur kopfschüttelnd „Nein" hinausschreien, doch sein Verstand wusste, dass ihre Forschungen und ihre Entdeckungen fundiert waren. Unumstößlich. Fehlerlos. Sie konnten keine mathematischen Anomalien feststellen. Es gab keine unbekannten Variablen mehr. So sehr sie sich das auch gewünscht hätten. Nur ein Wunder hätte es ändern können – aber das Universum kannte keine Wunder.

Um fünf war er aufgestanden. Leise, damit er seine Frau nicht wecken würde. Die Kinder schliefen auch noch. Sie mussten heute erst um neun in der Schule sein. Eine Stunde saß er in der kleinen Küche mit einer Tasse Kaffee in seiner Hand, starrte durch das Fenster auf die Ebene mit dem angrenzenden Wald und beobachtete die Sterne, die sich kurz darauf hinter einer durchgehenden grauen Wolkendecke versteckten. Er hatte keinen Hunger. Er war einfach fassungslos und konnte keinen einzigen klaren Gedanken mehr fassen. Sein Geist kämpfte gegen die Akzeptanz, obwohl er längst wusste, dass der Kampf vollkommen aussichtslos sein würde.

Mit schweren Schritten trat er die zwei Stufen hinunter, stieg in sein Auto und fuhr nachdenklich zum Institut. Er schlängelte sich durch den Verkehr, ohne ihn wahrzunehmen. Seine Gedanken waren weit weg. Die tägliche Fahrstrecke war mit den Jahren so automatisiert worden, dass er sich bei Erreichen des Wissenschaftlichen Institutes nicht einmal erinnern konnte, wie er hierher gekommen war. Alexej war schon da. Sie nickten sich beide zu, sahen, dass ihre Nacht ähnlich verlaufen war und setzten sich an den Hauptrechner.

„Ich habe das Programm schon gestartet, Wassi," sagte Alexej mit einer leisen, leicht zittrigen Stimme.

„Wir werden nichts anderes bekommen," brummte Wassiljew. Niemals hoffte er so sehr auf den Irrtum wie in diesem Moment.

„Dann sind wir wenigstens sicher. Moskau hat die Ergebnisse nachgefragt. Sie decken sich. Es ist so, wie es ist...Ich habe gerade mit Blochin telefoniert. Sie sind in direkter Verbindung mit Washington, London, Berlin und Paris. Auch Tokio und Kuala Lumpur. Es gibt keine Zweifel mehr. Alle Ergebnisse und alle Berechnungen sagen das Gleiche und niemand zweifelt es mehr an."

Er starrte auf den Bildschirm und verstummte. Wassiljew blickte ihn frustriert an und nickte. Blässe überzog sein Gesicht. Sie vertrieb die letzte Hoffnung, die er noch in sich getragen hatte. Er spürte, wie die verschwindende Hoffnung so viel leeren Raum zurück ließ.

„Das Ende der Welt?" flüsterte er fast pathetisch.

Alexej sah ihn an, verzog das Gesicht und nickte schwer.

„Zumindest das Ende des Lebens auf der Welt. Es wird vorbei sein. So wie es aussieht, wird es auch kein Gebiet geben, das verschont bleiben könnte. Niemand wird irgendwohin flüchten können. Das war´s, mein Freund, das war´s..."

Wassiljew sah wieder auf den Bildschirm, wo sie die Computeranimation verfolgen konnten. Er konnte nicht mehr zählen, wie oft er sie schon gesehen hatte.

„Ein Jahr noch. Nur ein verfluchtes Jahr...und ein paar Monate oder Tage...was sollen wir nur mit diesem Jahr noch anfangen? Wie sollen wir mit diesem Wissen leben?"

Alexej zuckte mit den Schultern.

„Wenn ich das so genau wüsste, wäre mir wohler. Ich glaube, diese Frage wird sich nun die ganze Welt stellen müssen...hättest du jemals geglaubt, dass wir uns mit solchen Fragen beschäftigen würden?"

Wassiljew schüttelte den Kopf.

„Nein. Nicht aufgrund dieser Situation. Wie kann ich das meinen Kindern erklären? Wie kann ich ihnen sagen, dass wir nur noch ein Jahr zu leben haben? Wie?..."

Verzweifelt sah er ihn wieder an. Er erwartete keine Antwort, es war eine rein rhetorische Frage.

„Ich weiß es nicht, mein Freund. Ich weiß es wirklich nicht..."

Er drehte sich um und machte eine Schranktür auf. Wassiljew sah ihm zu, wie er zwei kleine Gläser heraus holte und eine Flasche mit einer transparenten Flüssigkeit. Wodka.

„Ich weiß, es ist sehr früh...aber ich halte es für den Moment für dringend notwendig."

Wassiljew lächelte schwach, nickte zustimmend und hob die Hände, so als ob er damit zeigen wollte, dass auch er keine andere Möglichkeit im Augenblick sehen würde.

„Wenn die anderen kommen, werden wir erst einmal eine Besprechung machen müssen..."

Alexej nickte.

„Ja. Ich hoffe, die Weltbevölkerung wird rechtzeitig informiert werden..." fügte er hinzu.

„Das wird schon geschehen. Sie können das nicht geheim halten. Niemand kann es geheim halten. Niemand darf es geheim halten...es geht uns alle an...jede einzelne Seele."

Sie hoben die Gläser.

„Auf unser letztes Jahr..." sagte Alexej düster, versuchte ein Lächeln, das eher an einen schmerzverzerrten stummen Aufschrei erinnerte als an irgendwelchen Galgenhumor.

„Auf das, was noch bleibt," flüsterte Wassiljew. „Auch wenn es nichts ist..." setzte er dumpf hinzu.

Sie tranken die Gläser in einem Zug aus und warfen sie dann an die Wand. Mit einem kurzen Klirren zerbarsten sie in tausend Einzelteile. Analog zu ihren durcheinander wirbelnden Gedanken und fast schon symbolträchtig. Ihr

Blick blieb auf den am Boden liegenden Splittern hängen – Fragmente, die einmal ein Ganzes bildeten.

Walter Simmering war ein richtiger Freak. Ein Nerd, dem es nie etwas ausmachte, ein Nerd zu sein. Nichts faszinierte ihn so sehr wie das intensive Schauen und Suchen im Weltraum. Von klein auf schon war er besessen von den Sternen, von dem, was da draußen vor sich ging und warum. Sein erstes Fernrohr bekam er mit neun Jahren. Seitdem interessierte ihn nichts anderes mehr. Mehr als dreißig Jahre war das nun her. Logischerweise hatte er ein Studium der Physik aufgegriffen, dem dann die Astrophysik folgte. Jede freie Minute saß er in seiner kleinen privaten Sternwarte und beobachtete in klaren Nächten den Sternenhimmel. Sämtliche Bewegungen wurden von ihm notiert und protokolliert. Er hatte ein eigenes Programm entwickelt, das ihm sagen konnte, wann wo und warum ein Objekt sich wohin bewegte. Selten genug, meistens waren es die schon bekannten Planeten, Monde oder größere Asteroiden, die um einen Planeten kreisten oder in wiederkehrenden Bahnen in sein Sichtfeld eindrangen. Doch dann wurde alles anders. Seine Beobachtungen wurden durch die Entdeckung zur sprichwörtlichen Obsession. Seine permanente Leidenschaft fokussierte sich und nahm sein ganzes Denken in Beschlag. Bis zu dem Tag, als die ständigen Daten und die nachfolgenden Berechnungen immer zu ein und demselben Ergebnis führten. Dann endlich hatte er begriffen, ohne dies akzeptieren zu wollen. Die nicht fassbare Unbegreiflichkeit hatte von ihm Besitz ergriffen und kämpfte gegen Vernunft und Rationalität. Er rief den Professor an.

Eine weibliche Stimme meldete sich. Er verlangte Professor Kolter.

„Der Professor ist in einer Vorlesung. Kann ich etwas ausrichten?"

„Ja. Sagen Sie ihm bitte, dass er mich so schnell wie möglich zurückrufen soll. Es ist außerordentlich wichtig."

„Der Professor ist ein vielbeschäftigter Mann. Ich weiß nicht, ob er..."

Walter ignorierte ihren schnippischen und arroganten Unterton. Er hatte wirklich keinen Sinn für solchen Quatsch und unterbrach sie barsch.

„Hören Sie...ich weiß schon, dass er viel beschäftigt ist. Richten Sie ihm das bitte dringendst aus. Es geht hier um sehr viel mehr als nur um irgendwelche Beschäftigungen..."

„Natürlich...wie war Ihr Name noch mal?"

„Walter Simmering...Doktor Walter Simmering. Er weiß dann schon..."

„Ich werde es ausrichten. Auf Wiedersehen."

„Danke."

Er legte auf und fragte sich, ob der Professor schon wusste, was auf sie zukam. Vielleicht hatte er viel zu wenig Zeit, um sich seinem Hobby noch widmen zu können. Die Arbeit an der Uni nahm ihn vollkommen in Anspruch. Walter stand auf und druckte seine Berechnungen aus. Zusätzlich machte er eine Kopie der Animationen und zog den Stick heraus. Dann steckte er alles in eine Mappe, zog sich an und machte sich auf den Weg zur Uni. Er wollte keine Zeit mehr vergeuden. Er konnte keine Zeit mehr vergeuden und er wollte nicht warten. Vielleicht erwischte er den Professor dort. Er wurde nervös und kurzatmig. Ständig klopfte er auf das Lenkrad und schimpfte über den vielen Verkehr, der ihn kaum vorwärts brachte. Dann endlich hatte er das Universitätsgelände erreicht.

Als er aus dem Wagen stieg, klingelte das Handy. Er sah gar nicht erst drauf, sondern hielt es sofort ans Ohr.

„Simmering," meldete er sich hektisch.

„Walter...hier Bernhard...was ist denn so wichtig. Meine Sekretärin sagte, dass..."

Simmering unterbrach ihn.

„Ich bin schon an der Uni. Können wir uns sprechen? Es ist wirklich sehr wichtig..."

Kolter hörte sein hektisches Keuchen.

„Ja, klar, ich habe eine Stunde Zeit. Treffen wir uns in meinem Büro?"

„Bin schon unterwegs..." keuchte Walter und legte auf.

Dann hastete er die Eingangstreppen hoch, nahm den Aufzug in den dritten Stock und ging mit weit ausgreifenden Schritten den langen Gang entlang. Vor Kolters Büro blieb er stehen und klopfte. Er wartete die Aufforderung des Eintretens gar nicht erst ab. Kolter stand neben seiner Sekretärin und hatte eine Mappe in der Hand. Überrascht drehte er den Kopf und sah Simmering an.

„Wow...kannst du fliegen? Bist ja schneller als das Licht," lachte er und hob die Hand.

„Hallo Bernhard. Schön, dass du Zeit hast..."

Sie gaben sich die Hände. Kolter konnte eine seltene Aufgeregtheit in der Mimik seines Freundes erkennen und stutzte kurz. Das kannte er an ihm gar nicht. Simmering war die Ruhe selbst, die er auch in schwierigsten Situationen nie verlor.

„Komm ins Büro. Kaffee?"

„Nein, danke, ich hab schon gefrühstückt..."

„Mein Gott, so hektisch habe ich dich noch nie gesehen. Was ist denn los?"

Er schloss die Türe hinter sich und zeigte auf den Sessel vor dem Schreibtisch. Doch Simmering suchte den PC.

„Können wir den mal benutzen?" fragte er ihn, ohne auf seine Frage einzugehen. Es schien fast so, als ob er gar nicht zugehört hätte.

„Klar. Sagst du mir endlich, was los ist?"

„Gleich...du wirst das nicht glauben..."

Er steckte den Stick in den USB-Schacht und öffnete die Dateien.

„Sieh´ dir das mal an. Ich habe die Berechnungen seit Wochen immer wieder wiederholt. Es kommt immer das Gleiche heraus. - Das ist das erste Mal, dass ich mir wünschte, mich zu irren. Die Bewegung, der Weg, die Flugbahn...es ist..."

Er vollendete den Satz erst gar nicht.

Der Professor setzte sich vor den Bildschirm und verfolgte die Animation. Sein Gesicht wurde immer ernster. Dann sah er Walter an.

„Das glaub´ ich jetzt nicht. Bist du ganz sicher?"

Simmering nickte.

„Ja. Ganz sicher. Ist irgendwas von den Instituten bekannt geworden? Hast du irgend etwas mitbekommen oder wurde etwas bekannt gegeben?"

„Nichts definitives...ein Gerücht ging um, aber das war auch schon alles. Ich habe nur festgestellt, dass irgend etwas im Gange ist. Ich dachte immer, dass etwas Neues entdeckt worden war und noch geheim gehalten werden sollte."

Simmering nickte und presste die Lippen zusammen. Sein Blick fiel wieder auf den Monitor.

„So ist es ja auch. Das hier…," er zeigte auf den überdimensionalen Bildschirm, „...das hier ist entdeckt worden...unser aller Ende ist entdeckt worden. Weißt du, wie groß die sind? Das ist...das ist die größte Katastrophe, die vorstellbar ist...nein, sie ist gar nicht vorstellbar. Das Ende der Dinosaurier war nichts gegen das, was geschehen wird..."

Er hatte die Hände ineinander geschlagen und trat von einem Bein auf das andere.

„Mein Gott...wenn das stimmt, dann...dann..."

Er sah wieder Walter an und verstummte. Die Erkenntnis nahm alle Worte aus dem Sprachgebrauch heraus. Fassungslos blickten sie sich an – und wussten, dass die Entdeckung von Doktor Walter Simmering auch die weltweit agierenden Wissenschaftsinstitute vor Augen hatten...haben mussten. Und bestimmt schon wesentlich länger als der Doktor mit seinen beschränkten Mitteln. Mit einem Schlag wurde ihnen bewusst, dass die Wissenschaftler auf der ganzen Welt es schon längst wussten. Wissenschaftler und Politiker, Präsidenten und Regierungsspitzen. Es wurde noch nichts veröffentlicht. Die Welt wusste es nicht...sie ahnte noch nichts von ihrem Untergang…

Es war abends kurz vor acht. Klaus nahm sein Glas vom Küchentisch und begab sich ins Wohnzimmer. Seine Frau Gabi räumte mit den beiden Söhnen ihre Zimmer auf. Wie jeden Abend waren Spielzeug, Legosteine und Bücher auf dem Fußboden verteilt. Wie jeden Abend musste sie die beiden Jungs ermahnen, alles aufzuräumen, bevor sie ins Bett gingen. Und wie jeden Abend kniete sie mit ihnen zusammen auf dem Boden und sammelte alles auf, verstaute die Dinge in die Plastikbehälter und schickte die beiden danach ins Badezimmer. Eine Prozedur, die schon einen kleinen witzigen Algorithmus erlaubte, weil sich wohl so schnell nichts ändern würde. Sie hörte, wie Klaus den Fernseher anstellte, um die Abendnachrichten zu sehen. Sie hörte, wie ein Glas auf den Fußboden fiel und mit einem lauten Klirren zersplitterte. Sie hörte ein Stöhnen und ein Keuchen und spürte plötzliche Angst. Sie sprang auf und hastete ins Wohnzimmer, wo sie ihren Mann stehend vor dem Fernseher vorfand, kreidebleich und stocksteif.

„Klaus, was ist denn? Ist alles in Ordnung? Ist dir nicht gut?..."

Er wandte den Kopf und sah sie nicht. Er sah aus, als ob er einen Geist gesehen hatte. Zur Salzsäule erstarrt. Eine noch nie gekannte Blässe überzog sein Gesicht. Er war unfähig, auch nur einen einzigen Ton heraus zu bringen. Nur seine Hand hob sich und zeigte auf den Fernseher, auf dem die Nachrichtensprecherin zu sehen war. Im Hintergrund war ein Bild der Erde zu sehen, der Weltraum, die Sterne und ein Komet mit seinem langgezogenen Schweif. Erst jetzt registrierte sie, was gerade mitgeteilt wurde. Erst jetzt vernahm sie die Stimme der Frau im Fernsehen. Mit immer größer werdenden Augen starrte sie auf den Bildschirm — und vergaß Luft zu holen.

„Ich wiederhole dies noch einmal. Diese Nachricht ist kein Fake, keine Ente und kein geschmackloser Scherz. Meine Damen und Herren, die führenden Regierungen der Welt haben sich entschlossen, diese Fakten der Weltbevölkerung mitzuteilen. Im Anschluss sehen Sie eine Sondersendung über die momentane Situation und den möglichen Ursprung der Kometenbahnen. Diese Sondersendungen werden zeitgleich auf der ganzen Welt ausgestrahlt.

Zusammen mit den führenden Wissenschaftlern werden wir eine Konferenzschaltung mit einbeziehen, die Sie alle auf den aktuellen Stand bringen wird. Es ist eine bestätigte Tatsache, dass am 24. Januar des übernächsten Jahres das Leben auf der Erde, so wie wir es kennen, beendet sein wird. Die Menschheit hat noch ein Jahr und drei Monate Zeit, sich darauf vorzubereiten. Und noch einmal zum allgemeinen Verständnis – dies betrifft alle Menschen auf unserem Planeten. Eine Flucht, wie auch immer dies geartet sein mag, gibt es nicht."

Die Nachrichtensprecherin senkte den Kopf und atmete tief aus. Millionen Zuschauer konnten ihre zittrigen Hände sehen, konnten ihre Augen sehen, die wässrig und feucht geworden waren. Und in den Augen Millionen von Zuschauern passierte in diesem Moment das Gleiche.

Klaus sah wieder Gabi an, die mit offenem Mund vor ihm stand. Sie waren beide unfähig, sich zu rühren. Ihre Augen füllten sich mit Tränen und sie wussten nicht, was sie im Moment tun sollten. Das Gehirn versuchte noch, die Information in einem Bereich unterzubringen, der in der Lage war, diese Nachricht auch in seinem gesamten Inhalt und der daraus resultierenden Konsequenzen zu verstehen. Klaus hatte die Lippen zusammen gepresst und hob die Hand. Sie nahmen sich bei den Händen und setzten sich auf das Sofa. Stumm und schweigsam verfolgten sie die Sondersendung. Es war nichts weiter als eine Wissenschaftssendung, die über die Kräfte und Energien des Universums aufklärte. Nur mit dem Unterschied, dass diese Energien sich auf der Erde entladen würden. Ganz langsam nur gelang es dem Verstand, dieses Unbegreifliche zu separieren und des vernünftigen Denkens unterzuordnen. Das letztendliche Begreifen nahm soviel von den beiden Menschen in Anspruch, dass alles andere unwichtig geworden war. Sie tranken nichts, sie aßen nichts. Sie saßen nur da und waren unfähig, die irr durcheinander fließenden Gedanken festzuhalten. Erst als die Jungs im Zimmer standen, erwachten sie aus ihrer Starre. Sie stand auf und nahm beide wortlos und weinend in die Arme. Sie waren fünf und sieben Jahre alt. Und keiner von ihnen würde den zehnten Geburtstag mehr erleben...

*

Wie begreift man, dass man unwiderruflich nur noch ein Jahr zu leben hat? Und wie lange dauert es, bis die Akzeptanz so weit entwickelt ist, dass man aus der ersten logisch zwingenden Verdrängung in das Annehmbare und das ultimativ Akzeptierende wechseln kann? Was ist dann? Ist die Perspektive kleiner und enger geworden oder breitet sie sich in den überdimensionalen Raum aus, der die Grenzen des Wahrnehmbaren und des Vorstellbaren sprengt? Ist es wirklich so, dass man dann aus dem Individuellen auf das Allgemeine und somit auf das Ganze schließen kann? Und kann es sein, dass das Bewusstsein nach solch unabwendbarer Nachricht das Leben wirklich klarer sieht? – so wie unheilbar Kranke nach der Diagnose so oft wahrhaftig und intensiver leben.
Das Sterben und damit der Tod ist unser ganzes Leben nur ein ferner Begriff, den wir immer auf einen bestimmten Zeitpunkt festlegen wollen – aber nicht können. Wir wissen es nicht, wann er uns aufsucht. Wir hoffen, diesen Augenblick in die weite Ferne drängen zu können – und dann kommt er irgendwann doch völlig überraschend. Jetzt ... bald ... später ... viel später. Im eigentlichen Sinne sind wir

uns gar nicht bewusst, dass uns jeder Tag, der verstreicht, näher an ihn heranbringen wird. Der Tod steht allzeit bereit, platziert die Sense und sieht dich durchdringend an. Er hat weder Augen noch ein Gesicht, du spürst nur den festen, jenseitigen Blick, der dich ansieht. Er wartet. Voller unendlicher Geduld. Und unaufhaltsam läufst du auf ihn zu, Schritt für Schritt, vielleicht langsam, vielleicht schneller. Nur stehenbleiben kannst du nicht. Umdrehen schon gar nicht. Du siehst die dunkle Gestalt und weißt genau, dass du ihm in absehbarer Zeit die Hand geben musst. Du willst ihm nicht begegnen, aber er zieht dich magisch an. Er ist weder böse noch zornig, er ist nicht schrecklich aber auch nicht schön. Er ist einfach da. Er ist ein Teil von dir, von deinem Leben, von deiner Existenz, von deinem Dasein. Ohne ihn kannst du nicht am Leben sein. Er gehört einfach dazu und ist – auch wenn wir das weit von uns schieben – ein Familienmitglied, das unmöglich zu verleugnen ist. Er braucht dir nicht mal entgegen zu kommen - denn du wirst kommen.

Die letzten Fragen werden entstehen: Was ist noch zu tun? Und was kann ich tun? Was ist es, das jetzt wirklich wichtig wird und wie kann ich es erkennen? Und zu guter Letzt: Wie kann ich meine alles beherrschende Angst davor verlieren? Es ist weder Krankheit noch Unfall, es ist keine Gewalteinwirkung eines Menschen, die einen zu Tode bringt. Niemand legt Hand an einen selber, auch nicht man selbst. Körper und Geist sind gesund, aber...es ist nicht fassbar, unvorstellbar - aber unabwendbar. Es ist eine kosmische Einzigartigkeit, es ist reine Natur, es ist Zufall oder Schicksal, es ist nichts weiter als ein Baustein im unendlichen Raum, den wir weder rational noch emotional erfassen können. Für das Universum ist es nichts

Besonderes. Nicht mehr als ein einziger Atemzug eines Menschen. Es ist lediglich das Auslöschen eines ganzen Planeten in seiner einzigartigen lebendigen Vielfalt. Das Auslöschen allen Lebens. Alle Menschen wissen es. Jeder wird damit konfrontiert. Niemand kann sich verstecken und niemand kann es abwenden. Die Berechnungen sind eindeutig. Zweifel sind definitiv ausgeschlossen. Auch das willentliche Verschließen der Augen verhindert nicht das Unabänderliche, das geschehen wird.

Genau in fünfzehn Monaten wird sich ein Komet mit biblischen Ausmaßen mit einem anderen Kometen treffen. Die Kollision wird das Universum nur am Rande wahrnehmen. Etwa so, als wenn im Pazifik eine Stecknadel ins Meer fällt, mit der jemand gerade ein Papier auf eine Pinnwand stecken wollte – und irgendjemand uns das hier in Deutschland erzählt. Wir nehmen es nicht einmal wahr. So wie das Universum die kommende kosmische Kollision nicht einmal wahrnehmen wird. Wir schon. Der Treffpunkt und der Schnittpunkt ist – die Erde. Ein unbegreifliches Zusammenspiel der universellen Kräfte hat sich unseren Planeten zum Spielball eines Schauspiels ausgesucht, das vorher in dieser Konstellation für uns niemals wissend stattgefunden hat und wohl auch nicht so bald wieder stattfinden wird. Eine kosmische Katastrophe, deren Ausmaß wir uns nicht vorstellen können, weil sich die freiwerdenden Energien gänzlich unserer Vorstellung entziehen. Einzig die Mathematik und Physik kann es belegen – ohne dass sie es uns erlauben würden, erkenntnisreicher damit zu werden. Was bleibt, ist eine wie auch immer geartete innere Flucht. Vielleicht in den Glauben, in die Hoffnung, in den schützenden Arm spiritueller menschlicher Eigenarten oder sogar in die so menschliche Ignoranz. Der Glaube an Gott, Allah, Buddha, Jahwe, Shiva, Brahma, Vishnu oder sonst irgendein höheres Wesen suggeriert uns nun, dass wir alle wirklich nur Marionetten in einem großen Puppentheater sind und jetzt darauf warten, dass der letzte Vorhang fällt. Die Bühne wird geschlossen, die Akteure verlassen das Theater. Zusammen mit dem Publikum. Es ist die Schlussszene, der Schlussakkord und der letzte Akt. Es ist unaufhaltsam. Es übersteigt jegliche menschliche Vorstellungskraft. Und es übertrifft so leicht die apokalyptischen Beschreibungen einer göttlichen Bibel, die sich auch nur auf die winzigen Bereiche der Erde reduziert hat. Jenseits aller begreifenden Rationalität wird die Existenz der wunderbaren und einzigartigen Natur des Planeten Erde mit all seinen Bewohnern zu Ende sein. Keiner wird verschont. Niemand wird überleben. Niemand wird flüchten können – und jeder einzelne wird nur stumm dastehen, um darauf zu warten, dass er zu der Materie wird, aus der er einst gekommen war. Staub, Staub und wieder Staub. Ein seltsamer Pathos entsteht, der nicht einmal pathetisch wirkt, weil die Wirklichkeit alles überschattet. Wir alle sind dem Ende geweiht! Macht euch bereit! Und nutzt die Zeit des letzten Erdenjahres eurer Existenz, um mit euch im Reinen zu sein...

*

Es ist gerade mal sechs Wochen her, dass die Nachricht über den Äther geflogen ist. Bis in den letzten Winkel der Welt wurde sie verbreitet. Gewusst hatten sie es schon lange. Viele Monate, gar Jahre wurde der erste Komet beobachtet, erst später der kleinere Zweite. Und durch irgendeine nicht vorstellbare Kraft wurden die Bahnen beider Objekte verändert. Die Astrophysiker gaben die Schuld an der Kursänderung der dunklen Materie im Raum. Ein schwarzes Loch, das sich urplötzlich gebildet hatte und durch die unglaubliche Gravitation für die Kursänderung der Kometen verantwortlich gemacht wurde. Beweisen konnten sie es nicht und außer den Astrophysikern und den anderen Wissenschaftlern interessierte das auch niemanden. Es war nur eine Hypothese, nichts weiter. Plausibel, aber nur eine Hypothese. Und es spielte für die Tatsachen auch keine Rolle mehr. Kaum glaubhaft, dass tatsächlich in den unendlichen Weiten des Raumes und der unvorstellbaren Zeitspanne der universellen Existenz die beiden Kometen fast gleichzeitig auf Kollisionskurs gebracht wurden. Mit dem nun bekannten Treffpunkt. Dann wurde es die schockierende, erschreckende und nicht fassbare Wahrheit. Bestätigt durch alle Astrologen, Astronomen, Astrophysiker, Wissenschaftler, Mathematiker und sonstigen wichtigen Genies, die es auch erst glauben konnten, als sie die unumstößlichen Beweise in ihren Händen hielten. Zusammen hatten die Mächtigen der Welt entschieden, es allen mitzuteilen, damit sich die Menschheit darauf vorbereiten konnte. Die vielen Stimmen, die so vehement schrien, dass doch eine Waffe die Kometen ablenken könnte, verhallte im Kopfschütteln der Atommächte. Wir können mit dem Waffenarsenal der Welt die Erde zigmal in ein Trümmerfeld verwandeln und weitgehend unbewohnbar machen, aber eine Rakete mit der atomaren Bestückung auf den Weg zu bringen, war einfach unmöglich. Die Gründe waren die mangelnden technischen Voraussetzungen und die kurze Zeit einer theoretischen Herstellung. Alles Heulen, Schreien und

Argumentieren half nichts – die Mitteilung an die Menschheit und deren Ende war das Einzige, was noch zu tun war.

Eine Entscheidung, die in mir ein Für und Wider entfacht. Was wäre gewesen, wenn es bis zuletzt ein Geheimnis geblieben wäre? Dann hätte sich kaum etwas geändert. Vorausgesetzt, niemand hätte dies erfahren, würden wir alle im Bruchteil einer Sekunde ausgelöscht werden. Ohne nachzudenken, ohne Vorbereitung, ohne Abschied. Bis zuletzt hätte sich auf der Welt nichts geändert. Die Menschen wären weiterhin in ihrer engen Blase geblieben und hätten das Leben weiterhin so gelebt wie bisher. Die vielen grausamen Kriege und sinnlosen Konflikte der Welt wären weiter gegangen, unschuldige Menschen wären weiterhin grausam gestorben, unvorstellbares Leid wäre pausenlos geschaffen worden und die Nationen hätten weiterhin ohne Rücksicht auf die Umwelt ihren Fortschritt hochgelobt. Nein, ich bin überzeugt, so ist es besser. Wir müssen das wissen, um ein Leben lebenswert beenden zu können. Das ist jetzt unsere Aufgabe. Die größte Aufgabe der Menschheit. Und natürlich auch die der Wissenden und Führenden. Es wird wohl nicht reichen, der Welt einfach das Ende mitzuteilen, ohne dass die Regierungen einen Weg, eine Möglichkeit oder einen Rat zur Verfügung stellen, wie jeder Einzelne damit umgehen könnte. Wahrscheinlich ist gemeinsam immer besser, denke ich. Wir können nicht einmal irgend jemandem die Schuld daran geben oder gar neidisch auf die sehen, die weiterleben dürfen. All diese menschliche Ichbezogenheit verliert seine Substanz, weil es uns alle betrifft. Wir werden gemeinsam sterben – vielleicht ist das ein leichter Trost. Doch im Grunde genommen wird dieser Umgang mit seinem Ende eine rein persönliche

Auseinandersetzung mit sich selbst sein. Jeder wird seinen eigenen Weg finden müssen. Niemand anderer wird einem letztendlich dabei helfen können.

Mir selbst ist es rätselhaft, dass die Wissenschaftler selbst die genaue Stunde und sogar Minute des Aufschlags berechnen konnten. Sogar den zentralen Einschlagspunkt. Wobei niemand mehr von einem örtlich zu erfassenden Punkt oder wenigstens von einem Gebiet spricht. Die Vernichtung beginnt flächendeckend, sich ausbreitend wie eine riesige Welle, die sich mit ungeheurer Geschwindigkeit fächerartig über die Erde ergießt und alles mit sich nimmt, was sich an der Oberfläche und auch darunter befindet. Selbst die Szenarien nach dem Einschlag wurden detailliert erläutert. Mit und nach der Welle unvorstellbare Hitze, aufsteigender Rauch, Staub, Dampf und explodierende Materie, dann Verdunkelung, dann Kälte – Eiszeit. Das Sterben aller Lebensformen, die auf Licht, Sauerstoff und Nahrungsaufnahme angewiesen sind. Absolute Zerstörung. Die Verschiebung der Erdachse oder eine mögliche Umkehrung des Magnetfeldes als zu erwartende Konsequenz kann man deshalb lediglich als sekundäres Problem sehen. Wir werden es nicht mehr bemerken – was auch immer zurück bleiben wird. Ein dunkler Planet, der nur noch die Grundelemente zulassen wird. Zurück zum absoluten Anfang. Nur durchsetzt mit den primitivsten ursprünglichen Lebensformen, aus denen nach Jahrmillionen wir einst entsprungen sind.

Was sie aber nicht mathematisch erfassen können, ist die Reaktion und die Fassungslosigkeit der Menschheit. Die große Befürchtung einer Massenpanik blieb zunächst aus. Zuerst wollte niemand an so etwas Irrwitziges glauben. Zuerst wurde abgewunken, gelächelt, ironisch kommentiert. Es war ferner als eine Fiktion. Sogar noch ferner als die Landung eines fremden Raumschiffs. Absurd, unsinnig, Blödsinn, Lüge, Propaganda. Eine Angstmacherei, um die Bevölkerung wieder einmal durch die entstehende Furcht dahin manipulieren zu können, wo man sie gerne haben wollte. Verschwörungstheorien verzeichneten einen blitzartigen Aufstieg trotz der völlig abstrusen Behauptungen. Aber gleichzeitig sämtliche Nationen? Unwahrscheinlich. Selbst die militanten Leugner mussten sich einer Wahrheit beugen, die sich nicht für deren Ablehnung interessierte. Dann begann sich die grausame Wahrheit zu etablieren. Langsam, aber stetig, so nach und nach. Bilder, Erklärungen, Computeranimationen, die unumstößlich deckende Schichtung der Wissenschaftler und ihrer Beweisführung aller zuvor konkurrierenden Länder und die fast harmonisch anmutende Übereinstimmung der Aussagen für die Zusammenkunft. Zuerst die Vereinigten Staaten, die Russen, Kanada, dann Europa, zugleich Teile Asiens. Japan, China und dann all die Anderen. Sogar Nordkorea bestätigte die unumstößliche Nachricht. Die südamerikanischen indigenen Völker waren – soweit sie das überhaupt mitbekommen hatten – nicht sonderlich überrascht. Ihre überlieferten jahrhundertealten Mythen ähnelten sich alle sehr, prophezeiten alle den kommenden Untergang, obwohl viele Völker nachweislich keinerlei Kontakte zueinander haben konnten. Ein nach wie vor ungelöstes Rätsel, eine seltsame Legende, ein unerforschtes Gebiet. Es würde ein immerwährendes Geheimnis bleiben – bis zum Ende. Am Schluss waren selbst die Afrikaner involviert, ohne dabei die kriegerischen Auseinandersetzungen untereinander zu beenden. Selbst im Angesicht des baldigen kollektiven Untergangs wurde der ewig schwelende Hass und die geisteskranke Aggression deswegen nicht eliminiert. Der Mensch ist und bleibt ein wahnsinniges und irres Wesen, das eher an Bestien und Monster erinnert als an ein der Vernunft verbundenes denkendes Etwas. Doch in Zeiten des Daten- und Informationsüberflusses raste die Nachricht in alle Winkel der Erde. Blitzschnell wusste es die ganze Welt. Das Internet brach zeitweise zusammen und niemand wusste sicher zu sagen, wie jetzt die Weltbevölkerung damit umgehen würde.

Bald danach, nachdem die Nachricht des Untergangs auch den entfernteste Punkt erreicht hatte, kam der weltumspannende Schock. Plötzlich stand die ganze Welt still. Keine Resignation, keine Panik, keine Hektik, kein Wort, kein Gedanke, unfähig auch nur die kleinste Bewegung auszuführen – nur kaltes Erstarren und blankes Entsetzen. Atemlosigkeit. Herzstillstand. Zu starr, sich zu rühren und unfähig, sich ein Ende vorzustellen. Diese Unvorstellbarkeit paralysierte für lange Momente die Spezies Homo Sapiens. Doch dann, ganz langsam, fast schon sanft, wurde es der Welt bewusst, dass sie alle ausnahmslos in einem gemeinsamen sinkenden Boot saßen. Diese fundamentale Erkenntnis entzündete sich mit einem leisen Knall. Es würde keine Unterschiede mehr geben. Keine andere Hautfarbe, keine verschiedenen Religionen, kein arm und kein reich, keine Grenzen, keine Intelligenz und keine Dummheit. Keine Arroganz, keine Rassenkonflikte, keine gesellschaftliche Differenz. Kein krankhaftes Machtgehabe und dessen imperialistische Zielsetzungen, das jeglichen Sinn verloren hatte. Das Ende aller Brennpunkte und das Ende aller Reibungsflächen. Auf einmal wurde so vieles seines Sinnes enthoben. Mit der Dimension einer galaktischen Supernova ist die Menschheit mit dem Begreifen der Endlichkeit infiziert worden. Und des bitteren Erkennens, dass unsere Spezies die Dauer ihres Aufenthaltes nicht genutzt hatte, das Mensch-Sein zu leben, Rücksicht auf andere und Rücksicht auf seine Umwelt zu nehmen. Denn jetzt werden die Dinge ohne Umwege klargestellt und ein fast allmächtiges Verstehen bläst über die Meere und die Kontinente, ohne auch nur das kleinste Areal auszulassen. Alle sitzen in dem großen Boot namens Erde auf den gleichen labilen Planken. Alle sehen auf das gleiche wogende Meer hinaus und alle sehen die gleiche Sonne und den gleichen Himmel - und alle teilen dasselbe Schicksal. Milliarden individueller Schicksale werden sich ins Nichts auflösen und nur noch ein einziges bilden. Welch wundervolle und gleich hoffnungsvolle Vorstellung. Ein Albtraum und zugleich ein Traum ist wahr geworden. Das Ende und mithin der absolute ultimative Frieden zwischen allen Menschen. Zuletzt sind eben doch alle eins...so wie es immer hätte sein sollen...erst vor dem unvermeidbaren Abgrund reichen sich die Menschen die Hände, weil sie nicht alleine fallen wollen. Erst durch die Bedrohung verliert der Mensch sein enges egoistisches Weltbild...

*

Ich sitze in einem Café am Fenster und sehe hinaus. Es hat leicht zu schneien begonnen und es ist kälter als gestern. Vielleicht bleibt der Schnee liegen, denke ich. Alles wird dann weiß sein. Das Land würde zugedeckt werden und den Menschen zusätzlich Hoffnung nehmen. Die weiße Schneedecke nimmt immer so viel Lärm auf, Stille entsteht,

Nachdenklichkeit, Sehnsucht. Ich denke an meine Kindheit, in der der Spätherbst und der beginnende Winter eine Zeit der Ruhe und der Dunkelheit einläutete. Diese schon am Spätnachmittag einsetzende Düsternis ließ uns frühzeitig vom Spielen auf der Straße nach Hause kommen. Der unvergessene Geruch und das betörende Aroma selbstgebackener Plätzchen empfing uns und zusammen mit dem heißen Kinderpunsch kuschelten wir uns auf die Couch, um zu lesen oder Musik zu hören. Die Freude und Erwartung des kommenden Weihnachtsfestes stellte sich langsam ein und verbannte den täglichen Schulstress an die hinteren Stellen. Die Erinnerungen an diese so sorglose Zeit kommen jedes Jahr wieder und verursachen schon ein bisschen Sehnsucht und den Wunsch, dass dies wieder eintreten könnte. Ein In-sich-Kehren und eine seltene Empfindsamkeit gebiert die Vorweihnachtszeit. Seltsam, denke ich, in der Vorweihnachtszeit sind die Menschen immer nachdenklicher, offener, toleranter und irgendwie friedvoller. Über die vielen Jahre ist mir das ab und an aufgefallen. Vielleicht irre ich mich, weil der Wunsch so oft der Vater des Gedanken ist. Oft scheint es wie ein Traum, der geträumt wird. Die Geschichte von Ebenezer Scrooge fällt mir ein. Dieser verbitterte alte Mann, den die Geister an Weihnachten aufsuchen und ihn wieder in einen großzügigen, Mitgefühl zeigenden Menschen verwandeln, indem sie ihm den Spiegel vor das Gesicht halten. Dafür steht doch das christliche Weihnachtsfest. Ein Fest der Liebe und der Großherzigkeit. Ein schöner Traum. Wohl wahr. Wenn es wirklich so sein sollte, dass die Weihnachtszeit die Menschen sensibler gegenüber ihren Mitmenschen macht, wenn das Empathievermögen tatsächlich ansteigt, wenn dieser schöne Traum wirklich wahrhaftig sein sollte – dann frage ich mich, ob dieser Traum kein Traum sein könnte, sondern eben die menschliche Wirklichkeit, die wir tatsächlich kurze Zeit leben. Dann wäre der Rest des Jahres ein Traum, aus dem zu erwachen wiederum der größte Traum gewesen wäre. Ein Gedankenspiel, das seine Ernsthaftigkeit wohl verlieren dürfte. Es ist doch schon jetzt Vergangenheit. Jegliche Chance wurde viel zu oft vertan. Es bedurfte schon der fundamentalen Erkenntnis des Vergehens, dass die Menschen ihr Herz und damit ihr Bedürfnis nach Nähe öffnen konnten. Trotzdem! Was, wenn der Traum der Weihnachtszeit immer die Zeit gewesen wäre, in der die Welt so war, wie sie war. Und was, wenn die Menschheit Zeit ihrer – insbesondere unserer - christlichen Existenz immer wieder in den Traum der Zerstörung, der Destruktion, der Negativität und der schon krankhaften Anmaßung zurückgefallen wäre? Zurückgefallen in den ewigen Kreislauf des begierlichen Hetzens nach Macht, Geld und Sex. Eine mehr oder weniger große Seifenblase, die jetzt mit einem Riesenknall einfach zerplatzt. Und es spielt auch keine Rolle, welche Religion dieser Welt irgendwelche Differenzen zwischen Schein und Sein durch ein temporäres In-sich-Gehen an den Tag legen kann. Was viele schon immer wussten, ist jetzt allen klar geworden. Der krankhafte, von Gier geprägte Egoismus und Narzissmus ist nichts weiter als die größte Illusion des Menschen. Ohne irgendwelchen Sinn und ohne ein nur denkbar weiterführendes Ziel. Nur primitiv und archaisch gesteuerte Emotionen, die der Mensch im Laufe seiner Entwicklung bis heute niemals kontrollieren konnte.

Ich verabschiede die philosophischen Gedanken und starre wieder durch die riesige Glasscheibe hinaus. Der große Weihnachtsmarkt vor dem Rathaus, die vielen kleinen Lichter, die im Schneegestöber leuchten, der Geruch von Glühwein, Würstchen und Gebäck, die Menschen, die durch die kleinen Gassen der Hütten gehen – all das macht das Weihnachtsfest zu einem tief greifenden Sehnsuchtsgedanken, der sich mit Frieden und Liebe eint. Weihnachten steht vor der Tür. Das vorletzte Weihnachten. Übernächste Woche werden wir vor dem letzten Weihnachten stehen. Alles wird irgendwann das letzte Mal sein. Ich drehe den Kopf und sehe an die Wand auf den überdimensionalen Kalender, der den Menschen das genaue Datum zeigt. Seit der Nachricht des Endes hing in fast jedem Raum der Stadt ein Kalender. Wahrscheinlich werden die Räume der ganzen Welt so aussehen – geschmückt mit dem letzten aller Kalender. Die meisten enden mit einem tödlichen Datum. Das bildhafte Damoklesschwert eines Datums. Es ist der 24. Januar. Ein Foto ist abgebildet. Ein Foto wie aus einem Geschichtsbuch. „Der letzte Tag" steht darunter. Die Schrift war auf das Foto aufgedruckt worden. Es ist das Foto der Erde. Der blaue Planet. Unser Planet. Ein schöner Planet. Ein Paradies, aus dem wir jetzt vertrieben werden, weil wir vielleicht dieses Paradies nicht schätzen und vor allem nicht schützen gelernt haben. Ich ertappe mich dabei, wie ich innerlich und fast schon automatisch uns Menschen die Schuld am Untergang geben würde. Mein Blick fällt wieder auf die Kalenderzahlen. Ich erkenne das Symbol des Vollmondes darauf und zähle intuitiv die noch folgenden Vollmondnächte. Es sind dreizehn. Nach dem dreizehnten Vollmond werden wir verlöschen. Wir werden einfach nicht mehr da sein und zukünftige Vollmonde werden wir nicht mehr sehen. Ob die Natur sich darüber freuen wird? Ganz bestimmt, auch wenn in diesem Moment Flora und Fauna nicht mehr existieren werden. Ich bin sicher, die Natur findet immer einen Weg. Vielleicht dauert es lange, aber irgendwann wird die Welt wieder erwachen – ohne uns. Wie sich das wohl anfühlt? Ich stelle mir die Welt ohne Menschen vor. Eine Welt ohne künstliches Geräusch, ohne künstliches Licht, ohne den Gestank der Menschheit, ohne Einmischung und Vergewaltigung der natürlichen Reinheit. Wie würde sich das anfühlen, eine Welt voller Stille? Nur unterbrochen mit den Lauten der Natur. Kennen wir das überhaupt noch? Es ist eigentlich unvorstellbar. Es ist die Vorstellung einer perfekten Welt, die es nur noch fragmentarisch und partiell gibt. Und auch nur in absolut menschenfeindlichen Gebieten, in die sich die Menschen nicht begeben. Wahrscheinlich weil sie dort nichts kaufen können und auch nicht bespaßt werden. Ich spüre meine aufkommende Abscheu gegenüber der Gesellschaft und weiß nicht einmal, woher sie kommt. Vielleicht ist es die Wut, dass ich nichts gegen das Ende tun kann. Vielleicht ist es auch nur die Scham über die menschliche Unfähigkeit und ihrer herrschaftlichen Arroganz, weil ich derselben Art angehöre.

Ich denke an die seltsame Geschichte des denkenden Menschen. Sie war eigentlich recht kurz, wenn man bedenkt, wie lange die Erde bisher existiert hat. Sie war durchsetzt mit Kriegen, Gewalt und Aggression. Wir Menschen hatten es über die vielen Jahrtausende nicht geschafft, miteinander in Frieden leben zu können. Wir töten und berauben uns gegenseitig, wir verhalten uns zunehmend aggressiver gegenüber unseren eigenen

Artgenossen, wir nehmen uns, was wir wollen, wir beuten längst die Ressourcen des Planeten ohne irgendwelche Rücksicht aus, weil es den meisten einfach egal ist. Wir vernichten die Schönheit des Regenwaldes, wir vermüllen die Meere, wir verseuchen die Flüsse, wir schädigen die Atmosphäre, wir vernichten die Artenvielfalt und wir sägen an jedem Ast, auf dem wir sitzen, weil wir auch daraus noch verdammte Zahnstocher machen wollen, weil der Markt es fordert. Wir sind so sehr geimpft mit Wachstum, Konsum, Luxus und materieller Sicherheit, dass wir nicht mehr in der Lage sind, unser Leben aufgrund eines wunderbaren Seins zu leben. Zerfressen von Neid, Missgunst und einer unerklärlichen Wut verlernen wir essentiellen Begriffen wie Mitgefühl, Liebe, Toleranz, Verständnis, Vertrauen und Glück wieder einen unbedingten Lebenswert einzuhauchen. Wir lernen nicht mehr zu verzichten, weil es angesichts des völlig überbordenden Warenangebots und Möglichkeiten nicht mehr nötig ist. Wir konsumieren nur noch, weil wir es können und müssen. Wir kaufen Dinge, die wir doch gar nicht brauchen, aber unbedingt wollen. Wir wollen alles und das immer. Die materielle und selbstgerechte Gier nimmt alles in uns ein, ohne dass wir bereit wären, über die Konsequenzen nur ansatzweise nachzudenken. Manche sagen, wir fangen an, zu degenerieren. Einige sagen, die Degenerierung hat längst begonnen und wir befinden uns mittendrin. Wir malträtieren uns selbst und wissen nicht einmal, warum wir das tun. Wir sind die eigentliche Plage auf dieser Welt. Wir sind wie ein Virus, das solange sein Unwesen treibt, wie sein Wirt es in seinem lebenden Zustand zulässt. Stirbt der Wirt, stirbt das Virus. Wir sind die letztendlichen Vollidioten, die es doch im eigentlichen Sinne gar nicht verdient haben, in dieser immer noch schönen Welt weiter zu leben. Ein eisiger Schauer läuft mir über den Rücken und ich denke mir unwillkürlich eine Rechtfertigung gegenüber der gepeinigten Natur aus, weil ich eben auch nur einer dieser Menschen bin. Und gleichzeitig denke ich darüber nach, was wohl danach – nach der Apokalypse - kommen würde. Was wird für uns Menschen kommen? Was wird mit unserer Seele passieren? Was ist, wenn es so etwas gar nicht gibt? Keine Religion, keine Esoterik, keine Philosophie hat uns jemals darauf vorbereitet, dass der Tod – dieser Tod, dass es danach nicht einmal mehr die Möglichkeit einer Reinkarnation geben wird, weil der Lebensraum verschwunden ist. Was ist denn jetzt mit dem Paradies, das doch immer unsere Hoffnung sein soll? Wo findet es statt? Findet es überhaupt noch statt? Wenn die Hölle über die Erde gezogen ist, wo ist dann der Himmel für unsere Erlösung? Vielleicht ist die Hölle und auch der Himmel menschenleer. Was dann? Wo steht jetzt unser aller Glaube, der uns doch durch ihn zur letztendlichen Erlösung bringen soll? Wer kann sich jetzt noch anmaßen, Antworten darauf zu haben? Die mögliche Kontinuität des Geistes wird wohl zu Ende sein. Mir wird klar, dass sämtliche Religionsformen an ihre Grenzen gekommen sind. Ein geradezu menschlicher Makel. Es gab und gibt keinerlei Vorstellung von einem möglichen Danach, das keinen Lebensraum mehr zur Verfügung stellt. Weil uns dann ein Lebenssinn verloren geht, der eben den Bedingungen des Lebens unterliegt. Vielleicht bleibt wirklich nur noch Geist und eine Art der Energie übrig. Schweben wir dann auf ewig in einem unendlichen Raum? Hört sich irgendwie sinnlos und lächerlich an. Es gibt kein ewig, selbst in unserer beschränkten Vorstellung. Wir sind unfähig, dieses zu denken. Unser Denken muss ja seit jeher Sinn behaftet sein. Der Beweis, wie einfältig wir im Grunde genommen sind. Was für ein Dilemma! Wie hatte Albert Einstein einst gesagt? „Es gibt zwei Dinge, die unendlich sind: das Universum und die Dummheit der Menschen – aber beim Universum bin ich mir nicht sicher."

Ich schüttle mich zum wiederholten Male vor solchen destruktiven und gleichzeitig ironisch-zynischen Gedanken und sehe wieder auf das Erdenfoto. Aufgenommen aus dem Cockpit des Space-Shuttle. Irgendwann Anfang des Jahrtausends. Vergangenheit. Illusion. Es war einmal…

Der heutige Tag ist mit einem roten Rand umgeben. Ich lächle in einem Anflug von Sarkasmus in mich hinein. Heute ist der 16. Dezember. Wir können das nächste Jahr noch erleben. Ich auch. Nachdenklich schlürfe ich den Cappuccino und sehe wieder den Schneeflocken hinterher. Das Treiben ist stärker geworden. Und es ist dunkler geworden. Die dichten Wolken und die vielen Flocken lassen das Licht nicht hindurch. Die Sonne. Unsere Energiequelle. Was für eine fade Ironie des Schicksals, dass es letztendlich doch nicht die Sonne sein wird, die den Planeten vernichten wird – so wie die Astrophysiker es schon längst vorausgesagt hatten. Die Sonne würde sich aufblähen und ein riesiger gigantischer Feuerball werden, der alles in seiner Nähe verschlucken und vernichten würde. Allerdings erst in Milliarden von Jahren. Also Zeit genug, die letzten Einkäufe zu erledigen. Aber nun…? Jetzt haben wir alle wenigstens das Privileg, den wunderbaren Anblick der Sonne mit ins Grab zu nehmen. Ich empfinde das zum jetzigen Zeitpunkt durchaus als Trost. Zugegeben ein etwas halbseidener Trost, weil ich gewillt bin, meinen Geist noch so zu schulen, dass das Ende und die damit verbundene Furcht nicht mehr diesen riesigen Raum in mir einnehmen wird. Trotzdem bin ich im Moment mit mir noch lange nicht im Reinen. Es ist eher das Gegenteil der Fall. Meine Gedanken sind ungeordnet und unterliegen immer noch einer unbestimmten Zeitpanik und dem alles überladenden Bewusstsein, dass die vielen Wege, die man vor sich sieht, nicht alle der Erkenntnis dienen können. Was kann ich die nächsten zwölf oder dreizehn Monate noch tun, um zumindest mit meinem eigenen inneren Frieden abtreten zu können? Zähle ich ab jetzt tatsächlich die Vollmondnächte? Werden diese Nächte die wichtigen sein und damit zum Countdown werden? Wird wirklich der Mond die finale Tröstlichkeit sein, weil er nur Zuschauer der Katastrophe sein wird?

Eine Frage, die mich intuitiv ein Leben lang verfolgt hatte, wurde jetzt so brutale Realität, dass es Angst macht, darauf eine Antwort zu finden: Was würdest du tun, wenn du nur noch ein Jahr zu leben hättest? Oder einen Monat? Oder einen Tag? Antworten gab es da schon viele. Schnelle, unüberlegte Antworten, die sich nicht mit einer Wahrheit decken würden, die gleichbedeutend mit dem Daseinssinn harmoniert. Oft hatte ich mir ein wissendes Ende vorgestellt. Aber allein mit der Vorstellungskraft konnte man dieses einsame Gefühl, das einen immer beschlich, nicht richtig einordnen. Jetzt schon. Ich weiß, wann ich sterben werde. Die Frage im Konjunktiv kann nicht mehr gestellt werden. Aus einer Fiktion ist brutale Realität geworden. Nicht nur ich werde sterben, sondern wir alle. Ich werde also keinesfalls allein damit sein. Und dennoch bleibt irgendwann jeder für sich alleine. Niemand kann helfen, für sich selbst einen zufriedenstellenden Abschluss zu finden. Es ist eine individuelle, vollkommen persönliche

Sache. Unmittelbar wird mir bewusst, dass man mit seinen Gedanken, mit seinen Ängsten, Sorgen und auch Freuden immer alleine ist. Gut, manche Emotionen kann man teilen, kann sie bestimmt auch übertragen und dadurch mehr Trost oder auch Freude empfinden. Liebe und Vertrauen ist wohl so etwas. Geteiltes Leid ist halbes Leid und geteilte Freude ist doppelte Freude. Alles richtig, aber...trotzdem, es bleibt doch immer dieser Rest von Skepsis, dieser Pool, der in sich das trägt, was wir immer suchen, aber nicht definieren können und trotzdem wissen, dass es etwas gibt, das diesen Teil des leeren Raumes der Seele füllen kann. Dies gilt es zu erkennen und zu finden, dieses Füllen des Raumes mit dem Individuellen, dem Persönlichen, den eigenen Sehnsüchten und Überzeugungen. Das Wissen des Lebens. Tief drinnen, tief in den ureigensten Räumen seines eigenen Wesens ist man alleine und hat demnach auch die Verantwortung, damit selbst zurechtkommen zu müssen. Jeder Weg und jede Entscheidung dabei bleibt uns selbst überlassen. Ich empfinde das als die größte Freiheit des Menschen. Niemand kann uns diese Entscheidungen abnehmen und niemand kann für uns sprechen. Niemand kann uns dabei manipulieren oder indoktrinieren und niemand kann uns eine Entscheidung aufzwingen. Es liegt einzig an uns. Es ist unsere Freiheit! Die Freiheit der eigenen Entscheidung...

Eins habe ich dennoch schon entschieden: meinen verfluchten Job schmeiß ich morgen hin. Kein Schwein braucht den noch. Und dann...ich muss dringend an einen Ort, der mir die Ruhe und die Kraft geben kann, ohne Furcht das nächste Jahr zu meistern. Mir fehlt immer noch eine gewisse Erkenntnis, die mir meine Existenz und mein Dasein näherbringen kann. Die mir das erste und vielleicht das letzte Prinzip erklärt. Nach seiner Erkenntnis muss man graben. Irgendwo kommt sie zum Vorschein – das muss das Ziel sein. Kann ich das in einem Jahr noch erreichen? Was kann da helfen? Lebensweisen? Kulturen? Religionen? Vielleicht. Gewiss. All das. Eine Idee wird gerade geboren. Ich muss hier weg, ganz weit weg. Noch einmal Orte sehen, die ich nur aus den Büchern kenne. Vielleicht heilige Plätze aufsuchen, heilige Menschen kennenlernen, begreifen, was das Leben eigentlich ist. Dieses Leben, das immer noch mir gehört. Also Leben ... zeig mir das, was jeder fühlt, aber nicht beschreiben kann. Zeig mir das, was ich so schwer fixieren kann, was doch ein jeder sucht, was immer in einem Nebel schwebt, ohne die Konturen scharf zu machen. Zeig mir das, was das Herz und die Seele öffnet, um mir mitzuteilen, dass nichts so schön ist, als Unwichtiges von Wichtigem unterscheiden zu können – um damit wirklich mitten im Leben zu stehen. Sehen, riechen, hören, fühlen...Fühlen...ja, mit allen Sinnen, mit allen Gedanken, mit dem Herzen, mit der Seele, mit dem Bewussten und dem Unbewussten...Wissen, Erkenntnis, Erleuchtung – in der Reihenfolge. Und dann kann alles gut sein. Ob Wiedergeburt real ist? Vielleicht ist es doch möglich, sein gesamtes Dasein unabhängig von diesem einen Leben zu denken. Wenn dem so sein sollte, dann wäre doch dieser letzte Augenblick des letzten Lebens das Tor zu einer anderen Dimension, das wir vorbereitet und wissend durchschreiten müssten. Können wir das überhaupt? Sind wir fähig, dieses auch nur denken zu können? Und muss eigentlich das Denken die Steuerung übernehmen? Vielleicht steckt in uns eine unerkannte Kraft, die diese Steuerung dann übernimmt. Unwillkürlich stelle ich mir meinen letzten Augenblick vor. Was wird das wohl für ein Gefühl sein, dermaßen bewusst seinem Ende entgegen zu sehen? Wird wirklich das gesamte Leben vor einem vorüber ziehen? Oder wird mich die Angst so fesseln, dass kein einziger Gedanke mehr zu fassen sein wird? Wäre es nicht besser, diesen Augenblick nur in einem meditativen oder transzendenten Zustand erleben zu können? Ohne Angst, ohne Furcht – vielleicht mit der Erwartung einer gänzlich neuen Existenz, die so ganz anders ist als diese irdische. Vielleicht bleibt tatsächlich nur eine Form von Energie übrig, die sich als unser Geist etabliert und keine Materie zum Existieren mehr braucht. Vielleicht bleibt auch gar nichts … ja … vielleicht … niemand weiß es … wir werden es wissen, wenn es soweit ist … aber bis dahin … bis dahin werde ich mit aller Kraft versuchen, mein eigenes Menschsein auf eine höhere Stufe zu stellen, die diesen Begriff auch wert sein muss und ich will noch einmal die Freude in mir spüren, die sich ohne Bedenken und Blockaden ausbreiten kann...vielleicht...nein, sicher, denn das wird die letzte Aufgabe sein...die letzte Aufgabe auf dem allerletzten Weg...

Ich zahle und gehe. Draußen lache ich laut auf. Der Bedienung habe ich einen Euro Trinkgeld gegeben. Wertlos. Was soll sie damit noch machen? Ein gewohnheitsmäßiger Schwachsinn. Ich hebe den Kopf und sehe in den weißen Himmel. Das Schneien ist dichter geworden und ich ziehe die Mütze tiefer ins Gesicht, schlage den Kragen hoch und mache mich auf den Weg nach Hause. Fast symbolträchtig nimmt mir das Schneetreiben auch die Sicht nach innen. Tausend Gedanken jagen auf einmal durch meinen Kopf, Fragen über Fragen überfallen mich und ich spüre mein Herz schneller schlagen. Urplötzlich kommt dann doch irgendwie Panik hoch, erstürmt mein Gehirn und bringt meinen Körper dazu, trotz der Kälte zu schwitzen. Ich sehe kaum den Weg, auf dem ich laufe, keuche wie beim Joggen und will mich zwingen, ruhiger zu werden. Eine rostige Zange legt sich um mein Herz und greift erbarmungslos zu. Aus der unkontrollierten Panik und Hetze entsteht Traurigkeit, Hoffnungslosigkeit, Sinnlosigkeit, Ausweglosigkeit und ein gewaltiger Hang zum mutlos werden. Das alles rast so schnell durch meine Gedanken, dass ich keinen einzigen davon festhalten kann. Dann bemerke ich, dass ich schon vor dem großen Tor zum Parkhaus stehe. Es schneit immer heftiger. Ich renne hinunter und steuere den Kassenautomaten an. Mein Puls rennt nach wie vor, ich schwitze immer mehr, ich fühle eine undefinierbare Aufregung und möchte nur raus hier. Fluchtartig schließe ich das Auto auf, setze mich hinein, schnall mich schon gar nicht erst an und verlasse das Parkhaus. Mein Gehirn schreit mich an, endlich ruhiger zu werden, findet keinen Grund für diese Attacke und lässt mich nur noch weiter keuchen. Die Ampel schaltet auf Rot. Ich muss stehenbleiben.

Das Radio sendet nach wie vor das normale Tagesprogramm. Ein Song würgt lange zurück liegende Erinnerungen hoch. Lovin´ Spoonful – Summer in the City. Jetzt im Winter, prima. Uralt, aber immer noch schön. Ich versuche mitzusingen, aber ich habe den Text vergessen. Bilder strömen durch mein Erinnerungsauge. Bilder eines kleinen, noch nicht pubertären Jungen, der nur die Welt um sich herum kennt, der schon große Träume hat und Sehnsüchte. Der jeden Freitag die wöchentlichen Hits anhört und sich ein zukünftiges Leben vorstellt. Ein Junge, dessen einzige Sorgen die Hausaufgaben und manche verhassten Fächer der Schule sind. Oder die Bevormundung der Eltern.

Die Musik... nichts wird im Moment geändert. Die Medien versuchen alles, um den gewohnheitsmäßigen Ablauf des Tages nicht zu unterbrechen. Im Fernsehen kann man jeden Tag Diskussionen verfolgen, die die Menschen beschwört, nicht in Panik zu verfallen und sich dem Unausweichlichen einfach zu stellen. Panische Reaktionen würden die Realität auch nicht ändern, sagen sie, die Doktoren und Psychologen, die Professoren und Seelenforscher. Reportagen und Dokumentationen über Kometen werden ausgestrahlt. Alle mit dem gleichen Hintergrund und den gleichen Imperativen. Versuchen Sie, ihrem Leben den Sinn einzuhauchen, den es verdient und mit dem Sie gut leben können. Wenn es nur so einfach wäre, denke ich. Wie viele Menschen werden mit dem Ende ihres Lebens wohl nicht zurecht kommen? Die spirituellen Anlaufstellen werden Hochkonjunktur bekommen und die Esoteriker werden den Gipfel ihrer eigenen Wahrnehmung erreichen. Die Aufforderung und die Ratgeber zum letztlichen Frieden ist unmissverständlich. Es fühlt sich schon paradox und irreal an, dem Menschen zu einem inneren Frieden zuzusprechen, obwohl so unglaublich viele ihrem primitiven aggressiven Geist immer wieder nachgeben. Aber dass das überhaupt zum finalen Thema gemacht wird, ist überaus bemerkenswert. Ich finde das alles sehr gut. Das hätte ich von der Menschheit bestimmt nicht erwartet, dass die erwartete Panikwelle tatsächlich ausbleibt. Vielleicht liegt es daran, dass es keine Fluchtmöglichkeit gibt. Wir können die Erde nicht verlassen, wir müssen alle hierbleiben – egal, wo wir uns befinden. Fast körperlich ist das Zusammenrücken der Menschen spürbar. Spüre selber, dass das Nachdenken über existentielle Werte auch viel Trost bringen kann. Doch gerade in diesem Moment tue ich mich schwer. Meine innere Unruhe, die mich ständig heimsucht, bringt mich um. Ich muss etwas tun. Ich kann nicht einfach dasitzen und weiterhin überlegen, was zu tun sei. Tu es jetzt, mach´ schon, schreie ich mich selbst immer wieder an. Du hast jetzt keine Zeit mehr, wertlosen Gedanken nachzuhängen! Mach jetzt einfach, zögere nicht, hab keine Angst mehr…keine Angst…Angst…keine Angst…tu es JETZT!! Mach dich endlich frei von allen Zwängen, mach dich frei von den Dogmen eines Lebens, mach dich frei von Heteronomie, sei einfach du selbst … genieße … genieße … lebe … liebe … ein letztes Mal … so wie es immer gewesen ist und niemand darauf hören wollte, jetzt ist es eine reine Selbstverständlichkeit geworden…die innere Kraft, die wir immer als Bauchgefühl oder Intuition bezeichnet haben, dieses so starke Gefühl, diese Kraft, die bei einer Entscheidungsfindung immer richtig lag, sie wird das Zepter übernehmen…lass es einfach zu – es wird der letzte rote Faden sein…der letzte, aber der Wichtigste. Und der Schönste…ich weiß zwar, wann ich sterben werde, aber nicht, wo. Ständig geht mir das durch den Kopf. Das wird meine letzte Aufgabe und mein letzter Wunsch sein. Ihn werde ich erfüllen.

*

Mit diesen in diesen ersten Tagen noch ungeordneten Gedanken beginnen die Tagebuchaufzeichnungen von Stefan Meinelt. Ab jetzt wird der beschrittene Weg in der narrativen Form weiter verfolgt. Grundlage bildet das umfangreiche Tagebuch eines Mannes, der sich auf die letzte Suche seines Lebens begibt. Es geht nicht nur um eine Sinnsuche, sondern auch um die Suche nach einem Menschen, der sich und sein Innerstes in einen zusammengehörenden Einklang bringen will. Es zeichnet eine bemerkenswerte Reise, ohne dass ein Reisebericht daraus hervorgeht. Ein Tagebuch, das nur die Gedanken, Empfindungen, Sinnlichkeiten und ein langsam steigendes vollkommenes Verstehen des Seins wiedergibt. Ohne es geahnt zu haben, steht sein persönliches Tagebuch stellvertretend für Millionen, wenn nicht gar für Milliarden von Menschen. Ein Tagebuch in seiner subtilsten und intimsten Form. Es ist nicht nur die Offenbarung und Dokumentation eines Menschen im Erfüllen des letzten Aktes, sondern es ist insbesondere die Darlegung des Öffnens eines Menschen in seiner tiefsten Auslegung. Es beschreibt eine intensive Suche und das wertvolle Finden eines verlorengegangenen Geheimnisses, das wir „Leben" nennen – und das wir scheinbar vergessen haben...

~

Stefan kündigte am nächsten Tag seinen Job. Er betrat das Personalbüro, legte seine Sachen auf den Tisch – und ging. Es kam nicht einmal der Ansatz eines Gespräches in Gang. Bevor der Personalleiter auch nur ein Wort sagen konnte, war Stefan schon draußen. Er wollte nicht seine Zeit mit Statements vergeuden, die so unwichtig wie sonst was gewesen wären. Als er auf der Straße stand, waren seine Gedanken schon weit weg. Sie eilten ihm voraus in ein fernes Land. Setzten den Plural obenauf. Noch war er nicht unterwegs. Noch wollte er einen ungefähren Zeitplan erstellen und noch wusste er nicht genau, wo er die letzten

Tage und Stunden verbringen wollte. Was er wusste war seine aufkommende Neugier auf Anderes, auf Fremdes, auf vielleicht Unverständliches und auf Neues. Eine neue Begeisterung war geweckt worden und begann, sich einen inneren Raum zu schaffen, aus dem man schöpfen konnte.

Zuhause setzte er sich an den Computer und begann Flüge zu recherchieren. Seltsam, dachte er nach einer Weile, warum will ich unbedingt nach Osten fliegen? Er versuchte dahinter zu kommen und kam zu dem Schluss, dass er womöglich die ersten Antworten nach dem Leben in Indien finden könnte. Geburtsstätte des Buddhismus. Die heiligen Orte Lumbini und Bodhgaya. Geburtsort und Erleuchtungsort des Buddha. Der Buddhismus setzt doch das Leben und das Sterben auf eine Ebene. Eine Pilgerreise womöglich? Oder vielleicht auch nach Goa? Möglicherweise beides nacheinander. Ein blitzartiges Grinsen überzog sein Gesicht. Er war sich sicher, dass viele Menschen in den ehemaligen Hippie - und Aussteigerort reisen würden, um noch einmal ein freies Leben leben zu können. Er sah wieder auf den Bildschirm, überlegte noch ein paar Augenblicke, legte den Kopf in den Nacken und richtete seinen Blick wieder auf den Bildschirm. Plätze waren frei. Er klickte auf den Button „Buchen" und gab seine Personalien ein. Zwei Minuten später hatte er die Bestätigung in seinem Postfach. Und damit war der erste Schritt getan. Die langsam aufsteigende Ruhe und Erleichterung beruhigte seinen Puls, ließen ihn in eine längst vergessene Lockerheit verfallen und entfachten ein fast schon euphorisches Gefühl, das ihm in seinem Ledersessel ein fröhliches Lachen entlockte. Vier Tage noch, dann war er weg. Er würde nicht wiederkommen. Er ließ eigentlich nichts zurück. Seine Eltern waren vor Jahren

schon gestorben und seine Schwester würde ihren Heimatort nicht verlassen. Sie würde hierbleiben. Zusammen mit ihrer Familie - Ehemann, Kinder und Enkelkinder. Stefan nickte still vor sich hin. Recht so, dachte er, dann brauchte er sich auch darüber keine Sorgen machen. Stefan Meinelt hatte nur eine Tochter, die in Leipzig ihr Glück gefunden hatte. Nach dem Studium hatte sie dort eine sehr gute Stelle im geographischen Institut der Universität gefunden. Gleichzeitig wurde ihr Freund Andreas mit einem gut dotierten Posten der Stadt Leipzig für Städteplanung überrascht. Sie blieben dort und sie fühlten sich heimisch. Beide hatten bislang ein sicheres, zufriedenes und angenehmes Leben gelebt. Bis jetzt. Sie hatten telefoniert, seine Tochter und er. Er hatte versucht, sie darauf vorzubereiten, ihr mitzuteilen, dass dieser Tag für jeden Menschen so oder so kommen würde. Und er hatte versucht zu erklären, dass es keinen Unterschied machte, ob jetzt, später oder viel später. Das Leben hatte erst Sinn, wenn zu diesem letzten Augenblick sich nicht die Frage stellen musste: Warum denn jetzt schon??
Er hatte ihr seine Pläne mitgeteilt und sie gefragt, ob sie ihn begleiten würde. Sie und Andreas. Sie würde sich rechtzeitig melden, hatte sie gesagt. Das war vor zwei Wochen. Nach einer Woche hatte sie angerufen, sie müsste mit Andreas das noch intensiv besprechen, aber sie wollte auf jeden Fall mitkommen, wohin auch immer. Auf jeden Fall bis zum letzten Tag. Danach war Stefan beruhigt. Zusammen würde niemals ein so großer Schmerz entstehen und zusammen würden sie nicht so eine große Angst haben müssen. Angst, die sich sicherlich einstellen würde – irgendwann. Doch das war im Moment nebensächlich. Er hatte noch drei Tage vor sich, die er nutzen konnte. Für die

letzten Besuche der Freunde, Bekannte, Familie. Danach würde er keinen mehr wiedersehen. Innerlich legte er dem automatisch den Begriff „Pflicht" auf. Was er aber bald widerlegte. War es wirklich seine Pflicht, aus reiner Höflichkeit eben diesem Pflichtbewusstsein nachzukommen, um ein reines Gewissen ohne irgendwelche Schuldgefühle haben zu können? Natürlich nicht. Er überlegte, was er tun sollte. Ein paar enge Freunde sollte er schon noch aufsuchen. Nein, es war keine Pflicht. Es war eine Sache der Ehre und des Wollens. Es war ihm selbst ein Bedürfnis, ordentlich auseinander gehen zu können. Sie kannten sich seit der Schule – fast ein halbes Jahrhundert. Er nahm das Telefon und rief sie alle an. Lasst uns noch einen trinken. Oder zwei oder mehr…nein, keine Pflicht, sondern das Bedürfnis, sich von Menschen, die ihn ein Leben lang begleitet hatten, ehrlich zu verabschieden…

Zuletzt hatte er sich überwunden und seine Exfrau und Mutter seiner Tochter in Kenntnis über die Zukunftspläne gesetzt. Sie hatte bereits mit ihr gesprochen, hatte geweint und gehofft, dass sie bleiben würde. Aber Elena und Andreas Entscheidung stand bereits fest, Stefan zu begleiten. Nicht sofort, sie würden sich erst in ein paar Monaten treffen, aber eine Rückkehr war ausgeschlossen. Irgendwann nach Wochen hatte Elenas Mama es akzeptiert. Sie würden sich vor ihrem Abflug noch einmal für ein paar Tage treffen und sich intensiv verabschieden. Dann würden sie sich nicht mehr sehen...

Die Koffer waren gepackt und er war reisefertig. Morgen Abend würde Deutschland Geschichte sein. Seine Geschichte. Wenn alles planmäßig verlaufen sollte, würde er nicht mehr zurück kehren. Vorkehrungen für seine

Wohnung und den Hausrat hatte er nicht getroffen. Warum auch? Er sah auf die Uhr. Es war früher Abend und er beschloss, noch Essen zu gehen. Ein paar Straßen weiter war ein guter Italiener mit einem angenehmen Ambiente.

Das Restaurant war schon zu dieser frühen Zeit bereits gut besucht. Ein paar Blicke erfassten ihn, doch nur Augenblicke, dann wurde die Aufmerksamkeit wieder auf die Tischgespräche gelenkt. Er steuerte einen kleinen Zweiertisch am Fenster an, der noch nicht besetzt oder reserviert war. Zwei Tische weiter saßen zwei Männer an einem kleinen Tisch. Einer saß mit dem Rücken zu ihm und der andere sah ihm offen und ein wenig interessiert in die Augen. Einen Moment stutzte Stefan und hielt dem Blick des anderen stand. Er bemerkte ein leichtes Lächeln um die Augen und das höfliche Nicken. Stefan nickte zurück. Während er sich setzte, überlegte er, ob er den Mann von irgend woher kennen sollte, aber seine Erinnerung blieb stumm. Er kannte ihn nicht und hatte ihn auch nie gesehen. Mit immer noch leicht grübelnden Gedanken griff er die Speisekarte und studierte sie. Seine Gedanken schweiften immer wieder ab. Er war jetzt doch ein bisschen aufgeregt, wenn er an den nächsten Tag und die nahe Zukunft dachte. Aber gleichzeitig spürte er auch diese immense Freude, dass er sich entschlossen hatte, sich nicht dem Warten auf das Ende zu unterwerfen, sondern seinem Leben noch einen gewaltigen Schub geben zu wollen. Es sollte alles leichter machen, um irgendwann das Unumkehrbare nicht mehr fürchten zu müssen, sondern nur noch akzeptieren. Inmitten seiner wirbelnden Gedanken fiel ein Schatten auf die weiße Tischdecke. In Erwartung des Kellners wollte er schon seine Bestellung aufgeben und hob den Kopf – um sofort überrascht inne zu halten und nichts zu sagen. Eine

Frau stand vor ihm, zaghaft lächelnd und im Begriff, ihn anzusprechen.

„Entschuldigen Sie, ist dieser Platz noch frei? Dürfte ich mich zu Ihnen setzen? Alle anderen Tische sind schon reserviert und da Sie alleine sind, dachte ich…"
Sie zog fast schüchtern die Augenbrauen nach oben und sah ihn fragend und fast ein wenig bittend an. Die rehbraunen Augen, die so sanft lächelten und blitzten, nahmen ihn augenblicklich gefangen und er konnte gar nicht ablehnen.

„Natürlich. Ich erwarte niemanden mehr. Bitte…nehmen Sie Platz."
Sie lächelte dankbar und setzte sich.

„Ich hoffe, Sie halten mich jetzt nicht für aufdringlich, aber ich hatte mir heute Abend ein gutes Essen eingebildet…"
Sie wollte noch etwas sagen, aber unterließ es.

„Sie brauchen sich doch nicht zu rechtfertigen. Mir ist es doch auch lieber, in Gesellschaft zu essen."
Er drehte ganz leicht den Kopf und nickte ihr lächelnd zu. Erst jetzt bildete sich der vollständige erste Eindruck ab. Sie mochte nicht mehr die Allerjüngste sein, aber sah auch noch nicht aus wie seine Altersgruppe. Aber wahrscheinlich irrte er sich sowieso, was das betraf. Er hütete sich meistens, Frauen in einer Altersklasse einzuordnen. Er lag immer falsch. Sie war jedenfalls ausgesprochen attraktiv und ihr Lächeln und ihr sanfter Tonfall sprach Stefan sofort an.

„Übrigens – ich bin Maureen…Maureen Stein."

„Freut mich…ich bin Stefan. Stefan Meinelt. – Maureen? Etwas ungewöhnlich. Haben Sie britische Wurzeln? Als deutscher Vorname geht er jetzt ja nicht durch."

„Ich bin gebürtige Schottin. Bin aber schon fast dreißig Jahre in Deutschland und war mit einem Deutschen lange verheiratet."

„War?"

Sie zuckte mit den Schultern und winkte kurz ab.

„Ist kaputt gegangen…schon ein paar Jahre her."

„Na, dann willkommen im Club…"

Sie lachte ihn leise an.

„Aha…wie lange schon?"

„Genauso lang. Also…es spielt keine große Rolle mehr."

„Kinder?"

„Eine Tochter. Lebt im Moment noch in Leipzig, aber nachdem sich unser aller Leben ja verändert hat, wird sich auch dies alles verändern…"

Sie nickte und machte ein nachdenkliches Gesicht.

„Das ist wahr…auf einmal ist alles anders…manchmal denke ich, dass es zu zweit vielleicht leichter wäre, aber dann…dann wieder glaube ich, dass es auch von Vorteil ist, alleine zu gehen. Ich weiß es noch nicht…"

„Tja, schwierig zu entscheiden. Ich war mir auch lange nicht sicher. Irgendwie. Aber natürlich möchte ich meine Tochter am Schluss bei mir haben. – Haben Sie Kinder?"

Sie sah ihm fast ein bisschen ernst in die Augen und überlegte sich eine Antwort. Stefan meinte, dass sie darüber nicht sprechen wollte und ruderte sofort zurück.

„Sorry, ich wollte nicht persönlich werden. Sie brauchen nicht zu antworten."

„Nein, nein, schon gut. Ich dachte nur im Moment an meinen Sohn. Ich habe eine Tochter und einen Sohn. Mein Sohn lebt in Mainz und meine Tochter ist in Australien verheiratet. Wir werden uns demnächst alle hier treffen und entscheiden, was und wie wir das alles handhaben können."

Bevor Stefan etwas erwidern konnte, erschien der Kellner und sie bestellten. Sie plauderten noch über Belangloses, bis die Getränke kamen. Stefan hatte eine Flasche Chianti bestellt und seine „Tischdame" war einverstanden, die Flasche mit ihm zusammen zu trinken.

Stefan hob das Glas und prostete ihr zu.

„Na dann. Ich trinke auf diesen Abend – und die nächsten etwa 380 Abende..."

Die Gläser klirrten und ein Blick in ihre ausdrucksstarken Augen ließ ihn fast ein bisschen nervös werden.

„Also, Herr Meinelt, was haben Sie denn noch vor?" fragte sie ihn plötzlich. Er winkte schnell ab.

„Bitte...wir essen heute zusammen. Ich bin Stefan, wenn Sie einverstanden sind...wenn du einverstanden bist."

Etwas unsicher zwickte er die Augen zusammen. Ob er jetzt nicht eine Grenze überschritten hatte? Schließlich kannten sie sich gerade mal eine dreiviertel Stunde. Doch seine Bedenken waren unbegründet.

„Natürlich. Gerne. Ich bin sehr einverstanden, Stefan. Also – irgendwelche Pläne, bevor wir Lebe wohl sagen?"

„Ja, ich habe schon Pläne. – Morgen verlasse ich Deutschland."

Einen Moment war sie perplex und wusste nicht, ob er jetzt einen Scherz machte. Intensiv musterte sie ihn und suchte die Überzeugung.

„Ernsthaft?"

Er nickte und deutete nicht an, dass er scherzte.

„Ja, das hier ist mein letztes Abendessen in Deutschland. Ich habe nicht vor, noch einmal zurück zu kommen."

„Was...was hast du dann vor?"

„Ich werde morgen nach Indien fliegen…"

Ihr Kopf zuckte ein bisschen zurück und etwas ungläubig musterte sie seinen Gesichtsausdruck. Dann begann sie zu grinsen.

„Indien? Warum?"

Jetzt grinste er. Ein bisschen verschämt aber auch ein bisschen stolz.

„Tja, ich…es war so ein Gedanke, dass ich…äh, ja dass es…"

„Etwa nach Goa?" unterbrach sie ihn.

„Äh, ja, genau…also, jetzt bin ich etwas überrascht. Wie kommst du ausgerechnet auf Goa?"

„War mein erster Gedanke…"

Ihr wissendes Lächeln paarte sich mit einem erneuten Grinsen. Aber er winkte sofort ab.

„Nein, nicht das, was du jetzt denkst. Sex, Drugs und Rock´n Roll spielen dabei nur eine wirklich kleine Nebenrolle.

„Ich bin schon mal in Goa gewesen. Man kann dort schon sorglos in den Tag hinein leben. Der Hippiespirit ist immer noch da…und jetzt wird er wahrscheinlich eine Renaissance erleben."

„Ja, das war auch meine Motivation. Noch einmal alle Sorgen, Gedanken und Probleme beiseite schieben. Es erschien mir recht naheliegend."

Sie wollte ihm das nicht so recht abnehmen.

„Ist es das, was du mit deiner restlichen Zeit anfangen willst? Ich glaub das nicht, dass es das ist, was du wirklich willst. Ich halte dich nicht für dekadent…entschuldige, ich meine, dass…"

„Schon gut, man kann ja gar nicht umhin, sofort an einen wie auch immer erscheinenden Sextourismus denken. Nein, um das geht's mir wirklich nicht."

Er schüttelte sofort den Kopf. Keinesfalls wollte er, dass sie ihn auf ein Maß des Sex, Drugs und Rock´n Roll herunter bügelte.

„Nein, es soll nur ein Teil von etwas Komplexem sein. Eigentlich ist es mir viel wichtiger, dass ich...ich meine...wahrscheinlich wirst du das als Zeitverschwendung halten, aber...“

„Aber was?“

„Na ja, ich möchte noch so etwas wie eine sehr persönliche Erkenntnis des Lebens erleben. Und darum werde ich versuchen, Buddhas Weg von seiner Geburtsstadt bis zu seinem Erleuchtungsort nachzugehen. Ich habe zwar keine Ahnung, ob das überhaupt machbar ist, aber...ähm.., ganz einfach ausgedrückt, soll Goa nur dazu dienen, mir klar zu machen, dass die verbleibende Zeit eigentlich mit einer gedanklichen Tiefe und einer möglichen Erkenntnis des Lebens zu füllen sein muss. Ich werde nur eine gewisse Zeit in Goa sein. Solange, bis mir mein Kopf sagt, dass es Zeit ist, zu gehen und sich um die wichtigen Dinge zu kümmern.“

Gespannt sah er sie an und erwartete gleich ein spöttisches Lächeln – aber es kam nicht. Maureen hatte ein respektvolles Gesicht aufgesetzt.

„Das finde ich einen ausgezeichneten Plan. Sehr gute Idee. Ich denke auch, dass jeder versuchen sollte, so etwas wie ein letztes Verstehen, ein Begreifen seines eigenen Lebens und dessen Sinn zu finden. Find´ ich toll, dass du das willst. Und machst. Aber warum dann Goa? Ich denke, du hast doch schon ein Leben hinter dir.“

Ihr Blick zollte ihm Anerkennung und trotzdem ein gewisses Unverständnis wegen Goa.

„Weil... Ich war nicht sicher, ob ich mir einen Pilgerweg wirklich antun wollte. Auch noch in Indien...und Goa ist...oder soll eigentlich...“

Er suchte krampfhaft nach einer vernünftigen Erklärung, die nicht nur als Ausrede herhalten sollte.

„Ich versteh´ schon,“ erwiderte sie verständnisvoll – mit einem schelmischen Lächeln. Doch er winkte vehement ab.

„Nein, nein, das war eigentlich nicht mein Beweggrund. Es geht mehr darum, dass ich einen Gegensatz brauche, der den Pilgerweg auch in das richtige Licht stellen kann. Ich möchte mich in Goa im Grunde genommen nur von meinem bisherigen Leben verabschieden und ich glaube, das wäre der beste Ort dafür. Meinen letzten Tag dort zu verbringen, das war eigentlich niemals mein Plan – und das würde ich auch nicht wollen. Ich möchte vielmehr Erkenntnisse für mich selbst finden, die ich noch nicht kenne. Orte wie Goa kann ich auf der ganzen Welt finden, das hilft mir nicht weiter. Ob mir das Pilgern liegen wird, weiß ich natürlich auch nicht...“

„Du hast doch nichts zu verlieren, außer das Bedauern, wenn du es nicht machst.“

„Da hast du vollkommen recht. Am Schluss wird man eh nur das bedauern, das man nicht gemacht hatte.“

„Sehr richtig.“

„Und was ist mit dir?“

„Ich weiß es noch nicht. Ich werde das mit meinen Kindern besprechen, aber es könnte durchaus sein, dass wir alle nach Australien gehen werden. Irgendwie kann ich mich mit dem Gedanken recht gut anfreunden. – Wo wirst du die letzten Tage verbringen? Bleibst du in Indien?“

Er schüttelte den Kopf. Sein Reiseplan war im Kern schon konkret.

„Nein, ich habe vor, von Indien nach Bali zu reisen und dann nach Neuseeland. Dort werde ich bleiben. Kommt natürlich immer darauf an, ob man irgendwann überhaupt noch reisen kann. Aber wenn, dann tue ich das…"

„Deine Tochter?"

„Wird mit mir kommen. Zusammen mit ihrem Mann. Aber wir werden uns erst nach meinem Indienaufenthalt treffen. In Bali. So ist der Plan."

Das Essen kam und sie unterbrachen ihre Unterhaltung. Mit einem seltsam grummelnden Gefühl im Bauch dachte Stefan daran, dass dies seine letzte Mahlzeit in seinem Heimatland sein würde. Es war ein undefiniertes Gefühl, das Wehmut, Sehnsucht, Furcht, Angst und Freude vermischte. Von jedem etwas. Ein Cocktail, der keiner Zutat den Vorrang geben wollte. Zumindest in diesem Moment nicht.

Die zufällige Begegnung entpuppte sich zu einem mehr als angenehmen Abend und Stefan und Maureen dachten zu fortgeschrittener Stunde insgeheim daran, was wohl gewesen wäre, hätten sie sich vor Jahren schon kennen gelernt. Das sagten sie beide zwar nicht, aber der Gedanke war schon fassbar. So aber blieb es bei einem angenehmen zärtlichen Windhauch, der sie traf, sie berührte, sie inspirierte – und dann war er wieder verschwunden. Als sie sich verabschiedeten, küsste sie ihn sanft auf die Wange, dann auf seine Lippen. Ihre Hand hob sich und strich zärtlich über seine Stirn und schob ein paar Haarsträhnen beiseite.

„Das war wirklich ein schöner Abend, Stefan. Ich wünsche dir alles Gute für deine Reise und hoffe, du findest noch das, was du dir erhoffst."

„Es war ein außergewöhnlich schöner Abend, der so ja nicht erwartbar war. Dir auch alles Gute und genieße die restliche Zeit – und versuch, die Angst nicht aufkommen zu lassen. Mach´s gut, Maureen…"

Sie nickte und klopfte ihm lächelnd sanft auf seine Brust. Dann drehte sie sich um und ging weg. Aber nach ein paar Schritten blieb sie stehen und wendete den Kopf. Gerade so, dass sie ihn ansehen konnte.

„Was…was wohl hätte sein können, wenn wir uns früher getroffen hätten? - Mach´s gut Stefan."

Sie wartete keine Antwort ab, hob leicht die Hand, kniff die Augen zu einem Lächeln zusammen und ging. Einen Augenblick dachte Stefan daran, dass er am Tisch doch denselben Gedanken gehabt hatte. Schade, dachte er noch. Ganz kurz blitzte noch das „Was wäre, wenn…" auf, doch ein innerer Wächter vernichtete dies sofort. Dann hob er den Kopf und ging langsam, ein klein bisschen nachdenklich, aber zufrieden zurück. Weit kam er nicht, da holte ihn eine Stimme aus seinen Gedanken.

„Schönen Abend noch…"

Er drehte den Kopf und sah die beiden Männer, die an dem anderen Tisch gesessen waren und an dem der eine ihn so intensiv angeblickt hatte. Beide hatten ein freundliches leichtes Lächeln aufgesetzt und beide nickten ihm grüßend zu.

„Danke…Ihnen auch…" antwortete Stefan.

Schon wieder suchte er in seinen Erinnerungen nach einem Erkennen. Und schon wieder gab es nichts, an was sich zu erinnern war. Noch einmal nickten sie ihm aufmunternd zu und drehten sich um, zu gehen. Einer plötzlichen Eingebung folgend rief Stefan sie zurück.

„Entschuldigung…einen kleinen Moment bitte."

Die beiden blieben stehen und sahen ihn neugierig an. Stefan hob kurz die Hand. Dann trat er ein paar Schritte auf sie zu.

„Entschuldigen Sie, wenn ich jetzt so peinlich nachfrage, aber...aber, kennen wir uns denn?"

Fragend sah er den einen an, der den Eindruck gemacht hatte, dass sie sich kennen sollten. Doch er schüttelte den Kopf.

„Nein, ich glaube nicht. Jedenfalls kommen Sie mir nicht bekannt vor. Warum fragen Sie?"

„Äh, ich weiß auch nicht. Sie machten mir den Eindruck, als ob Sie mich kennen würden. Ich habe mich wohl getäuscht...entschuldigen Sie bitte."

Er hob beide Hände und wollte schon gehen, aber der Mann hielt ihn zurück.

„Warten Sie. Sie brauchen sich nicht zu entschuldigen. Ich...wir...wir kennen uns wirklich nicht, aber ich..."

„Nicht...," fiel ihm der andere ins Wort. Er schüttelte den Kopf und sah seinen Freund ernst an.

„Aber?"

„Nun...es mag Ihnen vielleicht abstrus und verrückt erscheinen, aber als ich Sie vorhin gesehen habe, da..."

Der andere Mann unterbrach ihn nochmals und sah ihn fast beschwörend an.

„Lukas, lass' es sein. Du siehst doch, dass er uns nicht kennt. – Eine Verwechslung, tut uns leid. Nur ein Missverständnis. Mein Freund meint, jemanden in Ihnen wieder zu erkennen."

„Also kennen wir uns vielleicht doch?"

Stefan war jetzt ein klein bisschen verwirrt. Doch jetzt schüttelten auch beide den Kopf.

„Nein, es ist...es tut mir leid, wenn Sie sich von mir belästigt gefühlt haben, das war nicht meine Absicht."

„Hab ich nicht. Aber...wenn Sie mir etwas sagen wollen, dann nur zu. So viel Zeit haben wir glaub´ ich schon noch." Er zog die Augenbrauen hoch und lachte ihn an. Trotz der seltsamen Begegnung waren sie ihm beide keineswegs unsympathisch. Der andere Mann versuchte eine Erklärung.

„Also...mein Freund hat eine, sagen wir mal, seltene Gabe. Oder anders gesagt, er sieht in der Aura der Menschen manchmal besondere Eigenschaften, die diese Menschen selbst gar nicht wahrnehmen. Er kann das schon. Und das beschäftigt ihn eben. Und manchmal eben mehr..."

„Was?!"

Der mit dem Namen Lukas angesprochene ergriff wieder das Wort.

„Es war eben für mich sofort offensichtlich. Sie haben tief in Ihnen drinnen ein besonderes Merkmal, das absolut selten vorkommt."

Jetzt war Stefan belustigt. Er hatte wohl zwei Esoteriker vor sich.

„Ein Merkmal? Aha, und was für eines? Wie kommen Sie darauf? Sie kennen mich doch gar nicht."

„Das ist auch nicht notwendig. Es ist die Aura, die Sie umgibt. Ich kann dies wahrnehmen...und das, was sie verbreitet."

Stefan sah von einem zum anderen und verzog das Gesicht.

„Sie wollen mich jetzt doch nicht verarschen, oder?"

Der andere Mann mischte sich wieder ein.

„Nein, das liegt uns wirklich fern. Entschuldigen Sie, dass wir Sie damit belästigt haben."

Er wollte Lukas mitziehen, aber der winkte nur ab.

„Ich weiß, dass dies alles für Sie völlig fremd und wahrscheinlich esoterisch angehaucht wirkt, aber ich bin überzeugt, Sie werden diese letzten Monate, die vor uns liegen, noch viel über sich in Erfahrung bringen. Verdrängen Sie das nicht, es ist wichtig und ein Teil Ihres Selbst."

„Wie meinen Sie denn das?"

„Ich meine, dass Sie auf einer Suche sind. Nicht nur nach sich selbst, sondern auch nach dem, was tief in Ihnen schlummert und was Sie wahrscheinlich als die letzte Erkenntnis bezeichnen würden. Wahrscheinlich haben Sie schon länger das Gefühl, mit dieser Suche aktiv beginnen zu müssen. Ich glaube, Sie werden sich bald auf einen Weg machen, habe ich recht?"

„Na ja, damit werde ich wohl nicht der Einzige sein. Da braucht man kein Prophet zu sein. Aber es stimmt, ich werde morgen dieses Land verlassen."

„Und Sie werden nicht zurück kommen, nehme ich an?"

Stefan nickte.

„Das ist der Plan..."

„Lassen Sie mich raten...ich denke, Asien wird es mit Sicherheit sein. Spiritualität. Ein guter Weg...Sie werden genau das finden, was Sie suchen. Vielleicht wird Ihnen das ureigene Verständnis noch zuteil werden. – Das Dasein wird sich nicht nur auf dieses Leben beschränken. Und Ihres schon gar nicht..."

Stefan war ein klein bisschen perplex. Eigentlich sah das alles sein Plan vor, auch wenn er es vermied, mit anderen darüber zu sprechen. Aber hellseherisch darauf zu kommen, war jetzt auch nicht so schwer.

„Ja, vielleicht, ich weiß es nicht...aber was wollen Sie mir eigentlich jetzt damit sagen? Ich denke, so wie ich werden bestimmt Millionen anderer denken."

Lukas lächelte sanft.

„Ja, das kann schon sein. Ich will damit sagen, dass das, was Sie vorhaben, nur ein Teil dessen ist, was mit Ihnen geschehen wird. Besser gesagt, mit ihrem Geist. Er wird sich in einer Weise weiten, die Sie sich nicht vorstellen können. Der Anfang ist ja bereits gemacht…"

„Was wird denn geschehen?"

„Das…ja, das müssen Sie selbst herausfinden…und das werden Sie auch. Viel Glück dabei…"

Er sah seinen Freund an und sie verabschiedeten sich.

„Auf Wiedersehen…alles Gute für Sie."

„Ja, danke…Ihnen auch alles Gute…"

Die beiden drehten sich um und ließen Stefan wieder alleine. Komische Typen, dachte er. Was genau wollte er mir jetzt eigentlich sagen? Kopfschüttelnd drehte er sich um und begab sich auf den Nachhauseweg. Er dachte an das, was der Mann gesagt hatte. Aura? Er hatte eine besondere Aura? Ein überaus esoterischer Begriff, der schon an sich sehr weiträumig beschrieben werden konnte. Ein Dasein über den Tod hinaus? Natürlich hatte er sich gefragt, ob sein Geist als reine Energie den körperlichen Tod überwinden konnte. Aber fragten das sich nicht viele Menschen? In der jetzigen Situationen wahrscheinlich noch viel mehr. Die Frage, was nach dem Tod geschehen könnte, würden sich doch Milliarden Menschen stellen. Dieser Mann konnte die Aura von Menschen wahrnehmen…wie denn? Sah er dann irgendein nicht sichtbares Licht, das nur er sehen konnte? Und was sollte aus diesem Licht zu schließen sein?

Stefan hatte sich nie mit Esoterik beschäftigt, weil das alles für ihn so weit hergeholt war wie die verrücktesten Verschwörungsmythen. Er glaubte an so etwas auch nicht.

An eine vielleicht versteckte Macht, die jedes Schicksal auf einen bestimmten Weg lenkte und man sich diese Macht durch diesen esoterischen Aberglauben aneignen konnte und daraus Wissen schöpfte. Kartenlegen, Kristallkugel, Runenvorhersagen... Unsinn. Aber er glaubte natürlich an die Macht des Geistes und den Willen, seinen eigenen Geist zu kontrollieren. Er schüttelte wild den Kopf. Aura...Wahrnehmung...unsichtbare Kräfte...was denn noch? Vielleicht Buddhas Nachfahre etwa? Er grinste in die kalte sternenklare Nacht hinein und fokussierte seine Aufmerksamkeit wieder auf den morgigen Tag.

Er konnte schlecht einschlafen. Es war wie ein permanent unterbrochenes Dösen, das aus Momenten des Tiefschlafes wieder in das Halbbewusstsein abdriftete. Dauernd wurde er wach und starrte in die stille Dunkelheit. Dann fiel er wieder in einen unruhigen Schlaf, in dem ihn Träume heimsuchten. Es waren keine neuen Träume, die fast aus den Tiefen des Universums kamen, um ihn unruhig werden zu lassen. Seit Monaten suchten ihn immer wieder die gleichen Bilder heim. Zuerst war es schemenhaft, nebulös, kaum erkennbar und wirr. Die nächsten Male schärften sich die Konturen und dann, nach etlichen wiederkehrenden gleichartigen Träumen, war alles genau zu erkennen. Er sah sich umringt von Sternen, von Planeten und Galaxien. In der Ferne konnte er einen Planeten erkennen, der rasend schnell größer wurde. Ein Mond zog in unmittelbarer Nähe seine Bahn. Er kam näher und näher. Erkannte das dunkle Blau der Meere, die hellen Wolken, die sich über die Landmassen und Teile der Ozeane zogen. Er erkannte tiefe, riesige Canyons und gigantische langgezogene Seen. Große Teile der Kontinente waren bräunlich oder sandfarben,

Wüsten und große unfruchtbare Ebenen oder steppenartige Vegetationen. Andere Teile waren tiefgrün, nur unterbrochen von Gebirgen und natürlichen geologischen Begrenzungen. Er war sich sicher, dass dieser Planet die Erde sein musste, aber sie sah anders aus als er sie kannte. Die Kontinente und die Pole hatten sich irgendwie verschoben oder verändert. Er fühlte auf einmal seine Beine, die einen Schritt nach vorne machten und vernahm leise Stimmen. Langsam drehte er den Kopf und sah in mehrere Augenpaare nicht definierter Wesen, die ihn anstarrten. Erschrocken trat er einen Schritt zurück, stolperte über irgendetwas und fiel nach hinten. Er fühlte sich fallen, nicht auf den Boden, und spürte plötzlich einen Luftzug auf seiner Haut. Über sich konnte er einen azurblauen Himmel wahrnehmen. Tiefblau und schier endlos. Er drehte den Kopf, sah die Erde rasend schnell auf sich zukommen und begann zu schreien, aber sein Schrei verflog in dem grenzenlosen Raum. Er fiel immer schneller, die Erde raste auf ihn zu, schon konnte er den Boden sehen, Felsen, Wiesen, Flüsse, Wälder. Völlig ungebremst fiel er darauf zu, jeden Moment konnte er aufschlagen. Er schloss panisch die Augen und...mit einem tiefen Stöhnen erwachte er und richtete sich abrupt auf. Er fand sich einen Augenblick nicht zurecht und meinte, sein kreischendes Schreien würde jetzt die Polizei auf den Plan rufen. Zittrig strich er sich mit der Hand über das Gesicht. Es war absolut ruhig in seinem Zimmer. Licht schimmerte durch die Ritzen der Rollläden. Er versuchte sich zu erinnern, was sich in seinen Träumen zugetragen hatte. Die Erde, er hatte aus der Sicht des Universums die Erde sehen können. Aber nicht so, wie er sie schon auf so vielen Fotos bewundert hatte. Sie war irgendwie anders...verändert.

Kopfschüttelnd stand er auf und dachte unwillkürlich an die dreizehn Monde, die noch kommen sollten. Und als er Stunden später am Schalter des Check-in stand, war der Traum und seine Gedanken längst vergessen.

*

Wieso wird immer wieder das angebliche Klischee eines Sonnenuntergangs so minderwertig dargelegt? Es ist kein Klischee. Es ist einfach schön. Niemand sollte sich anmaßen, dem mit Zynismus zu begegnen, weil es doch jedes Mal das Gleiche sei. Es ist bei Weitem nicht immer das Gleiche – ganz im Gegenteil. Die Augenblicke des letzten Sonnenlichtes sind niemals gleich. Es ist dieser bewegende Moment, in dem man die ganze Welt größer, mächtiger, umfassender und tiefer sieht. Noch schöner, noch grandioser und noch unmittelbarer. Es beschreibt die unendliche Weite, die maßlose Sehnsucht, die absolute Ruhe und die unvergleichliche Schönheit. Ein immanentes Farbenschauspiel, das nur die Natur kreieren kann und das den ozeanischen Horizont in ein jenseitiges Meer der Träume verwandelt. Paradiesische Träume, fern aller negativen Emotionen und Gedanken. Weit weg von Aggressionen und möglicher innerer Konflikte. Vielleicht sind diese besonderen Momente diejenigen, in denen die Zeit stehen bleibt – obwohl sich die Sonne stetig vom Tag verabschiedet.

Stefan saß im warmen Sand, die Füße bis zu den Knöcheln eingegraben, die Knie angezogen. Die Arme lagen darauf und er hatte das Kinn auf die Hände gelegt. Wie jeden Abend saß er hier und starrte mit einer unendlichen

Faszination auf das Meer. Sein Blick war so sehr auf das Naturschauspiel gerichtet, dass die umliegenden Geräusche, das unverständliche Gemurmel und die Gespräche derer, die genauso fasziniert den Horizont beobachteten, kaum sein Ohr erreichten. Schon nach drei Wochen hatten sich seine sämtlichen Sinne auf die ungewohnte Umgebung eingerichtet. Es ging einfach rasend schnell, weil es nicht mehr nötig war, an ein Zuhause zu denken, das den Stellenwert aufgegeben hatte. Er liebte dieses grenzenlose Meer, die fremdartigen Gerüche, die wohlige Wärme, den hellbraun flach abfallenden Strand, diese so angenehme frische Luft, die sich so sanft anfühlte, deren leiser Windhauch vom Meer kommend so zärtlich über seine Haut strich, dass er manchmal Wasser in die Augen bekam, so intensiv empfand er dieses feine Streicheln. Eine Berührung der Elemente, die schon auf einer übernatürlichen Ebene stattfanden. Manchmal fühlte er fast so etwas wie Ärger auf sich selbst aufkommen, dass er dieses Gefühl zu spüren niemals vorher in der Lage gewesen war, weil seine ganze Aufmerksamkeit immer gefangen genommen wurde von Beruf, Menschen und den unsinnigsten Problemen, die niemanden weiterbrachten. Immer wieder tauchte dieser so mit Negativität behaftete Begriff der Pflicht in seinen Gedanken auf und je mehr er sich dem Leben hier an den Stränden von Goa hingab, desto mehr fiel ihm auf, dass sein ganzes Leben lang eigentlich nur diese verdammte Pflicht der Diktator seiner selbst gewesen war. Ein gesellschaftlicher Dogmatismus, dem sich entgegenzusetzen eine wahre Kriegserklärung gewesen wäre. Was für eine Fehlentscheidung, dachte er, während seine Augen intensiv den letzten Rest der untergehenden Sonne begleiteten. Der Horizont stand in einem glühenden Feuerschein, dessen züngelnde Flammen das intensive Blau des Himmels kitzelten. Ein langgezogenes schmales Wolkenband hatte sich in ein orangerotes Szenario hoffnungsvoller Schönheit verwandelt, das wie ein großartiges Finale theatralischer Dramatik auf die Menschen am Strand wirkte. Das Meer änderte seinen Anblick in einen unwirklich wirkenden Farbtopf aller denkbaren warmer Farben, Nuancen von Orange, Rot, Gelb und sogar ein kleines bisschen helles Grün – und nahm sanft die untergehende Sonne auf, deren Präsentation wie eine göttliche Darstellung auf die Zuschauer Einfluss nahm. Dann glühte ein kleines Spitzchen noch einmal ganz kurz und ganz intensiv auf. Und schon war die Sonne verschwunden – zurück blieb ein intensives Seufzen der Menschen am Strand. Ein ehrwürdiges Seufzen, das so viel Emotion auszudrücken hatte. Wieder ein Tag vorbei, wieder ein Abend, an dem mit Freude und Erwartung auf den nächsten Morgen gewartet wurde. Wieder ein Tag weniger bis zum Ende. Die Nacht würde schnell kommen. In den Tropen dauert die Dämmerung nicht sehr lange.

Er dachte zurück an den Tag, als er in das Flugzeug gestiegen war. Als die Maschine auf die Startbahn rollte, wurde ihm bewusst, dass er niemals wieder einen Fuß auf diesen Boden setzen würde. Und als er spürte, dass sie abgehoben waren, keine Berührung mehr mit deutschem Boden hatten, fielen wie auf Kommando alle seine vorherigen Bedenken ab. Er verspürte Lust und unvorstellbare Neugierde auf die Welt. Seine Suche hatte begonnen - jetzt. Er hatte keine blasse Ahnung, was er denn suchen wollte, auf was er achten müsste, was überhaupt zu finden sein würde. Es bildete sich keinerlei Vorstellung davon, und wenn, dann erschien lediglich ein verschwommenes, diffuses Etwas, das weder Konturen noch Gestalt annahm. Kein Bild erschien vor seinem Auge, das ihm sagte, das musst du finden. Es gab keine Wörter, keine Sprache, die ihm klipp und klar mitteilten, was das Ziel seiner Reise sein sollte. Er wusste es nicht, konnte es nicht benennen und war außerstande, dies wenigstens schemenhaft visuell umsetzen zu können. Er vertraute schlicht und einfach seinem Gefühl in ihm drinnen, dem Bauchgefühl, diesem Etwas, das ihm ganz gewiss mitteilen würde, wenn es gefunden worden war. Er konnte nicht einmal sicher sagen, ob es wirklich mit dem laufend diskutierten Lebenssinn zusammenhing. Es würde damit bestimmt zu tun haben, wahrscheinlich war es auch die Hauptsache. Jeder suchte doch seinen persönlichen Sinn. Immer und überall. Und dadurch gab es auch Milliarden verschiedener Ansichten und Vorstellungen dieses Sinns.

Als sie die vorgeschriebene Flughöhe erreicht hatten und er aus dem Fenster sah, die vielen kleinen Lichter auf dem Boden betrachtete und sich seinen Gedanken hingab, sauste ganz kurz eine Betrachtung vorbei, ein Satz, eine Bemerkung, eine schon banale Wahrheit. Was wäre denn, wenn es gar kein Ziel zu finden gäbe? Was wäre, wenn wirklich der Weg das Ziel sein würde? Vielleicht stimmte diese immer sich wiederholende Aussage tatsächlich. Würde sich ein ultimativer Lebenssinn entwickeln oder wurde es einem plötzlich bewusst? Durch eine besondere Situation, ein einziges Wort, ein spezieller Laut, ein assoziierendes Bild oder gar durch eine wunderbare Berührung? Er konnte es nicht benennen. Dann war auch dieser Gedanke verschwunden. Aber eins war ihm schon jetzt klar, er würde sich dem allen hingeben. Mit seinem ganzen Bewusstsein, mit seiner Neugierde, mit seiner Abenteuerlust, mit seiner Lebenslust. Und mit seinem spirituellen Geist, der im Begriff war, zu expandieren...

Jemand setzte sich neben ihn und störte ihn in seiner inneren Betrachtung. Kurz wandte er den Kopf. Es war Severine, eine Französin, die schon vor drei Monaten nach Goa gekommen war. Nein, sie störte ihn wirklich nicht. Bei ihrer Ankunft hatte noch niemand gewusst, was auf die Erde zukommen sollte. Als sie es erfahren hatte, beschloss sie, einfach hierzubleiben. Eigentlich war sie nur gekommen, um sich von einer gescheiterten Ehe zu erholen. Sie wollte sich nur ablenken, um nicht in diesen unaufhaltsamen Sog der Hilflosigkeit und des Alleinseins hinuntergezogen zu werden. Jetzt war alles anders. Ihre Scheidung spielte keine Rolle mehr, hatte keinerlei Brisanz in sich und legte sich in keinster Weise um ihr Herz, das sich nunmehr ganz anderen Dingen widmete. Auf eine schreckliche, aber wundersame Weise wurden aus scheinbar größten Problemen und Belastungen nur noch Hauchtöne stiller Gedankenfetzen, die es nicht einmal wert waren, auch nur einen winzigen Augenblick beleuchtet zu werden.

Sie hatten sich zwangsläufig kennengelernt, da beide dasselbe kleine Hotel bewohnten. Severine war fast zehn Jahre jünger als Stefan. Doch sie verstanden sich auf Anhieb, waren sich sofort sympathisch und verbrachten viel Zeit miteinander. Eine Frau über vierzig, dunkelblond, dunkelbraune sinnliche Augen, mit einem verführerischen Mund und einem reizvollen Busen, den sie mit einer faszinierenden Perfektion so unter ihrer Bluse verbergen konnte, dass sich die männlichen Vorstellungen einen magischen Raum eroberten. Stumm und still saßen sie nebeneinander und starrten auf den Horizont, der sich in einer feinen fließenden Nuance verdunkelte. Die Sterne tauchten auf und reflektierten sich in der dunklen See.

„Ich beneide die Sterne", sagte sie leise, ohne ihn anzusehen. Es war fast ein Flüstern, so als ob sie niemanden durch ein lautes Wort stören wollte.

„Warum? Weil sie noch da sein werden, wenn wir schon längst verschwunden sind?"

„Vielleicht. Ich beneide sie ihrer Schönheit wegen. Und wegen ihrer Wirkung auf uns."

„Ja, das ist wahr. Sie haben niemals auch nur einen Teil ihrer Faszination verloren. Jede Nacht ist ein immerwährendes gleich schönes Schauspiel. Und trotzdem ist es nie dasselbe – Eigentlich sind wir alle Vollidioten."

Sie drehte den Kopf und sah ihn fragend an.

„Wie meinst du das?"

„Weil uns das wohl niemals aufgefallen ist und weil wir uns nie Gedanken darüber gemacht haben. Es war einfach eine Selbstverständlichkeit. Und auf Selbstverständlichkeiten achtet man nicht mehr. Man setzt sie voraus."

Severine nickte.

„Ja...wie so vieles. – Aber jetzt nicht mehr. Komisch, wie sich plötzlich die Sichtweisen ändern. Warum kommen wir nicht früher drauf?"

Stefan lachte. Diese Frage würden sich wahrscheinlich viele Menschen gerade stellen.

„Ich glaube, wir sind so sehr darauf bedacht, alles richtig und perfekt zu machen, dass uns über die Jahre der Blick für das Wesentliche verloren geht. Erwartungshaltung, nehme ich an, die wir erfüllen müssen. Und dann haben wir einfach keine Zeit mehr für so etwas. Und wenn du keine

Zeit mehr für irgend etwas hast, vergisst du es, nimmst es einfach nicht mehr wahr. Es nimmt immer weniger Platz ein, besitzt weniger Wichtigkeit – bis es nicht mehr da ist. Wir waren einfach über unser ganzes Leben mit viel zu vielen Dingen beschäftigt, die den Blick auf das Essentielle verstellt. Vielleicht ist es aber auch nur anstrengend, über Dinge nachzudenken, die wir nicht anfassen können, mit denen wir nicht umgehen können, ohne über die Dimensionen zu sehen...ich habe niemanden kennen gelernt, der sich intensiv mit so etwas befasst hätte – bis jetzt wenigstens."

Er hob die Hand und zeigte nach oben in den unendlichen Raum. Sie sah ihn von der Seite an und zwickte die Augen zusammen. Fast schien es so, als lächele sie.

„Hast wohl einen großen Sprung gemacht, was? Philosophie und Poesie auf einmal."

Sie lachte laut auf, ohne dass sie einen Anflug von Lächerlichkeit aufkommen lassen wollte. Etwas erstaunt sah er sie an und machte gerade den Eindruck eines stolzen Jungen, der seine Überlegungen durchaus ernst nahm.

„Allerdings. Ich bin bestimmt nicht der Einzige gewesen, der seine Sichtweise ändern musste. Ein paar mehr – so ungefähr acht Milliarden Menschen. Zumindest hoffe ich das..."

Sie sah ihn immer noch an. Intensiv musterte sie seinen Blick, der sich wieder auf das Meer richtete. Der Wind hatte sich vollständig gelegt und kleine Wellen überschlugen sich fast schüchtern auf den Strand. Die ersten Sterne funkelten in der jetzt spiegelglatten See und veranstalteten ein kleines galaktisches Feuerwerk. Er spürte ihren Blick auf sich ruhen. Ein inniger Blick, der eine Berührung in ihm auslöste, ohne dass sie physisch stattfand.

„Was ist?" fragte er, ohne den Kopf zu wenden.

„Wollen wir heute was rauchen?! Mir ist jetzt danach...was meinst du?"

Er sah sie wieder an und verzog das Gesicht. Zuckte nur kurz mit den Schultern.

„Weiß nicht. Vielleicht. Wollen wir zuerst was essen? Ben und die anderen treffen sich später noch bei Moodies..."

Sie legte den Kopf auf die angezogenen Füße und lachte spitzbübisch. Sie sah aus, als ob sie ihm gar nicht zugehört hätte – oder seine Worte einfach ignorieren wollte. Ihre Augenlider senkten sich eine ganz leichte, kaum wahrnehmbare Nuance über die Augen. Ihr Blick war warm und zart. Anders als sonst. Ganz anders als sonst. Offen und voller Zärtlichkeit und Erotik. Stefan konnte es gar nicht übersehen. Und ein prickelnder angenehmer Schauer überkam ihn. Sein Bauch und seine Lenden fingen an zu kitzeln.

„Du flirtest doch nicht mit mir..."

Er grinste leicht und kniff ein Auge zusammen. Ein nicht ernst gemeinter Vorwurf klang in seiner Stimme.

„Und wenn? Was dagegen?"

Es war nur ein Hauchen, das aus ihrem tiefsten Inneren zu kommen schien. Verführerisch. Ihr Blick veränderte sich nicht. Sie flirtete wie noch nie zuvor.

„Hab´ vergessen, wie´s geht..."

Sie kicherte leise.

„Dann ist es ja noch schöner..."

Wieder dieses verführerische Flüstern. Jetzt sah sie aus wie eine Prinzessin mit ihrem langen Wickelrock und dem weiten Oberteil, das durch den im lauen Wind wehenden Ausschnitt mehr freigab als notwendig. Ihre makellose, hellbraune Haut verströmte einen betörenden Duft. Sie roch nach Kokos, Vanille, vielleicht ein bisschen Zitrus...er konnte es nicht exakt zuordnen.

Stefan schluckte. Unwillkürlich wurde ihm warm und heiß. Dann stand er auf. So, als ob er die Situation beenden wollte.

„Los. Ich hab´ jetzt Hunger. - Wie wär´s mit gebackenen Shrimps als Vorspeise. Dann ein Thali und dazu Wein, der aussieht wie die Sünde. Rot und vollmundig. Okay??"

Sie erhob sich und lachte. Es war ein freies Lachen. Ein Lachen, das sich bewusst war, wie gut sie sich fühlte – und dass sie im Moment gar nichts vermisste. Sie nahm seine Hand und zog ihn einfach mit. Ihre Flirterei hatte sie eingestellt – vorerst jedenfalls.

„Einverstanden. Los geht´s, mein Freund."

Fröhlich sah sie ihn an, hauchte ihm einen flüchtigen Kuss auf die Wange und führte ihn wie einen kleinen Jungen den Strand hinauf.

Viele Menschen hatten sich schon auf den offenen Terrassen versammelt, suchten sich einen Tisch oder lehnten an der Bar. Wie jeden Abend war die Stimmung ausgelassen, fast fröhlich. Nichts war gezwungen und nichts war gespielt. Es war einfach nicht mehr nötig, ein Schauspieler zu sein. Die Menschen, die sich hier zusammengefunden hatten, wussten genau, was sie noch tun wollten und wie sie die knappe Zeit noch nutzen wollten. Stefan war von Anfang an überrascht, dass wirklich nur Leute hierher kamen, die auch dazu passten. Es waren Menschen aus der ganzen Welt, aus verschiedenen Kulturen, aus verschiedenen Zivilisationen, aus verschiedenen Gesellschaftsschichten und aus verschiedenen Klimazonen. Sie alle hatten etwas sehr Wichtiges gemeinsam. Sie suchten den Frieden, die

Fröhlichkeit, das Ausgelassen-sein, das Verständnis, die Toleranz – und die Liebe. Natürlich auch den Sex. Auch dafür waren sie gekommen. Alle Altersgruppen vergnügten sich miteinander. Liefe nicht alles in einer nie gekannten Harmonie ab, hätte ein Zweifler durchaus ein „Sodom und Gomorrha" daraus erkannt. Aber dem war nicht so. Man fühlte sich wohl unter seinesgleichen. Die Älteren unter ihnen erzählten Geschichten aus der Hippiezeit, aus einer Zeit, als man versuchte, eine andere Gesellschaftsform zu finden, die sich aus dem gesellschaftlichen Zwang abhob und für die Freiheit jeglicher Art plädierte. Keine Konventionen und keine kleinbürgerlichen Vorurteile. Jeder war gleiches wert. So war es damals, sagten bärtige Mitsechziger, die nach wie vor Kopftuch und Ohrring trugen. Oder wieder. Sie sehnten sich alle nach dieser Zeit zurück – und doch war ihnen allen bewusst, dass zum Einen das Damals nicht immer so toll gewesen war, wie es heute einem Nichteingeweihten vorkommen mag und dass die Beweggründe damals und heute grundverschieden waren. Und trotzdem sie es wussten – nicht einer wollte auch nur einen Augenblick verpassen, wollte jeden Moment, jeden Hauch puren Lebens mitnehmen, abspeichern und sich bis zum letzten Atemzug daran erinnern.

Stefan stand an der Bar. Severine hielt immer noch seine Hand. Und er wollte sie auch nicht mehr loslassen. Mit Mühe wehrte er sich gegen den Drang, sie sofort zu sich zu ziehen und sie in den Arm zu nehmen. Irgendwie hatte er eine schon fast psychotische Hemmung davor. Wahrscheinlich weil's schon so lange her ist, dachte er. Jeder hatte ein bauchiges Glas in der Hand, dessen Inhalt ein giftgrünes Gemisch mit einem orangefarbenen Sockel enthielt. Im Glasrand steckten Orangen- und

Ananasscheiben. Regenbogenfarbene Röhrchen lugten aus Eiswürfeln heraus.

„Hallo, ihr zwei...schon lange hier?"

Severine drehte sich um. Sabine stand vor ihr. Ihre blonde Mähne bewegte sich aufreizend im Strom des Deckenventilators. Grinsend stand sie vor Stefan und deutete auf deren Gläser.

Sabine kam aus der Schweiz. Sie hatte zwar deutsche Eltern, aber das schweizerische Leben war ihr immer lieber gewesen als die Provinz in Bayern. Seit fünfzehn Jahren lebte sie in Genf, Immobilienmaklerin, vermögend, fleißig, absolut unabhängig. Mit ihren fünfundvierzig Jahren hätte sie sich längst zur Ruhe setzen können, aber das war ihr zu langweilig. Ihr Lebenspartner war Schweizer. Lukas. Fünf Jahre älter als sie. Rechtsanwalt. Erfolgreich. Sie waren kinderlos geblieben. Des Jobs wegen. Und vielleicht auch wegen der nicht vorhandenen Bereitschaft, Verantwortung zu übernehmen. Stefan hatte es bislang nicht herausfinden können. Es war auch nicht wichtig. Er wollte solche Entscheidungen nicht in Frage stellen. Das war jedem seine eigene Sache. Aber er musste beide bewundern. Sie hatten trotz ihres immensen Besitzes den Mut, alles hinzuschmeißen, die Schweiz zu verlassen und auf Reisen zu gehen. Allerdings war ihre Motivation wesentlich oberflächlicher als die von Stefan. Sie wollten schlichtweg noch einmal das nachholen, was sie meinten, in der Jugend versäumt zu haben. Jahrelang dem Geld nachhecheln, das eigene Ego durch den beruflichen Erfolg hochhalten und sich daran ergötzen, dass das Vermögen sich kontinuierlich vervielfachte – all das hat eben seinen Preis. Es ist der Preis des Verzichts auf das Essentielle durch den irren Materialismus. Dinge, die im eigentlichen Sinne wichtig gewesen wären, wurden sträflich vernachlässigt und der Fokus wurde immer kleiner.

Bis zu dem Tag, als die alles verändernde Nachricht den Alltag vernichtete. Und daher auch den scheinbar glücksbringenden Materialismus, der sich in diesem Moment als Scharlatan entlarven ließ. Eine Blase, in die man soviel Zuversicht und Vertrauen gesetzt hatte, zerplatzte ohne ein physisches Zutun. Und legt letztendlich den Beweis los, dass so vieles, was wir ernst nehmen, nur eine reine Illusion ist. Mit dem Bewusstsein, so vieles falsch gemacht zu haben und mit dem Wissen, dass für eine radikale Änderung fast zu wenig Zeit blieb, hatten sie innerhalb eines Tages eine Entscheidung gefällt. - Und nun waren sie in Goa. Sie wollten nur noch feiern, genießen, leben, lieben, in der Sonne liegen, nichts tun, nichts denken. Stefan konnte sich gut erinnern, als Sabine in einer Nacht des Alkohols und des Kiffens zu ihm sagte, dass sie diesen verbleibenden Rest Leben nichts mehr denken wolle, nichts mehr entscheiden wolle und sich um nichts mehr kümmern werde. Außer um Lukas und die anderen, die sie bislang kennengelernt hatte. Stefan hatte nur genickt. Er konnte sie durchaus verstehen, aber er hatte anderes vor. Doch davon erzählte er nichts. Er wollte nicht die Träume eines Menschen, der meinte, so vieles versäumt zu haben, zerstören.

Irgendwie war er innerlich so viel weiter gekommen als Sabine und Lukas. Ohne es mit Worten ausdrücken zu können, wusste er genau, dass Goa nur eine Station eines Weges sein konnte, an der er zwar ausgestiegen war, aber beizeiten wieder in den Zug steigen musste, weil das entfernte Ziel, das sich in seinem Inneren festgesetzt hatte, erreicht werden musste. Konsequenterweise und seltsam paradox gehörte dieser Ort zu einem Programm, das ohne diese Partizipation nicht laufen konnte.

Musik erklang. Eine Mischung aus Indie, Folk, Techno und elektronischen Sequenzen. Stefan hatte sich auf dem Barhocker umgedreht und sah den Menschen zu, die begonnen hatten, sich zu der Musik zu bewegen. Verschiedene Spots in allen Regenbogenfarben und eine völlig veraltete Spiegelkugel an der Decke setzten der Szenerie einen psychedelischen Touch auf. Sie hatten schon mehr getrunken als nötig und Stefan spürte das Verschwinden von Gedanken. Er nahm die Hand hoch und zog an dem Joint, den ihm jemand in die Hand gedrückt hatte. Wer das war, wusste er nicht, jeder gab jedem und jeder irgendetwas in die Hand. Er lauschte nur noch der Musik und beobachtete Severine, die sich mit geschlossenen Augen zu der Musik bewegte. Pamm Pamm Pamm – Toc Toc – Pamm Pamm Pamm – Toc Toc – klirrende Gitarrenklänge – ein Glockenspiel, immer derselbe Rhythmus, derselbe Takt, unterbrochen durch die Gitarren, unterlegt mit sanften Keyboards, ein Bass, der die Haut vibrieren ließ. Sein Blick ließ die Französin vor ihm nicht los. Wie in Zeitlupe bewegte sie ihre Hüften hin und her, hob beide Arme in die Höhe und bewegte sie wie züngelnde Schlangen. Und immer, wenn sie die Arme hob, öffnete sich ein kleiner Spalt der Bluse unter ihren Achseln, der den Blick auf ihre Brüste freigab. Stefan griff nach seinem Glas und saugte an dem Strohhalm, um die Trockenheit in seinem Mund loszuwerden. Ganz kurz durchstreifte ihn ein Gedanke, der ihn fragte, warum er immer noch nicht mit ihr geschlafen hatte. Sie war eine sehr schöne Frau, die ihn offensichtlich sehr mochte. Er wollte den Gedanken verdrängen, aber er hatte bereits alles andere unter sich begraben. Severine öffnete die Augen und sah ihn an. Irgendwie waren sie verschleiert und versprühten einen gierigen Sensualismus, gepaart mit ausgreifender Erotik und einer unmissverständlichen Aufforderung. Stefan spürte, wie ihm heiß und heißer wurde. Ihre Augen bohrten sich in seine, während sie ihre Hüften immer aufreizender bewegte. Ein leichtes Lächeln umspielte ihre gerade einen Spalt geöffneten Lippen und die Spitze ihrer Zunge benetzte den Ansatz. Ganz kurz, kaum sichtbar – purer Sex.

Mit wiegenden Hüften kam sie auf ihn zu, den Kopf leicht gesenkt, aber ihn immer anblickend. Ohne ihren Blick von seinen Augen zu nehmen, ergriff sie ihr Glas, setzte es an den Mund und trank mit kleinen Schlucken. Den letzten behielt sie im Mund, legte ihre zarte Hand um seinen Nacken und zog ihn sanft heran. Stefan spürte, wie sie den Cocktail mit dem Rum darin in seinen Mund presste. Ihre Zunge folgte und er schloss die Augen. Severine sagte nichts, als sie sich lösten. Sie nahm nur seine Hand, zog ihn von dem Barhocker herunter und führte ihn durch die tanzenden Menschen. Niemand beachtete sie, jeder war mehr oder weniger betrunken und die meisten zogen ab und zu an irgendeinem Joint, der sich gerade anbot. Eine Wolke der Trance hatte sich über die Strandbar gelegt. Selbst mit großer Mühe hätte man nicht den Ansatz eines negativen oder gar aggressiven Gedankens erkennen können. Menschen aller Altersgruppen gaben sich der Musik, der Wärme, der Freude und des Friedens hin. Severine hatte die Arme um Stefans Nacken gelegt und eng umschlungen tanzten sie zu einer transzendenten Musik, die sie in eine andere Welt brachte. Ihre Brüste und ihr Unterleib pressten sich gegen seinen Körper. Er spürte, wie ihr Körper, ihr Atem und ihr Blick ihn langsam verrückt machte. Ohne sich dessen bewusst zu sein, verließen sie eng umschlungen, wortlos, sprachlos, nur im Augenblick verweilend, die Strandbar. Sie beeilten sich, durch den kleinen Hain zu gelangen, der an ihrem Hotel endete.

Als sie die Türe zu ihrem Zimmer aufschloss, krallte sie sich in sein Hemd und begann es heftig keuchend aufzuknöpfen. Mit dem Fuß stieß sie die Türe zu − dann fielen sie gemeinsam auf das Bett. Stefan nahm kaum wahr, dass sie sich in einer einzigen Bewegung den Wickelrock und die Bluse vom Leib riss und ihm mit einer hektischen Bewegung die Hose öffnete. Er spürte ihre warme Hand, die sich zärtlich in seinem Schritt befand und sanft hin und her streichelte. Ihre Lippen fanden die seinen und er schloss die Augen. Spielerisch wanderte ihre Zunge durch seine Lippen und suchte das Pendant. Seine Hände verloren sich auf ihrem Gesäß und begannen, ihr Höschen nach unten zu ziehen. Eine grenzenlose Begierde erfasste beide und ließ keinen einzigen Gedanken mehr zu außer das Festhalten des Anderen, das Küssen des Körpers, das Streicheln und Liebkosen der intimsten Stellen, das Riechen und Schmecken eines Moments, der alle je dagewesenen Hemmungen in die Weiten des Raumes schickte und nur die Gier nach Sex und Befriedigung gelten ließ. Wie in Trance fielen sie übereinander her, liebten sich wie im Rausch, um im gleichen Augenblick sanfter Vereinigung eine Übereinstimmung zu finden, die sich nur im Zustand exzessiver Lust erleben lassen konnte. Wilde zügellose Bewegungen gingen fließend über in ein zärtliches Verharren, das die Tore der Lust bis zum Anschlag öffnete und eine erotische Welt zur Verfügung stellte, in der beide Menschen noch niemals gewesen waren.

Das Fenster war weit geöffnet, warme Luft und die Wellen der Musik erfüllten den Raum. Eine leichte Brise vom Meer fand den Weg auf ihre Körper und ließ sie beide vor Lust erschauern. Eng umschlungen knieten sie voreinander. Severine richtete sich auf und begann, die Beine um seinen Körper zu schlingen und langsam senkte sich ihr Unterleib auf ihn. Tief drang er in sie ein, spürte die Hitze ihres Körpers, während sie begann, ihre Hüften langsam zum Takt der Musik zu bewegen. Ein Stöhnen drang aus ihrem Mund, während sich ihr Atmen beschleunigte. Ihre Augen waren geschlossen, als sie den Kopf in den Nacken legte. Mit beiden Händen drückte sie sein Gesicht zwischen ihre Brüste. Stefans Gedanken waren verschwunden. Er sah nur noch ihren im Mondlicht glänzenden Körper, der so gut roch, der nur noch nach mehr schrie und seine Gier ins Unermessliche steigerte. Seine Finger krallten sich in ihr Haar und seine Zunge suchte nach ihren Brustwarzen. Sie stöhnte immer lauter, bewegte sich immer schneller, atmete immer lustvoller und steigerte diese Lust in Stefan ins universelle Nirgendwo. Die Zeit hatte sich verabschiedet und wurde verdrängt von einer Dimension, die einem ultimativen, alles überragenden Hedonismus gleich zu setzen war.

Niemand konnte hinterher sagen, wie viel Zeit vergangen war, bis sie beide in kurz aufeinander folgenden Orgasmen fast ohnmächtig vor Glück und Erschöpfung ineinander verschlungen da lagen – und nur die langsam auf Normalniveau sinkende Atmung bestätigte, dass sie in einen regenerativen Schlaf gesunken waren. Traumlos und friedvoll...

Der wärmende Sonnenstrahl benetzte ihre Augenlider und ließ sie blinzeln. Mit der Hand bedeckte sie die Augen und öffnete erst eins, dann das andere. Langsam sortierten sich ihre Gedanken. Sie lauschte nach draußen. Aber außer spärlichem Geschirrgeklapper und ein paar vereinzelten Stimmen konnte sie nur wahrnehmen, wie die Palmblätter sich im morgendlichen Wind aneinander rieben. Sie spürte einen leisen Luftzug in ihrem Nacken. Eine Hand lag auf ihrer Hüfte. Sie drehte sich nicht um, sondern blieb liegen und achtete auf den regelmäßigen Atem des Mannes, der sie im Arm hielt. Sie lächelte, schloss die Augen und dachte an die vergangene Nacht. Verschwommene Bilder erschienen. Bilder, die durchsetzt waren von Farben, Formen und Zärtlichkeit. Sie hatten sich sprichwörtlich wie im Rausch geliebt. Ein Stöhnen kam aus ihrem Mund. Sie konnte sich nicht erinnern, jemals von einem Mann so begehrt worden zu sein. Und sie konnte sich nicht erinnern, jemals einen Mann so begehrt zu haben wie letzte Nacht. Sie öffnete wieder die Augen und starrte in den blauen Himmel, der gar nicht zuließ, dass sich die Gedanken wieder mit dem Ende befassten.

`Man lernt, den Augenblick festzuhalten´, dachte sie und war sich sicher, dass sie dieses Empfinden vorher nie hatte. Die Hand auf ihrer Hüfte bewegte sich. Sanft streichelte sie ihre Haut, glitt nach unten auf ihre Schenkel, verweilte auf ihrem Gesäß und legte sich wieder auf die Hüfte. Sie drehte sich um und sah Stefan in die offenen Augen.

„Guten Morgen," lächelte sie ihn leise an.

„Guten Morgen. - Gut geschlafen?"

„Ja – und du?"

„Wie ein Baby. - War wahrscheinlich irgendeine Anstrengung. Kann mich kaum erinnern..."

Severine verzog das Gesicht und sah ihn streng an.

„Das ist aber kein Kompliment für mich, mein Lieber."

Stefan grinste.

„Eigentlich meinte ich damit, dass du mich in eine andere Welt entführt hast, die mich so gefangen genommen hat, dass jegliches Denken ausgeschaltet worden war."

Ihr liebevolles Lächeln wurde stärker und sie legte eine Hand auf seine Wange.

„Das hast du aber schön gesagt. - Das war eine sehr schöne Nacht. Oh, Mann...."

Er sah sie nur an und nickte.

„Ja, das war´s... ich fühle mich frei wie nie...komisches, aber ein so schönes Gefühl..."

Sie sagte nichts und streichelte ihm nur lächelnd die Wange. Sie lagen fast eine Stunde so da und blickten sich nur an. Erst als die Sonne ihre Augen quälte, schälten sie sich aus den Decken, um das Gurgeln und Brummen in ihren Mägen an dem ausgiebigen Frühstücksbufett abzustellen.

Der Tag begann genauso sonnig und warm, wie er am Abend zuvor schlafen gegangen war. Die strahlende Sonne, der azurblaue Himmel, die sanfte Brise vom Meer und das friedvolle Miteinander am Strand vermengten sich zu einem einmaligen Mix des Loslassens und des Genießens, dem sich kaum jemand ernsthaft entziehen konnte. Stefan hatte es sich in einer Hängematte bequem gemacht und beobachtete die Menschen am Strand und im Wasser. Ab und zu schlürfte er an einem Glas Zitronenwasser, ohne den Blick von der Szenerie lassen zu können. Er hatte einen Fuß und einen Arm aus der Hängematte hängen und versuchte, seinen Gedanken keinen Fluss zu erlauben. Er träumte einen Tagtraum und ließ alles ziehen, das sich in seinem Geist festsetzen wollte. Er genoss es, einfach nichts zu denken, nichts zu planen, nichts zu wollen. Das einzige, was er zuließ, war das Wollen des Nichts-wollen. Er liebte den Vormittag. Jeden Vormittag. Die Zeit zwischen Morgen und Mittag hatte einen ganz besonderen Zauber, der sich irgendwie in Jugend, Frische und Unendlichkeit definierte. Es war wohl das Bewusstsein des jungen Tages, das diese Faszination ausübte und dementsprechend darlegte, dass ab dem Mittag die Sonne und damit der Tag schon wieder am untergehen war. Doch daran dachte Stefan noch nicht. Er ließ sich ganz gehen in seiner schon romantischen Vorstellung der vergangenen Nacht mit Severine. Es war lange her, dass er sich so fallen lassen konnte. Und selbst bei intensiver Suche in der Vergangenheit konnte er sich nicht erinnern, jemals diese außergewöhnliche Entspanntheit in einer absoluten Präsenz erlebt zu haben. Vielleicht lag es auch daran, dass sich sein letzter Sex irgendwann während der trojanischen Kriege abgespielt hatte. Seit der Scheidung vor so vielen Jahren waren Frauen in seinem Leben knapp geworden. Ab und zu, ja, mal versucht, mal getan, selten genug. Und dann war es nichts weiter gewesen als die Bestätigung, noch als Mann durchs Single-leben gehen zu können. Richtiger intensiver Genuss war eigentlich nie aufgekommen, vom Fallenlassen konnte schon gar nicht die Rede gewesen sein. Es war nichts weiter als eine wilde Fickerei, die eigentlich nur dazu da war, das eigene maskuline Ego hochhalten zu können. Stefan hatte keine allzu guten Erinnerung an die Jahre nach der Trennung. Nicht nur, dass er sich laufend unnötige Sorgen wegen seiner Tochter gemacht hatte, er musste auch zusehen, dass er mit sich selbst zurecht kam. Und das war schon schwer genug.

Aber dann, erst nach Jahren, hatte er es geschafft. Er erinnerte sich noch an den Tag, als er plötzlich das Gefühl hatte, mit sich wieder im Reinen zu sein. Glück und Freude empfinden zu können, ohne dass kleine Teufelchen in seinem Gehirn ihm das übelnahmen. Gleichzeitig beschäftigte er sich mit neuen Interessensgebieten. Das Denken über die Welt, philosophische Abhandlungen, wissenschaftliche Errungenschaften, Psychologie und Sinnsuche. Tiefenrecherche. Die Suche nach den Bedingungen der gedanklichen Sehnsucht. Eine plötzlich aufkommende Gier nach Wissen. Nach Verstehen. Nach dem Erkennen von bislang unsichtbaren Zusammenhängen. Er begann, die Jahrhunderte nach Wissen und Denken zu durchforsten. Freud, Jung, Kant, Sokrates, Platon, Descartes, Rousseau, Einstein, Aristoteles und sogar Marx wurden seine Begleiter, die aufpassten, dass er nicht abglitt und die Realität vergaß. Ohne sich dessen bewusst zu sein, öffnete sich bereitwillig sein Geist, um mehr Raum und Form zuzulassen.

Dann platzte mitten im Hochgefühl des erlernten Wissens die Nachricht über den Untergang der Welt herein. Wenn Stefan heute über diesen seltenen Moment nachdachte, konnte er nicht umhin, zuzugeben, dass zwar der Schock und die fassungslose Überraschung als erste Welle seinen Geist überschüttete, aber sich gleichzeitig ein fast schon kranker Gedanke etablieren konnte. Denn mit der Akzeptanz des Endes wurde er endlich gezwungen, sich mit aller Macht der Suche nach dem einen Sinn hinzugeben. Dem Sinn des Lebens, der in seinem innersten Begriff das Individuellste ist, das Menschen wahrnehmen können. Eine

Eigenständigkeit, die unumstößlich war und sich nicht vergleichen ließ. Also blieb auch diese jetzige Suche und das mögliche Finden eine so reine individuelle Sache, dass es schon einer kleinen offenbarten Erleuchtung gleichkam. Die Suche nach seinem eigenen, wirklichen Lebenssinn, der nur für ihn gelten konnte und der sich nur für ihn vollends ausbreiten sollte.

´Ist es wirklich das, was mich gerade so ausgeglichen macht? Oder doch nur eine Liebesnacht, die den Geist aus seiner alltäglichen Starrheit herausgeholt hatte, um auch den Körper in der Art zu entspannen, dass er sich dem Tag hingeben konnte, ohne den Drang zu verspüren, irgendetwas tun zu müssen.`

Genau konnte er dies nicht beantworten und er musste auch nicht. Es ist so, wie es gerade ist. Im Moment wunderbar. Morgen konnte alles wieder anders sein. Er drehte den Kopf und starrte in die Palmwipfel über ihm. Sanft wiegten sie sich im leichten Wind, scharrten manchmal übereinander und hinterließen trotzdem ein beruhigendes intensives Geräusch des angenehm Monotonen, das einen so schläfrig machen konnte.

Ein Schatten fiel über sein Gesicht. Ein fröhliches Lachen starrte ihn an. Es war Sabine. Neben ihr standen Lukas und Ben. Ben hatte an seiner Hand eine Frau, die Stefan aufmerksam betrachtete. Er kannte sie nicht.

„Hey, Stefan, du fauler Sack. Komm´ raus da, wir wollen was unternehmen," lachte sie ihn an.

„Wo ist Severine?"

Ben sah Stefan kurz an und wandte dann den Kopf, um den Strand abzusuchen.

„Sie wollte noch etwas zum Anziehen kaufen. Keine Ahnung, wann sie wieder da ist. - Wo wollt ihr denn hin?"

Stefan schälte sich aus der Hängematte und stand auf. Müde streckte er sich und gähnte laut in den blauen Himmel.

„War wohl eine anstrengende Nacht, oder...?"

Ben grinste ihn an und zwickte ein Auge zu.

„Hat ja lang genug gedauert," sagte Sabine und glotzte unschuldig in die Palmen hinauf.

„Hier bleibt auch nichts geheim. - Hallo, ich bin Stefan," wandte er sich an die Blondine und gab ihr die Hand. Ben hob entschuldigend die Hand.

„Oh, 'tschuldige, das ist Megan. Sie ist Amerikanerin aus Wisconsin. - Megan...Stefan."

„Hallo, schön, dich kennen zu lernen."

Ben grinste Stefan an. Er war ein Sonnyboy und lebte schon Jahre in Goa. Er hatte eine Surfschule eröffnet und war sich sicher, dass kein Leben so schön sein konnte wie seines. Eigentlich hieß er Benjamin, aber niemand nannte ihn so. Ausgenommen Devi, die Besitzerin der Strandbar und des dazugehörigen Restaurants. Sie rief ihn immer „Benschi", was Ben grundsätzlich mit dem Hochziehen seiner Augenbrauen kommentierte. Stefan kannte Ben nur als fröhlichen Burschen, den irgendwie nichts erschüttern konnte. Selbst das Vernichten der Welt löste bei ihm lediglich ein Schulterzucken aus. 'Na und,` hatte er danach gesagt. 'Ich geh´ nochmal surfen und mach´ mir danach eine schöne Pfeife, sauf´ ein Bier und lass´ mir einen blasen.`

Das war sein ganzer Kommentar gewesen. Sonderlich beeindruckt schien er nie gewesen zu sein. Auf Stefans Nachfrage hatte er nur mit der ihm eigenen Art geantwortet.

„Ich kann´s nicht ändern. Soll ich deswegen in Depression verfallen? Nein, bestimmt nicht. - Sieh´ dich um. Das ist doch ein wahres Paradies hier. Strand, Wärme, Frauen, Alkohol, Joints...was soll ich denn sonst noch suchen? Alles okay – wirklich!"

Ben war eben ein Lebenskünstler. Er hatte das Leben immer so genommen, wie es gekommen war. Was er verändern konnte, hatte er verändert. Was nicht, hatte er einfach akzeptiert oder gleich ignoriert. Ohne Wenn und Aber. Stefan konnte nicht verhindern, dass er Ben bewunderte wegen seiner Eigenschaft, die Dinge einfach hinzunehmen, ohne auch nur eine Spur von Niedergeschlagenheit oder gar Betroffenheit zu zeigen. Andererseits konnte er bei ihm auch nicht den Hauch eines Ansatzes erkennen, der ihm sagte, dass auch so ein Freigeist wie Ben nicht ab und zu mal fragte, was denn hinter dem sprichwörtlichen Horizont zu finden wäre. Gedankliche Tiefe kannte er gar nicht oder wollte er nicht kennen. Alles war gut so, wie es war und Stefan war sich sicher, dass ein Typ wie Ben alles dafür tat, um sein Leben nicht noch komplizierter zu machen, indem er über metaphysische Dinge nachdachte, die einzig dazu dienten, sich irre zu machen. Ben würde seine letzten Tage hier verbringen, hier fühlte er sich wohl, hier konnte er das Leben leben, von dem er immer geträumt hatte. Über was sollte er sich noch Gedanken machen? Diese Frage hatte er Stefan oft gestellt. Danach hatte Stefan es unterlassen, mit ihm über Gedanken, Philosophie oder gar über ein Leben nach dem Tod sprechen zu wollen. Überhaupt konnte er hier in Goa kaum jemanden finden, der sich die Mühe machte, außerhalb von Sonne, Strand, Meer und Feiern gedankliche Hürden zu überspringen. Zumindest nicht bei denen, die viel Zeit mit ihm verbrachten. Severine ausgenommen. Intelligent, wie sie war, waren sie schon oft auf den Felsen am Ende des Strandes gesessen und hatten über die Welt philosophiert. Severine war eine ungemein angenehme und tiefsinnige Gesprächspartnerin. Er liebte das an ihr. So wie er auch ihren Körper geliebt hatte – letzte Nacht.

„Also, was ist jetzt? Kommst du mit?" fragte Sabine zum wiederholten Mal und riss ihn aus seinen kurzen Gedanken. Doch Stefan winkte ab.

„Nee, lasst mal. Ich geb´ mich heute dem tiefen intellektuellen Müßiggang hin."

„Severine hat ihn fertig gemacht..." lachte Lukas.

„Glaub´ ich auch. - Wahrscheinlich sind seine Eier geschwollen und er kann gar nicht laufen...selbst wenn er wollte."

Ben und Lukas lachten, dass ihnen die Tränen kamen.

„Ordinäres Pack!"

Sabine schüttelte entrüstet den Kopf und sah Megan an.

„Stimmt doch, oder?" fragte sie sie.

„Genau. Seh´ ich auch so..."

Sie wandte sich an Stefan, der unschuldig wieder in seine Hängematte gesunken war.

„Sind deine Eier wirklich geschwollen?"

Ben und Lukas hielten sich aneinander fest und bekamen keine Luft mehr. Mit hochrotem Kopf japsten sie nach Atem und hatten Tränen in den Augen vor Lachen.

„Sie haben Orangengröße...und mein Ding ist rot wie ne Tomate...willst du mal sehen??"

Megan hob die Hände und setzte einen Schritt zurück, als Stefan begann, die Hose herunter zu lassen.

„Nein...ich glaub dir auch so...lass sie oben...."

Sabine machte eine Schnute und spielte Enttäuschung.

„Och…schade…ich hätte schon gern mal gesehen, was wilder Sex so anrichten kann…"

Stefan wedelte mit den Armen.

„Los jetzt, geht! Und lasst einen leidenden Mann alleine…"

Grinsend legte er sich aufreizend stöhnend wieder zurück, ließ wiederum einen Fuß und eine Hand heraushängen und signalisierte damit das Ende des Gesprächs.

Lachend machte sich die Gruppe davon, nicht ohne die Hüften anzüglich nach vorne und nach hinten zu schwingen. Grinsend starrte Stefan wieder in die Palmwipfel und merkte erst Augenblicke später, dass sich seine Hand sorgenvoll in seinem Schritt befand, um sich zu vergewissern, dass doch alles in Ordnung war. Er schüttelte den Kopf und grinste. Dummes Volk…

So langsam döste er ein, sein Körper wurde schwer und träge, die Monotonie des steten Windes, der sich in den Palmen verfing, die Menschen, die sich anscheinend immer in demselben Tonfall unterhielten und die wunderbare Wärme trugen ihn in einen Tagtraum, der sich so wohlig anfühlte. Bereitwillig ließ er sich tragen von einer seltenen Kraft, die ihn zärtlich umhüllte und Körper und Geist in eine nicht gekannte Sphäre führte.

Etwas weckte ihn. Erschrocken öffnete er die Augen und war im Nu hellwach. Er sah sich um und suchte das Etwas, das ihn aus dem Dösen herausgeholt hatte. Aber er fand nichts. Er setzte sich auf und strich mit den Händen über das Gesicht. Dann erkannte er es. Es war die Ruhe. Es war Mittag. Der Strand hatte sich geleert. Die meisten Menschen saßen in den Restaurants oder Bars und aßen zu Mittag. Stefan lauschte. Indische Musik drang an sein Ohr. Unbekannte hohe Klänge durchdrangen die mittägliche Ruhe. Es war wie das Zirpen von Grillen, leise, sanfte und melodische Töne, die in ihrem Aneinanderreihen eine Melodie mit sich brachten, die monoton und inspirierend zugleich war.

Stefan wälzte sich aus der Hängematte. Er nahm noch einen Schluck aus der Wasserflasche und beschloss, am Strand spazieren zu gehen. Er setzte sich die Mütze und die Sonnenbrille auf, hing sich seine Stofftasche mit der Wasserflasche über die Schultern und steuerte langsam das Meer an. Er spürte den heißen Sand zwischen den Zehen, das weiche Nachgeben und das leichte Kitzeln, wenn er den Fuß aufsetzte. Am liebsten lief er über den festen nassen Sand, der permanent von den Wellen überspült wurde. Das Wasser kühlte sofort seine heißen Fußsohlen und entfachte ein eindringliches Gefühl von einem übernatürlichen Streicheln, das sich fast wie ein Kuss des Meeres anfühlte. Sanft, weich, angenehm kühl und unglaublich öffnend. Er blieb stehen und sah auf die See hinaus. Himmel und Meer erschienen tiefblau, etliche Nuancen auseinander und doch ließ der Horizont die Trennlinie so homogen erscheinen, dass es aussah wie ein einziges Element. Leicht blies der Wind durch sein Haar. Trotz der Hitze zwischen den Palmen war die Meeresbrise eine fast schon göttliche Klimaanlage, die die Hitze hier in Indien gar nicht so heiß erscheinen ließ. Er drehte den Kopf und sah auf die entfernten Felsen, die weit ins Meer hinausragten. Abends saßen er und Severine oft dort draußen, hingen ihren Gedanken nach und plauderten über Gott, die Welt und ihr Empfinden. Trotzdem sie sich vorgenommen hatten, das unvermeidliche Ende als Gesprächsthema möglichst zu vermeiden, ertappten sie sich doch immer wieder dabei, dass alle Gespräche doch nur dazu dienten, dieses fundamentale Wissen zu verarbeiten und dem Leben die

Bewusstheit abzugewinnen, die wohl immer zu kurz gekommen war. Vielleicht ist es gerade das, was uns Trost bringt, dachte Stefan oft. Der Drang, seinen Gefühlen freien Lauf lassen zu können, ohne dass man befürchten müsste, sich lächerlich zu machen oder etwas sehr Persönliches auszuplaudern, war groß und mitunter genau das richtige Ventil, mit sich und seiner Umwelt im Reinen sein zu können.

Er war stehen geblieben und kniff die Augen zusammen. Jemand saß auf den Felsen. Severine? Nein, sie war doch im Ort. Er ging weiter und versuchte festzustellen, wer das war. Weite Gewänder flatterten im Wind und die Gestalt, die zusammengesunken auf das Meer starrte, hatte ein Kopftuch auf. Es war aus dieser Entfernung nicht erkennbar, ob es ein Mann oder eine Frau war. Stefan beschleunigte seinen Schritt. Dann musste er in den Palmenhain ausweichen, um auf den Pfad zu kommen, der ihn auf die Felsenformation hinaufführte. Da erst erkannte er, dass es eine Frau war. Er kannte das Tuch, das sie um den Kopf gewickelt hatte. Es war Devi, die Besitzerin des Strandlokals und des Restaurants, in das sie immer gingen. Kurz zögerte er, wusste nicht, ob es ihr Recht war, dass er sich zu ihr gesellen wollte. Vielleicht wollte sie hier alleine sein. Mittags war die beste Gelegenheit dazu. Am Abend hatte sie bestimmt nie Zeit, da musste sie sich ja um ihre Gäste kümmern und die Küche und die Bar koordinieren. Er ging noch einen Schritt vor und räusperte sich. Die Gestalt vor ihm zuckte kurz zusammen und drehte sich um. Es war tatsächlich Devi. Ihre dunklen Augen in dem ebenmäßigen Gesicht leuchteten wie glatt polierte Kohlen.

„Entschuldige Devi, ich wollte nicht stören. Ich geh wieder, wenn du allein sein willst."

Er wandte sich um zum Gehen, doch Devi schüttelte den Kopf und hielt ihn zurück.

„Nein, nein, ist schon gut. Setz dich zu mir, Stefan."

Etwas zweifelnd sah er ihr in die Augen. Devi war zu höflich, um ihm zu sagen, dass sie vielleicht doch lieber alleine bleiben wollte. Er setzte sich neben sie.

„Du hast nicht oft Gelegenheit, alleine zu sein, stimmt´s?"

„Nein, aber das macht nichts. Dafür sind die wenigen Gelegenheiten doppelt wertvoll."

Sie sah wieder auf das Meer hinaus. Stefan auch. Er wusste im Moment nicht, was er sagen sollte. Also blieb er lieber still, verharrte neben der schönen Inderin und beobachtete den Horizont.

„Darf ich dich etwas fragen, Stefan?"

Er wandte den Kopf und nickte. Ihre dunklen Augen faszinierten ihn. Und nicht nur die Augen. Devi war eine seltene, wunderbare exotische Schönheit, die es außerordentlich gut verstand, sie als unnahbar zu betrachten.

„Natürlich."

„Was machst du hier?"

Einen Moment war er überrascht. Mit dieser Frage hatte er nicht gerechnet. Schließlich war er doch schon etliche Wochen hier. Und auch Devi hatte mitbekommen, dass er dem Feiern, dem Trinken, dem Kiffen und auch dem Flirten nicht abgeneigt war.

„Wie meinst du das?" fragte er ein bisschen naiv, obwohl er genau wusste, auf was sie hinaus wollte.

„Ich bin mir nicht sicher, ob das, was du hier tust, auch das ist, was du den Rest deiner Zeit tun willst. - Oder liege ich da falsch?"

„Ääh....nein, du liegst da nicht falsch. Oder nicht ganz falsch. - Warum willst du das wissen?"

„Weil ich glaube, dass du bereits ein Leben gelebt hast. Und du mir nicht den Eindruck machst, irgendetwas nachholen zu müssen, weil so viele hier meinen, es versäumt zu haben. So wie Sabine und dieser Lukas. Also – wenn ich Recht habe damit, dann würde es mich interessieren, was du hier tun willst und warum du hierher gekommen bist. Oder was du suchst...es würde mich einfach interessieren."

Stefan lachte laut auf. Sein Blick richtete sich wieder auf das Meer. Er war angenehm überrascht, dass sie ihn durchschauen konnte, ohne dass er es bislang wahrgenommen hatte.

„Du hast eine gute Beobachtungsgabe. Alles richtig, was du sagst. - Sagen wir mal...ich möchte vielleicht noch ein paar Dinge herausfinden, die ich an mir nicht kenne und die ich für wichtig halte. Also bin ich hier und lasse es auf mich wirken. Es ist schon sehr schön hier... Irgendwie kommt alles von selbst."

Sie nickte – ein bisschen zweifelnd, aber ohne nachzuhaken.

„Ich verstehe. - Wirst du am letzten Tag hier sein?"

Stefan schüttelte sofort den Kopf.

„Nein. Das hier ist soll nur eine Station sein. Wenn ich merke, dass das, was ich hier gesucht habe, eingetreten ist, werde ich verschwinden. Oder auch, wenn ich dem hier überdrüssig geworden bin. Dann werde ich aufbrechen."

„Wohin?"

Er kniff die Augen zusammen und überlegte.

„Ich möchte einfach noch ein paar Antworten finden...es ist so etwas wie eine Suche. Meine Suche." sagte er leise.

„Auf welche Fragen?"

„Die Fragen des Lebens."

„Deines Lebens? Oder nach dem Grundsätzlichen?"

„Eigentlich meines Lebens...aber auch nach Prinzipiellem. Was wohl eher gleichbedeutend ist."

„Nach dem Sinn...?"

„Vielleicht...nein, sicher. Ja, nach dem Sinn. Nach meinem Sinn. Nach der Erkenntnis meines eigenen Lebenssinns."

Er sah ihr wieder in die dunklen Augen. Ein Licht loderte in ihnen. Ein Feuer. Er schluckte. Devi war unglaublich schön.

„Wann ziehst du weiter?"

Er zuckte die Schultern. Er wusste es ja selbst nicht.

„Keine Ahnung. Ich warte auf ein bestimmtes Zeichen, das mir signalisiert, dass es Zeit ist."

„Welches Zeichen sollte das denn sein?"

„Wenn ich das wüsste....wenn´s soweit ist, werde ich es wissen. Ich werde es fühlen müssen – was auch immer es auslösen wird. Darauf vertraue ich. Und ich weiß, dass es kommen wird."

Sie wandte wieder den Kopf und blickte aufs Meer hinaus. Still und stumm saßen sie da, sprachen nichts, dachten nichts. Außer vielleicht an ein Zeichen, von dem niemand wusste, wie es eigentlich auszusehen hatte.

„Ich werde hier weggehen," sagte sie auf einmal.

„Weggehen? Wohin denn? Ich dachte, du bist hier aufgewachsen?"

Sie schüttelte den Kopf.

„Nein. Ursprünglich komme ich aus Kalkutta. Mit fünfzehn bin ich mit meinen Eltern hierhergekommen. Ein großer Teil meiner Familie ist uns hierher gefolgt. Damals waren die Chancen besser, gutes Geld zu verdienen. Goa hatte ja schon längst einen touristischen Namen. Wir wollten auch mitverdienen. Hat ganz gut geklappt. Aber…"

„Aber?"

Sie sah ihn an und lachte leise.

„Wahrscheinlich geht es mir genauso wie dir. Ich möchte die verbleibende Zeit noch nutzen, um mir klar zu werden, was das Leben eigentlich zu bedeuten hat."

„Im Ernst? Und jetzt? Was wirst du tun?"

„Ich werde eine Pilgerreise machen. Zusammen mit meinem Großvater."

„Echt? Und wohin soll's gehen?"

„Wir werden den Weg des Buddha gehen. Bis nach Bodhgaya. Da hat er seine Erleuchtung gehabt. Unter einem Bodhi-baum."

„Buddha? Ich dachte, du bist Hindu..."

„Ja, stimmt auch. Mein Großvater ist Buddhist. Und man kann auch beides sein."

Stefan nahm die Brille ab und lächelte sie eigentümlich an. Augenblicklich vernahm er einen Stich in sich. Es kam ihm vor, als ob er darauf nur gewartet hätte und dieser Stich jetzt doch unerwartet kam.

„Was ist so lustig? Du glaubst mir wohl nicht?"

„Doch, natürlich glaube ich dir. Und du wirst mir das jetzt nicht glauben."

„Was glauben?"

„Ich bin eigentlich nach Indien gekommen, weil ich heilige Orte aufsuchen wollte. Ich wollte auch versuchen, mit heiligen Menschen zu sprechen und ich wollte natürlich nach Bodhgaya. Ich stelle mir vor, dass die heiligen Orte etwas in mir auslösen könnten – so etwas wie eine Erleuchtung. Eine ganz kleine Erleuchtung, wohlgemerkt. Goa sollte nur eine erste Zwischenstation sein, um die Sinne zu sensibilisieren, noch einmal ausleben zu lassen...und um sicher zu sein, was ich eigentlich zu suchen habe und was ich wirklich will. Das weiß ich zwar immer noch nicht so richtig, aber ich weiß, dass ich das keinesfalls in Goa finden werde. Trotzdem – auch wenn sich das jetzt ein bisschen dumm und naiv anhört – war Goa die beste Entscheidung, die ich treffen konnte. Vielleicht hat es auch damit zu tun, dass ich auch nur ein Mann bin. Letztendlich muss ich aber weiter. Ich kann hier nicht bleiben, weil ich an diesem Ort nicht das finde, das ich finden muss."

Einen kurzen Moment starrte sie ihn ungläubig an. Dann verzog sie den Mund zu einem Grinsen.

„Na, so überraschend ist das nicht, dass du den Weg des Buddha gehen willst. Ich bin überzeugt, dass dahin sehr viele Menschen pilgern werden. Es werden so viele sein, dass die Straßen sie gar nicht aufnehmen können."

Stefan nickte und stellte sich die überfüllten Straßen vor. Ein Gedanke wurde geboren und er überlegte. Er sah sie nachdenklich an, sie wartete, dass er etwas sagen würde. Aber es kam nichts.

Dann funkte es bei ihm. Der Blitz durchzuckte ihn mit einer Million Volt. Seine sämtlichen Haare richteten sich für einen Sekundenbruchteil auf und erhoben einen imaginären Zeigefinger zum Zeichen des Erkennens. Er richtete sich auf und nickte heftig mit dem Kopf.

„Das ist es! Das muss es sein...," sagte er fast ehrfürchtig.

„Was ist was?"

„Das Zeichen."

„Ich bin bestimmt nicht dein Zeichen."

„Vielleicht doch..."

Sie kicherte leicht.

Sie legte den Kopf auf ihre angezogenen Knie und sah ihn von der Seite an.

„Dann wirst du hier fortgehen?"

Stefan stand auf, ohne den Blick vom Meer zu nehmen.

„Möglich. Heute Abend werde ich´s wissen...glaub ich."

Er wandte sich zum Gehen und sah ihr noch einmal in die dunklen Augen. Verdammt, sie ist wunderschön, dachte er bei sich.

„Wir sehen uns...bis später, Devi...und...danke...!"

„Für was denn?"

„Für die Inspiration."

Sie lächelte sanft und hob leicht die Hand zum Gruß.

„Bis später, Stefan..."

Nachdenklich kletterte er wieder die Felsen herunter bis zum Strand. Der Blitz hatte ihn durchdrungen und ihm mitgeteilt, dass es Zeit war, aufzubrechen. Und während er wieder über den Strand schlenderte, konstruierte er schon die nahen Zukunftspläne. Devi...vielleicht kannte sie einen Guru, einen Sadhu oder einen Lama, der ihn nun in die geistigen Erkenntnisse des Lebens einweihen konnte. Oder zumindest als ein Wegweiser fungieren konnte.

Er beschloss, am Abend mit ihr zu sprechen. Wenn sie eine Pilgerreise unternehmen wollte, dann konnte es doch auch möglich sein, dass sie ihm half, die richtigen Leute zu treffen, die ihm helfen konnten, seine Suche zu manifestieren. Er ging weiter ins Meer hinein, bis das Wasser ihm die Lenden umspülte. Es war wunderbar warm und gleichzeitig angenehm kühl. Es war schön, wirklich wunderschön, wenn man die Elemente fühlen konnte, ohne dass störende Gedanken diese fundamentale Empfängnis gar nicht zulassen wollten. Während er langsam und bedächtig durch das Wasser watete, dachte er an die letzten acht Wochen zurück. Goa hatte ihn auf ein ausgleichendes mentales Level gebracht. Das war unbestreitbar. Es war der erste Schritt gewesen, diesen geistigen Ballast abzuwerfen, der ihn hinderte, sich auf sich selbst zu fokussieren. Hier, in diesem allein schon klimatischen Paradies, das er ja aus seiner Heimat nicht kannte, war dieser ganze Müll abgeladen worden, ohne dass er sich groß anzustrengen hatte. Er hatte Menschen kennenlernen dürfen, die so angenehm auf ihn wirkten, die ihm halfen, eine fast schon unbekümmerte Lockerheit zu entwickeln und zu entfalten. Er hatte Sex gehabt mit einer Frau, die sich ihm ohne Wenn und Aber hingegeben hatte. Und die seine ganzen Blockaden und Hemmungen aus ihm hinaus gevögelt hatte. Stefan war stehengeblieben und starrte grinsend in den Himmel, wenn er an seine Gedanken dachte. Eine Frau hat mir all meine Blockaden aus dem Kopf gevögelt, dachte er sich, - wie ein Teenager...Dann begann er zu lachen. Erst leise, kopfschüttelnd, dann immer lauter. Er lachte so intensiv, dass ihm die Tränen kamen. Er hob die Arme in den Himmel und verstand nicht, warum er nicht schon vor Jahren nach Goa gekommen war. Damit hätte er sich viele trübe Stunden ersparen können. Er setzte sich wieder in Bewegung. Immer noch grinsend haderte er nicht ein bisschen über die Vergangenheit. Vielleicht war doch alles irgendwie richtig. Vielleicht musste ich auch so leben, um diesen heutigen Augenblick auch mit dem richtigen Maß genießen zu können. Das ist es wohl, das man Karma nennt. Alles okay, dachte er, alles ist gut. Alles nimmt seinen Lauf...

Sie saßen an einem großen runden Tisch und genossen das Abendessen. Severine, Sabine, Lukas, Ben, Megan, er – Stefan, Dodo und Karl - ein junges Paar, das aus Norddeutschland kam und genauso wie Stefan um die Welt reisen wollte. Neben ihnen saßen Sven und Halvar. Zwei schwule Schweden, die das letzte Jahr hier verbringen wollten. Sie waren fast so alt wie Stefan und hatten diese unglaubliche Freundlichkeit und diesen so seltenen selbstironischen Humor, den man so oft bei Homosexuellen erkennen konnte. Stefan mochte sie sehr. Sie waren mit ihm am selben Tag angekommen. Sie sprachen beide ein ausgesprochen deutliches, wenn auch etwas abgehacktes Englisch in einem überaus angenehmen Tonfall, der Stefan wie auch alle anderen so faszinierte.

Stefan schob gerade seinen leeren Teller beiseite und hob das Glas mit dem Rotwein in die Höhe.

„Ich möchte einen Toast ausbringen, wenn ihr erlaubt," sagte er grinsend.

„Hört, hört. - Auf wen oder was denn?"

Ben sah ihn lächelnd an und drehte die Augen zu Severine.

Stefan stand auf und alle Anwesenden sahen ihn verwundert an. Stefan benahm sich recht offiziell.

„Auf uns alle, die wir hier sitzen. Ich muss ehrlich zugeben, dass ich mich kaum erinnern kann, mich so wohlgefühlt zu haben wie mit euch hier. Unabhängig von der ganzen Situation, von den Gründen, warum wir hier sind und von den ganz persönlichen Intensionen. Meine Entscheidung, zuerst hierher kommen zu wollen, war genauso richtig wie intuitiv. Bevor ich daheim abgereist bin, habe ich mir vorgenommen, nur noch aus dem Bauchgefühl heraus zu entscheiden und zu handeln. Dass ich mich jetzt mit euch über jeden Tag so freuen kann, beweist mir, dass ich auf dieses Bauchgefühl eigentlich schon immer hätte hören müssen. Klingt blöd, aber mein Verstand war mir anscheinend immer im Weg. Aber sei´s drum – allein schon das Bewusstsein, den Augenblick endlich so genießen zu können, wie es ihm gebührt, macht mich...äh...ja, macht mich...tja.."

„Glücklich??" fragte Megan.

Stefan nickte lächelnd.

„Ja...glücklich...so ist es. Es hat Zeiten in meinem Leben gegeben, da konnte ich mir nicht vorstellen, diesen Zustand je wieder erreichen zu können. Dass es jetzt wirklich so eingetreten ist, verdanke ich den Menschen, mit denen ich hier eine richtige Freundschaft finden konnte. Dafür – und für dieses Glück, das erleben zu können – danke ich euch. Das ist gewaltig viel mehr, als ich erwarten konnte. Ich trinke damit auf uns alle...Cheers...in Deutschland sagen wir „Prost"...auf uns alle."

Er hob das Glas und prostete jedem einzelnen zu. Sie alle waren wirklich aufgestanden und hatten die Gläser gehoben. Dann stießen sie an.

„Schöne Worte, Stefan," sagte Sven und sah ihn ernst an.

„Es hat jetzt...verzeih´, wenn ich das so empfinde...so einen Touch von Abschied. - Ist das so?"

Alle blickten ihn an. Mit einem Mal trat eine fremde Stille ein. Stefan starrte auf sein fast leeres Glas, das er mit den Fingern drehte. Dann sah er Sven in die Augen. Irgendwie lächelten sie.

„Ich hatte von Anfang an nicht vor, bis zum letzten Tag hier zu bleiben. Ich...ich...muss weiter. Und bald treffe ich mich mit meiner Tochter und ihrem Mann. Wir wollen gemeinsam noch die Welt sehen. Oder zumindest einen Teil davon."

„Die Welt sehen? Warum denn?"

Severine starrte ihn traurig an. Sie hatte nicht gewusst, dass er nicht bis zum Ende hierbleiben wollte. Stefan hatte es auch niemandem gesagt. Auf die Fragen nach der Zukunft hatte er immer nur mit den Schultern gezuckt und war allem Nachfragen ausgewichen.

„Weil es bestimmt noch Dinge gibt, die einem vielleicht helfen, besser und furchtloser abtreten zu können."

Alle Köpfe ruckten herum und sahen Dodo an, die sich schüchtern zu Wort gemeldet hatte.

„Wie meinst du das, Dodo?"

„Ich kann mir vorstellen, dass viele Menschen noch nach etwas suchen, das Trost, vielleicht Zuversicht und Halt gibt. Vielleicht auch ein gewisses Verstehen, was das Leben und das Sterben angeht. Ich denke, Stefan sucht noch etwas, stimmt´s?"

Ihre Augen fanden seine. Seltsam intensiv, aber ohne die Frage in ihrem Gesicht. Sie suchte eher die Bestätigung ihrer Feststellung.

„Versteh´ ich nicht, was du meinst. Was sollte man denn noch suchen? In einem Jahr ist doch eh alles vorbei, da wäre es doch besser, alles soweit sein zu lassen und das Leben noch vollends zu genießen."

Ben schüttelte verständnislos den Kopf. Er konnte gar nicht verstehen, dass man sich noch komplizierte Gedanken machen wollte. Was sollte das bringen? Und wohin sollte es jemanden bringen?

„Ich verstehe das sehr gut," sagte Severine, ohne den Blick von Stefans Augen zu nehmen.

Er lächelte sie liebevoll an und streichelte sanft ihre Hand.

„Wisst ihr, ich habe mein Leben lang mehr oder weniger funktionieren müssen. Egal ob Beruf, Familie, Ehe, Kind oder irgendwas Privates. Immer war jede Entscheidung und jedes Tun an irgendwelche Bedingungen geknüpft. Es hat immer geheißen: Tu das, weil...oder mach´ das nicht, weil...jetzt, wo alles anders ist, habe ich – das klingt jetzt ein bisschen abgedroschen – alle Freiheit, nur das zu tun, was ich möchte. Das „Weil" ist damit nur die Einleitung zu ...weil mir das dient. Und was noch dazu kommt, ist, dass ich immer schon neugierig gewesen bin. Neugierig auf das Leben, auf die Welt, auf andere Kulturen, andere Überzeugungen, andere Lebensweisen und natürlich andere Länder. Diese ganzen gesellschaftlichen Hemmnisse machen jemanden wie mich mürbe und krank. Ich hatte immer das Gefühl, eingesperrt zu sein, meinte immer, andere entscheiden über mein Leben und diktieren mir auf, was ich tun soll. Damit ihr das nicht missversteht, viele Dinge habe ich gern getan. Dinge für meine Familie, meiner Ex-Frau oder meiner Tochter. Natürlich war das so. Trotzdem war immer dieser dicke Kloß in meinem Hals, den ich nie richtig rausbekommen habe. Erst hier, hier in Goa, hier mit euch, mit diesem Ort, erst hier war er weg. Und auch wenn ihr mich jetzt für verrückt haltet; als ich die Nachricht vom Ende unseres Planeten akzeptiert hatte, da war dieser Kloß weg. Wenigstens so klein, dass er mich nicht mehr beeinträchtigen konnte. Einfach so! Und jetzt will ich diese Zeit nutzen, um mir über mich und meine Existenz klar zu werden. Und was liegt da näher, als auf Reisen zu gehen? Es konnte nur diese Entscheidung geben..."

Er nahm das Glas, das er fortwährend in seinen Fingern gedreht hatte und trank es mit einem Zug aus. Dann hob er den Kopf. Keiner sagte etwas. Alle hatten ihm angestrengt zugehört.

„Das seh´ ich genauso. Ich verstehe das sehr gut. Auch wenn das nicht alle zugeben wollen – es ist doch bei jedem das Gleiche, mehr oder weniger. - Du hast vollkommen Recht, Stefan."

Halvar sah ihn an und nickte vehement mit dem Kopf. Auch Sven stimmte ihm bei.

„Aber...eins verstehe ich nicht ganz...," Sabine sah ihn fragend an.

„Was denn?"

„Wenn du nach Erkenntnissen suchst – warum auch immer – warum bist du dann nach Goa gekommen? Warum hast du die Zeit nicht genutzt für...für...ja, keine Ahnung, was du dir unter dem vorstellst. Warum Goa?"

Ben grinste breit vor sich hin. Das verstand nun wiederum er.

„Ist doch ganz einfach!" schmunzelte er.

„Aha! Und was ist so einfach?"

„Na, Stefan ist doch auch nur ein Mann. Und jetzt schau dich um. Hier sind Frauen jeden Alters, die ihrerseits auch nicht bis zuletzt keusch durchs Leben gehen wollen. Also denke ich, dass sich Stefan noch einmal für ein paar Wochen richtig austoben wollte, bevor er sich ins Geistliche begibt. - Da brauch ich jetzt aber kein Philosoph zu sein. Stimmt´s nicht Stefan?"

Die Runde fing an zu grinsen. Ben hatte wieder mal mit seiner Einfachheit den Nagel auf den Kopf getroffen.

„Und außerdem..." sprach er weiter. „ Außerdem muss auch mein Freund Stefan zugeben, dass dieser Strand, dieses Meer, diese Bar, diese Frauen, der Alkohol, die Joints und was weiß ich noch alles den Körper und den Geist richtig glücklich machen können."

Er drehte sich um und winkte dem kleinen wieselflinken Kellner. Ohne Worte zeigte er auf die leeren Flaschen. Er streckte drei Finger in die Höhe, was der Bursche auch auf Anhieb verstand.

„Wo willst du denn hin, wenn ich fragen darf?"

Der korpulente Karl sah ihn an.

„Mir schwebt schon was vor. Ich muss da noch was klären, aber ich denke, ich werde mich auf Buddhas Spuren begeben."

„Eine Pilgerreise?"

Dodo sah ihn an.

„Ja, so ähnlich. Ziel soll Bodhgaya sein. Der Erleuchtungsort."

„Ganz schön krasser Unterschied. Goa und Buddha."

Megan hatte die Unterlippe vorgeschoben und die Augenbrauen nach oben.

„Du bist immer wieder für Überraschungen gut, mein Freund."

Severine hielt immer noch seine Hand.

„Tut mir leid, wenn ich dich jetzt enttäuscht habe, aber..."

„Quatsch," unterbrach sie ihn. „Du hast mich nicht enttäuscht, du süßer Kerl. - Eher im Gegenteil."

Sie lachte ihn mit einem Augenzwinkern an.

„Wann brichst du denn auf?"

Lukas sah ihn neugierig an.

Stefan zuckte die Schultern. Er wusste es ja selbst noch nicht genau. Jedenfalls hatte er zuerst mit Devi zu sprechen.

„Weiß noch nicht. Ich muss noch ein paar Dinge klären..."

Devi kam hinter der Bar hervor und steuerte die kleine Gruppe an.

„Hallo, zusammen, alles okay bei euch?"

„Eigentlich schon...Stefan wird uns verlassen."

Ben hob beide Hände, um sein Unverständnis zu zeigen.

Devi sah Stefan an und lächelte.

„Ja...ich weiß...Stefan, kommst du mal?"

Er stand auf und folgte Devi, die sich schon wieder umgedreht hatte und sich an die Bar lehnte.

„…Tja,…ich weiß gar nicht, wie ich anfangen soll…ich werde mich übernächste Woche mit meinem Großvater treffen. Dann werden wir uns auf den Weg machen…und ich…ich wollte…"

Sie stockte und sah zu Boden.

„Was willst du mir sagen, Devi?"

Sie sah ihm wieder in die Augen.

„Ich wollte dich fragen, ob du uns begleiten willst. Ich würde mich sehr freuen…"

„Wirklich?"

Sie nickte heftig, ohne ihren Blick von ihm zu wenden.

„Ja, wirklich!"

„Warum?!"

Sie sah ihn unsicher an. Senkte den Blick, hob ihn wieder, sah ihm in die Augen, wandte scheu den Kopf und suchte auf dem Meer nach irgendwas. Doch dann hielt sie seinem neugierigen Blick stand. Ihre Augen flüchteten nicht mehr nach links und rechts. Gerade sah sie ihn an.

„Weil ich…weil ich dich sehr mag und ich glaube, dass du eine intensive Spiritualität in dir trägst, die uns sehr hilfreich sein könnte. Und ich bin überzeugt, dass mein Großvater dich anleiten könnte."

„Ich möchte mich nicht aufdrängen. Ich wollte dich eigentlich fragen, ob du jemanden kennst, der mich…sagen wir mal in das buddhistische Denken und in das Kernthema des Buddhismus einweihen könnte…dass ich mit euch gehen könnte, daran habe ich wirklich nicht gedacht, aber jetzt…jetzt bin ich ganz schön baff…und würde mich sehr freuen…"

Ihre Augen fingen an zu lächeln. Und jetzt sah sie ihn an wie Severine, als sie ihn nach allen Regeln der Kunst verführt hatte. Ihre dunklen Augen sprühten wie ein Feuerwerk und eine Welt sinnlicher Erotik drang in Stefan ein.

„Das ist schön, Stefan. - Ich freue mich darauf."

Ganz kurz hatte sie ihm die Hand auf den Arm gelegt. Dann drehte sie sich um und verschwand hinter der Bar.

Einen Augenblick stand Stefan noch am Tresen und sah Devi nach. `Ich kann mit ihr gehen´, dachte er und verspürte eine tiefe Freude und eine weit ausgreifende Lust auf etwas Neues. Er drehte sich wieder um und gesellte sich zu den Freunden.

„Alles klar, Stefan?" fragte Sven, der seinen entrückten Gesichtsausdruck sah.

„Ja...alles okay, alles super...richtig toll...!"

Der kleine wieselflinke Bursche kam grinsend mit einem Tablett auf dem Arm an, auf dem kleine Gläschen mit einem undefinierten Inhalt standen.

„Eine Runde Arak auf Kosten des Hauses," flötete er.

„Schau, schau, von wem denn? Hat Devi einen ausgegeben?"

Der Bursche stellte das Tablett ab und verneigte sich leicht. Immer noch grinsend.

„Ja, Devi, Boss...sie hat gesagt, bring das Tablett an den Tisch mit meinen Freunden."

„Wo ist sie denn? Kommt sie nicht?"

Ben stand auf und suchte sie. In diesem Moment kam sie hinter dem Bartresen hervor und schwebte förmlich auf sie zu.

„Da bist du ja. Irgendein besonderer Anlass für den Arak?"

Sie nahm die Gläser und verteilte sie – jeder eins.

„Dass Stefan gehen wird, wisst ihr nun ja schon. Und auch ich werde Goa verlassen. In zwei Wochen treffe ich mich mit meinem Großvater und wir werden auf die letzte Reise gehen. Ich freue mich schon sehr, weil ich ihn schon lange nicht mehr gesehen habe."

„Ja, und die Bar – und das Restaurant? Machst du sie zu?"

Sie schüttelte den Kopf.

„Nein, mein Cousin wird zusammen mit meinem Bruder die Geschäfte weiter führen. Sie haben mir ja schon über die Jahre immer wieder viel geholfen. Sie kennen sich aus und wissen, was zu tun ist. Wir haben alles schon geklärt."

Alle meldeten sich nun zu Wort, versicherten ihr, dass die Zeit hier und die Freude, die sie empfunden hatten, auch ihr, Devi´s Verdienst gewesen sei und dass sie traurig wären, wenn sie ginge. Trotzdem wünschten ihr alle das Beste auf der Reise und dass sie das finden würde, was noch wichtig sein sollte.

Severine sagte nichts. Sie sah Devi an. Dann Stefan. Immer wieder beide. In ihrem Kopf arbeitete es heftig.

„Du begleitest sie, hab ich Recht?"

Sie sah ihn fest an. Nagelte seinen Blick fest, den Stefan ruhig erwiderte. Dann nickte er.

„Ja, sie hat mich gefragt, weil sie wusste, dass ich so etwas ähnliches auch vorhabe."

„Hattet ihr mal was miteinander?"

„Was??? Nein, natürlich nicht. Du denkst gerade falsch, Severine. Unsere Pläne waren vollkommen unabhängig voneinander. Es war wirklich reiner Zufall, dass wir darüber zu sprechen begannen."

„Sie ist schon sehr hübsch..." sagte sie, mehr zu sich selbst. Ihr Blick suchte wieder Devi. Einen Moment lang war Stefan verwirrt. Was hatte das jetzt damit zu tun?

„Ääh, ja...Du auch..."

Sie wandte den Kopf und lächelte ihn an.

„Charmeur..."

„Ja, schon, aber auch die Wahrheit..."

Sie sah durch ihn hindurch, suchte etwas - weit außerhalb momentaner Wahrnehmung. Immer noch umspielte ein Lächeln ihre Lippen, aber jetzt war es fast schon transzendent und weit weg.

„Was denkst du denn gerade?" fragte Stefan, der sie weit entfernt wähnte.

„Nichts besonderes...gehen wir an den Strand?"

Sie stand auf und reichte ihm die Hand.

„Okay...machen wir."

„Wo geht ihr hin?" rief Ben ihnen nach.

„An den Strand...bisschen schmusen und kuscheln...."

„Gut. Erlaubnis erteilt!"

Ein Lachen begleitete das Paar von der Terrasse herunter. Eng schmiegte sich Severine an ihn, schlang die Arme um seine Hüften und legte den Kopf an seine Schulter. Langsam wateten sie durch die sanften Wellen, die den Strand leckten, sprachen nichts, sondern ließen sich von der Meeresbrise streicheln, fühlten nichts als den anderen und genossen den Sternenhimmel. Kurz bevor die Felsen den Weg versperrten, löste sich Severine von ihm und schlang die Arme um seinen Hals. Ihre Lippen fanden die seinen und minutenlang standen sie in der Dunkelheit und küssten sich. Seine Hände wagten sich unter ihre Baumwollbluse und streichelten ihre zarte Haut, bis sie auf ihren Brüsten liegenblieben.

Erst eine Stunde später kamen sie wieder zurück zur Bar, an der schon die anderen standen und ihnen zuwinkten. Stefan spürte in diesem Moment eine tiefe Harmonie mit ihnen, fast eine Familie, die einem Schutz und menschliche Wärme bot. Es war ein sehr angenehmes und schönes

Gefühl. Wahrnehmbar mit allen Sinnen und mit dem Herzen. Doch wie immer, dachte er, ist dieses sprichwörtliche Glück nicht von Dauer. Bald würde er nicht mehr hier sein, bald würde der Tag anders beginnen und anders enden. Und auch der Tagesablauf würde sich drastisch ändern. Anders, aber bestimmt genauso schön. Sie standen noch bis spät in die Nacht an der Bar, unterhielten sich, lachten zusammen und genossen ein Zusammensein, das sich so niemals wieder wiederholen würde. Erst spät in der Nacht zog ihn Severine mit durch den Palmenhain, drängte ihn in ihr Zimmer, wo sie sich in einer Art und Weise der Lust hingaben, die bald nur noch in der Erinnerung existieren würde.

*

Vier Tage vor seiner Abreise aus Goa hatte Stefan schon alle Vorbereitungen für die Reise getroffen. Er hatte die Zugtickets besorgt und eine Karte mit einem großen Maßstab. Für alle Fälle, dachte er. Zusätzlich fand er tatsächlich ein englischsprachiges Buch über die Grundlagen des Buddhismus und die berühmten Plätze des Buddha, wo er angeblich gepredigt hatte. Und obwohl ein Abschied anstand, spürte er doch eine große Freude in sich. Irgendwie hatte er das Gefühl, den Zeitpunkt seiner Abreise auf den Punkt gewählt zu haben. Seltsame Zufälle waren aufeinander getroffen. Eine fantastische Zeit an den Stränden Goas konnte ohne Wehmut beendet werden und gleichzeitig hatte sich die kommende Zeit so perfekt zusammenorganisiert, dass Stefan schon nicht mehr an Zufall glauben konnte. Dieser Abschied und gleichzeitig die Chance mit Devi war ihm fast ein bisschen unheimlich.

Daher war auch seine innere Freude und auch seine aufkommende Neugierde so authentisch, dass er Mühe hatte, dies bewusst aufnehmen zu können. Stefan fühlte sich großartig, beinahe wie ein kleiner Junge, dem ein großer langersehnter Wunsch erfüllt worden war.

Das einzig Bedrückende war Severine. Es tat ihm leid, sie verlassen zu müssen. Manchmal dachte er daran, ob er sie nicht hätte fragen sollen, ob sie mit ihm gehen würde. Aber schnell verwarf er den Gedanken wieder. Es war sein Weg, nicht der von Severine. Er musste seinem inneren Primat gehorchen, das er sich auch selbst auferlegt hatte. Nichts war wichtiger als das, denn am Ende würde nur noch das zählen. Stefan wusste es sehr genau. Also verdrängte er die Gedanken, die doch nur aus seinem gar menschlichen Makel der Anhaftung abstammten und sich letztendlich nur als verkappte Illusion zu erkennen geben würde.

Es wurde Samstag. Das letzte Wochenende in Goa wurde für Stefan eingeläutet. Die Strandbars hatten ein großes Fest organisiert, weil es einfach wieder mal Zeit geworden war, miteinander zu feiern. Mit einem Lagerfeuer am Strand und einigen überdimensionierten Grills. Es sollte ein großes Fest werden. Stefan hatte sich einen Stuhl in den Sand gestellt und verfolgte das fröhliche Treiben. Es war schon dunkel geworden und die Männer hatten das Feuer bereits in Gang gebracht. Leuchtend schön flackerte es im sanften Wind und spiegelte sich in einer göttlichen Art und Weise in der See. Die Menschen saßen außen herum im Sand. Einige tanzten zur Musik, Joints wurden herumgereicht und der Alkohol floss in Strömen. Er stand auf und gesellte sich zu der Menge. Auf einen Teller lud er Gegrilltes, Brot, Salate und ein paar Dips. Damit ging er zu den Freunden, die nahe am Feuer bereits im Sand saßen. Und obwohl der Abend schön wie nie war, diesen besonderen Duft des Freiseins verströmte und die Freude und Gelassenheit als die oberste Priorität ansetzte, wanderten seine Gedanken immer wieder voraus auf die kommende Reise. Goa verabschiedete sich schon ganz langsam.

Es war noch gar nicht so spät, da erschien Devi. Sie setzte sich neben Severine und sprach mit ihr. Kichernd flüsterten sie sich Dinge ins Ohr, was Stefan nicht verstand. Und irgendwann – er wusste nicht, wie viel Uhr es schon war – irgendwann sahen sie ihn beide unverwandt an. Die dunklen Augen Devis leuchteten im Feuerschein und versprühten Wellen unbekannter Tiefe. Stefan konnte nicht verhindern, dass sich sein Blick immer wieder mit ihrem traf. Die Faszination trieb ihn immer wieder in die gleiche Richtung. Er bemerkte, wie Severine und Devi sich die Hände hielten. Aber noch mehr fiel ihm auf, dass Severine wieder diesen sinnlichen Blick aufgesetzt hatte, den er so an ihr liebte und der ihn wahnsinnig vor Gier machen konnte. Der Fokus wurde immer kleiner. Severine – Devi – Severine – Devi. Sie hatten beide den gleichen erotischen Ausdruck im Gesicht. Sinnlich, fordernd, leidenschaftlich, gierig. Dann lehnte Devi sich an Severine – und ließ sich in ihre Arme sinken. Ohne den Blick von Stefan zu nehmen, fing sie an, die Inderin zu streicheln. Mit einer Zartheit, die in Stefan alles zum Brodeln brachte. Er konnte seinen Blick nicht mehr von den beiden Frauen nehmen, die ihm unmissverständlich klarmachten, dass er heute Nacht nicht alleine schlafen würde. Der Lärm des Festes um ihn herum versank in ein monotones Gemurmel, er spürte den sanften Wind nicht mehr, er hörte die Geräusche des Meeres nicht, er konnte nur noch zwei Menschen wahrnehmen, die ihn mit ihren Augen verrückt machten. Dann stand Devi auf, ging mit langsamen Schritten und wiegenden Hüften auf Stefan zu und streckte ihre Hand aus. Ihre wunderschönen dunklen Augen brannten sich in seine.

„Komm`," sagte sie nur.

Wie in Trance nahm er ihre Hand und stand auf. Sie führte ihn durch die Menge der Menschen, die gar nicht auf sie achteten, nahm Severine an die andere Hand und zusammen entfernten sie sich von dem Strandfest. Irgendwo zwischen dem Fest und dem Palmenwald blieb sie stehen, sah Stefan an und streichelte sanft seine Wange. Ohne ihren Blick von ihm zu wenden, zog sie Severine zu sich heran. Ihr Gesicht drehte sich zu ihr, dann küsste sie Severine. In einer nicht gekannten Zärtlichkeit berührten sich die Lippen der beiden Frauen, die Zungen fanden sich – und Stefan hatte seinen Verstand im Meer versenkt. Er spürte, wie sich Hände um seine Hüften und seinen Hals legten und er spürte die Lippen auf den seinen. Zuerst Devi, dann Severine, dann wieder Devi. Sein Körper fühlte zwar die weichen Hände, die ihn berührten und streichelten, aber es war nicht mehr möglich zu unterscheiden, ob es vier Hände waren oder tausend.

Abrupt löste sich die schöne Inderin, nahm beide wieder an die Hand und führte sie schnell mit sich. Er sah Severine an, die nur wissend und erwartungsvoll lächelte. Stefan konnte sich später nicht erinnern, wie sie in ein Haus, in dem er noch nie gewesen war, gekommen waren. Erst als er auf einem großen Bett lag, setzte die Erinnerung wieder ein. Die Frauen zogen ihn langsam aus, bis er völlig nackt vor ihnen lag. Devi hatte Severine die Bluse ausgezogen und fing an, ihren Körper zu küssen. Gleichzeitig, ohne dass Stefan es registrieren konnte, wie sie das gemacht hatte, fiel das seidene Kleid herunter. Severine war schön. Wunderschön. Aber Devi, die jetzt nackt im Mondlicht stand, war eine Göttin. Niemals hatte Stefan einen so perfekten Frauenkörper gesehen, niemals hatte er geglaubt, dass zwischen Lust und Wahnsinn nur der Hauch eines Unterschiedes zu erkennen war. Die beiden Frauen sanken neben ihn auf das Bett und vertrieben den letzten Rest Rationalität aus seinem Kopf. Stefan konnte den Blick nicht von ihnen nehmen, hatte nicht gewusst, was Sex eigentlich bedeutet und nahm völlig überraschend wahr, dass heute Nacht sein Körper über alles hinausging, was er immer als die Grenzen der männlichen Lust angesehen hatte. Nicht einmal kam ihm ein Blitzgedanke in den Sinn, der schrie, dass das, was gerade geschah, der heimliche Wunschgedanke eines jeden Mannes war und ist. Es kam eigentlich gar kein Gedanke mehr auf. Er spürte warme zarte Hände auf seinem Körper, auf seiner Brust, seinen Hüften, in seinem Schritt. Es schien, als ob diese Hände alle verfügbaren Rezeptoren zum Glühen bringen wollten. Er spürte die Körper der beiden Frauen auf sich, neben sich, unter sich. Er roch ihre Haut, er schmeckte ihre Zungen, er spürte ihre Körper, wie sie sich auf ihm bewegten. Er spürte ihre Lippen, die sich an jede Stelle seines Körpers schmiegten. Er hörte das Keuchen und Stöhnen, das heftige Atmen, sein heftiges Atmen. Er sah ihnen zu, wie sie sich liebten, um ihn dann mit sanfter Gewalt zwischen sich zu ziehen, wo er sämtliche restliche Hemmungen in einen imaginären Raum katapultierte, der so groß war, dass sie niemals mehr zu finden sein würden. Er liebte Severine, dann Devi, wieder die schöne Französin, während eine Göttin ihre Fingernägel über die Stellen zog, die Stefan schon bei der leisesten Berührung ein intensives Stöhnen

112

entlockten. Devi und Severine verabreichten dem Mann aus Deutschland eine Erfahrung, die ihn nicht nur sämtlicher Gedanken beraubte, sondern ihn in den tiefen Zustand tranceähnlicher Meditation brachte, die den Körper in seiner ursprünglichsten Form an den Rand absoluter Glückseligkeit trieb. Ein Erlebnis ungeahnter Sinnlichkeit und völliger tabuloser Begierde. Erst viel später sollte er sich an diesen Augenblick höchster spiritueller wie körperlicher Präsenz erinnern, der sich unauslöschlich in seinen Geist eingebrannt hatte.

Als er die Augen öffnete, war es bereits hell. Sekundenlang starrte er an die Decke mit dem Ventilator, überlegte, wo er war und was letzte Nacht geschehen war. Er hörte das regelmäßige Atmen neben sich und drehte den Kopf. Devi lag auf seiner Schulter, ihre Hand auf seiner Brust. Sie war immer noch nackt, nur ein leichtes Seidentuch bedeckte ihr Gesäß. Severine hatte sich an seine andere Seite gekuschelt. Beide Arme hatte sie um seinen Arm geschnürt, so als ob sie ihn niemals wieder loslassen wollte. Auch sie war nackt. Sie waren alle nackt. Stefan fühlte diese wohlige Entspanntheit in sich, dieses leise Prickeln – und seine Hoden. Vorsichtig führte er seine Hand hinunter, wollte sicherstellen, dass sie noch da waren. Aufatmend stellte er fest, dass alles in Ordnung war, nur zu fest Berühren war im Moment keine Option. Er fühlte seinen Penis, der anscheinend auch noch im Tiefschlaf lag. Kurz schloss er die Augen und versuchte sich an die Nacht zu erinnern. Doch es kamen nur noch Fragmente daraus hervor. Und Bilder. Fragmente allerdings, die sich schnell zu einem Gesamtbild zusammensetzten und ihm bestätigten, dass das kein Traum gewesen war. Er versuchte, sich auf seine Körperteile zu konzentrieren, spannte die Beinmuskeln an, dehnte vorsichtig die Schultern und ließ die Handgelenke kreisen. Er fühlte eine entspannte Lockerheit in sich, sein Herzschlag, sein Puls, sein Atmen – er meinte, eine ganzheitliche Harmonie in sich zu spüren.

Oh, Mann...dachte er. Unglaublich! Er drehte wieder den Kopf zu Devi. Niemals in seinem Leben hatte er sich dem Sex so hingegeben wie diese Nacht. Niemals in seinem Leben hatte er eine Frau – in diesem Falle zwei Frauen – so intensiv geliebt. Und niemals hatte er diesen unglaublich intensiven Eindruck gespürt, von Frauen so geliebt worden zu sein. Er blickte wieder auf die schlafende Devi. Ein Gedanke jagte durch seine Vorstellungen. Ob sie das Kamasutra auswendig gelernt hatte? Vorher hatte sie es wohl auch Severine beigebracht. Er versuchte sich an seine früheren sexuellen Erlebnisse zu erinnern – nein, es war niemals auch nur annähernd so gewesen wie letzte Nacht. Eine kleine Skala erschuf sich in seiner Vorstellung. Eine Skala von eins bis zehn. Eins war schlechter langweiliger Sex und die zehn war Supersex. Mit geschlossenen Augen sah er die Zahlen auf der Linie. Zehn...zehn?...nein, das war keine Zehn. Es war die Zahl Tausend...oder noch mehr. Es gab wohl keine Maßeinheit für das, was er erlebt hatte. Er richtete sich ganz vorsichtig auf, legte sehr sachte die Hand Devi´s auf das Bett und schälte sich aus der Umklammerung Severine´s. Dann kniete er vor diesem Bild, das er gar nicht aus seinem Kopf bringen konnte. Und fragte sich unwillkürlich, ob er diese beiden Frauen liebte. Ja, im Moment liebe ich sie. Mit allem, was ich besitze und mit allem, was ich fähig bin. Vorsichtig rutschte er vom Bett herunter, bewegte sich so, dass sie nicht aufwachten und stand auf. Er sah sich um und suchte seine Kleidung zusammen. Alle Kleidungsstücke, die sie am Vorabend anhatten, lagen verstreut auf dem Boden. Niemanden hatte es interessiert, wo sie hingeworfen wurden. Sie hatten sich geliebt bis zur höchsten Ekstase, derer Menschen fähig waren.

Lächelnd hob er seine Hose, sein Hemd und seine Schuhe hoch und schlüpfte durch die Türe, die nur angelehnt war. Es war noch früh, die Sonne war noch nicht aufgegangen, aber es konnte nicht mehr lange dauern. Die orangenen und gelben Farbtöne am Himmel signalisierten den Aufgang. Stefan fühlte sich frisch und vollkommen ausgeruht. Es konnten nur ein paar Stunden gewesen sein, die er geschlafen hatte. Aber dieser Schlaf war wohl so tief und fest gewesen, dass er ausreichend gewesen war, neue Kraft zu schöpfen. Er schlüpfte in Hemd und Hose, zog die Schuhe an und spazierte mit einem Hochgenuss durch den Palmenhain, der in diesem Moment der Ruhe und der Stille einem Paradiesgarten gleichkam. Am Strand angekommen, atmete er tief ein und aus. Er schloss die Augen, spürte den Atem, der nicht nur die Lungen weitete, sondern auch den Geist. Er spürte das Kribbeln in den Fingern, das reine Energie wurde und alle feinen Härchen des Körpers aufstehen ließ. Seine nackten Füße gruben sich in den Sand, er fühlte mit allen Sinnen, allen Zellen und einem derart wahrnehmbaren tiefen Bewusstsein, das sämtliche Rezeptoren zum erstmals empfundenen gemeinsamen Schwingen brachte. Sein Geist kreierte das denkwürdige Wow!, das in dieser Sekunde mit der heiligen Silbe „Om" gleichzusetzen war. Danke, Goa!!

*

Das Fenster war halb geöffnet, sodass ein permanenter Strom frischer Luft herunter blies und ihm den heißen Nacken kühlte. Der Zug machte eine lang gezogene Rechtskurve und gab den Blick auf den Triebwagen frei. Er war gelb oder wenigstens war er das mal gewesen. Beschädigungen und Roststellen waren immer wieder einfach übermalt worden. Und da man keine Ahnung hatte, welches Gelb das Richtige war, wurde munter drauflos gemalt mit dem Ergebnis, dass die Lok ein bunter Teppich jedweden Gelbs wurde, das man sich vorstellen konnte. Auf dem vorderen Teil des Triebwagens war der Name aufgemalt worden. „The Yellow Blizzard" konnte Stefan lesen und fing an zu grinsen. Nicht nur, dass der Name in einem dunklen Gelb auf dem Gelbmosaik aufgepinselt worden war, sondern auch, weil die Bezeichnung „Blizzard" nur ein großer Scherz sein konnte. Die Reisegeschwindigkeit des Zuges erinnerte eher an eine Schildkröte. Er stellte sich vor, wie er des Nachts aus dem Zug schleichen würde, wenn sie auf einem Bahnhof hielten und einen neuen Namen drauf pinseln würde. „The Yellow Turtle" schwebte ihm da mehr vor und würde wohl besser passen.

Stefans Blick fiel auf das Reisfeld, an dem sie gerade vorbeifuhren. Menschen standen darin und winkten den Reisenden zu. Sie hatten Hüte oder Kopftücher auf, um sich vor der sengenden Sonne zu schützen. Oder auch beides. Mit nackten Füssen standen sie im Wasser und drückten die kleinen Pflanzen in die schlammige Erde. Das Bild war friedvoll. Und passte so gar nicht zu den Gegebenheiten, die alles und jeden überschatteten. Stefan wusste nicht, wo sie gerade waren. Sie waren schon viele Stunden unterwegs, tief im Landesinneren. Sie mussten den gesamten Subkontinent durchqueren, um zu ihrem Ziel zu gelangen. Nach der Hitze zu urteilen und des Staubes bewegten sie sich inmitten eines Kontinents, der nicht nur eine riesige Differenz zwischen den Vegetationszonen aufbot, sondern eine noch größere Differenz zwischen den Bevölkerungsgruppen. Nach wie vor hatte das jahrtausendealte Kastensystem sein Diktat auf die Gesellschaft und nach wie vor waren ganz arm und ganz reich eine Entfernung wie zum Mond. Für den Normalsterblichen unerreichbar. So wie die Kastenlosen niemals auch nur in die spürbare Nähe der Brahmanen kommen konnten, obwohl das Gesetz das ungerechte Kastenwesen seit Jahrzehnten abgeschafft hatte. In der Gesellschaft hatte es immer noch Bestand, wenngleich es sich sehr abgeschwächt hatte.

Komisch, dachte Stefan, während er die Landschaft auf sich wirken lies, jetzt haben wir Handys, mit denen wir von jedem Punkt der Welt aus unser Wohnzimmer zu Hause organisieren können, haben darin ein Navigationssystem, das uns nicht nur anzeigt, wo wir gerade sind, sondern auch gleichzeitig Tankstellen, Behörden, Restaurants, Sehenswürdigkeiten und Krankenhäuser zur Verfügung stellt – aber bis heute haben es die Menschen nicht geschafft, eine Gesellschaft zu errichten, die ihren Mitgliedern gleiche Rechte und Pflichten anbietet. Indien war damit ein Paradebeispiel von sozialer Ungleichheit. Fast ähnlich wie im europäischen Mittelalter wurde man in einen gewissen Stand hinein geboren, aus dem zu entkommen nahezu unmöglich war. Einmal drin, immer drin. Nur einem unglaublichen Fatalismus verdankt es Indien, dass es zu keinen größeren Aufständen gekommen war. Und diese fatalistische Einstellung basiert eben auch auf den religiösen Begriffen wie Karma und Samsara. Was bedeutet, dass du in deinen vorherigen Leben wohl Böses getan haben musst, wenn du hier auf einer niederen sozialen Stufe dein Leben fristen musst. Find´ dich damit ab und mach es in diesem Leben besser!

Stefan hatte in einem Buch über Indien und seiner Kultur gelesen. Er wollte auf einer Pilgerreise nicht als unwissender Vollidiot dastehen und wenigstens Grundsätzliches lernen. Also beschäftigte er sich mit den Glaubensrichtungen Hinduismus und Buddhismus, versuchte, Lebensart zu verstehen und erkannte, dass ein Leben eben nicht nur von der Geburt bis zum Tod dauerte. Es war weit mehr als das, weit komplizierter. Das Verstehen der Kausalität, also der Zusammenhang von Ursache und Wirkung, wurde immer mehr zu einem Sinnwert im Denken der Wiedergeburten. - Er schloss das Buch und legte es zur Seite. Seine Gedanken wanderten zurück. Zurück zu einem Abschied. Zurück zu einem endgültigen Abschied, der nicht so einfach war, wie er es sich vorgestellt hatte. Bevor sie in den Zug einsteigen konnten, hatten sich alle versammelt. Nicht nur Severine, Sabine, Ben, Lukas und die anderen, die Stefan im Laufe der letzten Wochen kennenlernen durfte. Es waren auch viele Freunde von Devi anwesend, die ihr Lebewohl sagen wollten. Es war sehr bewegend. Und als er Severine als Letzte in die Arme schloss, sie ihn sehr lange küsste und ihm mit tränenden Augen in die seinen blickte, da war auf einmal wieder dieser Kloß in seiner Kehle, der alles blockierte.

„Mach´s gut, mein Freund," hatte sie ihm ins Ohr gehaucht. Dann hatte sie sich einfach umgedreht und war gegangen. Kein letzter Blick, kein Winken, kein Lächeln. Er wusste warum. Sie wollte nicht, dass er ging. Aber sie wollte ihn auch nicht aufhalten. Sie stellte seine Entscheidung nie in

Frage. Aber sie wollte auch den Abschiedsschmerz nicht unnötig in die Länge ziehen. Stefan dachte an die Zeit, an diese so kurze Zeit zurück, in der er sich so tief fallenlassen konnte wie nie zuvor in seinem Leben. Er bereute nicht, jetzt und hier im Zug zu sitzen, er bereute nicht, seinem Wunsch auf mehr nachgegeben zu haben. Er wollte nichts bereuen und es gab auch nichts zu bereuen. Goa hatte ihn ausgeglichen gemacht. Offen für Weiteres, Neues, Interessantes und Wissenswertes. Wenn er darüber richtig nachdachte, war Goa der eigentliche Katalysator für das, was er noch vorhatte und tun wollte. Er hatte sich frei wie nie gefühlt, kannte dieses Gefühl doch gar nicht, wurde mitgerissen in einem Strom von Gelassenheit und Freude, ohne sich selbst verlieren zu müssen. Tief grinste er in sich hinein. So mussten sich die damaligen Hippies gefühlt haben. Ungebunden, sorgenlos, ohne Pflicht, ohne Verantwortung, ohne Zeitplan, ohne irgendeinen Plan.

Er lehnte sich zurück und stützte den Kopf auf seine Hand. Das Reisfeld war verschwunden und sie fuhren durch dichten Wald. Riesige Bäume versperrten die Sicht auf die Ferne und hin und wieder trieben halbnackte Menschen Elefanten durch das Dickicht. Er nahm sie kaum wahr, seine Gedanken befanden sich immer noch am Strand von Goa. Sie hatten gesoffen, gevögelt, gekifft und sich dem süßen Nichtstun gewidmet. Alles war so leicht gewesen, so schön, so herrlich einfach. Und doch...es war keine Tiefe zu entdecken, kein Weg zu irgendeiner Erkenntnis. Kein Blitzgedanke, der das Sein in einem neuen Licht zeigen konnte. Es war eben einfach oberflächlich und neigte ab und zu schon zur Dekadenz. Alles richtig gemacht, sagte sich Stefan und drehte den Kopf zu Devi, die neben ihm eingeschlafen war. Wie wunderschön sie ist, dachte er immer wieder, wenn er sie ansah. Und jedes Mal kreierten sich wieder und wieder Bilder in seinem Kopf. Bilder dieser so einmaligen Nacht, die ihm vorkamen wie ein Traum. Manchmal war er sich nicht sicher, ob er dies nicht doch nur geträumt hatte. Aber wenn sie ihn anlächelte und wenn sie mit ihm sprach, war alles so real, dass er immer wieder dieses seltsame Gurgeln im Bauch spürte.

Seit dieser Nacht zu dritt war ihm Devi nicht mehr zu nahe gekommen. Keine Silbe entkam in dieser Hinsicht ihren Lippen. Sie standen sich zwar näher als vorher, aber Stefan bemerkte sehr wohl, dass sie diese Nacht mit ihm und Severine als eine Einmaligkeit ansah und jetzt alles wieder so war wie vorher. Abgesehen davon, dass sie zusammen reisten und sich auch deswegen näher standen als in Goa. Stefan fragte nicht, wollte diesen Abstand zwischen ihnen, der sich aus Respekt und Achtung zusammensetzte, nicht verringern um der Neugierde willen. Er hielt sich zurück und versuchte, dem nicht die Bedeutung beizumessen, die er anfangs meinte, dass sie da wäre. Vielleicht war die schöne Inderin aber auch so intelligent, dass sie diese einmalige Nacht als Abschluss einer Phase ansah, deren Übergang eben dadurch dermaßen versüßt wurde, dass man keine traurigen und sehnsüchtigen Gedanken daran verschwenden musste. Devi hatte ihren letzten Weg entschieden, der mit Goa nichts zu tun hatte. Und weil Stefan in ihren Augen wohl ähnlich dachte, hatte sie ihm dieses Angebot der Begleitung gemacht. Noch einmal drehte er den Kopf, um die schlafende Frau zu beobachten. Er blickte in tiefdunkle Pupillen. Sie hatte die Augen geöffnet und sah ihn an.

„Na, gut geschlafen?"

Sie setzte sich auf und lächelte ihn an. Mit beiden Händen wischte sie sich über das Gesicht.

„Ja...ich glaube, das war wohl mehr ein Dösen. Weißt du, wo wir sind?"

Stefan sah nach draußen. Sie fuhren mittlerweile durch ein hügeliges Gebiet, das staubtrocken war. Es war wohl mehr Steppe als Wald und Wiesen. Und es war heiß. Die 30°-Marke war wahrscheinlich längst überschritten.

„Ich hab´ nicht den leisesten Schimmer," antwortete er mit einem hilflosen Schulterzucken. Devi sah auf die Uhr.

„Hmm...morgen früh müssten wir in Varanasi sein."

„Meinst du? Wenn wir so weiter zuckeln, brauchen wir mindestens einen Monat. Allerdings finde ich die Landschaft richtig berauschend. Vielfältig ist dein Land, Devi."

„Ja, das ist es. Vielfältig und vielbevölkert."

„Schon. Trotzdem ist es für einen Europäer wirklich etwas ganz Besonderes, durch diesen Subkontinent zu reisen."

Er sah sie an und lächelte.

Sie stand auf und sah durch das Fenster nach draußen. Der Luftzug bewegte ihr Haar und eine Strähne legte sich über die Augen.

„Ja, mein Land ist schön – und gleichzeitig so grausam."

„Wieso? Wie meinst du das?"

„Zu viele Menschen auf engem Raum macht Aggressionen frei. Du hast ja mitbekommen, dass Frauen bei uns immer irgendwie in Gefahr sind. Die Gegensätze in Indien sind so krass wie nirgends in der Welt. Arm und reich, privilegiert und dann wieder so viel Armut, dass die Menschen vor Hunger auf den Straßen sterben. Das Kastensystem ist nicht nur ungerecht, sondern vor allen Dingen unmenschlich."

„Aber es ist doch längst abgeschafft..."

„Gesetzlich schon. Seit 1949...aber in der Gesellschaft hat es immer noch große Bedeutung."

„Wird das jemals geändert werden können?"

„Jetzt spielt es wohl keine große Rolle mehr."

„Ja, das ist wahr. Trotzdem wird es weiter aufrecht erhalten. Warum sind die Menschen so?"

Devi zuckte die Schultern. Immer noch sah sie nach draußen, wo die Landschaft an ihnen vorbei huschte.

„Zu welchem Zweck sollte man jetzt noch etwas ändern, was so viele Jahrhunderte in der Lebensart fixiert worden war? Es wird wohl auch keinen mehr interessieren."

Stefan nickte und wechselte abrupt das Thema.

„Wenn wir in Varanasi sind, wo gehen wir dann zuerst hin? Treffen wir dort deinen Großvater?"

Sie drehte sich wieder um und setzte sich neben ihn.

„Ja. Wir gehen in die buddhistische Schule und werden ihn dort abholen."

„Ist er dort Lehrer?"

„Nein. Eigentlich nicht. Er beteiligt sich immer wieder an den Vorlesungen und Seminaren. Aber er ist dort nicht angestellt. Doch er hat von den Mönchen, die dort die Verwaltungsarbeit machen, lebenslanges Wohnrecht."

„Oh! Dann ist er ja richtiger Buddhist, so wie ich das sehe."

Sie lehnte sich zurück und sinnierte in den Raum.

„Er ist ein Heiliger. - Ich weiß es."

„Was meinst du damit?"

„Lass´ dich überraschen. Am Ende der Reise kannst du mir diese Frage noch einmal stellen. - Wenn sie dann noch nötig sein sollte."

„Okay."

Stefan nickte und fragte nicht weiter. Er versuchte sich, einen alten Mann vorzustellen. Wie alt mag er wohl sein?

Devi war keine Zwanzig mehr, er schätzte sie auf Mitte dreißig. Wenn er noch mindestens zwanzig Jahre dazu zählte, würde das dem Alter ihrer Eltern entsprechen. Und noch einmal zwanzig – dann war er bei mindestens fünfundsiebzig Jahren. Wohl eher mehr. Fast achtzig. Oje, dachte er, ob der alte Mann so eine Reise überhaupt verkraften konnte? Stefan wurde neugierig auf diesen Mann.

„Wie alt ist denn dein Großvater eigentlich?"

„Er wird im Sommer einundachtzig."

„Was? Und da will er wirklich noch so eine beschwerliche Reise machen? Traut er sich das wirklich zu?"

Devi lachte.

„Wart´s ab. Er ist wirklich fit für sein Alter. Aber er hat auch nicht so schwer in seinem Leben arbeiten müssen wie so viele andere. Die Familie war schon immer recht vermögend. Er hat sich - so viel ich weiß - Zeit seines Lebens den Studien gewidmet. In seinen Kreisen ist er außerordentlich geachtet und hat einen hohen sozialen Status. Aber du wirst ja sehen. - Er ist einfach etwas ganz Besonderes."

Stefan war skeptisch, aber er nickte verstehend. Er sah wieder nach draußen, wo aus dem hügeligen Land kleine Berge geworden waren. Mit Schluchten, Flüssen und Flüsschen, die sich aus einem größeren Strom verabschiedet hatten, und Wäldern, die als schattige Oase die oftmals trockene Landschaft unterbrachen. Die Schatten waren lang geworden und die Sonne würde bald untergehen. Ein merkwürdiges Rot-orange bedeckte das Land und tauchte alles in einen warmen Farbton, der eine tiefe Sehnsucht kreierte, die sich auch auf den Deutschen im Zug niederschlug. Ein zarter Hauch von Spiritualität schien sich wie ein unsichtbarer Nebel auf die Menschen im Zug zu legen. Das immerwährende Gemurmel erstarb und alle genossen den Anblick der untergehenden Sonne. Stefan stand auf und zog das Fenster, das nur einen Spalt geöffnet war, ganz herunter. Er lehnte sich auf den Rahmen und schob den Kopf hinaus in die warme Brise des Fahrtwindes. Er sah nach vorne auf den gesamten Zug bis zur Lok, die gerade in eine lang gezogene Kurve einfuhr. Er sah die Köpfe etlicher Menschen, die ihren Kopf aus den Fenstern streckten, um die abendliche Brise genießen zu können. Ein Mann ein paar Wagons weiter sah nicht mehr nach vorne, sondern begeisterte sich an der Landschaft. Stefan kam er bekannt vor und gleichzeitig war das eigentlich völlig abstrus, wenn man bedachte, wo sie sich befanden. Dann sah der Mann zu ihm nach hinten und lächelte. In diesem Moment erkannte ihn Stefan. Es war derselbe Mann, der ihn in Deutschland vor dem Restaurant gesprochen hatte und ihm eine besondere Aura offenbarte. Er kniff die Augen zusammen und wollte sich noch einmal vergewissern, dass er sich auch nicht irrte – aber dann war der Mann schon wieder verschwunden. Einen Moment zweifelte Stefan daran, ihn auch wirklich gesehen zu haben, aber eigentlich war er vollkommen sicher. Das war der Mann mit der besonderen Gabe, mit der Stefan so wenig anfangen konnte. Er setzte sich wieder auf seinen Platz und überlegte, ob er ihn suchen sollte. Eine alte Frau mit einem gebundenen Tuch auf ihrem Schoß saß ihm gegenüber und lächelte ihm zu. Mit einer Hand zeigte sie aus dem Fenster und sagte etwas zu ihm. Stefan verstand kein Wort. Er wusste nicht einmal, was für eine Sprache sie sprach.

„Sie sagt, dass das so schön ist, als wenn Shiva ein Feuerwerk entzündet hätte. Ob du das schon mal gesehen hast, fragt sie." Devi sah ihn an und grinste.

„Ja, hab´ ich. In Goa. Aber sie hat Recht. So habe ich eine Landschaft auch noch nicht gesehen."

Devi übersetzte und plauderte ein bisschen mit der Alten. Zwei kleine Jungs standen plötzlich vor ihr und plapperten munter drauflos. Stefan konnte nichts verstehen und holte sein Buch heraus, blätterte ein paar Seiten und suchte eine Beschreibung Varanasis. Doch schon nach einigen Minuten hob er den Kopf. Die Alte war mit den plappernden Jungs verschwunden. Wahrscheinlich wollten sie irgendwas essen oder trinken. Er sah Devi an und schloss den Reiseführer.

„Erzähl mir was über Varanasi, Devi."

„Was willst du denn wissen?"

„Na, zum Beispiel, warum dein Großvater ausgerechnet diese Stadt ausgesucht hat, wo es doch so viele in Indien gibt. Warum Varanasi?"

„Hauptsächlich, weil sie der heiligste Ort der Hindus ist. Sie glauben, dass der große Gott Shiva nach seiner Heirat mit der lieblichen Göttin Parvati die Stadt zu seinem irdischen Sitz auserkoren hat. Früher hieß sie übrigens zu Zeiten der Moguln und auch unter der britischen Kolonialherrschaft Benares. Die Stadt liegt am heiligen Ganges, der nach dem hinduistischen Mythos durch die himmlischen Sphären strömte. Varanasi ist natürlich Pilgerstätte und es heißt, wenn die Pilger den beschwerlichen Weg hierher zu Fuß erdulden, dass ihnen die in diesem Leben bösen Taten vergeben werden sollen. Viele Gurus und Asketen kommen auch dorthin, um zu sterben. Denn wenn sie in Varanasi sterben, wird ihre Seele geradewegs in den Himmel kommen und damit dem Kreislauf von Tod und Wiedergeburt entgehen."

„Wieso? Ich dachte, Reinkarnation gibt es nur bei den Buddhisten."

Devi schüttelte den Kopf.

„Nein, auch die Hindus glauben an die Wiedergeburt. Diesem Kreislauf zu entgehen ist das höchste aller Ziele. Und Varanasi bietet die Gelegenheit, durch den Tod aus dem Kreislauf ausbrechen zu können und dadurch ewige Erlösung zu erlangen. Deshalb kommen auch viele Alte in die Stadt, weil dies auch diejenigen betrifft, die ihr Leben nicht als Heilige gelebt haben. Varanasi ist der Wallfahrtsort schlechthin."

„Und im Ganges soll dann ihre Asche verteilt werden?"

„Genau. Die Verstorbenen werden nahe am Fluss verbrannt und ihre Asche wird anschließend in den Ganges gestreut, wodurch ihre Seelen in das Reich der Glückseligkeit eingehen."

„Wenn´s nur so einfach wäre..." sagte er fast ein wenig spöttisch.

Devi zuckte die Schultern.

„Wir wissen nicht, ob es so ist, wie man glaubt."

„Nein, wissen wir nicht..."

„Wir wissen aber auch nicht, ob es nicht so ist. Wir können nur glauben und durch den Glauben Überzeugung haben."

„Ja, auch das ist richtig. - Was hat es mit den Steintreppen auf sich?"

„Das sind die Ghats. Sie führen in den Fluss hinunter, wo sich die Menschen in den Fluss werfen, um sich von ihren Sünden reinzuwaschen. Der Ganges wird von den Hindus als eine Göttin verehrt und bedeutet die flüssige Essenz von Shivas göttlicher Kraft."

„Shiva ist einer der drei wichtigsten Götter, bin ich da richtig?"

„Ja, Shiva ist der Gott der Zerstörung und der Erneuerung. Dann gibt's noch Brahma und Vishnu. Brahma steht für den Schöpfer des Universums und Vishnu ist der Herrscher über das Universum für die Erhaltung des Lebens."

„Ich habe gelesen, dass Shiva auch einen weiblichen Aspekt haben soll. Was soll das bedeuten? Stellt er – oder sie – eine Frau dar?"

„Shiva erscheint in unterschiedlichen Gestalten. Als mütterliches Wesen Parvati, als die starke Durga oder als die rachsüchtige Kali. Die wirst du bestimmt kennen."

„Kali? Ja, hat immer was mit Schrecken und Tod zu tun. Wird sie nicht immer als vielarmige und vielköpfige Gestalt dargestellt?"

„Gewöhnlich erkennst du sie als ein schwarzes Geschöpf mit einer Kette aus Schädeln um den Hals und – da hast du Recht – in einer der zahlreichen Hände befindet sich ein blutiges Messer und in einer anderen Hand der Kopf eines Enthaupteten."

„Sehr viele Götter mir scheint...da gibt´s bestimmt noch so regionale Unterschiede und Untergötter, wetten?!"

„Ja, gibt es, aber in der Hauptströmung spielen sie keine Rolle. Im Übrigen gibt es auch bei den Hindus eigentlich nur einen Gott, auch wenn das jetzt ein bisschen paradox klingt. Denn alle Götter sind doch nur Aspekte der höchsten Gottheit Brahman, die über allem steht und alles durchdringt."

„Aber ich dachte, Brahma ist einer der Götter dieses Triumvirats...nicht so??"

„Brahman – nicht Brahma. Nach hinduistischer Auffassung ist die unendliche Größe Brahmans für die Sterblichen nicht vorstellbar. Aus diesem Grund haben sie der Gottheit eben alle möglichen Erscheinungsformen gegeben, denen sie auch huldigen können."

„Ah...verstehe...das heißt, ich teile das Unvorstellbare einfach in kleinere Parzellen auf, die ich mir dann auch vorstellen kann. Bisschen umständlich, denke ich. Geht´s nicht einfacher?"

Devi lachte.

„Einfach kann jeder."

„Aber dein Großvater lebt in Varanasi, weil dort durch den Hinduismus alles heilig ist. Trotzdem ist er Buddhist. - Versteh ich jetzt nicht. Warum nicht Hindu? Das liegt doch nahe..."

„Er ist sehr wohl hinduistisch erzogen worden. Wobei in jedem Hindu auch ein bisschen Buddhist ist und umgekehrt."

„Ja, schon, aber...kompliziert, das Ganze. Na ja, ich hoffe, er erzählt mir mal, warum das so ist."

„Wahrscheinlich wegen der Einfachheit!"

„Einfachheit? Was soll da einfacher sein?"

„Der Buddhist hat Buddha, der die Lehre verkündet hat. Sonst ist da niemand."

„Hmmm...deswegen erscheint mir das auch nicht einfacher. Schon die Wiedergeburtslehre ist glaub ich nicht so einfach zu verstehen, wie manche das meinen."

„Stimmt. Es ist damit eben nicht getan, zu sagen, ich sterbe und werde wieder geboren. Es ist eine Frage der Kausalität, des Karma und der eigenen Praxis. Eins hat der Buddhismus allerdings mit den Hindus gemein."

„Und was?"

„Sie alle wollen aus dem leidvollen Kreislauf der Wiedergeburten austreten und irgendwann ins Nirvana eintreten. Das ist die Erlösung von allem und damit das Ziel."

„Okay, versteh ich. Dann muss man bloß wissen, was das Nirvana eigentlich ist."

Devi stand auf.

„Das, mein Freund, musst du meinen Großvater fragen. Vielleicht kann er´s dir erklären. Das ist nämlich gar nicht so einfach. So...Schluss mit der Schulstunde. Gehen wir etwas essen. Es ist Zeit."

Stefan sah nach draußen. Es war dunkel geworden und die Sterne funkelten bereits tausendfach am Himmel. Er erhob sich und nickte sie lachend an.

„Dann los. Aber du suchst aus, okay?"

„Keine Sorge. Scharf?"

„Nicht so extrem, dass ich mir alles verbrenn, aber sonst...du weißt ja, wie..."

Sie klopfte ihm lachend auf die Brust und dachte daran, als sie ihm das erste Mal, als er bei ihr aß, ein Curry brachte. Er hatte wohl vier Liter Wasser getrunken und zwei Kilo Brot verdrückt, ehe er wieder normal sprechen konnte. Dafür spülte die Tonne Tränen, die er vergossen hatte, die Augen ein für allemal frei. Sie hatten sich alle köstlich amüsiert – außer Stefan.

*

So viele Menschen. So viel Geschrei, Gebete, Singsang, Rufen und Lachen erfüllte die heiße Luft am Ghat. Frauen standen samt Sari im Ganges, um sich zu waschen – oder rein zu waschen. Für einen Nicht-Eingeweihten war das schwer zu unterscheiden. Andere standen bis zu den Knien im Wasser, hatten die Hände gefaltet, erhoben oder ausgebreitet und beteten. Wieder andere saßen nur auf den Steintreppen und sahen den Menschen bei ihrem Tun zu. Mitunter war es nicht auszumachen, ob sie mit ihren Gedanken in der Realität waren oder ob sie in sich versunken sich der tiefen Kontemplation hingaben. Etwas weiter entfernt war auf einem Holzstapel ein menschlicher Körper aufgebahrt. Männer in weiten Gewändern saßen drum herum und beteten lautstark. Einer begann einen seltsamen Gesang, der laut war und sich teils wie ein Schreien anhörte. Stefan konnte unmöglich feststellen, ob es ein Gebet oder ein Lied war – oder einfach nur ein Familienmitglied, der den Schmerz und die Trauer herausschrie. Es war eine seltsame Bühne, die sich ihm bot. Neben Fröhlichkeit, Ausgelassenheit, tiefen Gebeten, einer nicht fassenden Demut vor dem heiligen Fluss hatte auch der Tod und der Niedergang seinen Platz gefunden. Leben geht aus den heiligen Fluten hervor und gleichzeitig wieder hinein. Wenn die Toten verbrannt waren, wurde ihre Asche dem Fluss übergeben, damit sich der Kreis wieder schließen konnte. Leben und Tod – niemals erkannte Stefan diese untrennbare Gemeinschaft klarer als in diesem Moment einer fundamentalen Erkenntnis. Er saß fast ganz oben auf der Steintreppe, so dass er die ganze Szenerie mit einem Blick erfassen konnte. Irgendwie war sie ein Abbild des Lebens - des Lebenskreises. Der immerwährenden Wiederholung. Und trotzdem fühlte er weder Frust noch Traurigkeit, kein Erschrecken oder Abneigung, auch nicht diese Hilflosigkeit der eigenen Ohnmacht, die den Menschen beim Erkennen der Ausweglosigkeit seines Daseins so mutlos machen konnte. Nein, er konnte eigentlich nur das pure Leben erkennen. Auch wenn der Tod nebenan sein Süppchen kochte, vermochte er doch nicht diese innige Lebenslust zu vernichten. Fast ein Paradoxon, fast ein lebendiger Widerspruch, fast ein irreales, schon illusionär zu nennendes Bild des Seins. Und doch die Essenz des Lebens – Shiva lässt grüßen.

Devi suchte ihren Großvater, der hier am Ghat einer Trauerfeier beiwohnen sollte. Die Mönche im Kloster hatten es ihnen gesagt. Eigentlich sollte er schon reisefertig sein, aber eine befreundete Familie hatte ihn gebeten, irgendeinem verstorbenen Verwandten das letzte Geleit zu geben. Darum war er hier, darum waren sie hier, um ihn zu suchen. Für Stefan war das alles sehr interessant. Er konnte von außen dem Treiben auf den Treppen zusehen, wusste von Devi zumindest die wichtigsten kulturellen Hintergründe, ohne die die vielen Menschen nichts weiter als ein Haufen schreiender und wild durcheinander laufender Hühner wären. Früher hätten die vielen Menschen und dieser Lärm in Stefan für Stress gesorgt und er wäre wohl auf dem schnellsten Weg von diesem Ort verschwunden. Die paar Wochen Urlaub, die man Jahr für Jahr dafür hernehmen sollte, um Abstand zum Beruf zu finden, reichten bei weitem nicht aus, um diesen Vorsatz auch wirklich in die Tat umsetzen zu können. Mittlerweile waren die Maxime einer Urlaubsvorstellung sehr eng mit Ruhe, Stille und Erholung verbunden. Niemand könnte sich wohl vorstellen, dies an einem Ghat in Indien vorzufinden.
Aber es war eben alles anders gekommen. Stefan hatte nie einen Urlaubsgedanken an Indien, Varanasi oder einer anderen Großstadt des Subkontinents verschwendet. Indien war weit weg gewesen. So weit wie der Mond. Unerreichbar. Es war niemals auch nur ansatzweise ein Thema einer Urlaubsreise oder einer Kulturreise

entstanden. Doch durch das Begreifen der menschlichen Endlichkeit hatte sich auch die innere Welt gedreht. Plötzlich wurden Dinge, die nie eine Rolle spielten, in Betracht gezogen, und vermeintlich Wichtiges entpuppte sich als Illusion und Schein. Als nebensächlich und nicht weiter ausschlaggebend. Jetzt wurde selbst der Besuch eines Ghat zu einer essentiellen Entdeckung und Selbstfindung. Und wenn man ganz genau hinsah, wurde dadurch auch ein Sehen erweitert, das ohne diese Da-Sein niemals hätte entstehen können. Der entscheidende Punkt an der Sache war wohl die gleichzeitige Präsenz von Tod und Leben in ihrer reinsten Form. Spürbar mit den Augen, mit den Ohren, mit dem Verstehen und sogar mit dem Geruch, der sich in einer Mischung aus den Fluten des heiligen Flusses, der Einäscherung des Leichnams und auch mit gerade Gekochtem und Gebratenem in die tiefen Sinne der Wahrnehmung hineinschlich und diese Dimension gewaltig vergrößerte.

Stefan saß auf dem obersten Treppenrand und ließ sich in seiner Beobachtung einfach treiben. Er hatte weder Eile noch einen bestimmten Zeitplan. Niemand würde ihn auffordern, zu verschwinden und niemand würde ihm aufoktroyieren, was er denn nun zu tun hätte. Er spürte die eigenen Gedanken langsam werden, dachte eigentlich nur an die momentane Präsenz und spürte eine neue Gelassenheit, die sich seiner annahm und ihn ganz einfach außerhalb der Geschehnisse vor ihm zum Beobachter werden ließ. Das Warten auf Devi wurde keine Geduldsprobe, sondern entfachte in ihm ein paradoxes Feuer der Ruhe und des In-Sich-Gehens, das er von Daheim nicht kannte. Es war neu, es war schön, es war evolutionär. Er begann sich zu fragen, ob dieser neue Raum in seinem

Geist, der sich langsam zu bilden begann, ob dieser Raum nicht schon immer dagewesen war. Versteckt, nicht entdeckt, nicht wahrgenommen, einfach daran vorbei gegangen. Vielleicht konnte dieser Raum nur geöffnet werden, wenn sich das eigene Selbst der Vergänglichkeit eines lediglich temporär bildenden Erscheinens bewusst wurde. Und zwar so bewusst, dass sich das Lebensbild zu verändern hatte, dass sich die eigene Existenz in seinem Sein anzweifeln ließ und daraus ein neues Erkennen entstehen musste, das alle Grenzen durchbricht und den Blick endlos werden lassen kann. Stefan erkannte, dass das Leben, so wie wir es kennen und kannten, sich nicht auf die Enge des sichtbaren Raumes reduzieren ließ, sondern dass dieses legendäre dritte Auge, das man manchen Menschen immer andichtete, dass dieses innere Auge sich öffnen konnte, um so viel mehr zu sehen. Grenzüberschreitend, entmaterialisierend, abstrakt, transzendent und völlig metaphysisch...

Eine Hand legte sich auf seine Schulter und er drehte sich um. Devi lächelte ihn an.

„Wir können gehen. Mein Großvater ist fertig und jetzt sollten wir zurück ins Kloster gehen."

Stefan sah sich um und entdeckte einen lächelnden alten Mann, der hinter Devi stand. Er erhob sich und nickte.

„Gut. Gehen wir."

Devi trat zur Seite, verbeugte sich sanft und lächelte erst ihren Großvater, dann Stefan an.

„Stefan, das ist mein Großvater Rama. Großvater, das ist Stefan, der mit uns reisen wird."

Der alte Mann trat vor und verbeugte sich mit gefalteten Händen vor Stefan.

„Es ist schön, dass du uns begleitest, Stefan. Devi muss dich sehr schätzen, wenn sie dies erlaubt."

Rama sprach ein ausgesprochen deutliches und perfektes Englisch. Stefan war überrascht. Das hätte er nicht erwartet.

„Ich freue mich auch sehr und ich weiß sehr wohl um der Ehre wegen. Und ich hoffe, dass ich auch Antworten auf verschiedene Fragen bekommen kann."

Rama lachte und schlug ihm sanft auf die Schulter.

„Ich denke, dass Antworten sich immer von selbst ergeben. Wichtiger sind wohl die richtigen Fragen. Fragen, die aus einem selbst kommen. Dann werden sich auch Antworten und Erkenntnisse ergeben."

Lächelnd wandte er sich an seine Enkelin.

„Dann lasst uns gehen. Es ist alles vorbereitet. Ihr könnt heute Nacht im Kloster schlafen, ich habe zwei Zimmer herrichten lassen. Morgen früh vor Sonnenaufgang werden wir aufbrechen."

Ohne eine Antwort abzuwarten, drehte er sich um und winkte gleichzeitig mit der Hand, um zu zeigen, dass Devi und Stefan ihm nun folgen sollten.

Stefan wunderte sich über den alten Mann. Er war schmal und sah gebrechlich aus. Irgendwie erinnerte er ihn an einen unterernährten alten Tagelöhner. Aber wie er ihn so ansah, wie er sich bewegte und mit was für einem Elan er die Treppen hochstieg, verdrängte er seinen ersten Eindruck. Rama war zwar alt und sah auch so aus, aber sein Körper war stark und Stefan zweifelte nicht daran, dass er weite Strecken laufen konnte. Mit einem verwunderten Blick lächelte er Devi an, zuckte die Schultern und folgte dem alten Mann.

Während sie den Weg zum Kloster einschlugen, dachte Stefan nachdenklich an die vergangenen Wochen und Monate. Obwohl er die Zeit genossen hatte, durchaus auch eine imaginäre Mitte in seinem Inneren feststellen konnte, wurde ihm auch erschreckend bewusst, wie schnell die Zeit vergangen war – und dass er aufpassen musste, sich nicht in Unwichtigem zu verlieren. Er ertappte sich dabei, dass sich seine Gedanken mit einer zu großen Erwartung auf die Pilgerreise begaben. Diese Ernsthaftigkeit, mit der er dies anging, musste beiseite geschoben werden. Die Gefahr, sich in einer Erwartungshaltung zu verlieren, die sich möglicherweise gar nicht einstellen konnte, war zu groß. Er hatte sich auf den Augenblick zu konzentrieren, nicht auf die Zukunft – und wenn sie noch so nah war. Alles würde so oder so kommen und gehen. Er musste sich nicht unter Druck setzen und er musste nicht mit aller Macht ein Ziel ansteuern, von dem er nicht einmal wusste, wie es aussehen konnte. Er musste Vertrauen haben – Vertrauen zu dem alten Mann, Vertrauen in den Weg, der vor ihnen lag. Vertrauen in den Lauf der Dinge, des Lebens und dem Schicksal. Er konnte es sowieso nicht ändern. Er zwang sich, die Zwänge in seinem Gehirn zu ignorieren und Vergangenheit und Zukunft nicht zu beachten. Und er versuchte, ein eingebranntes Datum in seinem Kopf herauszuschleudern. Er durfte nicht an den Januar denken. Er durfte überhaupt nicht denken. Den Verlauf der Zeit konnte er nicht verändern. Und dass scheinbar die Zeit schneller lief, wenn er so viel Neues erleben würde, war keine große Erkenntnis. Er musste die Gedanken an die Zeit ignorieren. Keinesfalls an irgendeine Zukunft denken und keinesfalls an den unvermeidlichen Tag des Untergangs. Er hob den Kopf und konzentrierte sich auf den Weg, auf dem er lief. Er konzentrierte sich auf das Jetzt.

Menschen kamen ihnen entgegen. Menschen überholten sie. Menschen arbeiteten. Menschen aßen und tranken. Viele lächelten, viele starrten auch nur vor sich hin. Das permanente Hupen der Mopeds und Roller rundete den unbeschreiblichen Lärm auf den Straßen ab. Stefan versuchte, aus den vielen Einzelteilen seiner Wahrnehmung ein Ganzes zu schaffen. Und tatsächlich merkte er, wie sich sein Puls und sein Herzschlag verlangsamten, wie sich sein Blick nicht mehr auf Einzelheiten fokussierte, sondern auf die gesamte Umgebung. Und dann war dieser seltsame Stressfaktor, den der überlagerte Lärm ausgelöst hatte, verschwunden. Irgendetwas oder irgendwer nahm den Druck von Stefan und ließ ihn lockerer und entspannter dem alten Rama und Devi folgen. Innerhalb eines winzigen Augenblicks hatte er gelernt, sich durch die Konzentration auf das Innere die äußeren Klammern wegzuschieben, sie fernzuhalten, um somit den Geist klarer für die essentiellen Dinge zu formen und nur noch der absoluten Gegenwart Aufmerksamkeit zu schenken.

*

Gnadenlos prallte die Sonne die Hitze auf die staubige Straße. Das Gebilde vor ihnen schien sich wie ein zylinderförmiges Mystikum in die Höhe zu schrauben. Der Dhamekh-Stupa war rund und gedrungen. Nach oben war ein kleinerer Durchmesser aufgesetzt worden und schloss mit einer Rundung ab. Rama und Devi standen schon inmitten der Ausgrabungen, umringt von so vielen Menschen. Riesige Gruppen buddhistischer Mönche rezitierten heilige Texte oder saßen nur in sich gekehrt vor dem Stupa. Überall waren Räucherstäbchen angezündet worden. Es herrschte ein Durcheinander und ein Gedränge, das Stefan noch niemals erlebt hatte. Er dachte an Devis Worte, die schon prophezeiten, dass so viele Menschen an die buddhistischen Orte pilgern würde, dass die Straßen sie alle gar nicht aufnehmen können würde. So war es auch gewesen. Stefan wunderte sich über seine verworrene Naivität, die ihn als einsamen Pilger die Straßen wandern sah. Seine Idee der Pilgerfahrt hatten wohl doch mehr Menschen, als er sich vorstellen konnte. Aber trotzdem – trotz dieser vielen Menschen, die hier nach Sarnath gekommen waren, war ihm nicht unwohl zumute. Irgendwie fühlte er sich unter seinesgleichen, fühlte sich aufgenommen in eine Gemeinschaft, die nur das Ganze kannte und keine individuellen Unterschiede machte. Sie alle, die hier waren, die gekommen waren und die kommen würden, hatten nur eine Motivation. Den Trost und den Mut zu finden, das Leben und die daraus resultierende Erkenntnis zu sehen, die das restliche Leben unter den Stern der Gelassenheit und der Fröhlichkeit stellen konnte.

Er schnallte den Rucksack ab und setzte sich auf eine der Mauern. Mit einem Tuch wischte er sich die Stirn ab und beobachtete das stete Treiben, das sich auf dem Gelände abspielte. Hier hielt also Siddharta Gautama – der Buddha – seine erste Lehrrede ab. Stefan stellte sich die damalige Szenerie vor zweieinhalbtausend Jahren vor. Wie ein unscheinbarer Mann vor einer Menge stand und ihnen erzählte, wie das Leben war. Der ihnen allen erzählte, was Leid war, wodurch es entstand und wie es zu überwinden sein würde. Wie wohl seine Stimme gewesen war? Stark und mächtig? Oder leise und eindringlich? Nahm er die

Arme zu Hilfe bei seinen Unterweisungen? Lächelte er dabei oder waren die Gesichtszüge ernst und wissend? Erzählte er von seiner Zeit als Asket? Eine Zeit, die so entbehrungsreich gewesen war – und schließlich doch nur zu der Erkenntnis führte, dass kein Weg der Extreme zu irgendeinem Ziel führen würde. Es war der Weg der Mitte, der die Menschen zum Erkennen und damit zum Erwachen führen konnte.

Seltsam, dachte Stefan, dass fast zur selben Zeit der große Philosoph Aristoteles die gleichen Gedanken hatte und sie in seiner Ethik auch beschrieb. Wenn man genauer über dies nachdachte, war es eigentlich logisch, dass jegliche Extreme zu vermeiden sind, da sie doch immer Alternativen grundsätzlich ausschlossen.

Rama hatte sich umgedreht und lächelte Stefan an. Er hob die Hand und winkte ihm, zu ihnen zu kommen.

„Wir werden den Stupa umrunden. Wenn du ganz konzentriert in dich gehst, kannst du vielleicht sogar die Stimme Buddhas wahrnehmen, die vor so langer Zeit zu den Menschen gesprochen hatte. Hier hat die Lehre seinen Anfang genommen. Hier ist sie ausgezogen, um die Welt zu umspannen. Es ist gar nicht möglich, diesen Ort als nicht heilig oder als nicht etwas Besonderes anzusehen."

„Ja, ich glaub´ das spür´ selbst ich – und das will was heißen."

Devi lachte und klopfte ihm auf die Schulter.

„Dann los, Ungläubiger, unsere eigentliche Pilgerreise beginnt jetzt. Vorbei ist das Lotterleben und der Müßiggang..."

Sie kniff ein Auge zu und zwinkerte damit. Stefans Augen lachten, aber innerlich war er sich des Ernstes dieses Augenblicks sehr bewusst. Er reihte sich in den Strom der

Menschen ein, achtete darauf, den Schritt gleichmäßig zu halten – und konnte im Moment keinen Gedanken an die Vorstellung verschwenden, dass der Buddha hier gestanden hatte und zum ersten Mal seine Lehre mitgeteilt hatte. Zu sehr war er damit beschäftigt, aufzupassen, niemandem auf die nackten Füße zu treten oder irgendwelche Fersen zu beschädigen.

Aufmerksam achtete er auf seine Schritte, die Umgebung und die vielen verschiedenen Menschen. Einmal trat er zur Seite auf einen erhöhten Felsen, um seinen Blick schweifen zu lassen. Wie eine Flut zog die Menschenmenge an ihm vorbei. Viele beteten, viele machten ein paar Schritte, dann hoben sie beide Arme über den Kopf, falteten die Hände und senkten sie wieder vor das Gesicht und dann vor ihre Brust. Mitten in der Menge konnte er auch einige Ausländer erkennen. Weiße. Einer hatte einen Strohhut auf und ließ sich mit der Menge treiben. Sein Kopf drehte sich und ein leichtes Lächeln umspielte seine Mundwinkel. Stefan sah genauer hin, er kannte diesen Mann doch. Er kam ihm zumindest bekannt vor. Gezielt verfolgte er die Schritte des Mannes, der plötzlich stehengeblieben war. Er wendete den Kopf, nahm den Hut ab und sah Stefan ins Gesicht. Dann lächelte er noch breiter, presste die Lippen zusammen und nickte ihm zu. Stefan fiel es wie Schuppen von den Augen. Das war der Mann, der ihm am Abend vor seiner Abreise aus Deutschland vor dem Restaurant etwas über seine Aura erzählt hatte. Das war er. Stefan war ganz sicher. Er sah den Strohhut und wollte sich gerade in Bewegung zu ihm setzen, als er angerempelt wurde und fast stolperte. Mit Mühe konnte er einen Sturz vermeiden, sammelte sich wieder und suchte diesen Mann. Er sah keinen Strohhut mehr und der Mann war in der Menge verschwunden.

Hatte er sich getäuscht? Bestimmt nicht, er hatte ihn hundertprozentig wieder erkannt und er hatte ihn doch angelächelt. Das konnte unmöglich ein Zufall sein. Sofort fiel ihm diese seltsame Begegnung von damals wieder ein. Ein Felsen kreuzte seinen Weg und mit einem Satz sprang er hinauf, um eine bessere Sicht zu haben. Die Sicht war besser, weil er über alle Menschen blicken konnte. Aber kein Strohhut kam in sein Sichtfeld. Der Mann war verschwunden.

*

Die von Schlaglöchern zerklüftete Straße vor ihnen schien sich permanent zu biegen und zu dehnen. Die Luft über dem flirrenden Asphalt zitterte wie Espenlaub. Die Sonne stand wie ein Wächter am Himmel und brachte die Luft zum Flimmern. Unzählige Löcher und Risse im Straßenbelag ließen eigentlich den Begriff Straße gar nicht zu. Es war später Vormittag und die Menschenmassen, die noch in Sarnath vorherrschend waren, hatten sich aufgelöst und verteilt. Trotzdem waren noch genügend Pilger auf den Straßen, die dafür sorgten, dass der Verkehr nur sporadisch voran kam. Pausenloses Gehupe, Geschrei und monotones Gemurmel waren die Geräusche, die in Stefans Ohr drangen. Der alte Rama und Devi liefen zusammen vor Stefan, der trotz des Straßenlärms durch das ständige Laufen eine seltsame Ruhe in sich feststellen konnte. Sein Körper hatte sich mittlerweile auf das Tempo eingestellt. Er atmete ruhig und überließ es seinen Füßen, die ihm mitteilten, wenn eine Pause von Nöten war.

Sie waren seit fünf Tagen unterwegs. Geschlafen hatten sie in unscheinbaren, einfachen und fast ärmlichen

Unterkünften, deren Übernachtungsmöglichkeiten Stefan nie aufgefallen waren. Die Häuser waren einfach, manchmal mehr als ärmlich, aber sie waren von der Straße weg und mussten nicht in ihren Zelten schlafen. Die Gastgeber schienen Rama zu kennen, denn der alte Mann wurde wie ein besonderer Mensch behandelt, manchmal richtig gehend hofiert. Überall begegneten die Menschen ihm mit dem größten Respekt und boten den drei Reisenden ohne Zögern Unterkunft und Essen an. Die ersten Tage waren ungewohnt schwierig gewesen. Stefan war das Laufen über so viele Stunden nicht gewohnt und abends war er völlig erschöpft und ging früh schlafen. Doch jetzt, nach nunmehr fünf Tagen, fühlte er sich immer sicherer und kräftiger. Er konnte die Gedanken während des Laufens ausschalten, ohne die Aufmerksamkeit gegenüber seiner Umgebung zu verlieren. Die zuerst brennenden Fußsohlen taten ihm nicht mehr weh und er spürte, wie er Gewicht verlor. Was sich wiederum positiv auf seinen Energieverbrauch auswirkte. Er begann, das Pilgern zu genießen. Trotz der teils lautstarken Hektik des immerwährenden Verkehrs.

Rama blieb stehen und sah in den Himmel. Er drehte sich zu Stefan um und zeigte auf einen Hügel mit einem einzigen riesigen Baum darauf.

„Wollen wir die Mittagsstunden dort verbringen? Es ist heute sehr heiß und wir sollten erst spät nachmittags weiter gehen."

Stefan nickte. Er nahm den Hut vom Kopf und wischte mit seinem Tuch über das Gesicht.

„Wird wohl besser sein. Geht es dir gut?"

Seine Frage klang besorgt. Rama lachte und nickte.

„Keine Angst, Stefan. Ich halte schon durch…"

Wieder ein Kichern, das die Ernsthaftigkeit der Frage selbst in Frage stellte.

Im Schatten des großen Baumes setzten sie sich ins Gras und beobachteten die vorbeiziehenden Pilger. Sie packten kleine Beutel mit Nahrung und Wasserflaschen aus und begannen zu essen. Niemand sagte etwas. Rama aß sehr wenig. Nach wenigen Minuten packte er alles wieder ein.

„Was wirst du tun, wenn wir in Bodhgaja angekommen sind, Stefan?"

Er zog die Schultern hoch. Einen detaillierten Plan hatte er noch nicht entworfen.

„Ich weiß es noch nicht. Irgendwie warte ich noch auf eine Eingebung."

„Und wie soll die aussehen?"

Stefan zuckte wiederum die Schultern. Er hatte keine Ahnung.

„Wenn ich das wüsste..."

„Wie geht's mit dem Laufen?" wechselte der alte Mann auf einmal das Thema.

Stefan sah ihn an. Etwas erstaunt über den Themenwechsel.

„Gut. Ich genieße das. Anfangs war es schon anstrengend, das geb` ich zu. Aber jetzt ist alles gut. – Wenn nur diese Hitze nicht wäre."

Er nickte wie zur Bestätigung und blies laut den Atem hinaus.

„Was denkst du, wenn du gehst?"

„Was ich denke? Ich denke, dass..."

Er musste überlegen. Seit gestern dachte er eigentlich – nichts.

„Ja...?"

„Ich denke eigentlich gar nicht. Das ist ja das Schöne daran. Ich denke nichts und ich denke an nichts. Hat sich während der Tage einfach entwickelt. Ich habe das gar nicht richtig wahrgenommen, aber es ist angenehm, weil ich mich dazu nicht zwingen muss."

Rama lächelte und sah ihm in die Augen.

„Dann bist du jetzt ein echter Pilger. Ist das nicht schon ein erster Schritt dahin, wohin du willst?"

„Äh...ja, tatsächlich. Das ist es. - Möglicherweise..."

Er hob den Kopf und blickte in den wolkenlosen Himmel.

„Möglicherweise?" fragte Rama.

„Vielleicht ist das Ziel gar nicht....vielleicht..."

Ein Gedanke verschaffte sich Zugang zu seinen Überlegungen. Er sah Rama an, der lächelte und ihn gespannt beobachtete. So als ob er gerade genau wusste, über was Stefan gerade nachdachte.

„Vielleicht...ist wirklich nur der Weg das Ziel?"

„Vielleicht...ja...wer weiß...am Ziel wirst du es wissen."

„Wenn mein Ziel so aussehen sollte...was hast du dann für ein Ziel? Darf ich das fragen?"

Rama sah Devi an, die dem Gespräch neugierig gefolgt war.

„Weißt du über die Grundprinzipien des Buddhismus und des Hinduismus Bescheid?"

Stefan nickte.

„Ich denke, neben dem permanent vollziehenden Mitgefühl steht die Reinkarnation wohl schon ziemlich im Mittelpunkt. Denn darauf zielt doch die ganze Praxis ab. Dass man eben aus dem Wiedergeburtskreislauf austreten möchte. Ins Nirvana. Ist das so richtig ausgedrückt?"

„Du hast Recht. Neben etlichen anderen Kriterien stimmt das schon. Aus den Wiedergeburten und somit aus dem Leid auszutreten ist der Weg, den uns der Buddha mitgegeben hat. Durch die tiefe und stete Übung der Meditation und durch das Mitgefühl gegenüber jedem Lebewesen. Durch die Fähigkeit, den Vorhang der Illusionen und des Nebels beiseite zu schieben, der die Wirklichkeit nicht sichtbar werden lässt, können wir das schaffen. Kann es jeder Mensch schaffen, egal, woher er kommt, was er ist und was er tut. Es ist möglich. Durch unser Handeln und durch unser Sehen. Und natürlich durch die Disziplin, die wir uns auferlegen müssen. Ohne Anstrengung ist auch das nicht möglich. Wie so vieles im Leben. Das ist der Punkt."

„Welcher Punkt?"

„Der Punkt, welcher das Ziel von Devi und von mir ist. Denn...wenn unsere Erde uns Menschen nicht mehr haben möchte, dann werden auch die Wiedergeburten nicht mehr von Nöten sein. Denn wir werden nur wiedergeboren, um uns und andere Menschen auf denselben Pfad mitnehmen zu können. Wenn wir nicht mehr da sein werden, hört auch dieser Sinn auf. Vielleicht wird der Eintritt ins Nirvana daher eher möglich werden...ich weiß es nicht, aber an einem heiligen Ort können wir es womöglich erfahren. Darum reisen wir nach Bodhgaja."

„Wenn's so sein sollte, dann müssten eigentlich alle Menschen dorthin pilgern."

„Durchaus. So wie du...du suchst ja auch nach einer letzten Erkenntnis, die dir den Sinn deines Seins offenbart. Auch wenn nicht mehr viel Zeit dafür bleibt, ist der Weg dahin eine gute Praxis. Möglicherweise wirklich der wahrhafte Weg für deine ganz persönliche Erkenntnis. Ich hoffe es für dich."

Er lachte laut auf und tätschelte den Arm Stefans.

„Ja, der Sinn des Lebens...eine immerwährende Frage, die doch nur selten eine Antwort bereit hält."

„Wie ist das in Deutschland? Gibt es dort Spiritualität? Stellt die christliche Kirche das zur Verfügung? Wie erklären die Menschen im Westen ihren Sinn?"

Stefan nickte.

„Ja, tatsächlich tut sie das. In den letzten Jahren hat sich in dieser Hinsicht sehr viel getan. Das Berufsleben ist härter geworden. Schneller, umfangreicher, komplexer. Die Digitalisierung zusammen mit dem Internet und dem unglaublichen Datenfluss vereinnahmt die Menschen. Ich glaube, sie können immer schwerer unterscheiden, was wichtig ist und was nicht. Ich habe den Eindruck gehabt, dass die soziale Gesellschaftsstruktur in ihren Werten verkümmert ist. Psychosomatische Probleme haben stark zugenommen. Und daher suchen immer mehr Menschen nach einem Rückzugsgebiet und einem Ausweg aus diesem Dilemma. Die Klöster bieten das mehr und mehr an. Man kann sich in ein Kloster zeitweise zurückziehen. Man nimmt am klösterlichen Alltag teil, um den Kopf frei zu bekommen. Und immer mehr Menschen haben das in Anspruch genommen. Ich glaube, ganz schleichend hat sich unser Lebensweg so verengt, dass er nur noch geradeaus geht und keine Abzweigung mehr zulässt. Darum sprechen wir auch von einer Leistungsgesellschaft, in der von jedem etwas erwartet wird. Erfüllt einer diese Erwartung nicht, fällt er aus dem Raster und manchmal auch durch das soziale Netz - jetzt spielt´s keine Rolle mehr..."

Er stockte und blickte in ein imaginäres Etwas.

„Wäre dann nicht jetzt auch so ein Moment, um nach dem Sinn zu suchen? Was machen die Menschen in deiner Heimat mit dem Wissen des Endes?"

„Ich...ich weiß es wirklich nicht. Wahrscheinlich ist jeder mit sich selbst beschäftigt. Keine Ahnung, wie die Tendenz ist..."

Er begann zu grinsen und fing zu lachen an.

„Was ist so lustig?" fragte Devi.

„Na, weil ich mir vorstellen kann, dass viele meiner Mitbürger bis zum letzten Tag in ihre Arbeit gehen werden, um ihre Pflicht zu erfüllen. Denn...was könnten denn die Nachbarn sagen, wenn ich nichts mehr arbeite?"

Der Klang seiner Stimme driftete ab in Zynismus und Sarkasmus.

„Das glaub ich jetzt aber nicht..." sagte Devi.

Stefan zuckte die Schultern aufgrund seiner schon klischeehaften Übertreibung.

„Na ja, natürlich ist das jetzt übertrieben, aber so weit hergeholt ist das ja nicht. Wir sind schon so blöd...auch wenn ich das natürlich ein bisschen hoch gepusht habe."

„Du hältst wohl nicht viel von deinen Landsleuten."

Rama sah ihn ernst an, mit einem ganz kleinen Vorwurf in seinem Blick.

Doch Stefan schüttelte sofort den Kopf.

„Nein, nein, so meinte ich das nicht. Wir Deutschen bestätigen doch dieses Klischee des pflichtbewussten Arbeiters bis ins Detail. Das mag ja nichts Schlechtes sein, spiegelt eben eine gewisse Kleinbürgerlichkeit wieder. Das finden wir zwar auch auf der ganzen Welt, vor allem in den reichen Industrienationen...aber wir sind darin bestimmt Weltmeister. Viele Gesetze, zu viele Vorschriften, zu viele Anweisungen, eine vollkommen absurde Bürokratie. Individualität ist nicht mehr gefragt in unserem Arbeitsleben. Du sollst zwar kreativ sein, aber bitte nur im Team, nichts Eigenständiges, kein Eigenbrötler, immer mit dem Strom schwimmen. So ist das schon seit Jahren – und ich mag´s nicht. Es ist falsch und vernichtet jegliche Individualität."

„Du urteilst sehr hart. Warum?"

„Weil ich...weil...es ist..."

Er sah den alten Mann an, sah, dass er in ihm lesen konnte, ohne dass er, Stefan, es zu verhindern wusste.

„Hmmm...ich weiß es auch nicht. Vielleicht fehlt mir in unserer Gesellschaft das Einfache, das lockere Gelassensein, das Miteinander und nicht der ewige Konkurrenzkampf - vielleicht auch das Aufbegehren gegen Dogmatismus und Anweisungen. Ich vermisse die Unbedarftheit eines Kindes und das freie Denken als Jugendlicher. Aber wahrscheinlich urteile ich auch zu einseitig und aus einer Emotion heraus. Ja, ich weiß...urteile nicht über Menschen, wenn du sie nicht kennst. Vorurteile kommen eben leicht heraus. Das liegt wohl in der Natur des Menschen. Und ich bin ja auch einer."

Er zuckte wiederum die Schultern wie zur Entschuldigung. Sein Blick suchte wieder das tiefe Azurblau des Himmels.

„Akzeptanz gegenüber seinen Mitmenschen aufzubringen, ist mitunter sehr schwer. Ich kenne dein Land nicht, aber in Indien sind die Menschen deswegen nicht viel anders. Das Kastenwesen macht es natürlich schwieriger. Und diese jahrelange Tradition, dass es bessere und schlechtere Kasten gibt. Auch wenn das Gesetz das längst nicht mehr vorschreibt, bleiben uralte Traditionen immer noch erhalten. Das kann man nicht einfach so abschaffen. Da habt ihr und viele andere Länder Vorteile."

„Kann sich bei uns auch niemand vorstellen und somit macht sich auch niemand darüber viel Gedanken. Bei uns sollten eigentlich alle gleich sein – wenn man genau hinschaut, ist es so aber nicht. Die Gesellschaft unterscheidet sehr wohl zwischen den Menschen und Diskriminierung ist nicht nur ein unwillkommenes

Schlagwort. Manche sind eben doch gleicher als andere. Statussymbole sind immer noch vorherrschend. Materielle Dinge eben...Autos, Besitz, Geld, Beruf...na ja, jetzt spielt das tatsächlich keine Rolle mehr und ich glaube, dass sehr viele Menschen darüber so schockiert sind, dass sie gar nicht in der Lage sein werden, Wichtiges von Unwichtigem zu unterscheiden. Ich glaube auch, dass ich mit dem, was ich gerade tue, diesen Menschen sehr viel voraus hab. Ohne jetzt arrogant oder gar elitär zu wirken. Aber auch das spielt keine Rolle...jeder wird seinen eigenen letzten Weg finden müssen. Man stelle sich vor, die Vernichtung würde doch nicht stattfinden...was dann wohl aus der Menschheit hervorgehen würde? Nach diesem Auseinandersetzen mit dem kompletten Ende durch eine Apokalypse."

Er sah Rama an, der schmunzelte. Er rieb sich die Nase und nickte.

„Interessante Frage. Vielleicht würden viele Menschen ihren Umgang mit ihren Mitmenschen und mit ihrer Umwelt so in Frage stellen, dass wir die Natur und uns selbst nicht mehr in diesem Ausmaß schädigen würden. Aber vielleicht würde sich auch gar nichts ändern. Könnte auch sein, dass jeder wieder in den alten Trott und die althergebrachten Denkweisen verfiele. Was wohl wahrscheinlicher wäre."

Er lachte wieder dieses jugendliche Lachen, das Stefan schon häufig aufgefallen war.

„Schon möglich. Bleibt wohl spekulativ..."

„Genau. Und darum lasst uns weitergehen. In zwei bis drei Tagen haben wir unser Ziel erreicht."

Devi packte die Sachen zurück in die Rucksäcke und half ihrem Großvater auf die Beine. Die Schatten wurden langsam länger. Trotzdem war es noch genauso heiß, wie es schon seit dem frühen Morgen gewesen war. Sie gingen den sanften Hügel hinunter und befanden sich ein paar Minuten später wieder auf der Straße. Zwischen den Menschen, die wie sie denselben Weg pilgerten und darauf hofften, durch die Reise ihre Angst vor dem Ende zu verlieren.

Stefan hatte wieder sein Tempo dem seiner Begleiter angepasst. Hin und wieder wechselte er ein paar Worte mit dem alten Mann, der anscheinend keine Müdigkeit spürte und stetig seinen Weg beibehielt.

„Hast du eigentlich eine bestimmte Vorstellung von deiner Art der Erkenntnis, die dich aufsuchen soll?" fragte irgendwann Devi.

„Ja, hab ich."

Sie sah ihn an. Ihre dunklen Augen schimmerten wie Diamanten, wenn das Sonnenlicht sich in ihnen spiegelte.

„Wirklich? Willst du´s mir beschreiben?"

Lächelnd, ein wenig schüchtern, fing sie erwartungsvoll seinen Blick auf.

„Ich stelle mir vor, dass sich ein riesiger warmer und leuchtender Raum auftut. Hell wie das Sonnenlicht. Und weit wie der Ozean. In diesem Moment wird alles gut sein. Die Angst wird vollständig verfliegen und völlige Entspanntheit wird sich einstellen. Was bleibt, ist vollkommene Ruhe und Gelöstheit - So wie am Abend nach der Strandparty...losgelöst von allem..."

Sie errötete leicht und kicherte leise. Er sah ihr ins Gesicht und lächelte sanft. Spürte gleichzeitig die Hitze aufsteigen. Und die kam nicht nur von der Sonne.

„Ah...ja...es ist...es war..." sie atmete heftig aus und ließ ein sanftes Brummen hören. Oder eher ein leises Seufzen.

„Das kann man doch nicht vergleichen," flüsterte sie leise, so als ob sie Angst hatte, dass ihr Großvater sie hören könnte. Aber der hatte einen Bekannten getroffen, mit dem er sich lautstark unterhielt und kein Ohr für die beiden Menschen hinter ihm hatte.

„Ich schon...und ich bin überzeugt, dass dieses Gefühl im Augenblick der Erkenntnis dasselbe sein wird," flüsterte Stefan zurück.

Sie sah ihm wieder in die Augen und biss sich leicht in die Unterlippe.

„Ja...es war sehr schön..." hauchte sie ihm zu. Die Hitze in ihm nahm immer mehr zu.

„Aber einmalig und Vergangenheit. Ich...ich will nicht, dass du glaubst...dass wir…"

Stefan winkte sofort ab.

„Natürlich nicht. Keine Sorge, ich weiß schon...wir sind nicht mehr in Goa."

Er verstärkte sein Lächeln und nickte verstehend. Spürte gleichzeitig ihre Erleichterung. Ein paar Augenblicke gingen sie schweigend nebeneinander her, so als ob dieses kurze Gespräch ein bisschen peinlich gewesen wäre.

„Ich werd´s trotzdem nie vergessen, wie schön und einzigartig das gewesen ist."

Noch einmal nickte er mit einer bestätigenden Vehemenz. Dann drehte er den Kopf und zwinkerte ihr zu. Dafür kassierte er einen Faustschlag auf seinen Oberarm.

„Das war mir auch nur möglich mit zwei ganz lieben Menschen, zu denen ich großes Vertrauen habe."

„Ich weiß."

„Ist es dir schwer gefallen, Severine zu verlassen?"

„Ja, ist es. Aber es wäre mir noch schwerer gefallen, zu bleiben."

„Wollte sie nicht mit dir gehen?"

Er schüttelte den Kopf.

„Nein. Sie hat niemals danach gefragt. Sie hat gewusst, dass es mir nicht recht gewesen wäre."

„Warum nicht? Ihr habt immer sehr verliebt ausgesehen."

„Ich liebe sie... das ist schon richtig. Aber mein Weg ist nicht ihr Weg und umgekehrt. Jeder muss seinen eigenen Weg finden...oder auch nicht. Severine hat genau gewusst, dass ich auf einer Suche bin. Nach dem letzten Sinn sozusagen. - Und nach der kurzen Zeit zusammen kann bestimmt niemand mit Sicherheit sagen, ob das Liebe ist oder war. Wahrscheinlich war es eine starke Leidenschaft, die Goa, die Menschen und die Umgebung noch forciert haben. Ich glaube, Liebe entsteht nicht plötzlich, sondern muss sich entwickeln. Aber erst nach der Leidenschaft und nach der Obsession. Das geschieht nicht in ein paar Wochen."

„Ja...könnte schon sein. Ich weiß es auch nicht. Und jetzt stellt sich diese Frage auch nicht mehr. - Gibt´s keine Probleme mehr."

Stefan lachte laut auf.

„Da hast du recht. Wenngleich die Vorstellung, mit einem liebenden Menschen zusammen zu gehen, schon etwas Tröstendes hat."

„Muss ja nicht unbedingt ein Liebespartner sein. Denk an meinen Großvater oder an deine Tochter. Das ist, glaub ich, sehr viel stärker..."

„Ja, das stimmt."

Seine Gedanken kreierten das Bild seines Kindes. Er vermisste sie und freute sich auf das Wiedersehen.

„Wann trefft ihr euch denn? Und wo?"

„Auf Bali. In etwas mehr als vier Wochen. Wenn danach noch ein Flug nach Neuseeland geht, werden wir dorthin fliegen – und wahrscheinlich dort bleiben."

„Neuseeland? Warum gerade dort?"

Er sah sie an, seine Augen lächelten und verweilten in Erinnerungen. Blitzschnell zogen die Bilder von grünen Hügeln, gewaltigen Bergmassiven, fantastischen Küstenlinien und brodelnden Vulkanen vorüber.

„Es war schon immer mein Lieblingsland. Hab ich schon oft besucht. Dort fühle ich mich wohl, kann alles sein lassen. Ein Land, der für den letzten Akt wie geschaffen ist und die Voraussetzung bietet, loszulassen."

„Ich frage mich manchmal, ob nicht doch ein Ort überleben könnte. Wäre das nicht eine schöne Vorstellung? Irgendwo eine Insel, die völlig unberührt von der Katastrophe weiter existiert."

„Diese Menschen täten mir leid."

„Warum?"

„Selbst wenn es so wäre...die globalen klimatischen Veränderungen würden auch dieses Leben über kurz oder lang auslöschen. Keine saubere Luft zu atmen, keine Nahrung, Kälte. Wer weiß, ob irgendwelche Lebewesen in den Ozeanen überleben werden. Säugetiere auf keinen Fall. Ich könnte mir vorstellen, dass durchaus Tiefseebewohner eine reelle Chance haben...aber überleben zu können, um dann dahin zu vegetieren und auf seinen Tod zu warten, ist eine grausame Vorstellung. Stell´ dir vor, du wärst die einzige Überlebende dieser Welt und du wüsstest das. Ich glaube, du würdest dir bald wünschen, mit den anderen untergegangen zu sein."

„Ja, vielleicht..."

„Selbst wenn noch Tiefseefische überlebt hätten – wäre so ein Leben überhaupt noch lebenswert?"

„Bräuchte man eine Angel mit einer langen Leine."

Devi grinste ihn an.

„So ist es. Fragt sich, ob irgendein Fisch in absoluter Dunkelheit den Haken erkennen würde. Eher wohl nicht..."

„Wenn es Überlebende geben sollte, dann werden es wohl lediglich Insekten sein. Oder Kleinstlebewesen. Kakerlaken und Schaben. Oder Ratten. Die überleben alles."

Stefan lächelte und schüttelte den Kopf.

„Selbst die Ratten werden das nicht lange überleben. In der Wüste gibt´s auch keine. Nix zu fressen, nix zu leben."

„Hast du eigentlich Angst?"

Stefan sah sie an. Sachte nickte er.

„Natürlich. Vor diesem letzten Augenblick. Ja...davor habe ich Angst. Mehr Angst habe ich aber vor dem Gefühl, nicht alles getan zu haben, um ohne Bedauern zu gehen. Ich möchte noch vieles, was das Leben betrifft, begreifen. Vielleicht schaffe ich es sogar, diese Angst zu überwinden. Das wäre das eigentliche Ziel mit dem, was ich gerade tue."

„Was begreifen? Zum Beispiel?"

„Was ist Glück? Was ist Liebe? Was ist Zufriedenheit? Was ist denn nun der eigentliche Sinn? Welche Wege in meinem Leben waren falsch und warum. Was hätte ich denn tun können, um so vieles anders zu machen. Und was tue ich jetzt, um nicht nur diese Fragen zu beantworten, sondern auch sicher zu sein, dass meine Entscheidungen im Leben zu diesem Zeitpunkt für mich richtig gewesen sind. Auch wenn sich später herausstellte, dass das eben nicht so war. Sind die Lehren der Heiligen wirklich so beschaffen, dass sie uns Sinn und Weg erklären können?"

„Du stellst die schwierigsten Fragen des Lebens."

„Genau. Das soll es auch sein. Antworten und Erklärungen darauf zu finden – wenn nicht jetzt, wann dann? Trotz allem müssen wir uns klar darüber sein, dass die Zeit nicht stehenbleibt."

„Und wenn es gar keine Antworten darauf gibt?"

„Wie meinst du das?"

„Ich meine, wenn du auf der Suche nach diesen Antworten bist und es gibt eigentlich gar keine – was ist dann? Dann wären doch all deine Bemühungen umsonst."

„Es gibt immer Antworten..."

„Mal angenommen, es gibt keine, sondern..."

„Sondern?"

Devi überlegte.

„Vielleicht sind wir in unserer Fähigkeit, Antworten in Sprache zu setzen, so begrenzt, dass es nicht geht. Wie soll man dann sich selbst finden?"

„Dann, Devi, dann...."

Er machte eine Pause und starrte in die Weite der flimmernden Luft. Davi sah ihn erwartungsvoll an.

„Dann entscheidet einzig und allein das Gefühl in mir. Ein Empfinden, das keine Worte braucht, keine Sprache, keinen Ausdruck und keinen Begriff. Das Fühlen ist die tiefste Sprache, die wir verstehen. Das Gefühl ist individuell, wir brauchen es niemandem mitzuteilen. Und ich glaube, das kann auch niemand. Es ist einfach da. Also, Antworten gibt es immer – für einen selbst."

Devi folgte seinem Blick in die Ferne und nickte nachdenklich.

„Das Gefühl...ja, damit ist eine Erklärung unnötig. Wie in der Liebe...nur ein Gefühl..."

„Nein, nicht nur ein Gefühl. Es ist DAS Gefühl. Einzigartig und von einer rationalen Logik so weit entfernt."

„Hast du so etwas schon einmal empfunden?"

„Ja...lange her. Aber so etwas vergisst man nicht. Wenn es passiert, hinterfragst du dein Gefühl nicht. Man kann doch kaum erklären, warum man sich zu einem Menschen hingezogen fühlt. Ja, klar, es gibt bestimmt ein paar Gemeinsamkeiten, die eine Rolle spielen. Aber es gibt auch Gegensätze, die füreinander wichtig sein können. Es ist doch immer anders, wenn man sich verliebt. Niemand kann das genau erklären und einen perfekten Partner zum Beispiel über das Internet kennen zu lernen, halte ich eigentlich für absoluten Blödsinn. Natürlich finden manche auch darin zusammen. Für mich ist das einfach Zufall."

„Ist eben ein einfacher Weg, jemanden kennen zu lernen. Oder nicht?"

„Ein künstlich erschaffenes Portal, das durch Algorithmen Menschen miteinander verknüpft, das ja nicht die Grundlage für eine mögliche Partnerschaft bildet. Da gehört wohl wesentlich mehr dazu und das kann man nicht in ein Programm schreiben. Liebe unterliegt keiner Logik. Aber du hast Recht. Es ist für jedermann bequem. Mit Liebe hat das doch gar nichts zu tun. Und wenn sich wirklich mal Menschen finden sollten, dann mag das, wie gesagt, reiner Zufall sein."

„Wäre interessant zu wissen, wie hoch die Quote ist."

Stefan lachte laut auf. Zynisch mit einem sarkastischen Unterton.

„Niemand von den Portalbetreibern würde doch diese Zahlen – wenn sie erfasst würden – veröffentlichen. Und das, was publiziert wird, ist doch nur eine andere Art der Manipulation und eine Verkaufsstrategie."

„Und wie war es mit Severine?"

Stefan sah sie von der Seite an und lächelte wissend.

„So wie es sein sollte. Erster Blick, erstes Kennenlernen, erste Worte – sofort war klar, dass wir uns verstehen würden. Ein Programm hätte uns bestimmt niemals zusammen gebracht. Dazu haben wir extrem unterschiedliche Interessen und auch einen sehr konträren Lebenslauf."

„Was war es dann? Weißt du das?"

„Ich glaube, es waren ihre Augen, die mich so faszinierten. Dieses Strahlen und diese winzige Falte unter den Augen...das war das erste, was ich sehen konnte. Eigentlich hat das alles nicht mal eine Sekunde gedauert..."

„Ob es für sie genauso war?"

Er zuckte die Schultern.

„Ich denke schon. Sympathie kann man nicht beschreiben und auch nicht beeinflussen. Sie ist da oder nicht. Warum und wieso liegt wohl an vielen Faktoren, die der Chemie unterworfen sind. Sehen, riechen, schmecken, fühlen. Unsere Sinne sagen uns, ob oder ob nicht. Danach richten wir uns. Liebe kommt erst viel später. Nach der körperlichen Gier, wenn ich das mal so sagen darf."

„Du warst mir auf Anhieb sympathisch, wenn ich das mal so sagen darf."

Seine Augen schlossen sich kurz, als er ihr lächelnd zunickte.

Schweigend gingen sie eine ganze Weile nebeneinander her. Stefans Gedanken sprangen zurück in die Nacht mit den beiden Frauen. Unwillkürlich musste er schlucken – und schob mit Gewalt die inneren Bilder von sich. Innerlich schüttelte er den Kopf, weil diese Bilder doch immer wieder kamen, sich aufbauten und seinen ganzen Körper und Geist in Besitz nehmen konnten.

`Unvergesslich´, dachte er bei sich. Manchmal fragte er sich, warum er nicht doch in Goa geblieben war. Die Wochen waren unglaublich schön und entspannend gewesen. Aufregend und einzigartig. Warum? Warum blieb er nicht? Bei Severine und den Freunden, die ihm so nahe standen und er sich doch so wohl fühlte. Aber immer, wenn sich diese Gedanken in ihm Raum verschafften, entstand gleichzeitig dieser andere Raum, der sich so unendlich anfühlte und ihn regelmäßig einlud, doch zu ihm zu kommen, um diese wichtigen Antworten auf die bohrenden Fragen zu finden. Dieser Raum war wie auf Wolken gebettet, gab kaum ein klares Bild frei, gestaltete aber eine Weichheit und ein solch wohliges Gefühl, dass die Oberflächlichkeit eines Lebens in Goa keine größere Bedeutung mehr beanspruchte. Dann wuchs wieder die Bestätigung in ihm, dass die Entscheidung, die doch nur aus seinem gefühlsmäßigen Inneren geboren wurde, immer richtig war und weiterhin sein würde. Die Zweifel verschwanden blitzartig und zurück blieb nur der Blick nach vorne. Und zwar nur so weit, wie er im Moment sehen konnte. Lebe den Augenblick! Und lass es einfach geschehen. Man konnte nichts mehr falsch machen, wenn man die Dinge einfach laufen ließ. Die Entwicklung wurde nicht mehr nur durch eine vernunftgeleitete Entscheidung voran getrieben. Es ging alles viel tiefer. Tief in die Seele. Tief in ein Unterbewusstsein, das nur ab und an einen Brocken hinwarf, mit dem man einen kleinen Schritt weiterkam. Stefan hatte bereits begonnen, diese kleinen Stückchen aufzuheben. Er spürte die Bereitschaft zu Verstehen. Er spürte auch, wie er diesen inneren Raum kontinuierlich vergrößerte, um das Lebensverständnis größer und größer werden zu lassen. Er suchte nach dem

Grund, warum das so war und warum es ihm niemals früher gelungen war, diese Methode anzuwenden. Oft musste er lachen, weil die Antwort doch so einfach wie banal war. Diese vielen Dinge, die einen im beruflichen und privaten Alltag beschäftigten, nahmen viel zu viel Raum ein. Es war absolut unmöglich, die Gedanken in eine tiefere Sphäre vordringen zu lassen. Die Barrieren waren einfach zu groß, zu stark und unüberwindbar. Erst jetzt, während diesem täglichen Laufen und der Einfachheit des Tages, wurde diese seltsam befriedigende Monotonie zum Werkzeug, das mit Leichtigkeit den Geist nach und nach leerte. Bis es soweit war, dass ein Teil dieses leeren Raumes zu leuchten begann. Es war wie eine Einladung, jetzt die Gedanken in eine verständnisvolle Anordnung zu bringen. Jetzt wurden mit jedem Tag die kleinen Erkenntnisse größer, die sich zusammen fanden und fast in einer synaptischen Energieladung Verbindungen offenlegten, die vorher nicht möglich waren. Er begriff, dass er auf dem Weg war, die Bewegungen des Körpers zu automatisieren und die Konzentration, die bislang auf jeden Schritt und jeden Atemzug fixiert gewesen war, zu bündeln und zu verstärken. Es war der Anfang meditativen Laufens. Gedanken wurden verlangsamt, gestoppt, angehalten. Der Bereich zwischen den Gedanken wurde stetig erweitert. Es modellierte sich ein Raum, den nur ein Begriff bezeichnen konnte – Meditation. Der Beginn des Begreifens, des Verstehens und des Akzeptierens, ohne dass es nötig sein würde, einen einzigen Gedanken dabei zu schaffen.

*

Es war noch dunkel. Die Sterne leuchteten in einer Pracht, die selten war. Der riesige Baum mit seinen weit verzweigten Ästen sah aus, als ob er die vielen Arme schützend über die Gläubigen hielt. Nicht viele Menschen hatten sich um diese nächtliche Stunde hierher begeben. Es war kurz nach drei Uhr. Stefan war aufgewacht und fühlte sich sonderbar frisch. Sie waren bereits seit zwei Wochen in Bodhgaya. Eine befreundete Familie von Rama hatte sie aufgenommen und ließ sie bei sich wohnen. Unglaublich viele Menschen waren in den heiligen Ort gekommen. Tagsüber war es fast unmöglich, sich dem Baum, von dem es heißt, dass er ein Ableger des Erleuchtungsbaumes sei, zu nähern. Die Menschen wurden über den kleinen Vorplatz durchgeschleust. Sie konnten ein kurzes Gebet sprechen, dann wurden sie schon weiter gedrängt, damit auch die nachrückenden Gläubigen Gelegenheit hatten, ihren Respekt zu erweisen. Jetzt, mitten in der Nacht, war der Platz fast leer. Stefan stand vor der steinernen Balustrade und betrachtete im Sternenlicht den mächtigen Stamm und die starken Äste, die fast waagrecht zur Seite gewachsen waren und so dem ganzen Baum eine unheimliche Größe gaben. Hinter dem Bodhibaum erhob sich eine Mauer, in deren Nischen unzählige Buddhas eingearbeitet worden waren. Alle in derselben meditativen Haltung, in der der Buddha zur Erleuchtung gelangt war.

Stefan setzte sich auf den Boden und starrte durch das Laub in das Firmament. Es war angenehm mild und nichts deutete auf die drückende Hitze des Tages hin. Schemenhaft hob sich die Silhouette des Baumes gegen den Sternenhimmel ab. Leises Gemurmel neben und hinter ihm machten ihn darauf aufmerksam, dass sich doch noch ein paar Menschen in der Nacht hierher begaben, um zu beten, zu meditieren oder vielleicht doch noch zu einer inneren Erleuchtung kommen zu können. Einfach nur, weil sie da waren.

Sein Blick erfasste die dunkle Silhouette des heiligen Baumes. Er sah die mächtigen horizontalen Äste, den riesigen Stamm, der aus vielen individuellen Stämmen zu bestehen schien. Er sah die Blätter, die sich nicht bewegten. Die Leuchtkraft der Sterne reflektierte sich auf den Blattoberseiten und gaben dem Riesen eine magisch anmutende Zauberintensität. Die Geräusche um ihn herum nahmen ab, er meinte, die Blätter zu hören, die aneinander scharrten, ohne dass ein Windhauch dazu nötig gewesen wäre. Aus dem Scharren formten sich Töne, Laute, Klänge, die weder Musik noch Worte darstellten, sondern nur eine Mischung aus der wundervollen Mystik, die das Heiligtum verströmte. Stefan hatte die Augen geschlossen und war in eine warme, weich anmutende Körperposition gefallen. Er merkte nicht, dass sein Bewusstsein die Aufmerksamkeit zurückgefahren hatte. Es war ein schleichender, kaum vernehmbarer Prozess, der dem des sanften Einschlafens ähnelte. Seine fernen Gedanken begannen, zu lauschen. Sie kreierten eine Sprache, die keine war und wenn doch, nur mit dem Übersetzungsprogramm des eigenen Gefühls zu verstehen war. Langsam wurden aus den farbigen Gefühlsfetzen Worte und Sätze. Es entstanden die ersten Fragen, die im Moment noch keiner Antworten bedurften. Aus dem Unklaren ging Klarheit hervor. Ohne Augenwischerei, ohne Umwege, direkt, einfach und authentisch geformt. Es formierten sich die tausendmal gestellten, immer wieder gleich formulierten Fragen des Lebens, des Daseins, der Existenz – und des Sinnes...

Warum lebe ich? Was tue ich hier? Wie vielfältig ist der Sinn des Lebens? Wo ist *mein* Sinn? Was ist Glück? Wo ist der Weg, der mich dahin bringt? Was muss ich tun? Was kann ich tun? Was wissen wir? Warum? Warum wissen wir? Für was? Für wen? Warum empfinde ich Leid? Warum immer mehr Leid als Glück? Warum immer dieser innere Kampf? Warum immer Leid? Leid...Leid...Leid...der Buddha. Der achtfache Pfad! Die vier Wahrheiten. Er hat es erkannt. Wo ist *mein* Weg? Wie kann ich ihn erkennen? Wie?? Wie? Hilf mir....

Tief aus dem Unbewussten wurden die Fragen gestellt, die das Bewusstsein längst erhalten hatte. Aber im Ausblenden des Bewussten und dem Eintreten in das Unbewusste besaßen diese essentiellen Fragen eine so besondere Bedeutung, die dem Mann, der längst in einer Art meditativer Trance angekommen war, einen Pfad vermittelte, der das Bewusstsein ohne Umwege erreichen würde.

Ohne es zu bemerken, überschritt Stefan die Grenze zur Transzendenz. Sein Körper hatte sich aufgelöst und seine ganze Energie floss in eine bis dahin fremde Welt voller Farben und Formen, die sich permanent veränderten und nichts Statisches mehr zuließen. Alles floss, alles unterlag der Veränderung, nichts war von Bestand. Gar Nichts! Absolut nichts! Alles war miteinander verbunden, löste sich auf, um sich sofort wieder in vollkommen anderer Form zusammen zu finden. Verbundenheit ohne Abhängigkeit. Fügte sich das Eine zusammen, löste sich das Andere, um wieder in umgekehrter Art und Weise die Macht allen Lebens klar zu legen. Das allererste Prinzip wurde Stefan als inneres Schauspiel unterbreitet. Ursache und Wirkung –

Kausalität. Der Lauf allen jeglichen Lebens. Zeitunabhängig. Dann überspülte ein neues Verstehen den Geist des am Boden sitzenden Mannes. Der Sinn. Der Sinn des Lebens in einer ursprünglichen Form. Die Balance von Leid und Glück. Die stetige immerwährende Veränderung. Es gab und gibt nur eine Konstante im Leben und das ist die Veränderung. Alles andere ist variabel. Anspruchsdenken und Erwartungshaltung sind die Gifte auf der Suche nach innerer Zufriedenheit, nach dem Glück, nach dem, was uns immer auf der Seele liegt. Der Weg kann nur durch die Sicht auf das Ganze, auf allem, auf der Welt, dem Universum, dem allumfassenden Sein und sich selbst offengelegt werden. Erst das Begreifen des miteinander Verbundenen wird den Nebel beiseite schieben können. Was ist das Geheimnis des Sehens? Woraus besteht der Nebel, der uns so beschränkt? Wie können wir uns von allen Anhaftungen lösen, die uns festhalten, die uns nicht frei sein lassen, die uns ein Diktat auferlegen, das wir weder wollen noch brauchen. Loslösung von allem – ist das der Weg? Vielleicht, vielleicht ist es zu spät. Viel zu spät...oder doch noch rechtzeitig? Zeit? Zeit hat keine Bedeutung. Alles ist Illusion, nichts ist echt oder wahr. Wahrheit wird erst durch die innere Schau erkannt und wahrgenommen. Ohne das Drangsalieren durch die Zeit. Aber...wie...?...

Stefans Geist fand sich kaum noch zurecht mit den vielen Fragen und den wenigen Antworten. Mit geschlossenen Augen saß er da und nahm seine Umwelt nicht wahr. Sein Zwiegespräch fand nur mit dem Bodhibaum statt und mit sich selbst. Mit seinem fragenden Spiegelbild, das so viel wissen wollte. Der Baum fungierte hierzu nur als Mittler und Mediator. Mit jeder Faser, die der Baum zur Verfügung stellte. Bis in die kleinste Zelle drang sein Geist. Und dann klärte sich urplötzlich das Bild. Er spürte eine niemals vorher gekannte Verbundenheit, die sprichwörtlich verdinglicht worden war. In einer kommunikativen Art und Weise, die wiederum absolut menschlich war. Er spürte die tiefe Ruhe und Entspanntheit, die der Baum ausstrahlte, die sich durch seine Meridiane wälzte und alle Lebensbahnen vereinnahmte. Vor seinem inneren Auge verschwammen die vielen Fragen, verschwammen die Antworten, spülten sich fort und vermischten sich mit der Erkenntnis, dass es weder Fragen noch Antworten bedurfte, um die Welt zu sehen und zu erkennen. Das Spiegelbild seiner selbst löste sich auf. Die Wirklichkeit erschien und blies mit Leichtigkeit die Nebelschwaden der Irrungen fort. Sie war einfach da, war niemals weg, war lediglich verschwunden hinter einer imaginären Wand aus Trugschluss und Illusion. Es herrschte absolute Klarheit. Das Leben, die Welt, die Natur, Anfang und Ende. Das alles beherrschende Gesetz der steten Veränderung.

Plötzlich zuckte ein gleißendes Licht durch das Bild. Zusammen mit einem ohrenbetäubenden Knall zerbrach alles in Millionen Facetten, die auseinander rissen und den meditierenden Mann erschrocken auffahren ließ. Einen Augenblick fand sich Stefan nicht zurecht und blickte wirr um sich. Suchte die Detonation und fragte sich, warum die Menschen um ihn herum nach wie vor ihre Sitzposition beibehielten und sich nicht rührten.

„Sorry, ich hab nicht aufgepasst...." stammelte jemand neben ihm. Leise und mit Bedacht, damit die anderen nicht gestört wurden.

Er sah sich um, war wieder in der Realität und blickte in ein lächelndes Gesicht. Der Mann war in die Knie gegangen und hatte die Handflächen erhoben zum Zeichen, dass es ihm sehr leid tat.

„Was? Was ist los? Dieses Licht...was war das? Dieser laute Knall...“

Der andere Mann verzog verständnislos das Gesicht.

„Licht? Welches Licht? Da war kein Licht...ich hab Sie aus Versehen angerempelt und meine Glocke ist runter gefallen. Tut mir echt leid...ich wollte Sie keinesfalls unterbrechen.“

Nochmal verbeugte er sich zur Entschuldigung. Stefan wurde langsam wieder klar im Kopf, sah verwirrt zu Boden und nickte nur. Der Mann hatte ein klares Englisch gesprochen. Er war kein Inder. Kein Asiat. Ein Westler – woher auch immer. Er konnte seine Gedanken wieder fassen und hob wieder den Kopf.

„Schon gut...nichts passiert. Ich bin nur erschrocken. - Was wollen Sie denn mit der Glocke?“

Er zeigte auf das kleine Glöckchen, das der Mann in seiner Hand hielt. Der zuckte nur mit den Schultern.

„Klingeln.“

„Nach was?“

„Nach Erkenntnis und Erleuchtung.“

Er begann zu grinsen.

„Und? Erfolg gehabt?“

Der Mann atmete laut auf und setzte sich neben Stefan und sah in die dunkle Baumkrone.

„Nicht so ganz. Meistens kam irgendein Kellner, der mir was bringen wollte...nein, Quatsch. Manchmal dachte ich, ja, nah dran. Und dann war doch alles wieder wie vorher. Wird wohl nichts mehr werden bis zum letzten Tag. Wahrscheinlich fehlt mir irgendwie die Ruhe und Konzentration.“

„Sollte wohl ein krönender Abschluss werden, oder?"
Der Mann schob die Schultern nach oben.

„Eigentlich schon. Aber halb so schlimm. Ich zieh sowieso bald weiter. Vielleicht ist dieser Ort zu überlaufen, um zur Ruhe zu kommen."

„Wir werden bald genügend Ruhe haben, befürchte ich..."

„Das ist wahr. Ich will sie eben noch als Mensch wahrnehmen. Als Katalysator zu mehr, hoffe ich."

Stefan nickte. Er konnte es auch nicht sagen, was das Geheimnis völliger Entspanntheit sein sollte. Obwohl er fast so gefühlt hatte, bevor er so brutal gestört worden war.

„Wo soll's denn dann hingehen?" fragte er ihn.

„Bali."

Stefan zog die Augenbrauen erstaunt nach oben.

„Wirklich? Bali? Da ist doch mindestens genauso viel los, kann ich mir vorstellen."

„Ja. Schon möglich...aber vielleicht gibt's noch so Plätze, an denen es nicht so ist. - Wieso? Ist das kein gutes Ziel?"

„Doch. Doch. Ein sehr gutes Ziel. Ist auch mein nächstes Ziel."

Sie sahen sich beide an und fingen an zu grinsen. Eine seltsame Übereinkunft war am Entstehen, die die beiden Männer zwar spürten, aber noch nicht wahrnahmen.

„Wie das Leben so spielt...ist ja nett."

Stefan stand auf und gab ihm die Hand.

„Ich bin Stefan."

Der andere erstarrte einen Moment und sah ihn fast erstaunt an.

„Stefan? Bist du Deutscher?"

Stefan nickte. Der andere lachte.

„Dann können wir uns auch auf Deutsch unterhalten. Ich bin Daniel."

„Ha...das ist ja lustig."

„Du bist seit vielen Wochen der erste Deutsche, der mir begegnet."

„Wie lange bist du denn schon unterwegs?"

„Knapp sechs Monate."

Stefan zog die Stirn in Falten. Daniel zog schon los, bevor die Nachricht bekannt gemacht wurde.

„Dann warst du ja schon unterwegs, bevor du wusstest, dass..."

„Ja, ich habe mich letztes Jahr entschlossen, ein Jahr auf Reisen zu gehen. Dass sich dann alles anders entwickelt hat, war zwar wie ein Schock, hat aber meine Pläne nicht verändert. Außer dass ich nach Deutschland nicht mehr zurückkehren werde."

„Niemand, der dich vermisst oder auf dich wartet?"

Daniel schüttelte den Kopf.

„Pah...nix wirklich wichtiges. Eltern hab ich schon lange nicht mehr und Geschwister auch nicht. Von meinen Freunden hab ich mich verabschiedet...und meine Partnerin hat mich kurz vorher verlassen...wollte wohl noch das Leben so richtig genießen."

Stefan verdrehte die Augen und nickte. Alte Geschichten, die doch immer wieder neu waren.

„Verstehe...hab ich schon öfter gehört..."

Er dachte an Severine. Dieselbe Geschichte.

„Warst du von Anfang an in Indien?"

„Nein. Ich war zuerst auf den Kanaren. Aber den Gedanken hatten wohl zu viele Andere. Bin ein paar Wochen durch Irland gefahren und hab dann spontan entschieden, Buddhas Spuren zu folgen. Das war eine gute Idee. War spannend und aufregend. - Und du?"

„Ich war in Goa..."

Daniel sah ihn an und grinste wieder. Diesmal noch breiter.

„Schau, schau...nochmal die Puppen tanzen lassen, oder?"

„Ja, so ähnlich...war schön. Aufregend. Aber irgendwie zu...zu...es war so..."

Er suchte die richtigen Worte. Eine Beschreibung, die Goa auch gerecht werden würde.

„...oberflächlich? Dekadent?"

„Ja...nein, eigentlich nicht, obwohl...es war jetzt nicht der Ort, an dem ich bis zuletzt bleiben wollte."

„Verstehe...was hast du noch vor? Warum Bali?"

Stefan zuckte die Schultern.

„Weiß nicht genau. Bali war für mich immer etwas Besonderes gewesen. Hat Esprit und Spiritualität. Vielleicht finde ich dort meine Erleuchtung...oder zumindest die Ruhe, die nötig ist, um seine innere Angst in den Griff zu bekommen."

„Ja...vielleicht...es wäre schön, wenn's so wäre..."

Stefan sah sein Gegenüber genauer an. Daniels Alter war schwer zu schätzen. Er konnte in seinem Alter sein und auch zehn Jahre jünger. Er war Stefan auf Anhieb sympathisch. Daniels Augen lächelten permanent, so als ob nichts seine gute Laune verderben könnte. Er erinnerte ihn sehr an Ben, der auch nichts richtig ernst genommen hatte und einen beneidenswerten Fatalismus an den Tag brachte.

„Wenn nicht so viele Menschen hier sind, kann man diese Spiritualität richtig spüren, nicht wahr?"

Daniel hatte den Kopf gedreht und sah Stefan in die Augen. Die Flammen der umliegenden Fackeln spiegelten sich in seinen Pupillen.

„Ja, es ist schon etwas Besonderes an diesem Ort. Möglicherweise sind wir aber nur dadurch vorbelastet, weil wir wissen, welche Bedeutung Bodhgaya hat. Ganz sicher bin ich mir nicht, aber ich will´s gerne glauben, dass der Baum ein Ableger des Erleuchtungsbaumes ist."

„Es ist das Gegenteil nicht bewiesen. Also nehmen wir es mal als bare Münze. Das ist einfacher."

Er lachte leise und verschmitzt, so als ob er selbst nicht glauben würde, dass es so war. Stefan stand auf. Er war müde geworden. Er musste wieder ins Bett. Ungeniert gähnte er.

„Ich muss wieder ins Bett. Mein Erlebnis gerade hat mich müde gemacht. Da ich so was noch nie erlebt habe, schiebe ich diese Erfahrung einfach auf den Baum."

„Hast du meditiert? Kannst du das?"

Daniel sah ihn neugierig an, doch Stefan schüttelte den Kopf.

„Nein, eigentlich nicht. Aber ich war total weggetreten und auf einmal war alles so einfach und klar. Ich glaub wirklich, das war so was gewesen...in der Art...oder so...ich werd mal Rama fragen, der weiß das sicherlich."

„Rama? Wer ist das?"

„Ein alter weiser Mann, mit dem ich hergekommen bin. Zusammen mit seiner Enkelin. Wir hatten eine richtige Pilgerreise gemacht. Das war schon aufregend gewesen, muss ich sagen."

„Aha...woher kennst du dann diese Menschen?"

Stefan spürte wieder diese Müdigkeit aufsteigen. Einen Moment kämpfte er mit sich, Daniel seine Geschichte zu erzählen, aber das würde zu lange dauern.

Er nickte etwas abwesend, so als ob er sich selbst etwas bestätigen wollte. Sein Blick fiel wieder auf Daniel.

„Etwa in der Mitte des Ortes gibt´s ein kleines Teehaus, in dem man ganz gut und relativ günstig essen kann. Heißt ´Buddha´s Place`. Wenn Lust hast, können wir uns ja um die

Mittagszeit dort treffen. Quatschen wir ein bisschen. Ich hab schon lange kein Deutsch mehr gesprochen."

Daniel nickte fröhlich.

„Klar. Ich komm hin. Bis dann..."

Er klopfte Stefan auf die Schulter und hob seinen Rucksack vom Boden auf.

„Gut. Bis später..."

Gerade wollte er über den kleinen Platz gehen, als er Rama kommen sah. Der alte Mann war in Gedanken versunken und murmelte laufend irgendwelche Mantras. In seiner Hand balancierte er eine Perlenkette, deren Perlen sein Daumen immer weiter schob. Gleichzeitig murmelte er unverständliche Gebete oder Mantras. Stefan konnte es weder verstehen noch unterscheiden. Vor dem alten Mann blieb er stehen, doch Rama schien ihn nicht zu erkennen. Seine Augen waren gläsern und lächelten. Er war nicht hier. Stefan erkannte, dass er in tiefer Meditation war. Er nickte stumm und ging zur Seite. Rama schlurfte weiter, blieb dann aber stehen und drehte den Kopf. Fröhlich plapperte er seine Mantras, lächelte Stefan an, hob die Hand und tätschelte seine Brust. Dann ging er weiter, so als ob nichts gewesen wäre. Fast traumwandlerisch fand er seinen Weg. Völlig entrückt in einer anderen Welt, in die niemand eintreten konnte.

Stefan blieb stehen und sah ihm nach, wie er langsam seinen Weg fand. Doch plötzlich stoppte der alte Mann. Sein Körper richtete sich auf und streckte sich. Dann drehte er sich um, sah Stefan, erkannte ihn und lächelnd nickte er ihm zu. Er hob seine Hand und winkte ihm, zu ihm zu kommen. Stefan war eigentlich zu müde, aber er konnte jetzt nicht einfach den Kopf schütteln und gehen. Also begann auch er zu lächeln und trat auf Rama zu.

„Stefan...so früh schon auf? Was hast du hier gemacht?"

„Ich bin aufgewacht und konnte nicht mehr einschlafen. Also bin ich hierher gegangen. Es waren kaum Menschen hier, da hab ich mal versucht, in mich zu gehen..."

Er zuckte mit den Schultern, so als ob er sich für seine Erklärung entschuldigen wollte.

„Und? Hat es funktioniert?"

„Jaa...irgendwie schon, aber irgendwie auch nicht...ich weiß es nicht genau, aber ich hatte den vagen Eindruck, dass etwas passiert war. Ich war eine ganze Zeit nicht richtig hier..."

„War der Baum beteiligt?"

„Ja."

„Hast du eine Verbindung gespürt? Mit dem Baum und mit den Ästen, den Blättern und den Wurzeln?"

„Ja, genau...genau so...eine Verbindung, ein Verstehen eher..."

Rama begann zu nicken und zu lächeln.

„Sehr gut, Stefan, das ist sehr gut...du bist auf einem sehr guten Weg, wenn du die Sprache des Baumes hören kannst. Was noch?"

„Hmm...da war noch mehr, aber ich kann´s nicht beschreiben, es war so groß...so riesig..."

„Die Dimension des Verstehens. Dass alles mit allem und mit jedem zusammenhängt. Egal, ob Pflanze, Tier oder Mensch. Wir sind Teil von allem, von jedem. Wir sind alle eins..."

„Alle Eins?...Ja, so ist es, genau...ich spürte die Teilhabe an dem Baum und darüber hinaus. Es war...es war..."

Er überlegte, kam aber nicht auf eine vernünftige Erklärung.

„Göttlich?" half ihm Rama.

Stefan sah den alten Mann an, der wie immer dieses so wissende intensive Lächeln um seine Augen hatte.

„Ja...durchaus...göttlich..." nickte Stefan nachdenklich.

Rama hob die Hand und tätschelte seine Wange und seine Brust.

„Ein guter Anfang, junger Mann. Der Nebel beginnt sich aufzulösen...das Licht wird heller. Die Dimensionen werden sichtbar – ohne Verschleierung. Und wenn sie klar zu erkennen sind, dann kann man auch von einer zur anderen wechseln. Dann gibt es keine Grenzen mehr. Gut, Stefan, gut....sehr gut. Es wird nicht mehr lange dauern..."

Dann lachte er laut auf und ging weiter. Mitten auf dem Platz setzte er sich nieder, warf sich den Umhang über die Schultern, überkreuzte die Beine, faltete die Hände, senkte den Kopf, schloss die Augen – und begann wieder seine Mantras zu murmeln.

Stefan stand noch einen Moment da und beobachtete das Tun seines Reisebegleiters. Was hatte er damit gemeint, es würde nicht mehr lange dauern? Was denn? Manchmal konnte er Rama überhaupt nicht mehr folgen. Aber immer machte er den Eindruck, vollständig von dem überzeugt zu sein, was er dachte und sagte. Ohne irgendwelche Zweifel. Seine Worte waren immer rätselhaft und er sah Stefan auch immer dessen Verständnislosigkeit an. Aber niemals folgte eine dementsprechende Erklärung. So als wenn er es Stefan überlassen wollte, einen möglichen Zusammenhang erkennen zu können. Stefan schüttelte leicht den Kopf, dann drehte er sich um und verließ den heiligen Platz. Er sah in den Himmel. Im Osten begann die Dämmerung. Ein feiner heller Streifen signalisierte den Beginn des neuen Tages. Er spürte wieder diese bleierne Müdigkeit in sich.

Als er auf seinem Bett lag, fielen ihm sofort die Augen zu und er versank in einen tiefen Schlaf, der ihn zwar in die Welt der unsteten Gedanken schickte, aber diese Gedanken langsam einfach still standen, sodass er völlig entspannte und erst kurz vor Mittag wieder erwachte.

*

Er hatte eine Tasse schwarzen Tee mit Ingwer vor sich stehen und nahm ab und zu einen Schluck. Zuerst hatte er gedacht, dass es für heißen Tee einfach zu heiß war und ein gekühltes Getränk doch die bessere Wahl gewesen wäre. Aber er misstraute irgendwelchen Eisstücken sehr und hatte keine Lust, sich jetzt noch eine Infektion einzufangen. Und je öfter er an seiner Tasse nippte, desto angenehmer wurde dieses Getränk mit seiner Ingwereinlage, die es so würzig mit einem Hauch Schärfe schmecken ließ. Er dachte an die Worte Rama´s. Dass der Nebel sich lichtete und es heller wurde. Dass die Grenzlinien der Dimensionen klarer und die Übergänge eindeutiger wurden. Eine wunderbare Metapher, wie er fand. Und tatsächlich hatte er den Eindruck, dass sein Geist nicht mehr so ruhelos umherwanderte und sich nicht festlegen konnte, weil der Anhaltspunkt nicht ersichtlich war. Irgendwie verschwanden ganz langsam diese vielen verschiedenen Wolken, die sich immer vor seinen geistigen Blick schoben. Diese vielfältigen Bereiche, mit denen er sich früher beschäftigte, wurden weniger, viel weniger. Mehr Raum war entstanden. Er meinte, mehr Kontrolle über seinen Geist und seine Gedanken erreicht zu haben. Nicht erst, seit er auf Pilgerreise war...schon vorher in Goa. Er hatte es nur nicht bemerkt. Oder wurde aufgrund der Erkenntnis des nahenden Vergehens wirklich das Unwichtige ausgefiltert? Verselbständigte sich nicht sein Geist und machte das, was förderlich zum Verstehen war? Er versuchte, diesen Raum zu analysieren und die Prioritäten zu erkennen. Und plötzlich sah er dieses seltsame Licht, das so durchscheinend und gleißend wirkte. Aus den ungezählten Bereichen waren nun erkennbar wenige geworden. Der Geist ließ wohl nur das noch zu, das wichtig war und den Sinn erkennen lassen würde. Gedanken an früher waren vollends verschwunden. Nur noch das Bild seiner Tochter etablierte sich in immer stärkerem Maße. Zentriert bewegten sich seine Vorstellungen der letzten Wichtigkeiten auf einen gemeinsamen Punkt zu. Alles andere außen herum wurde irgendwie leerer, hell erleuchteter Raum, der bereit war, ihn mit den Schönheiten der Welt und des Geistes zu füllen.

Seine Hand hatte die Teetasse gegriffen und führte sie zum Mund. Der lauwarme Ingwertee berührte seine Geschmacksnerven und signalisierte einen immens großen Schritt zu einer – noch nicht artikulierbaren – Erkenntnis. Aber sein Gefühl schrie ihn ungebremst an, dass etwas sehr elementar Wichtiges entstanden war. Die bewusste Unterscheidung von Wichtigem und Unwichtigem.

„Hi, träumst du gerade?"

Stefan schrak aus seinen Gedanken. Daniel stand grinsend vor ihm.

„Hi...ja...ein bisschen...setz dich."

Er zeigte auf einen Stuhl.

„Ich hab´ bis jetzt geschlafen, so fertig war ich. Wie lange bist du schon hier?" fragte er und zeigte auf die Teekaraffe auf dem Tisch.

„Schon ´ne ganze Weile...Willst du auch Tee? Laß´ dir ´ne Tasse bringen."

Daniel hob den Arm und bestellte nicht nur eine zusätzliche Tasse, sondern auch etwas zu essen.

„Hab´ Hunger wie ein Wolf," grinste er und zuckte mit den Schultern.

„Und? Hast schon eine Blitzerkenntnis bekommen?" fragte Daniel, während er die Tasse Tee in einem Zug austrank.

Stefan nickte. Sein Gesichtsausdruck war so ernst, dass Daniel ihn gar nicht ignorieren konnte.

„Wirklich?"

Erstaunt sah der ihn an. Stefan nickte.

„Irgendwie schon... ich kann´s nicht so genau erklären, aber heut Nacht hat´s glaub ich mal peng! gemacht."

„In welcher Weise? Was ist passiert?"

„Im Moment seh´ ich alles wesentlich klarer. Die vielen Dinge, über die ich in letzter Zeit nachgedacht habe, sind fast alle verschwunden. Nein, nicht verschwunden...nicht mehr wichtig, nehmen nicht mehr diesen großen Raum ein...ich fühl mich auf einmal viel freier."

Daniel bekam seine Reisplatte und begann zu schaufeln.

„Und du meinst, das hat mit diesem Ort zu tun?" nuschelte er kauend.

„Keine Ahnung. Vielleicht war nur noch dieses letzte Fünkchen nötig, um etwas auszulösen. Eigentlich denke ich, dass der Auslöser Rama gewesen ist."

„Rama? Wer ist das nochmal?"

„Einer meiner Reisebegleiter. Ich bin zusammen mit ihm und seiner Enkelin unterwegs. Ich habe Devi in Goa kennen gelernt und wir haben beschlossen, gemeinsam diese Pilgerreise zu unternehmen."

„Aha. Goa, was? Hätte ich vielleicht auch dorthin reisen sollen..."

Stefan lachte. Er wusste, was er meinte.

„Es wäre nicht das schlechteste Ziel gewesen. Mit hat´s gut getan."

Daniel sah ihn etwas belustigt an.

„Kann ich mir lebhaft vorstellen."

Er begann wieder Reis und Gemüse zu schaufeln.

„Und wie hast du diese Devi kennen gelernt?"

„Sie war Besitzerin einer Strandbar, in die wir jeden Tag gegangen sind. Und sie wollte zufällig zur gleichen Zeit auf diese Reise gehen."

„Tja...jetzt seid ihr ja da. Wie geht´s nun weiter?"

Stefan zuckte die Schultern. Er hatte noch keinen Zeitplan. Zumindest nicht für die nächsten acht Wochen. Abgesehen von Bali.

„Ist sie hübsch, diese Devi?"

„Nein...sie ist..."

Er überlegte, was für ein Ausdruck ihr gerecht werden würde.

„Also nicht. Fett und schwammig, dafür mit einem hässlichen Kopf?"

Lachend kratzte er den letzten Rest von seinem Teller.

„Nein, sie ist hübsch...wobei...das trifft es nicht ganz. Sagen wir mal, sie sieht aus wie eine..."

Daniel wurde neugierig.

„Ja, wie was...?"

„Wie eine Göttin."

„Was?? Göttin? Na, ich bin gespannt. Kann ich sie kennenlernen?"

Gerade wollte er etwas entgegnen, da entdeckte er Devi, die gerade aus einer Seitenstraße kam.

„Halt dich aber fest, wenn du sie siehst...Oh, da kommt Devi..."

Er stand auf und winkte ihr zu.

„Devi...hier bin ich...komm..."

Sie sah ihn und winkte zurück. Daniel folgte seinem Blick und hörte augenblicklich zu kauen auf.

„Oh mein Gott..." flüsterte er angesichts ihrer Schönheit. Es war nicht einmal mehr ein Flüstern, sondern ein in Ehrfurcht erstarrtes Seufzen und Keuchen.

Stefan sah ihn aus den Augenwinkeln an und verzog sein Gesicht zu einem Schmunzeln.

„Eine Göttin eben...hab ich übertrieben?" flüsterte er.

„Ne...ne...nein...ich werd verrückt..."

Devi überquerte die Straße. Nein, das klang zu banal. Sie schwebte über den Boden, kaum dass man wahrnehmen konnte, dass sie ihn viel mehr als einen Hauch berührte. Ihre langen dunklen Haare waren zu einem Zopf gebunden und der Wickelrock betonte nicht nur ihre makellose Figur, sondern verbreitete eine spürbare Form wahrnehmbarer Erotik. Daniel vergaß zu atmen und brachte den Mund nicht mehr zu.

„Das...das ist kein Mensch, Mann...das ist eine wirkliche Göttin...verflucht, wie hast du das gemacht?"

Staunend sah er ihn an und begann, langsam und tief durch zu atmen. Mittlerweile stand eine bezaubernd lächelnde Devi vor ihnen und nickte den beiden Männern sanft zu.

„Hallo, Stefan...wie geht´s dir?"

Beim Klang ihrer Stimme überschüttete ein Schauer Daniel, auf dessen Haut sich alle Härchen aufrichteten, die wie ein eingespieltes Team von Soldaten strammstanden und der Göttin huldigten.

„Alles gut...setz dich doch. Das ist Daniel. Wir haben uns heute Nacht vor dem Bodhibaum kennen gelernt. Er kommt auch aus Deutschland. Daniel, das ist Devi...“

Daniel erhob sich und verbeugte sich artig.

„Hallo, Devi, ich freue mich, dich kennen zu lernen.“

„Hallo, Daniel, es freut mich auch.“

Stefan rückte ihr einen Stuhl zurecht und setzte sich. Aus den Augenwinkeln sah er, dass Daniel leicht den Kopf schüttelte. Ungläubig und bewundernd.

„Wie sind denn jetzt eure weiteren Pläne, Devi?“

„Wir werden die nächsten Wochen hierbleiben. Freunde haben uns eingeladen, hier zu wohnen und mein Großvater wurde gebeten, die Novizen zu schulen und rechtzeitig zu ordinieren. Er hat zugesagt. Aber wir werden irgendwann nach Dharamsala zurückkehren. - Und du?“

„Nächste Woche geht mein Flug nach Denpasar. Die Kinder werden dann schon dort sein.“

Devi lächelte ihn sanft an.

„Das ist schön. Ich freue mich für dich.“

Sie wandte sich an Daniel.

„Wirst du auch weiterziehen oder bleibst du noch hier, Daniel?“

„Mein nächstes Ziel ist tatsächlich auch Bali. Reiner Zufall. Aber auch darauf freu´ ich mich.“

Devi nickte.

„Ich muss euch leider allein lassen. Mein Großvater erwartet mich. Wir müssen die Puja vorbereiten.“

Sie erhob sich und nickte den beiden Männern zu.

„Bis später Devi,“ sagte Stefan und stand höflich auf. Genauso wie Daniel.

Devi fing an zu lachen, als sie die beiden Männer ansah.

„Ihr seid ja beide richtige Gentlemen, das gefällt mir...“

Ihre Hand hob sich und legte sich wie zufällig auf den Arm Stefans. Ihre Augen fanden seine. Eine Spur länger als notwendig.

„Bis dann, Stefan," flüsterte sie.

Dann verschwand sie wieder in der Menschenmenge. Die beiden Männer standen immer noch, bis sie nicht mehr zu sehen war. Dann sahen sie sich an.

„Oh, Mann..." murmelte Daniel, der vollkommen weggetreten war.

„Hmmm..."

Stefan brummte nur.

„Stellt sich die Frage, warum du weg willst..."

Daniel setzte sich wieder und sah Stefan ernst an.

„Weil ich..."

„Das war gerade offensichtlich, Mann," unterbrach ihn Daniel.

„Wieso? Nein... so ist das nicht...ich..."

„Das war eine Einladung! Sag nicht, dass du das nicht bemerkt hast."

Stefan sah ihn nachdenklich an.

„Wir haben das schon hinter uns, Daniel."

Der ließ sofort das Glas sinken, an dem er nippen wollte. Seine Augenbrauen zogen sich nach oben und ungläubig sah er sein Gegenüber an.

„Nein. Das ist doch nicht wahr. Du hast mit ihr schon...?"

„Ich konnte wirklich nichts dafür, das war einmalig und nicht wiederholbar. Sie hat mir das auch auf dem Weg hierher gesagt."

„Du Knallkopf. Frauen ändern ihre Meinung jeden Tag hundertmal. Oh Gott, du Glückspilz...was braucht´s noch mehr?"

Er verdrehte die Augen und sah in den Himmel. Anscheinend fand er niemanden, dem er die Schuld daran geben konnte, dass er nicht an Stefans Stelle war.

Stefan fing zu grinsen an.

„Ich hab doch nur...also, ich konnte wirklich nichts dafür, ich..."

„Blablabla...ich faß´ es nicht...zum absoluten Schluss hat der auch noch eine Göttin im Arm...unfassbar…"

Er faltete die Hände und flehte immer noch in einen wolkenfreien Himmel. Dann bestellte er zwei Bier, stellte eines vor Stefan hin und hob theatralisch den Arm, um anzustoßen.

„Ich trinke auf dich und dein holdes Glück. Vielleicht kannst du mir mal verraten, wie man Zugang zu weiblichen Göttern bekommt. Ich würde mir dann eine Eintrittskarte kaufen. Prost..."

Stefan lachte und stieß sein Glas an das andere.

„Ich kann dir leider nicht helfen. Wahrscheinlich bin ich der Auserwählte...oder so was."

„Ja...oder so was...ich bin überhaupt nicht neidisch..."

Grinsend ließ er das Bier die Kehle hinunterlaufen. Dann stellte er das Glas krachend auf den Tisch und beugte sich weit vor.

„Aber einen Vorteil habe ich gegenüber den anderen Menschen schon, denke ich."

„Nämlich?"

„Ich habe eine Göttin wenigstens gesehen und ich habe ihre Stimme gehört. Das ist doch mehr als ich erwarten konnte, oder??"

„Genau. Man muss auch mit etwas zufrieden sein können."

„Bin ich. Bin ich. Ich bin zufrieden. - Ich zähl mal, wie oft ich das sagen muss, bis ich´s selbst glauben kann..."

Mit der Zunge prustete er den Frust in die Welt und machte ein enttäuschtes Gesicht.

Beide lachten, bis ihnen die Tränen kamen. Die nächsten Stunden verbrachten sie schwatzend in dem kleinen Restaurant und erzählten sich ihre Lebensgeschichte. Bis sie merkten, dass es eigentlich eine gute Idee war, zusammen zu reisen. Eine Freundschaft war am Entstehen. Eine Freundschaft, die nicht mehr viel Zeit brauchte, weil sie schon da war. Und beide, Stefan wie Daniel, sich im Klaren waren, dass es mehr als tröstend sein würde, zusammen den letzten Tag verbringen zu können…

Er lag auf dem Bett und träumte einen Tagtraum. Der summende Ventilator über ihm kreiste stetig umher und verbreitete einen angenehmen Luftzug, der die Hitze erträglicher machte. In ein paar Tagen würde er sich von Devi und Rama verabschieden müssen. Obwohl es doch klar war, dass sie sich einmal trennen würden, wurde es ihm schon ein klein bisschen schwer ums Herz. Die Pilgerreise hatte ihm mehr gebracht, als er sich das vorgestellt hatte. Seine innere Unruhe hatte sich gelegt, war schon fast ganz verschwunden. Er war mittlerweile in der Lage, im Augenblick zu sein. Keine Gedanken zu verschwenden an Vergangenheit und Zukunft und sich nur mit dem jetzigen Moment zu beschäftigen. Wieder und wieder wurde ihm bewusst, dass seine intuitiven Entscheidungen alle richtig gewesen waren. Und wieder und wieder wurde ihm klar, dass das Leben nur mit diesen Entscheidungen hätte gelebt werden sollen. All die scheinbar vernünftigen Möglichkeiten hatten sich viel zu oft als falsch herausgestellt. Hätte man grundsätzlich auf seine innere Stimme gehört, wäre alles wohl anders gelaufen...hätte, wäre, könnte...verdammte Konjunktive. Man sollte sie wirklich immer außer acht lassen.

Es klopfte an der Tür. Wahrscheinlich war es Daniel, der ihn zum Essen abholen wollte. Stefan sah auf die Uhr. Nein, viel zu früh. Es war Nachmittag. Er setzte sich auf, strich sich über das Gesicht und ging zur Türe. Als er sie öffnete, sah er überrascht Devi in die Augen.

„Devi? Das ist ja eine schöne Überraschung...ich dachte, ihr bereitet heute für den Abend etwas vor."

„Wir sind bereits fertig. Ich..."

Sie stockte, wie wenn sie nach den richtigen Worten suchen wollte – und sie doch nicht fand. Weil selbst die schönsten Worte den erhabenen Augenblick eines verstehenden Schweigens zunichte machen würden.

Sie senkte den Kopf, um ihn gleich wieder zu heben. Ihre wunderschönen dunklen Augen sahen ihn an. Sie hatten einen betörenden Glanz in sich, der ein ganz besonderes Licht ausstrahlte. Ihr Blick war unwiderstehlich, nagelte ihn fest, hielt ihn fest, verkrallte sich in ihn, ließ nicht mehr los. Er versprühte begehrenswerte Sinnlichkeit, tiefes Verlangen und eine fast schon göttlich anmutende Präsenz. Stefan sagte nichts, sondern sah sie nur an. Er spürte, dass es keinerlei Worte mehr bedurfte. Seine Gedanken wurden schlagartig langsamer und begannen, endgültig still zu stehen.

Sie trat zwei Schritte auf ihn zu, schob ihn ein bisschen zurück, schloss hinter sich die Türe, ohne ihren Blick abzuwenden. Mit einer aufreizenden Bewegung lehnte sie sich gegen die Türe. Nur das Einschnappen des Schlosses störte die Stille. Sekundenlang standen sie sich gegenüber, ohne ein Wort zu verlieren. Sie sahen sich nur an, ihre Blicke verschmolzen ineinander. Der geringe Abstand zwischen ihnen wurde pure Elektrizität. Eine sonderbare Ladung, die ihre Körper intensiv erlebten. Sie trat einen winzigen Schritt vor – dann einen zweiten. Devi´s Lippen öffneten sich leicht und sie hob die Hände. Blieben auf seiner Brust liegen. Ihre Finger suchten die Knöpfe. Ohne ihren Blick von ihm zu nehmen, öffnete sie langsam sein Hemd. Knopf für Knopf, von oben nach unten. Jede Bewegung eine erotisierende Kunstfertigkeit in höchster Vollendung. Ihre Finger kreisten über seiner nackten Brust und mit einer sanften Bewegung streifte sie ihm das Hemd von den Schultern. Dann legten sich ihre Arme um seinen Hals und streichelten seinen Nacken. Allein die Berührung ihrer Haut auf seiner ließ ihn fast schon ehrfurchtsvoll innehalten und verwandelte seinen gesamten Körper in eine Plattform höchster Erregung. Ihre Lippen waren immer noch leicht geöffnet und erwartungsvoll zog sie seinen Kopf herunter. Seine Hände legten sich auf ihre schmalen Hüften. Er spürte ihren Atem und er spürte ihre Lippen, die die seinen berührten. Ihre Haare wurden mit einem Tuch gehalten und mit einer Hand löste sie den leichten Knoten, sodass ein Vorhang seidenweicher Erotik über ihren Rücken fiel. Stefan spürte die zarte Berührung auf seinen Händen. Wie elektrisiert krallte er sich in ihre Haut. Er fühlte ihre Zunge sich fordernd ihren Weg suchen, bis sie sich am Ziel fand. Ein leichtes Stöhnen aus ihrem Inneren drang an sein Ohr und entfachte eine Hitze in seinen Lenden, die nach außen drängte und die Türen für alle bereitstehenden leidenschaftlichen Bereiche zu öffnen begann. Seine Hände suchten ganz langsam den Weg unter ihre Bluse, fanden Zugang nach oben, lagen auf ihren Brüsten, liebkosten eine zarte, samtweiche Haut, die Stefan so in seinen Bann zog, dass er sich kaum noch beherrschen konnte. Mit einem Mal löste sie sich von ihm. Abrupt, fast zu schnell, mit einem raschen Schritt nach hinten. Immer noch sah sie ihn mit diesem wundervollen Blick an. Die Augenlider hatten sich in einer kaum wahrnehmbaren Nuance über ihre Augen gelegt und sie kam Stefan wie die personifizierte Göttin der Erotik vor. Ihre Hände zogen das Band ihres Wickelrockes auf und er schwebte auf den Boden. Sie hatte kein Höschen mehr an und bevor sich Stefan auf weiteres konzentrieren konnte, lag auch ihre Bluse schon auf dem Boden. Nackt und wunderschön stand sie vor ihm, schwebte ohne eine sichtbare Bewegung auf ihn zu. Ihre Hände öffneten seinen Gürtel, seine Knöpfe. Sie senkte nicht den Kopf, sah ihn nur an, brannte diesen unglaublichen Blick in seine Augen, in seinen Geist, in seine Seele, in sein tiefstes existenzielles Sein. Er spürte diese bedingungslose Liebe in diesem Blick, diese uneingeschränkte Leidenschaft und diese faszinierende Lust, die sich wie eine sanfte Welle in dem kleinen Raum ausbreitete und die Welt zum Stillstand befehligte. Sanft legten sie sich auf das Bett. Er spürte ihren heißen Atem in seinem Schoß, ihre Lippen, ihre Zunge, ihre Hände. Er spürte Devi´s Hitze auf seinem Körper, er spürte ihre sanft streichelnden Hände, ihre spielerische Zunge, ihre zarten Lippen, ihre festen Brüste. Sein Geist schaltete die Funktion ab und dann spürte er nur noch sich selbst, seinen Körper, seine Rezeptoren und sein Gefühl für diese Frau, die sich ihm hingab wie noch keine Frau vor ihm. Er spürte die Verschmelzung beider Seelen und beider Körper auf einer unnahbaren Ebene, die nur ihnen beiden offenstand. Er hörte nur noch ihr Keuchen, ihr Atmen, ihren Herzschlag, ihr Beben, das sich aus ihrem Unterleib auf ihn übertrug und für einen winzigen Augenblick einen gleichzeitigen Herzschlag kreierte. Das Bewusstsein vernahm einen niemals gekannten Energieschub, der tausendmal stärker war als ein natürlicher Blitz. Es entstand ein völlig jenseitiges Gefühl des Einseins, einer untrennbaren Zusammengehörigkeit, das so tief und intensiv war, dass das Bewusstsein keinerlei Differenz, körperlich wie geistig, mehr wahrnehmen konnte. In diesem Moment hielt Devi inne, richtete sich auf ihm auf, öffnete die Augen und sah ihm glücklich ins Gesicht. Ihre Augen hatten sich mit Tränen gefüllt.

„Hast du das gespürt?" flüsterte sie wie im Rausch.

„Ja...wir sind...es war gleich...gleichzeitig, ... oh, mein Gott," keuchte er leise und streichelte mit den Händen ihr Gesicht. Sie lächelte zärtlich und senkte ihr gottgleiches Antlitz mit diesen unglaublichen Lippen auf ihn. Ihr Zunge spielte mit seinen Lippen, mit seiner Zunge und mit seinen Ohrläppchen.

„Ich liebe dich..." hauchte sie in seinen Geist, während sich ihr Unterleib gegen seinen presste.

*

Als das Flugzeug aufsetzte, begann eine aufregende Freude in seinem Magen zu rumoren. Nicht nur, dass er endlich sein Kind in die Arme schließen konnte, auch sein Freund Daniel würde ihn empfangen. Er war zwei Tage früher als er abgeflogen und hatte versprochen, ihn am Flughafen abzuholen.

Als er nach draußen trat, vernahm er zuerst diese angenehme tropische Luft, die im Gegensatz zu Bodhgaya sich frischer anfühlte. Sie waren fast am Äquator, gelegen zwischen dem Indischen und dem Pazifischen Ozean. Ein Inselarchipel, das in seiner Vielfalt seinesgleichen sucht.

Noch. Der Juni neigte sich dem Ende zu. Das letzte Jahr wurde immer kürzer.

Es war später Nachmittag. Stefan hatte bereits seinen Koffer geholt und befand sich auf dem Weg nach draußen. Als die Türe sich öffnete und er eine große Menschenmenge sah, die alle auf irgendwelche Freunde oder Verwandte warteten, zuckte er ein bisschen zurück, ließ den Blick über die Menge gleiten, bis er auf einem hüpfenden Etwas stehenblieb. Daniel schrie und hüpfte wie ein Troll, so als ob er alle anderen übertönen wollte.

„Hey, Stefan, hier bin ich...hier…!"

Stefan hob die Hand und grinste. Sie gaben sich lachend die Hände. Stefan freute sich sehr, dass er da war.

„Also, auf zum letzten Akt, mein Freund," tönte er, während er ihm krachend auf die Schulter schlug.

„Hast du ein Auto dabei?" fragte Stefan.

„Klar. Mit Fahrer sogar. Gut?"

„Perfekt. Wie ist das Hotel?"

Daniel presste Daumen und Zeigefinger zusammen, legte sie an den Mund, der gleichzeitig eine Schnute machte und ließ einen laut schmatzenden Kuss hören.

„Der Knaller. Echt. Wird dir gefallen nach den dürftigen Unterkünften in Bodhgaya."

Er lachte wie ein kleiner Junge, der einem anderen eine große Überraschung bereitstellte.

Sie erreichten den Van, vor dem ein schmächtiger junger Mann stand und sie freudig anlächelte.

„Das ist unsere Kutsche. Und das ist Agun. Er wird uns fahren, wann immer wir irgendwohin wollen. - Agun, das ist mein Freund Stefan."

Der junge Mann verbeugte sich mit gefalteten Händen.

„Hallo, Stefan, schön dich zu sehen."

„Hallo, Agun, freut mich, dich kennen zu lernen. Ist das dein Auto?"

Stolz nickte Agun.

„Ja, hat mir mein Boss geschenkt, weil er nicht mehr das Geschäft führt. Ich soll den Wagen fahren bis zum letzten Tag. Guter Boss."

„Das ist er. Dann mal los, würde ich sagen."

Sie stiegen ein und verließen das Flughafenareal. Ubud war etwa eine Stunde entfernt. Es herrschte wie immer ein massenhafter, verrückter, dichter und wuseliger Verkehr, der außer permanenten Staus nur noch das nicht wegzudenkende Hupen zuließ. Für die etwa dreißig Kilometer zu dem balinesischen Künstlerzentrum benötigten sie fast zwei Stunden.

Stefan machte es nichts aus. Er hatte die verstopften Straßen Balis schon zur Genüge kennen gelernt. Oft hatte er sich gefragt, warum die Autos fünf oder gar sechs Gänge hatten. Zwei würden schon reichen – oder am besten gar kein Schaltgetriebe.

Irgendwann verließen sie die Umgebung von Denpasar, kamen auf ländlichen Wegen wenigstens ein bisschen schneller voran, bis sie den Ortsrand von Ubud erreichten. Da ging das Gehupe und das Schritttempo von Neuem los. Er öffnete das Fenster und sah belustigt hinaus. Nichts deutete darauf hin, dass auch hier das Weltende bevorstand. Unzählige Geschäfte, Cafés, Restaurants und Souvenirläden verzauberten das Straßenbild in ein Kaleidoskop von Farben, Gerüchen und Tönen. Der chaotische Verkehr mit seiner paradoxen Ordnung ließ Stefan zum wiederholten Male den Kopf schütteln. Scooter und Roller waren in ihrer Anzahl den Autos weit überlegen. Sie bahnten sich Wege, die gar nicht da waren, fuhren links, dann rechts, dann wieder in der Mitte. Mal saß eine Person darauf, dann zwei, dann drei. Einmal hatten es tatsächlich vier Leute geschafft, Platz auf dem Gefährt zu finden. Stefan hatte keine Ahnung, wie sie das hinbekommen hatten, aber sie fuhren. Genauso verrückt wie alle anderen.

Mitten im Lärmgetöse hielt Agun den Wagen an und manövrierte ihn an den Straßenrand. Dann bog er in einen kleinen Vorplatz ein und stellte den Motor ab.

„So...wir sind da. Alles raus hier!"

Daniel öffnete die Türe und stieg aus. Als Stefan sein Gepäck aus dem Kofferraum nahm, sah er sich noch einmal um. Sein Blick fiel auf die Straße mit dem Wahnsinnsverkehr. Kopfschüttelnd nahm er seinen Rucksack auf und sah grinsend Daniel an, der bereits auf der Treppe stand.

„Keine Angst, du wirst dich wundern, wenn du in deinem Haus bist. Da ist wirklich nichts mehr zu hören von dem Chaos da draußen."

„Dein Wort in Gottes Ohr...," antwortete Stefan mehr als zweifelnd.

Seine Zweifel waren unnötig. Als er vor seiner Türe stand, war der Lärm tatsächlich nicht mehr zu hören. Er öffnete die Türe und trat ein. Die Klimaanlage lief und es war angenehm kühl. Der Boden war mit hellen Fliesen ausgelegt, blitzsauber und der ganze Innenraum machte einen sehr gepflegten Eindruck. Das breite Bett war umgeben von einem Moskitonetz, neu und sauber mit weißen Laken bezogen. Ein besticktes Band lag quer über den straffgezogenen Betten und eine kleine geflochtene Schale mit Blüten und Keksen lag darauf. Lächelnd ging er zum gegenüberliegenden Fenster, zog die Gardinen beiseite und sah nach draußen. Sein Blick fiel auf terrassenförmige Reisfelder, die im Hintergrund von einem undurchdringlichen, tiefen Grün des Dschungels begrenzt wurden. Der im Moment strahlend blaue Himmel bildete einen märchenhaften Kontrast zu den vielen verschiedenen Grüntönen der Natur. Stefan war begeistert. Der Bungalow lag wunderschön. Er öffnete die Türe und setzte sich in einen ausladenden Holzsessel. Die Terrasse war überdacht und wurde eingerahmt von niedrigen Palmen und breitblättrigen Bananenbäumchen. Ein kleine Treppe führte auf ein Grasareal, das ein bisschen abschüssig war und den Blick eben auf die Reisfelder freigab. Wunderschön, dachte Stefan und konnte kaum den Blick abwenden. Er wünschte sich in diesem Moment, Devi bei sich zu haben. An den Gedanken an ihr Zusammensein zwickte es gewaltig in seinem Magen. Mit Wehmut dachte er an diesen Abschied, der so schwer geworden war. Er hatte ihre Hand gehalten, ihre Tränen verschleierten Augen gesehen – und seinen inneren Wunsch unterdrückt, zu bleiben. Es ging nicht. Er musste weiter. Sein Kind wartete. Sein Weg, seine Straße, sein Pfad wartete. Er musste ihn gehen und sie wusste es. Rama hatte es ihm wohl angesehen, dass er mit sich zu kämpfen hatte. Und er hatte die Tränen in Devis Augen gesehen.

„Abschied ist nie einfach, nicht wahr?" hatte er Stefan gefragt.

„Nein, es ist schwer. Im Moment ist es besonders schwer."

„Für alle ist es schwer. Für den, der geht und für die, die bleiben. Du musst loslassen. Dein Weg ist längst noch nicht zu Ende, Stefan."

„Ich weiß. Ich weiß. - Ich danke dir für all deine Unterweisungen und das Zeigen dieser Möglichkeiten. Ich habe diesen Weg sehr genossen und es ist unglaublich viel in meinem Geist passiert, das ich nicht mal erklären kann. Vielleicht komme ich noch dahin, wo ich weiß, dass es mein Ziel sein kann."

„Ich bin sicher, dass du es findest. Dein Geist ist offen und deine Persönlichkeit ist bereit. Jetzt musst du nur noch deine Anhaftungen überwinden. Nur durch das Loslassen geht es weiter. Aber auch das wird dir nicht besonders schwer fallen. Du hast ein ausgesprochen seltsames Karma, das sich weit in die Zukunft erstreckt. Ich habe das noch niemals auf diese Weise gesehen. Das ist sehr schön und birgt viel Hoffnung. Dein Dasein wird dir noch einige Überraschungen bereiten. Dein Weg ist gut. Alles ist gut..."

Stefan hatte nicht verstanden, was er damit gemeint haben könnte. Niemand hatte mehr ein weiterführendes Karma. Auch die Schicksalswege möglicher Reinkarnationen würden beendet sein.

„Es wird nicht mehr viel Zukunft geben, Rama. Auch das hat ein Datum."

Doch der alte Mann hatte nur gelächelt und ihm sanft auf die Brust geklopft. So als ob er sich über die Naivität des Mannes vor ihm lustig machen wollte.

„Du musst mehr Vertrauen haben, junger Mann...mehr Vertrauen...die Existenzen im Universum sind unendlich. Die Leere wird zur Form – und die Form wird zur Leere. Alles manifestiert sich wieder und wieder. Nichts ist endgültig und nichts ist von Bestand. Es wird eine große Veränderung stattfinden – aber es bedeutet nicht, dass nichts mehr bleiben wird. Du wirst es verstehen lernen...und du wirst vor dem Tor der Unendlichkeit stehen, dessen Teil du sein wirst. Vielleicht wirst du sogar verstehen, was das Nirvana eigentlich bedeuten muss...ich beneide dich."

Dann hatte er sich verbeugt und Stefan zu Devi hingeschoben.

Stefan hatte die Hände gefaltet und sich verbeugt. Die letzten Worte des alten Mannes waren verwirrend und er konnte sie in keinen Zusammenhang bringen. Sein letzter Eindruck von Rama war ein lächelndes, wissendes und bereites Abbild eines Menschen, der längst eine andere Dimension des Seins erreicht hatte. Würde man ihm sagen, dass dieser alte Mann bereits erleuchtet worden war, er würde es ohne zu zögern bejahen.

Seine Augen fanden die ihren.

„Du bist das Beste, was mir je geschenkt worden war. Ich danke dir für deine Hingabe und...und deine Liebe. Ich glaube, ich habe noch niemals so eine tiefe Liebe empfunden wie mit dir. Vielleicht muss es so sein, dass erst der Verzicht den Blick auf das Wahre freigibt. Vielleicht ist das zwischen uns die wahre Liebe. Ich möchte das gerne glauben und mich bis zuletzt daran erinnern. Mach´s gut, Devi...meine Liebe wird dich immer begleiten," fügte er leise hinzu.

Er küsste ihre Hände und sah ihr in die Augen, aus denen Tränen rannen. Sie versuchte ein Lächeln, das nicht gelang.

„Vielleicht sehen wir uns irgendwann einmal wieder. In einer anderen Welt, in einer anderen Dimension. Vielleicht ist es wirklich so, dass die Liebe unzerstörbar ist und weiterlebt. Irgendwo, irgendwie...du...du hast mich unendlich glücklich gemacht...nie habe ich mich mit einem Menschen so verbunden gefühlt...mach´s gut Stefan...ich danke dir..."

Ihre Hand hatte sich auf seine Wange gelegt. Ihre Augen waren wieder klar und ihr Lächeln war wieder so, wie er es kannte und so geliebt hatte.

Im Zug hatte er ein ganzes Taschentuch mit seinen Tränen und einer ständig laufenden Nase verbraucht. Dann war es vorbei. Das Kapitel musste geschlossen werden. Der Weg war noch nicht zu Ende. Er musste ihn weitergehen. Bis zuletzt. Bis zum letzten Tag. Seine Gedanken ordneten sich wieder. Er hatte sich wieder unter Kontrolle und lehnte sich zurück. Er fühlte sich glücklich, auserkoren und fast schon arrogant elitär, dass es ihm vergönnt war, eine Frau wie Devi kennen gelernt haben zu dürfen...

Pamm...pamm...pamm...

Jemand hämmerte an die Bungalowtüre. Stefan schrak aus seinem Tagtraum auf.

„Es ist offen..." rief er durch den Raum.

Daniel kam grinsend herein. In beiden Händen hatte er jeweils zwei grüne Flaschen. Bintang.

„Durst? Welcome to Bali, mein Freund..." lachte er.

Zusammen setzten sie sich auf die Terrasse und genossen die langsam untergehende Sonne. Sie waren sich einig, dass diese Abende immer wertvoller und wertvoller wurden. Und sie erschraken über ihr Gefühl, das ihnen mitteilte, dass die Zeit Geschwindigkeit aufgenommen hatte. Sie begann schneller zu werden. Fast verzweifelt versuchten sie, die Zeit festzuhalten, damit sie nicht entschwinden konnte. Es war ein vergebliches Szenario. Sie konnten nur versuchen, den Augenblick wahrzunehmen. Den Moment mit allem, was ihr Geist und Körper zur Verfügung stellte, zu spüren und zu genießen. Nichts war mehr wichtig. Es gab nur noch diese eine Aufgabe. Und die, dahinter zu kommen, wann wohl dieses Gefühl von absoluter Sinnhaftigkeit sich einstellen würde. Oder war es bereits schon da? Ohne dass sie es bislang wahrnehmen konnten...versteckte es sich vielleicht in den Untiefen des Unbewussten, um ab und an zum Vorschein zu kommen, um dem Bewusstsein mitzuteilen: `Ich bin bereits da, schaut mich endlich an und nehmt mich wahr...´

*

Sie saßen in ihrem Lieblingslokal und sahen dem bunten Treiben auf der Straße zu. Es war noch hell und der Himmel zeigte noch keinen einzigen Stern. Nachdem sie bereits ausgiebig gegessen hatten, floss das Bintang in Strömen. Heute war ein Tag, der wie geschaffen für´s Feiern war. Keiner wusste, warum, aber beide Männer hatten das Gefühl, dass es heute mehr als nur der üblichen zwei Flaschen werden würde. Fünf junge Burschen waren gerade eingetroffen und bauten ihre Instrumente auf. Es würde ein Konzert geben. Blues. Stefan freute sich darauf. Nach den vielen Wochen mit indischer und balinesischer Klangvariation war ein Blues-Abend gerade das richtige.
„Seltsamer Tag heute. Ich fühle mich so frei und wohl. Hab absolut beste Laune und alles kann mich am Arsch lecken...so gefällt´s mir...“
Daniel grinste und trank sein Glas in einem Zug leer. Stefan nickte und sah sich um. Es waren bereits alle Tische besetzt. Auf dem Gehsteig standen trotzdem noch viele Menschen, die warteten, ob nicht doch noch ein Gast aufstand und das Lokal wechselte. Es gab jedenfalls genug Auswahl.
„Sorry, ist dieser Stuhl noch frei?“ riss ihn eine Frauenstimme aus seiner Beobachtung. Er drehte den Kopf in die Richtung, aus der die Stimme kam. Eine Frau stand

vor ihnen. Daniel musterte sie misstrauisch. Sein Typ war sie nicht. Eine mehr als mollige Erscheinung, eingehüllt in bunte Tücher, die trotzdem ihren riesigen Busen und den gewaltigen Hintern nicht ganz verdecken konnten. Aber ihr Lächeln war offen und unglaublich herzlich. Beide Männer waren davon sofort angetan.

„Klar. Nimm ihn dir ruhig. Kommt keiner mehr zu uns...“

„Ääh...ich meinte eigentlich, ob ich mich vielleicht zu euch setzen könnte. Ich bin extra wegen der Band gekommen. Die sind so toll und ich wollte sie unbedingt hören...“

Wie entschuldigend sah sie beide an und machte fast ein bittendes Gesicht. Stefan überlegte nicht lange.

„Sicher, setz dich doch...wir freuen uns, noch jemand bei uns zu haben...“

Er sah kurz Daniel an, der die Wuchtbrumme immer noch begutachtete und anscheinend nicht wusste, ob er ihren Massen trauen konnte. Jedenfalls signalisierte er großen Respekt. Stefan grinste in sich hinein. Ihrer beiden Blicke trafen sich für einen Sekundenbruchteil und beide wussten, dass sie im Moment befürchteten, der Stuhl würde an seine Grenzen kommen.

„Danke...das ist sehr nett von euch...ich bin Selina. Komme aus Deutschland und werde wohl bis zum Ende hier bleiben...“

„Freut mich, Selina...ich bin Stefan und das ist Daniel. Und wir können uns in Deutsch unterhalten...okay?“

Ihr Lächeln wurde zum Leuchten und sie grinste über das ganze Gesicht.

„Oh...das ist ja echt schön. Ich habe nur noch ganz wenige Deutsche hier getroffen. Sind wohl alle nach Hause geflogen...was ist mit euch?“

„Wir bleiben jetzt mal hier. Meine Tochter ist mit ihrem Mann hergekommen und gemeinsam wollen wir noch die Insel erkunden und uns an dem freuen, was es zu Hause nicht gibt."

„Und...wo ist dann deine Tochter?"

Sie sah sich um und suchte die Tische ab.

„Sind heute auf einer Party mit ihrer eigenen Musik. Aber uns beiden war der Blues lieber. Ist doch genau der richtige Abend...oder?"

Sie lachte und nickte heftig mit dem Kopf.

„Ja, das seh ich auch so..."

„Bist du alleine hergekommen?" fragte Daniel.

Sie nickte. Ein bisschen traurig, wie Stefan fand.

„Ja. Ich wollte einmal in meinem Leben etwas tun, das nur mir Freude macht. Das Essen hier ist so gut. Hat viel weniger Kalorien als unser Fraß zu Hause. Vielleicht nehm´ ich endlich mal ab..."

Sie lachte dröhnend. Ihr Busen hob und senkte sich gefährlich und Daniel konnte nicht umhin, mitzulachen.

Stefan grinste breit. Selina hatte Humor. Wer über sich selbst Witze machen konnte, war humorvoll und hatte Witz.

„Meinst du, das könnte noch ein Ziel sein?" fragte er grinsend.

„Wer weiß? Vielleicht fang ich mir damit noch einen Kerl ein. In meiner Gewichtsklasse ist das nicht so einfach, das kann ich euch sagen."

Ihre Augen verdrehten sich so, dass nur noch das Weiße sichtbar war.

„Na, so schlimm ist das doch auch wieder nicht."

Daniel versuchte, ihre Figur in der Mittelklasse anzusiedeln. Was ihn ehrte, aber bei Selina nur ein dankbares Lächeln entfachte.

„Das ist nett von dir, aber ich weiß schon, wo ich stehe. Macht eh nichts mehr aus. Ich habe auf jeden Fall große Chancen, nicht an Herzversagen oder Leberverfettung zu sterben."

Stefan prustete los. Die Frau ihm gegenüber brachte ihn zum Lachen. Und Daniel auch.

„Du bist echt witzig, Selina. Wirst du in Ubud bleiben oder wechselst du nochmal den Ort?"

Sie schüttelte den Kopf.

„Nein, ich bleibe hier. Es gefällt mir. Die Kunstszene ist klasse und mein Hotel bietet alles, was ich mir wünschen könnte. Ich werde noch versuchen, ein bisschen was von der Insel zu sehen. Schließlich war ich nicht sehr oft in der Welt unterwegs. Hab doch nix gesehen und nix erlebt. Jetzt brauch ich mir wenigstens keine Gedanken mehr über irgendwas zu machen..."

„Hast du nichts zurück gelassen? Familie, Freunde, Verwandte...?"

„Doch, doch...natürlich. Ein paar enge Freunde musste ich schon verabschieden. Meine Eltern und meine Geschwister. Aber sie haben alle verstanden, dass ich die restliche Zeit noch nutzen möchte. Nur dass ich alleine reise, das hat den meisten nicht gefallen. Als ob das einen Unterschied machen würde. Aber es war meine Entscheidung. Es ist gut so!"

Sie nickte heftig mit dem Kopf, wie wenn sie ihre Entscheidung bestätigen müsste.

„Was ist mit euch? Habt ihr entschieden, zusammen abzutreten?"

„Wir haben uns zufällig in Indien kennen gelernt. Und dann beschlossen, zusammen zu reisen. Wir bleiben jetzt noch einige Zeit hier, dann fliegen wir weiter nach Neuseeland."

Sie sah von einem zum anderen, wollte etwas sagen, um dann doch den Mund zu halten.

„Seid ihr schwul?" platzte es dann doch heraus. Um sich im selben Moment erschrocken die Hand vor den Mund zu halten.

„Oh, sorry, ich meine...das ist ja okay...ich wollte jetzt nicht..."

Daniel lachte lauthals los und Stefan verschluckte sich fast vor Lachen.

„Hey Stefan, auf den Gedanken bin ich jetzt noch gar nicht gekommen. Was wohl deine Tochter sagen würde?"

Er lachte immer noch und schlug Stefan auf die Schulter, der sich die Tränen aus den Augen reiben musste.

„Nein, nein, wir sind ganz normale Heteros und stehen wirklich voll und ganz auf Frauen..." klärte Stefan sie auf. Mit einem breiten Grinsen im Gesicht, das kurz vor einem nächsten brüllenden Lachanfall stand. Selina wurde tatsächlich rot und sah recht schuldbewusst von einem zum anderen.

„Scheiße, jetzt bin ich aber gewaltig rein getappt. Tut mir leid, das hab ich jetzt ganz anders gemeint..."

Sie verzog das Gesicht. Bedauernd und entschuldigend.

„Macht doch nichts...wir sind da glaub ich nicht empfindlich."

Daniel lachte immer noch. Anscheinend hatte die Vorstellung etwas unvorstellbar Abstruses in sich.

„Was ist denn mit dir? Hast du niemanden gehabt, der mit dir fliegen wollte? Keinen Mann? Oder guten Freund oder Freundin?"

Sie schüttelte den Kopf.

„Nein...niemand. Ich hätte mir schon jemanden gewünscht, mit dem ich die letzte Zeit verbringen könnte. Aber die große Liebe ist mir niemals über den Weg gelaufen. Da war zwar mal jemand, aber der hatte nicht viel Interesse an mir. Außer am Sex. Männer stehen nicht selten auf Sex mit gewichtigen Frauen. Aber das macht alles nichts. Ich fühle mich hier wirklich pudelwohl und kann jeden Tag genießen."

„Das ist aber schade. Niemand sollte den letzten Tag ganz alleine verbringen..." sagte Stefan mitfühlend. Dann kam ihm eine Idee.

„Wenn du willst, kannst du uns auf den Ausflügen begleiten. Wir haben einen Fahrer und ein Auto. Das ist groß genug, dass auch fünf Leute reinpassen. Hast du Lust?"

Seine Einladung kam so spontan, dass selbst Daniel ihn überrascht ansah. Und in dem Moment es auch Stefan bemerkte, dass er einfach eine Einladung ohne Daniels Einverständnis aussprach.

„Vorausgesetzt, du bist einverstanden, Daniel..." fügte er gerade noch rechtzeitig hinzu. Doch Daniel lächelte nur, so als ob er schon selbst mit dem Gedanken gespielt hätte.

„Na klar, würde mich freuen, Selina. Gerne..."

„Ihr seid ja süß, ihr beiden. Und ihr seid ganz sicher, dass ihr nicht schwul seid?"

„Ganz sicher...ganz sicher. Oder?" fragte Daniel mit einem süffisanten Grinsen im Gesicht und sah Stefan an.

Stefan nickte vehement und machte ein ernstes Gesicht.

„Ganz sicher!!" sagte er mit Inbrunst und legte den tiefsten Ton auf, den er aus seiner Brust hervorholen konnte.

Selina lachte dröhnend auf.

„Ich freue mich sehr. Danke für die Einladung. - Wollen wir was essen?"

Unschuldig sah sie in die Runde. Als Reaktion auf ihre Frage erntete sie einen Lachanfall.

Ein Morgen auf Bali kommt einer Offenbarung gleich. Bevor die Sonne aufgeht, liegt noch ein Hauch Feuchtigkeit über dem Dschungel und den Reisfeldern. Es ist herrlich warm und man vernimmt einen Geruch von erwachender Frische und fast schon sinnlicher Intensität. Wenn die allerersten Sonnenstrahlen das variationsreiche Grün der Bäume berühren, ein gleißendes Licht sich den Weg durch den Dunst sucht und die blitzenden Reflektionen eine spirituelle Tiefe in alle wahrnehmbaren Bereiche öffnen – dann wähnt man sich ohne Übertreibung in einem magischen Paradies. Stefan stand auf seiner Terrasse und verfolgte gebannt den Sonnenaufgang. Er setzte sich auf den Steinboden, verkreuzte die Beine und konnte den Blick nicht von diesem Anblick nehmen. Die Reisfelder standen in Flammen, bedeckt von einem zauberhaften Licht, das im Moment nur die Spitzen der Ähren zärtlich kitzelte und ein märchenhaftes Bild kreierte. Ihm fiel auf, dass mit jedem Tag seine Wahrnehmung für die Natur größer wurde und ein immer stärker werdendes Gefühl des Seins sich in seiner schönsten Form etablierte. Er konnte nicht sagen, ob das damit zu tun hatte, dass immer weniger Zeit blieb, dies zu genießen oder ob er tatsächlich seine Aufmerksamkeit gegenüber der Natur und diesem Wunder der Vielfältigkeit stetig steigern konnte. Gleichzeitig war er aber auch in der Lage, diesen Raum der Aufnahme in sich wahrnehmen zu können. Er spürte, dass es genau darauf ankam, den Seelenraum, wie er es nannte, zu vergrößern, um daraus genau die Erkenntnisse schöpfen zu können, die nötig waren, um sein eigenes Sein zu begreifen. Seine bewusste

Achtsamkeit und seine Aufmerksamkeit gegenüber Dingen, die er früher als selbstverständlich unachtsam beiseite geschoben hatte, war in eine Dimension getreten, die auch eine neue, endlich gefundene innere Ruhe bereitstellte. Der Anfang vom Ende seiner Suche stellte sich ein – und Stefan spürte es in und auf seinem ganzen Körper und in seinem weit geöffneten Geist. Und ab und an konnte er ein Gefühl wahrnehmen, das völlig außerhalb jeglicher sinnlicher Wahrnehmung entstand – Glück. Glück in seiner tiefsten und klarsten Substanz. Fern eines Gefühls, das aus den Sinnen heraus entstehen konnte. Fern jeglicher Bedingung, die von außen in den Geist eindrang. Es entstand ein besonderes Glücksgefühl, das sich nur aus dem Inneren erheben konnte. Es kam aus einer fremden Welt, die nur den Menschen offenstehen konnte, die sich die Mühe machten, alle Horizonte hinter sich zu lassen und die befähigt waren, die letzte aller Türen öffnen zu können. Um in ein Reich zu sehen, das keinen Anfang und kein Ende kannte, das keine Grenzen bereitstellte und keine Form hatte. Er sah in die Unendlichkeit.

Sein Blick fiel auf die Uhr. Es war halb sieben. Sie wollten sich alle heute um sieben Uhr treffen, um eine Tour über die Insel zu machen. Voller Vorfreude stand er auf und verließ seinen Bungalow.
Sie warteten schon. Seine Tochter Elena, Andreas und Daniel. Fröhlich schwatzend standen sie mit Agun vor dem Fahrzeug und waren trotz der frühen Stunde wach und aufbruchbereit.
„Papa, wir wollten schon schauen, ob du noch schläfst..."
Sie grinste Stefan an und rollte mit den Augen.
„Morgen...ich bin doch pünktlich, oder nicht?"

„Morgen, wir stehen schon seit einer Viertelstunde da. Daniel hat gesagt, wir müssen noch jemanden abholen..."

Andreas sah Stefan fragend an. Daniel sah unschuldig in den blauen Himmel.

„Ja...uns wird eine Frau begleiten und..."

„Hoppla, eine Frau? Welche Frau?" unterbrach ihn seine Tochter.

„Haben wir kennen gelernt...niemandes Frau...sie ist nett und wir haben sie eingeladen, mit uns die Insel anzuschauen, weil sie alleine hergekommen ist - Hast du nichts gesagt, Daniel?"

„Nein, ich wollte ein bisschen die Spannung erhöhen. Die beiden platzen ja vor Neugier."

Er grinste breit und amüsierte sich über die fragenden Gesichter der Jugend.

„Also keine Frau, die wegen einem von euch mitfährt?" fragte Elena ein wenig enttäuscht und fing zu grinsen an.

„Nein. Sie ist Deutsche und ganz allein hier. Sie wird auch nicht mehr zurückfliegen...sie ist lustig, ihr werdet sie mögen."

„Sie hat genauso viel Humor wie ihre Erscheinung gewaltig ist. - Ihr werdet zusammenrücken müssen."

„Was soll das nun wieder heißen?"

Andreas und Elena sahen fragend Daniel an. Doch der winkte nur grinsend ab.

„Nichts. Alles gut. Ehrlich...Selina ist sehr nett, nur ein bisschen...äh, sagen wir mal, kompakt."

„Sie ist fett."

„Es kann nicht jeder ein Modellathlet sein. Los jetzt, alles einsteigen," scheuchte Stefan sie in den Wagen.

„Okay, dann los. Wo geht's heut' denn hin?" fragte Andreas.

„Da es heute so schön wolkenlos ist, fahren wir zum Batur. Heute haben wir bestimmt einen wunderbaren Ausblick."
„Batur? Oh, ja, da bleiben wir zum Mittagessen. Das war so schön damals..."
Elena verzog die Augenbrauen schwärmerisch nach oben.
Sie erinnerte sich an die letzte Balireise mit ihrem Vater. Damals hatten sie dort zu Mittag gegessen und diesen herrlichen Ausblick genossen.
„Alles einsteigen. Auf geht´s..."
Ubud war noch nicht vollgestopft mit Autos und Mopeds. Es war noch früh und sie konnten die Fahrt genießen.

Sie wanderten durch die Lavafelder zum Kratersee. Es war totenstill und es war heiß. Die Sonne brannte unbarmherzig von einem wolkenlosen Himmel und ließ die Luft über dem erhitzten Lavagestein flimmern. Stefan ging mit Selina vorneweg und Daniel war in intensive Gespräche mit den beiden jungen Leuten vertieft. Stefan war zu weit voraus, als dass er hören konnte, worüber sie sich unterhielten, aber ab und zu hörte er ein lautes Lachen. Anzeichen dafür, dass es wohl nicht um allzu ernste Themen ging. Selina schwitzte. Ihre Körperfülle nahm ihr die Leichtigkeit des Laufens. Keuchend hielt sie an und wischte sich mit einem Tuch den Schweiß aus dem Gesicht.
„Oh, Mann, ist das heiß heut. Ich schwitz wie ein Schwein. Aber es ist so schön hier..."
Ihr Blick schweifte umher und blieb in der Ferne liegen, wo der See liegen musste. Sie waren in einer kleinen Senke und konnten nur die Ränder der Caldera erkennen – und die erstarrten Lavafelsen um sie herum.
„Nicht mehr weit, dann sind wir da. Am See können wir uns abkühlen."

„Oweh, die vielen Kilo pressen den letzten Rest Feuchtigkeit aus meinem Körper. Dann mal weiter...“

Sie machte Anstalten, weiter zu gehen, aber Stefan winkte grinsend ab.

„Wir können eine Pause einlegen. Es ist Zeit genug. Nur kein Stress. Das soll kein Trainingslauf sein.“

Dankbar nickte sie und setzte sich. Ihr Atem beruhigte sich und fast entschuldigend sah sie Stefan an.

„Wollt ihr eigentlich den letzten Tag wirklich erleben?“ fragte sie plötzlich.

„Äah, ja...das hatten wir schon vor. Darum sind wir doch auch zusammen. Um nicht so viel Angst haben zu müssen. Warum fragst du? Hast du was anderes vor?“

Sie winkte ab. Ein bisschen zu schnell, wie Stefan fand.

„Nein, nein. Aber ich habe wirklich oft gerätselt, ob und wie viele Menschen sich diesen letzten Tag nicht antun wollten und eher freiwillig aus dem Leben gehen. Vielleicht wäre es ein leichteres Ende...kann ich mir vorstellen.“

„Den Gedanken hatte ich nie. Ich wollte immer in dem Moment da sein, wo ich mit mir im Reinen bin und wo ich weiß, dass alles gut und richtig war. Ich seh´ absolut keinen Grund, vorher auszusteigen...wirklich nicht. Warum auch?“

„Vielleicht haben Menschen viel zu große Angst vor dem letzten Moment und wollen selbst entscheiden, wann es soweit sein soll. Ich könnte das sehr gut verstehen.“

„Was könntest du sehr gut verstehen?“

Daniel hatte ihren letzten Satz verstanden und sah sie neugierig an.

„Sie könnte sehr gut verstehen, wenn Menschen den letzten Tag gar nicht abwarten wollen und sich vorher verabschieden.“

„Warum sollte man so etwas tun? Wenn eh nicht mehr viel Zeit ist..."

Elena sah Selina fragend an. Die zuckte die Schultern.

„War nur so ein Gedanke. Ich denke, der ist in unserer Lage nicht unnormal. Manchen wird die Angst ganz irre machen, kann ich mir vorstellen."

„Also ich würde mich das gar nicht trauen. Wie sollte man denn das tun?"

Andreas schüttelte verständnislos den Kopf.

„Kannst die Luft anhalten, bis es aus ist," bemerkte mit einem Grinsen Daniel und sah unschuldig in die Luft.

„Oder pfeif´ dir eine Flasche Whisky rein und gib dir eine Überdosis. - Ich denke, Möglichkeiten gibt´s viele..."

„Kann man auch so viel essen, dass man einfach umkippt?" Lautstark blies Selina den Atem aus und verdrehte die Augen.

„Könnte lang dauern," gab Stefan zu bedenken. „Und ist bestimmt anstrengend..."

„Für dich vielleicht, Stefan."

Sie grinste breit und wischte zum wiederholten Male den Schweiß von der Stirn. Die anderen lachten sich halbtot über den trockenen Humor von Selina.

„Ist ja schon Zeitverschwendung, die Möglichkeiten abzuwägen. Viel zu mühevoll..."

Lachend stand sie auf und sie folgten weiter dem schmalen Geröllpfad, der sie nach einer halben Stunde an das Ufer des Kratersees brachte.

Der Wind war eingeschlafen und fasziniert sahen sie alle auf eine spiegelglatte Oberfläche, die den Himmel und die Kraterränder als Double darstellten. Stefan entledigte sich des Rucksacks und öffnete ihn. Er hatte die Getränke eingepackt und die anderen den Proviant. Er setzte sich auf einen Lavafelsen und starrte über den See. Selinas Gedanken gingen ihm nicht aus dem Sinn. Er hatte niemals darüber nachgedacht, vor der Vernichtung aus dem Leben zu gehen. Der Gedanke wäre auch völlig konträr zu seinen Zielen gewesen. Er suchte das Leben, nicht den Tod. Der kam von selbst, man brauchte ihn nicht auch noch zu rufen. Trotzdem rumorte dies in seinem Kopf. Völlig abstrus war der Gedanke ja doch nicht. Bedachte man, dass sich jedes Jahr mehr Menschen selbst töteten als bei Verkehrsunfällen, Kriegen oder Terroranschlägen ums Leben kamen, stand ein Suizid durchaus zur Diskussion. Aber nicht für ihn. Niemals für ihn. Das wäre paradox. Auf der Suche nach dem Leben und nach dem Sinn sich selbst umzubringen, wäre so, als ob man mit aller Macht seinem Ziel entgegen hetzte und sich gleichzeitig mit allen Mitteln dagegen stemmen würde. Ein Szenario, das nicht denkbar war, weil die Bedingungen dies nicht erlauben würden. Aber das traf eben nur auf ihn zu. Sicherlich spielten eine ganze Menge Menschen mit dem Gedanken, vorher zu gehen. Aus Angst, aus Frust, aus Niedergeschlagenheit, vielleicht auch aus Wut und dem Wunsch, dem Unausweichlichen ein Schnippchen schlagen zu können. Sie würden es niemals erfahren, wie viele sich für diesen Weg entschieden hatten. Er hob wieder den Blick und starrte über die Wasseroberfläche an das andere Ufer, an dem der grüne Kraterrand steil in die Höhe fuhr. Ein phantastischer Anblick. Dafür möchte ich leben, dachte er. Für diesen Moment, so etwas sehen zu dürfen. Je mehr, desto besser – je gewaltiger, desto intensiver. Für jeden dieser Momente muss ich dankbar sein, weil sie mir immer wieder sagen, wie schön das Leben sein kann. Wie tief und intensiv man dieses Gefühl in sich einsaugen kann. Ein Gefühl des Glücks, des Wissens und einer Leidenschaft, die doch nur der Mensch empfinden kann und sie auch so einordnen kann, dass sich daraus auch ein gewisser Lebenssinn herausschält. Er drehte den Kopf und sah auf Selina, die einen Schluck aus ihrer Flasche nahm. Ihr Blick war auf das Wasser gerichtet, aber er sah ihr an, dass sie mit ihren Gedanken woanders war. Vielleicht genießt sie es nur, sagte er sich.

Daniel trat neben ihn.

„Es ist schön hier..." murmelte er.

Stefan nickte, ohne den Kopf zu wenden.

„Ja, unbeschreiblich. Eine sagenhafte Stille, findest du nicht? Kein Vergleich zu Bodhgaya."

„Allerdings. Glaubst du, dass die letzten Monate anders werden?"

„Anders? Wie meinst du das?"

„Glaubst du, dass wir mehr Angst bekommen werden und nicht mehr in der Lage sind, so etwas richtig zu genießen?"

„Hmm...ich weiß es wirklich nicht. Wir sollten die Angst nicht uns beherrschen lassen. Das dürfen wir auch nicht. - Kriegst du Angst?"

Er sah ihn an. Daniel zuckte die Schultern.

„Nein, noch nicht. Aber ich denke oft darüber nach, was ich machen soll, wenn sie doch kommt."

„Ignoriere sie einfach...!"

„Wenn´s nur so einfach wäre. Hast du keine Angst, wenn die Angst kommt?"

„Nein. Alles, was ich brauche, habe ich doch. Wovor soll ich noch Angst haben?"

Daniel sah ihn verständnislos an.

„Was meinst du?"

„Mein Kind ist bei mir. Andreas ist bei ihr. Wir beide sind hier. Wir werden zusammen der Angst keinen Raum lassen. Glaub mir, das wird nicht passieren..."

Daniel sah ihn prüfend an. So als ob er suchen wollte, was Stefan so verdammt sicher machen konnte.

„Okay. Wenn du es sagst."

„Du zählst doch nicht schon die Tage, oder?"

„Zugegeben, ich hab mich dabei schon erwischt."

„Lass´ es sein...bleib im Augenblick. Das muss ich dir doch nicht sagen, du weißt das auch."

„Ja...das weiß ich. Manchmal schwer..."

„Das ist doch genau das, was wir in Indien gelernt haben. Im Augenblick zu sein, ohne die Vergangenheit und die Zukunft betrachten zu müssen."

„Auch wenn man etwas genau weiß, heißt das nicht, dass man das auch genau so umsetzen kann. Bis jetzt war das auch kein großes Problem, aber ich weiß, dass es eins werden kann. Und ich befürchte, dass es zu früh kommen könnte."

Die Freunde sahen sich in die Augen.

„Keine Angst, ich werde aufpassen, dass es nicht passiert. Wir werden bis zuletzt keine große Angst haben müssen."

„Du hast eine Zuversicht, die mir aber jetzt Angst macht."

Er lachte laut auf. Stefan grinste ihn an.

„Ich hab dir doch schon mal gesagt, dass ich der Auserwählte bin..."

„Ja, sorry, ich vergaß, großer verherrlichter Meister..."

Er faltete die Hände und verbeugte sich.

Stefan drehte sich um und suchte die jungen Leute. Seine Tochter war auf einen Lavafelsen gestiegen und sah auf den See hinunter. Andreas saß im Schatten eines Felsens und hatte den Proviant ausgepackt. Stefan ging zu seiner Tochter, die ein nachdenkliches Gesicht aufgesetzt hatte.

Er setzte sich zu ihr. Schweigend beobachteten sie die fernen Boote, die zum Fischen auf den See hinaus gefahren waren.

„Alles in Ordnung, Tochter?"

„Ja, alles super."

„Wirklich?"

„Ja, wirklich. Du hast eine gute Idee gehabt, noch einmal auf Reisen zu gehen."

Stefan nickte. Ja, dachte er, das war die beste Idee. Und die einzige, die Bedeutung hatte.

„Es gab nur diese Möglichkeit. Ich glaube, es ist die wichtigste Reise meines Lebens. Unseres Lebens."

„Wie meinst du das?"

„Ich geh mal davon aus, dass du auf Reisen ähnlich empfindest wie ich. Neues zu sehen, zu entdecken, zu erleben, war doch immer schon die Quintessenz einer Reise. Mit mehr oder mal weniger großen Erkenntnissen über die Welt und über sich selbst. Ich glaube, dass wir auf Reisen mehr Möglichkeiten haben, Erkenntnisse zu erlangen, weil doch jeder Tag wieder Dinge bereitstellt, die uns die Welt und unsere Existenz begreifbarer machen und wir das auch unverfälscht wahrnehmen können."

„Ja, sicher. Aber ist es auch nicht eine Ablenkung gegenüber dem, was uns passieren wird?"

Er sah sie an.

„Siehst du das so?"

„Jaa...mitunter schon. Wenn wir daheim rumsitzen würden und auf das Ende warten, dann kann ich mir schon vorstellen, dass wir ganz leicht Angst bekämen. Also ist es doch besser, sich abzulenken. Und eine Reise ist die beste Ablenkung, denke ich."

„Diese Reise sollte eigentlich viel mehr sein als bloße Ablenkung."

„Du suchst Erleuchtung, oder?"

Sie grinste ihn an ohne es aber lächerlich zu finden.

„So hoch möchte ich gar nicht greifen. Vielleicht gibt´s dafür ein anderes Wort. Ehrlich gesagt bin ich während der Reise einfach ruhiger geworden, habe vieles, über das ich nachgedacht habe, weg geschmissen und kann mich eben auf das Reisen konzentrieren. Im Endeffekt will ich nur gehen können, ohne das Gefühl zu haben, nicht alles dafür getan zu haben, was das Leben bieten kann."

„Und? Ist dann alles so eingetreten, was du dir gewünscht hast?"

„Nein."

„Nein?"

Er lächelte sie an. Wissend und mit so viel Überzeugung, dass die junge Frau fast schon einen Hauch Bewunderung und Stolz in sich spürte.

„Nein. Es war viel besser. Viel schöner. Viel intensiver und aufregender. Meine Erwartungen wurden allesamt mehr als übertroffen. Ich habe viele Menschen kennen gelernt, die mir gezeigt haben, wo es lang geht. In den letzten sechs Monaten habe ich wahrscheinlich mehr gelernt als in meinem ganzen bisherigen Leben. Also ich meine, mehr über mich gelernt."

„Wie das?"

„Ich kann´s dir nicht mal richtig erklären, mein Kind. Aber ich habe meine Angst verloren. Ich habe meine Ruhe gefunden. Alles, was mich immer belastet hatte und mit was ich mich beschäftigt habe, spielt heute keine Rolle mehr. Es ist einfach nicht mehr wichtig. Ich bin aufgebrochen, um irgendwann in der Lage zu sein, Wichtiges von Unwichtigem unterscheiden zu können. Und das ist mir nicht nur gelungen, sondern es hat sich daraus schon eine Lebensauffassung gebildet, die man eigentlich lebenslang haben sollte."

„Das hast du vorher auch schon gekonnt."

„Schön wär´s gewesen. Vielleicht hat es den Anschein gehabt, aber der Alltag lässt das gar nicht zu. Wir alle müssen uns doch mit so einem Mist beschäftigen, der uns genau genommen nicht einen Millimeter weiter bringt. Aber der Beruf und vielleicht auch eine gesellschaftliche Pflicht verlangt das von uns. Wir können da kaum ausbrechen. - Gefangen in einem Sumpf..."

„Jetzt wirst du aber ganz schön philosophisch, Papa," lachte sie.

Er nickte und grinste sie an.

„Schon möglich. Das ist eben das, was noch bleiben wird. Philosophie. Und Humor. Ich bin froh, dass du dir deine Unbedarftheit erhalten konntest. Das wird helfen. Bis zuletzt."

Schlagartig wurde sie ernst und sah erneut auf die spiegelglatte Wasseroberfläche.

„Hin und wieder bekomm´ ich ganz schön Angst."

„Musst du nicht..."

„Wenn ich mir vorstelle, dass etwas so Großes auf mich drauf fliegt, muss ich doch Angst bekommen."

„Die Angst wird dies nicht ändern."

„Nein, aber wie bring ich sie weg?"

„Gar nicht. Lass´ sie einfach nicht zu. Deswegen sind wir auch hier. Um keine Angst mehr zu haben."

„Hmmm...hast du nicht ab und zu auch Angst?"

Er überlegte. Lange. Er suchte nach den letzten Momenten der Angst.

„Ich hatte auch Angst. Natürlich. Aber sie ist seit langem verschwunden."

„Echt?"

Zweifelnd sah sie ihn an. Er nickte bestätigend.

„Wie hast du das geschafft?"

„Ich habe mir ein Ziel gesetzt, das ich erreichen will. Bevor ich Deutschland verlassen habe, habe ich das Jahr zeitlich verplant. Nur grob. Ich wollte mir Raum lassen und jeden Kalender in den Müll werfen. Ich wollte nur nach meinem Gefühl gehen. Nach meinem Bauchgefühl. Der intuitive rote Faden gewissermaßen. Irgend etwas hat mich angetrieben, ich weiß nicht was. So eine Sucht nach Erleben und Wissen. Eine richtige Sucht nach der Suche. Wenn ich so darüber nachdenke, war der Schlüssel eigentlich diese Fähigkeit, nur noch im Augenblick zu leben. In der absoluten Gegenwart und die Gedanken an früher oder später einfach vollkommen auszusperren. Die Angst war nie Teil von meinem Denken und von meinem Fühlen. Ich habe sie einfach ignoriert. Irgendwann war sie weg. Ich weiß nicht mal mehr, wann das war und warum. Wenn ich so darüber nachdenke, ist die Suche nach Etwas wichtiger als das Finden. Ich glaube, man findet alles, was man sucht, auf dem Weg. - Es gibt gar kein Ziel."

Die letzten Worte waren immer leiser geworden. So als ob er mit sich selber gesprochen hätte. So als ob er begriffen hätte, dass er gar nichts finden würde. Jedenfalls nicht die ganz große Lebenserkenntnis. Denn alles Begreifen und alles Erkennen lag doch auf dem eigenen Weg, den man ging, lag auf der Straße, lag vor ihm. Zwar Fragmentarisch, aber immer weiterführend. Das eine führte zum anderen.

Immer tiefer, immer weiter durch den Dunst aller Illusionen. In diesem Moment begriff er endgültig, dass es niemals ein finales Ziel geben konnte. Das ganze Leben und das, was man daraus macht, war das Ziel. Der Verlauf und die permanente Entwicklung. Es konnte gar keine Stagnation geben, sondern nur Fortschritt. Inneren Fortschritt und keine Perfektion. Erweiterung des Sichtfeldes und die Aufforderung, sich nicht nur den sinnlichen Gegebenheiten hinzugeben. Der Geist muss sich evolutionieren, um eine Wirklichkeit erkennen zu können, die doch nur verschwommen wahrgenommen worden war. Nur das kann das Leben sein, wenn es bewusst und glücklich erlebt werden möchte.

Er schüttelte den Kopf und fing an zu grinsen.

„Was ist?" fragte Elena.

„Nichts. Ich dachte nur, dass so viele Menschen auf ihre persönliche innere Suche gehen, um etwas Magisches zu finden. Um dann enttäuscht festzustellen, dass nichts magisch ist und es am Ende doch nichts zu finden gibt. Alles liegt vor einem, man braucht es nur zu sehen und aufzuheben."

Sie konnte ihm nicht mehr folgen und sah ihn verständnislos an.

„Hab´ keine Ahnung, von was du jetzt sprichst..." brummte sie kopfschüttelnd.

„Egal...ich hab nur laut gedacht. Komm´, lass uns zurück gehen. Wir wollen doch noch an den Strand."

Zusammen kletterten sie über die Lavafelsen zurück zu den anderen.

„Wie lange bleiben wir auf Bali?"

„Solange wie nötig."

„Und dann? Willst du wirklich in Neuseeland sein? Am 24. Januar..."

Sie hatte die Lippen zusammen gepresst und sah ihn unsicher an.

„Warum nicht? War es nicht besonders schön damals?"

„Doch. Vielleicht..."

„Vielleicht?"

„Vielleicht ist das der beste Ort, um..."

Sie senkte den Kopf und wollte es nicht aussprechen.

„Um zu sterben?"

Er lachte sie laut an.

„Es ist nicht mehr nötig, um den heißen Brei herum zu reden. Glaub mir, die meisten gehen mittlerweile offen mit ihrem Ende um. Was bleibt uns auch übrig. Wichtig ist doch nur, dass wir zusammen sind. Alles andere steht nicht in unserer Entscheidung. - Wir werden diese letzten Monate genießen."

Er stand auf und hob die Hände. Ließ sie fast schon theatralisch kreisen.

„Sieh dir das an. Was gibt's schöneres als so etwas noch einmal zu erleben? Nichts. Absolut nichts. Also...vergiss die Angst und mach die Reise zum Highlight. Okay, Tochter?"

Er sah sie grinsend an und nickte.

„Jawohl, Vater..." antwortete sie mit gespielter Ehrfurcht und stand lachend auf.

Die langen Wellen hoben den Katamaransegler aus dem Wellental und ließen wieder den Blick über den Ozean zu. Stefan stand an der Reling und versuchte, sich dem Wellengang anzupassen, um nicht das Gleichgewicht zu verlieren. Nach jeder Welle stach der Segler wieder in das Wasser, das hoch nach oben spritzte und auf dem

Sonnendeck die anderen Passagiere traf, die nach jeder Dusche in gutgelaunte Schreie ausbrachen. Daniel und er hatten diese Tour gebucht, um auf eine der vorgelagerten Inseln zu gelangen. Sie hatten wohlweislich die Touristeninsel außen vor gelassen, weil sie an einem einsamen und nicht frequentierten Strand schwimmen und schnorcheln wollten. Es waren nicht viele Touristen an Bord. Mit ihnen beiden gerade zehn Leute. Der schmächtige Käpt´n hatte sich bereit erklärt, die gewöhnliche Route zu verlassen und einen Strand abseits der Touristenpfade anzusteuern. Stefan genoss die Überfahrt, die etwa drei Stunden dauern würde. Voller Freude ließ er sich auf das permanente Auf und Ab der Wellen ein, das eine so intensive Monotonie nach sich zog, dass er sich bald als Teil der Elemente fühlte. Delfine begleiteten sie, sprangen aus dem Wasser, kreuzten den Weg des Katamarans, überschlugen sich übermütig und zeigten den Menschen ihr schon fast menschliches Grinsen. Stefan fühlte den Wind, ab und zu die Gischt, die in sein Gesicht spritzte. Die Segel waren gesetzt und Wind und Wellen wurden zu einem Teil von ihm. Oder umgekehrt, so genau konnte er das nicht mehr unterscheiden. Er unterlag der Faszination der Elemente, die er so noch niemals wahrgenommen hatte. Kein einziger Gedanke kam auf, dass er vielleicht seekrank werden könnte. Diese Befürchtungen waren nach dreißig Minuten vollkommen verschwunden. Selten hatte er so viel Freude tief in sich verspürt. Er kam sich vor wie ein Seefahrer, der neues Land entdeckt. Die Insel kam immer näher, sie konnten schon den weißen Strand erkennen, an dem sie ankern würden.

Daniel stand etwas weiter vorne und beobachtete die Delfine, die sie nach wie vor begleiteten. Er drehte sich um und sah Stefan an. Ein Lachen lag in seinem Gesicht. Ein intensives Lachen der Freude. Auch für ihn war es das erste Mal, dass er auf einem Segelschiff stand und Teil des Meeres wurde. Absoluter Genuss.

Die Dünung wurde flacher, als sie die Insel erreichten. Das Boot lag ruhig im Wasser und der Zusatzmotor brachte sie an den Strand. Die Segel waren eingeholt worden und sachte gruben sich die Kufen in den feinen weißen Sand. Ein Brett wurde eingehängt, so dass sie bequem vom Boot steigen konnten.

Unmittelbar an den Strand wuchs tropische Vegetation. Die weitverzweigten Bäume spendeten Schatten und man konnte sich auf den warmen Sandstrand legen, ohne von der Sonne gegrillt zu werden. Die Besatzung trug Tisch und Grill von Bord und bereiteten ein Barbeque vor. Auf der Überfahrt hatten sie zusätzlich Fische gefangen, die sie nun zubereiten würden.

Daniel und Stefan standen barfuß im Sand und sahen sich fasziniert um. Die Insel war ein wahrer Tropentraum. Wie in einem Film. Es kamen keine Touristen hierher. Sie war unbewohnt und nur das Pfeifen der Vögel und die sich überschlagenden Wellen durchbrachen die himmlische Ruhe.

„Perfekt. Ich komm´ mir vor wie Robinson Crusoe."

Daniel grinste Stefan an und zog begeistert die Augenbrauen hoch. Der nickte lachend und starrte auf die weitläufige Bucht.

„Dann los, Freitag. Hol die Schnorchelausrüstung raus und los geht´s."

Sie sprangen ins Wasser und genossen die warme See. Staunten über eine faszinierende Unterwasserwelt und wollten sich gar nicht trennen von diesem herrlichen

Anblick. Erst der Duft von Gegrilltem signalisierte ihnen, dass es Zeit war, dem Magen etwas Gutes zu tun.

„Darf ich dich etwas fragen, Stefan?"
Genüßlich kauend sah Daniel ihm in die Augen.
„Nanu...so offiziell? Was ist los?"
„Du kommst mir in letzter Zeit anders vor. Je mehr Zeit vergeht, desto ruhiger und ausgeglichener wirst du. Manchmal denke ich, du freust dich richtig auf den letzten Tag..."
„Was? Na, das nicht gerade...aber du hast recht. Ich freue mich einfach, dass ich das Gefühl habe, nichts kann mir noch etwas anhaben. Vielleicht hat das etwas mit Akzeptanz zu tun. Oder so ähnlich..."
„Akzeptanz habe ich auch. Das ist es glaub ich nicht. Irgend etwas ist doch passiert. Ich möchte gerne wissen, was. - Also, wie hast du es geschafft, so – hmm...so wach durch die Tage zu gehen? Du kommst mir vor, als ob es kein Ende für dich gibt..."
Stefan überlegte kurz und zuckte dann nur die Schultern.
„Ich kann´s dir beim besten Willen nicht erklären. Ich fühle mich einfach sauwohl mit dem was wir tun, hab´ absolut keine Angst und kann tatsächlich dies alles auf – sagen wir mal höchster Ebene genießen. - Der Fisch ist übrigens genial..."
Er kaute weiter und ließ sich auf seine Ellbogen fallen.
„Das ist er..." bestätigte Daniel.
Mit einem Stück Brot wischte er die letzten Reste vom Teller.
„Was ist denn das Geheimnis deiner Ruhe? Welcher Blitz hat dich denn getroffen? Ich möchte auch so ruhig sein, schaff´s aber nicht besonders gut. Ich denke immer öfter an

den Januar und kann´s nicht verhindern. Das ärgert mich und stresst mich..."

Stefan neigte den Kopf etwas zur Seite und zog die Augenbrauen in die Höhe. Ganz leicht nickte er, ganz so, als ob er tiefsinnig nachdachte, was denn die beste Antwort für den Freund sein könnte.

„Geh´ schwimmen, mein Freund."

Stefan sah ihn schmunzelnd an und verzog das Gesicht.

„Ja, großer Meister. Was für eine geistige Übung ist das?"

„Keine Übung, nur Spaß...los, rein ins Wasser..."

Er sprang auf und rannte laut schreiend in die Gischt. Daniel kam auf die Füße.

„Na gut, großer Superguru...ich mach´ ja alles, was man mir aufträgt," murmelte er in sich hinein und rannte in einem halsbrecherischen Tempo in das Wasser, wo sie sich wie kleine Kinder benahmen und sich gegenseitig anspritzten und versuchten, sich zu tauchen. Die paar Menschen am Strand sahen ihnen belustigt und lachend zu. Daniel und Stefan gebärdeten sich wie zwei ausgelassene Teenager, schrien und lachten, hüpften auf und ab und verleiteten die anderen Gäste dazu, alle Ernsthaftigkeit für den Moment aufzugeben und sich wirklich nur diesem Augenblick hinzugeben, der doch immer seltener werden sollte.

Erst die Mahnung des Käpt´n zum Aufbruch ließ sie alle aus dem Wasser steigen, glücklich und zufrieden wie Kinder. Sie ließen sich auf dem Sonnendeck nieder und starrten in den Himmel. Wolkenfelder zogen vorbei, der Wind krallte sich in ihren Haaren fest, streichelte ihre nackte Haut und ließ sie mit jeder Faser spüren, dass sie am Leben waren. Mit dem Körper, mit dem Geist, mit dem Herzen, mit der Seele. Eine Zusammenführung, die höchst selten war und noch seltener gleichzeitig in dieser Intension wahrgenommen werden konnte.

Stefan saß angelehnt an der Reling und ließ seine Gedanken treiben. Er beobachtete die Dünung und das stete Schaukeln des Katamarans. Der Wind blies in sein Gesicht und fast meinte er, ihn sprechen zu hören. Ein wohliger Schauer überzog seine Haut und ein tief in ihm wohnendes Wesen ließ ihn wissen, dass er in diesem Moment genau das fühlen würde, nach dem er immer gesucht hatte. Leichtigkeit, Sorglosigkeit, Glück, Zufriedenheit. Ein ersehntes Gefühl, das sich explosionsartig in ihm ausbreitete und jeden Winkel seines Körpers und seines Geistes erreichte. Kein noch so winziges Areal wurde ausgelassen. Es war wie das Überschwappen einer Welle, die alles mit einem universalen Verstehen infizierte und dem Menschen eine einzigartige Einfachheit darstellte. Ihm zu verstehen gab, dass die Bedingungen für absolutes Glück kein kompliziertes Machwerk darstellten, das zu entschlüsseln eine kaum zu bewerkstellende Aufgabe war. Es war einfach. Gerade. Ohne Schnörkel. Es lag da. Man musste sich nur bücken, es aufheben, festhalten – und dann weitergehen. Das war alles. Das war das Leben. Nichts, was nur auf einen Bereich festzumachen wäre. Es war facettenreich, variantenreich, variabel. Es bot so viele Möglichkeiten, dass es sich permanent drehte, sich veränderte, sich auflöste, um sich noch schöner und noch faszinierender zu präsentieren. Es war einfach da, um sich zu bedienen. Einzige Bedingung war lediglich, den Blick zu heben, ihn zu öffnen, sich und die Umwelt wahrzunehmen. Mit den Augen, den Ohren, dem Geruch, dem Geschmack, dem Geist. Mit unserer einzigartigen Fähigkeit, unserem tiefsten Gefühl nachzugeben - und dieser Fähigkeit, das

Bewusstsein mit Gefühl und Geist zu verketten und eine Einheit zu bilden, die das kreiert, was uns ausmacht – das Mensch-sein. In diesem Augenblick wünschte sich Stefan sogar, dieser Moment würde nie mehr vergehen. Aber sofort trat ihm ein geistiger Wächter in den Weg, der ihn daran erinnerte, dass man solche Augenblicke nicht festhalten konnte und auch nicht sollte. Sie sind nur Glücksmomente, die selbstverständlich die Essenz eines Lebens darstellten, aber nur besondere Augenblicke sind.

*

Männer in Uniformen standen vor dem Hotel. Ein Krankenwagen. Ein Arzt. Stefan, Daniel, Elena und Andreas waren aus dem Wagen ausgestiegen und wurden nicht in die Lobby gelassen.
„Ist was passiert?" fragte er einen Polizisten.
„Ein Gast ist gestorben..." antwortete der.
Bevor Stefan noch weiter fragen konnte und sich seinem unguten Gefühl widmen wollte, kam ein Hotelangestellter die Treppen herunter. Sie kannten sich. Der Mann wusste, dass sie immer Selina abholen wollte. Mit zusammen gekniffenen Lippen ging er auf Stefan zu und verbeugte sich. Er hatte die Hände gefaltet und sah erschüttert aus.
„Es tut mir unendlich leid. Mistress Selina wird nicht mehr mit Ihnen mitfahren können..."
„Was ist denn passiert?" fragte Daniel.
Erschrocken sah er den kleinen Mann an, der nach einer ansprechenden Erklärung suchte.
„Sie..sie hat sich heute Nacht das Leben genommen. Der Arzt und die Polizei sind gerade bei ihr. Es tut mir leid...es war so überraschend..."

„Das Leben genommen?" stammelte Stefan. „Aber...das kann doch nicht sein...seid ihr sicher, dass sie es ist?"

Gleichzeitig wurde ihm bewusst, dass das gesamte Personal Selina gut kannte. Lang genug war sie hier gewesen. Er sah Daniel an und die Kinder. Das Entsetzen war ihnen buchstäblich ins Gesicht geschrieben.

„Wie ist das passiert?"

„Wahrscheinlich Tabletten...eine Flasche Whiskey stand auf ihrem Nachttisch. Ich...es tut mir unendlich leid...wirklich..."

Mit einem traurigen Blick sah er die kleine Gruppe an. Ein Polizist kam die Treppe herunter und steuerte auf die entsetzte Gruppe zu. Grüßend nickte er mit dem Kopf.

„Ist jemand von Ihnen Stefan? Oder Daniel?"

„Ja, wir sind das."

Er zeigte auf Daniel und sich. Der Polizist übergab Stefan einen Briefumschlag.

„Das lag auf ihrem Nachttisch. Ich denke, ein Abschiedsbrief. Wir können ihn nicht lesen. - Es tut mir sehr leid."

Stefan nahm den Brief entgegen und nickte.

„Danke. Wir...wir können es nicht fassen. Warum nur....?"

„Das ist wirklich kein Einzelfall. Suizide häufen sich immer öfter. Viele Touristen. Sie wollen wohl das Ende nicht mehr erleben und ziehen es vor, es selbst zu beenden."

Der Polizist zuckte mit den Schultern. Es schien fast so, als ob er durchaus verstehen konnte, warum die Menschen freiwillig aus dem Leben gehen wollten.

„Ja...vielleicht...was...was wird mit ihr geschehen?"

„Sie wird verbrannt werden. Das ist bei uns so üblich. Mehr können wir nicht tun."

Stefan nickte schwer. Er starrte auf den Brief in seiner Hand und sah Daniel an, der geräuschvoll ausatmete.

„Mach´ ihn auf, Stefan."

Er öffnete die Lasche und zog ihn heraus. Auf dem Umschlag konnte er seinen und Daniels Namen lesen. Er begann laut vorzulesen.

„Lieber Stefan, lieber Daniel, liebe Elena und lieber Andreas,

ich hoffe, ich habe euch jetzt nicht in ein allzu großes Erschrecken versetzt. Das möchte ich nämlich gar nicht. Ich möchte mich bei euch bedanken, dass ihr mir noch einmal gezeigt habt, wie schön und freundlich das Leben sein kann. Ich habe selten solche Menschen wie euch kennen gelernt, die so offen und so lustig durchs Leben gehen können. Es hat mir sehr viel Spaß gemacht, die Zeit mit euch verbringen zu können. Und weil mir das so viel Freude gemacht hat, glaube ich nicht, dass es noch steigerungsfähig sein kann, weil ihr ja weiterreisen werdet und ich dann die letzte Zeit mehr oder weniger allein verbringen muss – oder will. Das wäre an sich nicht das Problem, aber ich bin überzeugt, dass man gehen sollte, wenn es am schönsten ist. Ich habe schon länger überlegt, wie ich den letzten Tag umgehen könnte, weil ich ehrlich gesagt große Angst davor hatte. Jetzt war der beste Zeitpunkt. Bitte seid mir nicht böse, es ist wirklich alles okay. Meine Entscheidung ist richtig und ich bin froh, dass ich sie alleine treffen konnte. Ich beneide euch beide für eure tiefe Freundschaft und ich beneide dich, Stefan, für deine Tochter und Andreas. Ich kann euch nur beglückwünschen, diese Entscheidung getroffen zu haben, die letzten Monate zusammen zu verbringen. Ich wünsche euch, dass es bis zum letzten Augenblick so bleibt.

Viel Glück

Selina"

Stefan ließ die Hand mit dem Schreiben sinken und starrte entgeistert Daniel an. Sein Blick fiel auf seine Tochter, die weinte.

„Mein Gott...wir haben nichts gemerkt...“ stammelte Andreas. Doch Stefan schüttelte den Kopf.

„Doch, haben wir schon. Könnt ihr euch noch erinnern, als wir am Batur waren? Da hat sie das doch mal erwähnt. Ich hätte doch nie gedacht, dass sie das ernst gemeint hätte...“

Stefan sah wieder Daniel an. Sein Gesicht hatte einen so ernsten Ausdruck, wie ihn Stefan noch niemals bei ihm gesehen hatte.

„Selbst wenn, hätten wir doch nichts tun können. Es war ihre eigene Entscheidung. Vielleicht sollten wir das respektieren.“

„Ja, natürlich. Trotzdem...“

Stefan blickte Daniel in die Augen, senkte dann den Blick und dachte daran, weswegen er eigentlich auf diese Reise gegangen war. Er suchte das Leben – und jetzt fand er das erste Mal den Tod.

Ein Hotelangestellter trat zu ihnen und verbeugte sich.

„Wir werden für die Mistress eine kleine Zeremonie abhalten, wenn sie verbrannt wird. Wenn Sie alle möchten, können Sie dabei sein. Ich würde Sie benachrichtigen, wenn es soweit ist.“

Er sah Stefan und Daniel an und nickte lächelnd.

„Das wäre sehr nett. Wir würden gerne teilnehmen. Ich lasse meine Telefonnummer hier, da kann man mich erreichen. Und mein Freund Daniel wird seine Nummer auch hierlassen. Danke sehr...“

Er sah Daniel an. Der nickte zustimmend. Traurig stiegen sie wieder in den Wagen. Agun war die ganze Zeit schweigsam gewesen und hatte nichts zu den Vorkommnissen gesagt.

Jetzt meldete er sich vorsichtig zu Wort. Er drehte sich in seinem Fahrersitz um und sah sie alle an.

„Wir Hindus glauben, dass durch die Verbrennung die Seele frei wird. Sie ist nicht mehr gefangen in einem Körper und kann von da an völlig frei wandern. Entweder zu ihrer neuen Existenz oder ins Reich der Götter. Vielleicht wird Mistress Selina eine Göttin werden oder eine der Manifestationen von Shiva. Wenn wir eine Beerdigungszeremonie vornehmen, so ist das nichts Trauriges, sondern auch ein Tag der Freude. Wir freuen uns, dass der Verstorbene einen neuen schönen Weg gehen kann. Wir freuen uns, dass er frei sein kann und nicht mehr den Belastungen und Anhaftungen des Körpers und des Leides untersteht. Und wir tun alles, um alle Hindernisse für ihn beiseite zu räumen. Sie sollten das auch so sehen. Freuen Sie sich für Mistress Selina für die Chance auf ein neues und hoffentlich schöneres Daseinsglück..."

Alle sahen den jungen Mann konsterniert an. So viel hatte Agun noch niemals auf einmal gesprochen. Er drehte den Kopf und lächelte Daniel an, der neben ihm saß.

„Schön, dass du das sagst, Agun. Und wir würden uns sehr freuen, wenn du uns bei der Zeremonie begleiten würdest."

„Das werde ich gerne tun..."

Stefan sah nach draußen und stierte auf die vielen Menschen, die ihrer Tagesarbeit nachgingen. In den Cafés und Restaurants saßen jetzt am späteren Vormittag schon viele Menschen. Etliche Ausländer, aber auch Einheimische, die bei einer Tasse Kaffee und einer Zigarette sich lachend unterhielten. Er bemerkte viel Fröhlichkeit. Nur er konnte im Moment trotz der bemerkenswerten Erklärungen Agun´s keinen Anflug von Heiterkeit in sich finden. Der Selbstmord Selina´s nagte in ihm. Er versuchte sich vorzustellen, was denn in dieser Entscheidungsphase in ihr vorgegangen war. Sie war weder depressiv noch ein – zumindest nach seinen Maßstäben – Selbstmordkandidat. Aber gleichzeitig sah er vor sich auch einen imaginären Kalender, der ihm mit einer brutalen Klarheit das Datum an den Kopf schleuderte. Es war bereits August geworden. Die letzten fünf Monate hatten begonnen. Ihr Abreisedatum nach Neuseeland stand bereits fest. Mittlerweile hatte sich der globale Flugverkehr stark reduziert. Es war abzusehen, wann man wirklich keinen Flug mehr buchen konnte, weil die Kapazitäten immer kleiner wurden. Sie hatten ihr Ticket bereits gebucht und bezahlt. In vier Wochen würden sie auch Bali verlassen. Angesichts der immer enger werdenden Zeitspanne relativierte sich auch die Entscheidung Selinas. Wenn es am schönsten ist, sollte man gehen, hatte sie geschrieben. Natürlich hatte sie damit vollkommen recht. Wie groß wären wohl die Chancen, dieses Schönste noch steigern zu können? Es spielte auch keine große Rolle mehr. Diese Monate hin oder her – wahrscheinlich war diese Entscheidung, jetzt zu gehen, die klare und logische Konsequenz dieser Überlegung. Wenn man ihrer Aussage glauben schenken konnte, dann hatte sie den besten aller Zeitpunkte gewählt. Trotzdem – er wollte sich diese schreckliche Nachricht tröstend reden. Seine Traurigkeit und seine Fassungslosigkeit verlor er deswegen nicht. Es ließ diese Nachricht vielleicht nicht so gigantisch schwer erscheinen, aber seine tiefe Betroffenheit würde sich wohl nicht so rasch legen.

„Wir dürfen uns jetzt nicht einer unerwünschten Destruktion hingeben," sagte er zu den anderen und sah sie beschwörend an.

„Sie hat aus ihrer Sicht bestimmt das genau Richtige getan. Und sie hat ganz bewusst diese Entscheidung getroffen. Wir müssen das sowieso akzeptieren, aber wir sollten ihr damit auch großen Respekt entgegen bringen. Sie würde keinesfalls wollen, dass wir jetzt in große Traurigkeit versinken. Wir werden sie auf jeden Fall so verabschieden, wie Agun uns das erklärt hat. Also, Leute, versuchen wir, aus unserer Trauer etwas Positives zu schöpfen. So wie es auch der Buddhismus und der Hinduismus sagt. Ich schlage vor, wir werden heute Abend auf Selina trinken. So wie wir das in unserem Kulturkreis machen würden. Einverstanden?"

Gespannt wartete er auf eine Reaktion.

„Du hast verdammt recht, Stefan. Das tun wir. Heute!!" sagte Daniel und nickte vehement mit dem Kopf.

„Na klar, bin dabei."

„Ich bin trotzdem traurig," sagte Elena. „Aber du hast ja recht..." fügte sie leise hinzu.

„Gut. - Agun, fährst du uns zum Hotel? Und heute Abend bist du natürlich dabei, okay?"

Agun lachte und wedelte mit dem Kopf.

„Natürlich. Ich freue mich. Um sieben?"

„Um sieben..."

Stefan stand am Rande einer Schlucht und sah hinunter auf den kleinen Bach, der sich ein seichtes Bett erobert hatte. Er konnte nur einen ganz kleinen Ausschnitt des fließenden Wassers erkennen, weil die dichten Baumkronen, die am Hang wuchsen, so breit waren, dass sie den Blick nach unten verhinderten. Ein kleiner Pfad wand sich durch das faszinierende Grün. Es hatte in der Nacht geregnet und die schwere Feuchtigkeit hing in der Vegetation. Er konnte eine nasse Frische riechen, die so intensiv war, wie er es noch niemals wahrnehmen konnte. Weiter unten hörte er das Geschrei von einer Makakenfamilie, die übermütig durch die Baumwipfel streiften. Langsam stieg er den serpentinenartig angelegten Pfad in die Schlucht hinunter. Das Blätterdach über ihm wurde immer dichter und ließ kaum noch Sonnenstrahlen hindurch. Alles wurde übertüncht von einer berauschenden Natur, von einem so tiefen Grün, das tausenderlei Nuancen aufwies und eine natürliche Wand bildete, die weder bedrückend noch einschüchternd wirkte. Epiphyten, Orchideen und viele andere Blüten schmückten seinen Weg. Ihm präsentierte sich ein fast schon überborderter Teppich eines nie gesehenen Überflusses, der Stefan leicht an ein Paradies erinnern ließ. Er war allein unterwegs. Die Kinder machten einen Ausflug ans Meer und Daniel hatte sich entschieden, einen Pooltag einzulegen. Er hatte sich ein Buch geschnappt und es sich auf einer der im Schatten einer Palme stehenden Liege gemütlich gemacht. Stefan war das nur recht. Agun hatte ihn in den Norden gefahren, an eine Stelle, die nur sehr selten von Touristen besucht wurde, weil sie einfach niemand kannte – ausgenommen die Einheimischen, die in der Gegend wohnten. Agun hatte ihn abgesetzt und ihm erklärt, auf welchem Pfad er sich zu halten hatte, um den Wasserfall zu erreichen. Das war sein Ziel. Ein sehr versteckter Wasserfall, der erst nach einem längeren Fußmarsch durch den Dschungel zu finden war.

Er hatte mittlerweile den Bach erreicht, der in diesen natürlichen Pool, der von dem Wasserfall gespeist wurde, mündete. Der schmale Pfad zog sich parallel zu dem Bachbett und er musste ihm nur folgen. Er vernahm die Stille des Urwaldes, nur durchsetzt mit dessen Geräuschen, die trotzdem nur leise und angenehm an sein Ohr drangen. Es war nur das zu hören – und das plätschernde Gurgeln des Wassers, das neben ihm hangabwärts strömte. Fast eine Stunde wanderte er so in sich versunken durch den Wald. Dann konnte er das Rauschen des Wasserfalls hören. Nach einer letzten Biegung stand er vor ihm. Es präsentierte sich ein Bild fern jeglicher Vorstellungskraft. Die Sonne stand im Zenit und ließ jeden Wassertropfen und jeden Spritzer plastisch erscheinen. Die von winzigen Tropfen durchsetzte Luft teilte das gleißende Licht in sein Spektrum und hinterließ einen kleinen zarten Regenbogen, der sich über den Pool spannte. Das Wasser des Fallbeckens war glasklar und hatte einen zauberhaften grünblauen Farbtouch. Ringsum lagen halb im Wasser mehr oder weniger große graue Felsen, die die Magie dieses Ortes noch verstärkten und einen tiefen Zauber auf den Mann ausübten, der sich weit außerhalb seiner eigenen Welt wähnte. Das Wasser stürzte über eine natürliche Balustrade etwa zwanzig Meter in die Tiefe, bevor es sich in einer breit aufschäumenden Gischt in den Pool ergoss. Eingerahmt von unvorstellbar variantenreichen Grüntönen und beleuchtet mit einem phantastischen Licht, mit unzähligen diamantenen Lichtreflexionen auf dem Wasser, wähnte sich Stefan an einem schon magisch anmutenden Ort, der den Besucher an eine Vorstellung in einem Theater erinnerte, mit einer Bühnenshow, die in dieser Art künstlich niemals herzustellen wäre.

Er setzte sich auf einen umgestürzten Baumstamm, der ins Wasser ragte und ließ diesen ungewöhnlichen Anblick minutenlang auf sich wirken. Und je mehr er sich diesem Zauber hingab, desto mehr spürte er eine sich immer größer werdende Traurigkeit breitmachen, die ihn umspülte wie das vielfältige Grün, das ihn umgab. Traurig deswegen, weil sich diese Momente nie mehr wiederholen würden. Letztendlich sind es diese besonderen Augenblicke, die das Leben mit gestalten, dachte er. Denn genau sie bilden diesen Erinnerungsbereich, der sich nicht auslöschen lässt, weil man sich an ein tiefgreifendes Gefühl erinnert, das aus den tiefsten Tiefen der Emotionen geboren wird und Teil des Denkens wird. Es ist die Bewusstmachung der Schönheit, die kein menschliches Wesen erschaffen kann. Eine innige Wahrnehmung, die eine seltsame und fast destruktive Traurigkeit in Stefan erstehen ließ, derer er sich nicht einmal erwehren konnte. Denn diese an sich ersehnten Momente erinnerten nur an die Endlichkeit, der er sich unterwerfen musste. Würde er diesen Ort wieder verlassen, dann wusste er, dass er dieses Gefühl, das er gerade empfand, niemals wieder fühlen konnte. Weil sein Leben enden würde und er niemals wieder diese Gelegenheit ergreifen konnte. Warum konnte er dies alles erst jetzt so intensiv wahrnehmen und spüren? Warum war das nicht früher so? Von Anfang an, seit er den Blick für natürliche Schönheit bemerkte. Wieso schlug jetzt das Schicksal mit so einer unbarmherzigen Brutalität zu? Wie konnte das alles passieren? Das Universum ist unfassbar groß. Der Planet Erde ist doch ein Nichts, klein und größenmäßig mehr als unscheinbar. Nur mit dem Vorteil, dass er die genau richtige Entfernung zu einer Sonne hatte, die es ermöglichte, dass Leben entstehen konnte. Wie kann es sein, dass dieses winzige Staubkorn in der Schusslinie von irgendwelchen Kometen sein konnte? Warum denn? Und warum jetzt? Warum in einer Phase, in der Lebewesen ein Bewusstsein entwickeln konnten, um seine Umwelt spüren und erleben zu können? Warum nicht früher? Warum nicht später? Warum überhaupt?

Stefan haderte so mit seinem Schicksal, dass er vor lauter Enttäuschung und vor lauter Wut all seine Vorsätze und Ziele vergaß. Er sah nur diesen tosenden Wasserfall und dieses so klare Wasser, das sich nicht um seine Gemütsverfassung scherte. Er spürte, wie sich seine Lebensfreude und seine Motivation verflüchtigten, sich wie in einem Nebel auflösten und im Begriff waren, vollständig zu verschwinden. Er dachte nur noch an den letzten unaufhaltsamen Tag, der so sicher kommen würde wie er hier saß. Er dachte nur daran, dass er nicht sterben wollte. Er wollte doch keine Angst davor haben und er wusste, dass sie kommen würde. Er würde nichts dagegen tun können. Sie würde kommen, ihn vereinnahmen und nichts mehr zulassen außer ihr selbst. Die Angst vor der Angst, erinnerte er sich an die Worte Daniels.

Er hörte ein Scharren und hob den Kopf. Ein Affe saß auf dem Baumstamm und sah ihn unverwandt an. Ständig neigte er das kleine Köpfchen hin und her. In seiner kleinen Hand hielt er eine nussartige Frucht, an der er ab und zu herum knabberte. Er schien vor Stefan keinerlei Furcht zu haben. Sie sahen sich in die Augen, der Mensch und das Tier. Der Mensch und sein nächster Verwandter.

„Du kannst dich glücklich schätzen, mein Freund. Du weißt nichts. Du hast keine Ahnung, dass auch dein Leben bald beendet sein wird."

Der Affe nahm die Frucht aus dem Mund, neigte wieder den Kopf und sah Stefan an wie einen Narren. Er zog die Lippe nach oben und machte ein Geräusch, wie wenn er kicherte.

„Du kannst mich ruhig auslachen. Ich weiß schon, dass ich gerade ein Idiot bin. Aber was soll ich machen? Ich bin nur ein Mensch, nichts weiter..."

Er atmete lautstark aus und nickte mit dem Kopf. Ein Schrei ließ den Affen zusammen zucken. Er drehte merklich erschrocken den Kopf und suchte den Rufer, der aus den Baumwipfeln zu kommen schien. Ohne Stefan noch eines Blickes zu würdigen, huschte er davon, über die Felsen in einen Baum, auf den Ast und hinauf in die Krone. Stefan sah ihm nach, bis er aus seinem Blickfeld verschwunden war. Gerade wollte er sich wieder seinen dunklen Gedanken widmen, da erschien der kleine Affe wieder. Diesmal hatte er auch in der anderen Hand etwas. Stefan erkannte darin eine Schlangenfrucht, benannt, weil die Haut auffallende Ähnlichkeit mit einer Schlangenhaut hatte. Der Affe sah ihn wieder an, kam näher, setzte sich wieder auf den Baumstamm. Er knabberte wieder an der Frucht, die er nach wie vor in seiner anderen Hand hielt. Dann kam er langsam näher. Setzte einen Fuß vor den anderen, mit einer Hand stützte er sich ab, behielt immer Stefan im Auge, war laufend gespannt, um sofort flüchten zu können.

„Na, bringst du mir jetzt etwas zu essen?" fragte ihn Stefan mit leiser Stimme. Der Affe hielt inne. Schon war er so nahe, dass ihn Stefan leicht berühren konnte, aber er hielt seine Hand bei sich. Er hatte keine Lust, von einem Affen gebissen zu werden. Auch wenn dieses Exemplar recht klein war. Dann war das Tier so nahe, dass es ihn berühren konnte. Die Hand mit der Schlangenfrucht hob sich. Stefan spürte, wie sich seine Nackenhaare aufrichteten und seine Augen vergrößerten sich. Der Affe würde ihm doch nicht wirklich die Schlangenfrucht übergeben. Dann ließ ihn eine sanfte Berührung fast zusammenzucken. Die kleine

Affenhand hatte sich auf seinen Schenkel gelegt. Zusammen mit der Schlangenfrucht. Der kleine Kerl sah ihm mit seinen braunen Augen in die seinen. Und in einem winzigen, kaum wahrnehmbaren Augenblick verstand Stefan das Tier. Verstand einen unausgesprochenen Trost und eine mitfühlende Verbindung. Immer noch nicht wagte er sich zu rühren. Er wollte dieses Fell gewordene Mitgefühl nicht vertreiben. Er wollte diesen Augenblick genießen, in sich aufsaugen und festhalten. Doch der Affe folgte nicht seinen Wünschen. Mit einem Satz drehte er sich um und sprang übermütig über den Baumstamm. Mit einem hohen, fast kreischenden Ton fetzte er über die Felsen. Kurz bevor er in die Bäume verschwand, drehte er sich noch einmal um und beobachtete den Menschen. Stefan hob die Hand und lächelte. Er ergriff die Schlangenfrucht und legte sie an seine Wange und dann auf sein Herz. Der Affe kicherte wieder, fletschte eine Reihe weißer Zähne und schob die Oberlippe nach oben. Er sah aus, als lache er Stefan aus. Dann stand er auf und zeigte seine haarige Brust. Mit einem Kreischen verschwand er in den Bäumen, wo er sich mit seinen Verwandten und Freunden eine lautstarke Jagd lieferte.

„Der hat mich tatsächlich ausgelacht," murmelte Stefan und betrachtete die Schlangenfrucht. Während er sie schälte und aß, suchte er seine destruktiven und dunklen Gedanken. Er suchte die böse grinsenden Kobolde, die tatsächlich wieder erwacht waren und dabei die tiefschwarzen Bereiche der Traurigkeit, Sinnlosigkeit und der Hoffnungslosigkeit aus ihrem embryonalen Zustand erweckten, um ihnen neues Leben einzuhauchen. Der kleine Affe...er hatte sie allesamt vertrieben. Er hatte sie alle am Kragen gepackt und in den unendlichen Raum geschleudert. Stefan hob den Kopf und sah tief in sich hinein. Nein, sie waren wirklich nicht mehr da. Sie waren verschwunden. Sein Geist hatte die Dunkelheit verdrängt und erleuchtete wieder im grellen Licht einer energiegeladenen Lebenslust. Und während er mit einem seltenen Genuss die Frucht in seiner Hand aß, begann er zu lachen. Immer lauter, so lange, bis ihm die Tränen kamen.

„Ihr verdammten Biester, jetzt seid ihr endgültig vernichtet. Mich macht ihr nicht noch einmal zu einem Vollidioten."

Er stand auf und sah sich um. Dann schloss er die Augen, um die „verdammten Biester" vielleicht doch noch in seinem Kopf zu finden. Aber sie waren allesamt verschwunden. Die letzten Dämonen, die ihn auf seiner Suche nach einer lebendigen Wirklichkeit hindern wollten, waren endgültig vernichtet.

Als er die Augen wieder öffnete, sah er die Welt um sich herum anders. Sie war klarer, offener und heller. Das Licht hatte sich verändert und die kleinen Details seiner Umgebung wurden sichtbar. Diese kaum wahrnehmbaren Schlieren waren verschwunden. Er sah noch etwas anderes. Auf der gegenüberliegenden Seite des Wasserfallbeckens saß eine Gestalt auf einem Felsen und beobachtete ihn. Es war ein Mann, der jetzt langsam den Arm hob und ihm zuwinkte. Stefan hielt vor Überraschung den Atem an. Schon wieder dieser Mann. Schon wieder derselbe Mann, mit dem er vor dem italienischen Restaurant gesprochen hatte. Verfolgte er ihn? Bis hierher in den Dschungel? Jetzt begegnete er ihm bereits das vierte Mal. Dass er jetzt, in diesem Augenblick, hier war, bewies, dass das keinesfalls ein Zufall sein konnte. Sie waren allein im Dschungel. Niemand war hier. Dieser Mann verfolgte Stefan bereits seit

Beginn seiner Reise. Und jetzt wollte er wissen, warum. Etwas wie Ärger kroch in ihm hoch und er stand auf. Auch der andere Mann erhob sich und schritt langsam auf ihn zu. Ein Lächeln hatte sein Gesicht überzogen. Es war kein Lächeln einer Wiedersehensfreude, sondern ein freundliches und einnehmendes Lächeln. Stefan lächelte nicht. Er verspürte ein seltsames Gefühl des Unmuts in sich auferstehen. Es war keine Freude, eher ein Gefühl des Geheimen und Unerklärlichen im Bereich eines Ärgernisses. Und auch der Neugierde. Er würde jetzt wissen wollen, warum dieser Mann zu oft seine Wege kreuzte. Langsam schritten die beiden Männer aufeinander zu. Als sie sich drei Schritte gegenüber standen, stoppten sie. Immer noch mit einem Lächeln nickte der Mann Stefan zu. Aber statt einer Begrüßung schwieg er. Stefan verzichtete seinerseits auf eine formelle Begrüßung.

„Einmal hätte Zufall sein können, möglicherweise auch ein zweites Mal. Aber jetzt nicht mehr. Warum verfolgen Sie mich? Was wollen Sie von mir? Und warum reisen Sie mir nach?"

Stefans Worte klangen schroff und er wartete. Sein Blick war abweisend. Der des anderen Mannes nicht. Er erwiderte nach wie vor außerordentlich freundlich seinen verärgerten Gesichtsausdruck.

„Ja, Sie haben recht. Ich bin Ihnen nachgereist. Nicht aus meinem eigenen Willen. Es war wie ein Drang, wissen zu wollen, wie sich Ihr eingeschlagener Weg entwickelt. Ich möchte mich entschuldigen, wenn ich Sie verwirrt habe und Sie sich belästigt fühlen. Das war niemals meine Absicht."

„Was ist denn Ihre Absicht? Schließlich müssen Sie mich ja überwacht haben, denn sonst wüssten Sie nicht, wohin ich reisen wollte. Also...was soll das? Und was wollen Sie?"

Der Mann zeigte auf den Baumstamm, der halb ins Wasser ragte.

„Wollen wir uns setzen?"

Stefan atmete aus und nickte leicht.

„Ich habe Sie weder überwacht noch überwachen lassen. Ich wusste auch nicht, welche konkreten Pläne Sie hatten. Es war ein intuitives Signal, das mir sagte, wohin ich zu reisen hatte. Ich weiß, dass sich das jetzt völlig abstrus und abwegig anhört, aber ich konnte die Signale unmöglich ignorieren. Ich habe regelmäßig gespürt, wohin Sie reisen werden. Es war nicht nötig, irgend etwas nachzuforschen."

„Welche Signale? Ich versteh´ kein Wort von dem, was Sie mir da erklären wollen…"

Stefan sah den Mann streng an.

„Das ist nur allzu verständlich. Ich habe Ihnen anfangs erzählt, dass ich eine gewisse Gabe habe. Ihre Aura und Ihr ganzes Wesen haben mich…inspiriert und sehr neugierig gemacht. Von Anfang an war mir vollkommen klar, dass Sie etwas sehr Seltenes in sich tragen. Ich…ich kann die Expansion und die Tiefe Ihres Geistes wahrnehmen, wenn ich nah genug bin."

„Ich trage gar nichts in mir außer das Ziel, Erkenntnis über meine Existenz zu bekommen. Und meine Angst vor dem Ende zu beherrschen oder zu verlieren. Was soll das mit dem…was auch immer…"

„Nun, das, was Sie in sich tragen, hat sich Ihnen noch nicht vollständig offenbart und wahrscheinlich wird das in Ihrer jetzigen Daseinsform auch nicht mehr passieren. Aber darum geht´s auch nicht. Ich vermute mal, dass Sie heute nicht mehr der sind, der Sie vor dem Restaurant gewesen sind, richtig?"

Stefan lachte leicht belustigt auf.

„Dazu braucht man ja kein Prophet zu sein. Schließlich habe ich schon viel erlebt und das prägt. Umso mehr, wenn es schöne Dinge sind und die Zeit einfach die Maßgabe ist."

„Ich denke, Ihr Geist hat sich ausgebreitet wie ein Buschfeuer. Alles Herkömmliche ist verbrannt worden und jetzt wurde der Blick in die Ferne freigelegt. Ihre Begleiter während des Pilgerns waren daran bestimmt nicht unschuldig. Besonders der alte Mann. Wie hat er Sie inspiriert? Hatten Sie schon eine Erkenntnis, die Sie niemals erwartet hatten?"

„Ich...ja, ich hatte bereits mehrere tiefschichtige Erfahrungen gemacht. Der Bodhibaum..."

Er machte eine Pause und spürte, wie seine Abneigung gegen die Präsenz des Mannes langsam abnahm.

„Ja, der Bodhibaum. Hätte mich auch gewundert, wenn er nicht als der Katalysator schlechthin funktioniert hätte. Sie haben Verbindung mit ihm aufgenommen, nicht wahr?"

Stefan kniff die Augen zusammen. Er wurde ihm langsam ein bisschen unheimlich.

„Wer sind Sie? Und jetzt sagen Sie mir endlich, warum Sie mir nachgereist sind."

„Mein Name ist Lukas. Stefan, Sie sind ein ganz besonderer Mensch und müsste ich eine Bezeichnung für Sie finden, würde ich Sie als Auserwählten bezeichnen. In Ihnen ist ein nichtmenschliches Potential versteckt, das noch ein bisschen schlummert und nur nach und nach das Verstehen preisgibt. Würde es sich mit einem Mal offenbaren, wäre ich nicht sicher, ob Sie das in Ihrem Geist unterbringen könnten. Ich kann das sehen und spüren. Deshalb leitete mich etwas...wie soll ich sagen...Unbekanntes immer wieder an den Ort, an dem Sie gerade waren. Auch wenn Sie es noch nicht bewusst akzeptieren, spüren Sie doch auch, dass irgend etwas anders ist. Ihr inneres Auge vergrößert sich immer mehr und Sie können das nicht erklären. Es ist nur ein Gefühl, ist es nicht so?"

Stefan nickte und ein bisschen missmutig musste er das bestätigen.

„Ja, es ist so. Ich spüre so etwas schon in mir. Nicht immer, nur schubweise. Immer unerwartet. Es kündigt sich nicht an."

„Es ist das, was über den Körper hinausgeht. Nennen Sie es Seele oder Geist, es spielt keinerlei Rolle. Es ist immateriell und wahrscheinlich immerwährend."

„Wie bitte? Sie sprechen von etwas Unsterblichem? Jetzt schießen Sie mal nicht über das Ziel hinaus, sonst wird es unglaubwürdig und lächerlich."

„Sie wissen, dass da was ist. Und Sie wissen doch auch, wie viel Mühe die Menschen haben, etwas zu akzeptieren, das nicht ganz oder gar nicht in unser Weltbild passt. Das, was Sie immer wieder aufwühlt, ist dieses Große, das Sie vorbereiten will. Insgeheim wissen Sie das, aber noch fehlt die Bereitschaft, dies auch zu akzeptieren. Aus buddhistischer Sicht gesehen, könnte man es als ein Verstehen des gesamten Daseins bezeichnen. Also Ihre schon gelebten Leben und auch die zukünftigen – falls dies als Leben bezeichnet werden könnte. Wir wissen ja nicht, in welcher Form unser Immaterielles weiter existieren könnte. Aber ich bin sicher, es wird für Sie nicht das Ende werden, das im Moment danach aussieht."

Stefan starrte in das herabstürzende Wasser. Verdammt, der Kerl hatte einfach recht mit dem, was er sagt, dachte er. Natürlich hatte er diese seltsamen Wogen, die ihn in immer stärkerer Intensität überschütteten, nicht mehr ignorieren können und er hatte von Mal zu Mal mehr Akzeptanz aufbringen müssen. Es war nicht schwer, weil dieses Expandieren des Geistes sich als Glück und auch als sinnhaftes Leben zu erkennen gab. Es war auch die Wahrnehmung eines sich kontinuierlich vergrößernden Raumes, der sich langsam, aber stetig füllte. Mit was genau, konnte Stefan nicht benennen, aber der Begriff „Verstehen" kam einer möglichen Erklärung ziemlich nahe.

„Denken Sie an den kleinen Affen. Glauben Sie, das war Zufall, dass er sich Ihnen so nah ergeben hat? Tiere haben ein ganz besonderes Gespür für dieses Besondere, das manche Menschen in sich tragen. Vielleicht denken Sie, dass die Affen in den Wäldern ihre Scheu vor den Menschen verloren haben, weil sie so viel Kontakt mit ihnen haben. Kann natürlich sein. Aber hierher kommen nicht so viele Menschen und die Affen sind hier relativ abgeschottet. Ich habe sie beide beobachtet – den Affen und Sie. Ich habe selten so eine offenherzige Verbindung beobachten können. Zwischen freien, wilden Tieren und einem Menschen. Er hat gespürt, dass Sie so viel Mitgefühl in sich tragen und er hat gespürt, dass Sie in einem Zwiespalt mit sich selbst sind, weil Sie die Veränderung Ihres Denkens noch nicht kategorisieren können. Stefan, Sie haben keine Ahnung, zu was Ihr Geist fähig sein wird. Aber Sie werden es verstehen...irgendwann werden Sie es verstehen. Der alte Inder hat es von Anfang an in Ihnen gesehen. Er ist klug und weiß das, was er sehen kann."

Stefan wurde nachdenklich und sah diesem ungewöhnlichen Mann in die Augen. Seine Abneigung war mittlerweile vollständig verschwunden.

„Rama ist durchaus etwas Besonderes. Ich bin sicher, dass er längst eine andere geistige und spirituelle Ebene erreicht hat, aber er breitet diese Erkenntnis nicht vor anderen aus."

„Sehen Sie, auch Sie haben das in der kurzen Zeit bemerkt. In Ihnen ist etwas Geistiges und Spirituelles aktiv geworden. Etwas, das wie das Dritte Auge genannt wird. Sie sehen nicht mehr nur mit Ihren Sinnen, sondern auch durch dieses Dritte Auge. Es wird noch der Zeitpunkt kommen, da erkennen Sie andere Dimensionen und andere Daseinsformen. Ihre Welt, die Sie wahrnehmen können, wird sich nicht nur auf diese Welt reduzieren. Dadurch wird Ihr jetziges Leben keine große Rolle mehr spielen, sondern nur noch das zeitlose Sein. Ich glaube, in der Art hat Ihnen der alte Mann das auch mitgeteilt, habe ich nicht recht?"

„Ja, so ähnlich. Ich habe nicht genau verstanden, was er gemeint hat, aber irgendwie wusste ich, worauf er hinauswollte. Der Affe heute hat mir viele Zweifel und Ängste genommen. Ich habe dies gespürt…"

„Ja, und das Äffchen auch. Sie haben ihm doch in die Augen gesehen und er hat das geduldet. Normalerweise soll niemand den Affen in die Augen sehen, weil sie sich dann bedroht fühlen und aggressiv reagieren können. Aber Sie haben darüber gar nicht nachgedacht. Sie haben den Affen nicht mehr als Affen gesehen, sondern als ein ebenbürtiges Wesen, das nur eine seltene Kommunikation mit Ihnen abhalten wollte. Vielleicht wollte er Sie auch nur mit einem neuen Verständnis füttern."

„Ja, vielleicht. Warum erzählen Sie mir das alles? Was haben Sie für eine Motivation, mir über die halbe Welt folgen zu müssen, nur um festzustellen, dass ein Mensch mehr empfinden kann als andere. Bei über acht Milliarden kann ich mir nicht vorstellen, dass das eine Seltenheit ist."

„Nun, da haben Sie bestimmt recht. Ich weiß es nicht, aber wenn ich schon eine Gelegenheit bekomme, jemanden wie Sie kennenlernen zu dürfen, dann möchte ich auch alles wissen. Weil ich dabei eine große Freude empfinde und mir die Hoffnung gibt, dass unsere Welt nicht ganz verschwinden wird. Es wird etwas die Apokalypse überdauern, weil das Immaterielle nicht von so etwas Banalem wie einem Kometen vernichtet werden kann."

Stefan verzog das Gesicht.

„Banal? Sie halten die beiden Kometen für banal?"

„Wenn es um den Geist und seine reine Energie geht, schon. Unsere Körper werden doch sowieso irgendwann verfallen, das ist das Gesetz von Werden und Vergehen. Dass das Vergehen jetzt kollektiv geschieht, setzt bei einigen besonderen Menschen eben etwas anderes in Gang. Sie sind beileibe nicht der einzige Mensch, der Zugang zu den unbekannten Tiefen seines Geistes und seines Empfinden findet. Aber für mich sind Sie natürlich der Einzige, bei dem ich das wahrnehmen kann. Und darum möchte ich auch nicht diese Welt verlassen, ohne dass ich Zeuge einer beginnenden Katharsis werden darf. Dies ist einzigartig und für mich das höchste Glück, das ich tatsächlich noch erleben darf."

„Und was ist mit Ihnen, Lukas? Wenn Sie wirklich die Aura und die Besonderheit eines menschlichen Geistes spüren können, dann müssten Sie doch genauso beschaffen sein. Sonst könnten Sie das doch nicht spüren, oder etwa nicht?"

Lukas schüttelte den Kopf.

„Leider ist das nicht so. Und es wäre auch nicht die logische Konsequenz daraus. Natürlich denke ich genauso wie viele andere über meine Existenz und über meinen eigenen Lebenssinn nach. Vielleicht auch ein bisschen intensiver als andere – aber im Vergleich zu Ihren Möglichkeiten wäre ich doch nur ein kleiner Junge, der ein Gesicht durch einen Kreis, zwei Punkten, einem vertikalen und einem horizontalen Strich darstellt und Sie wären dagegen Rembrandt. Nur weil ich eine besondere Gabe des Sehens habe, heißt das längst nicht, dass mein Geist in der Lage wäre, sich selbst zu modifizieren. Das ist eigentlich der Unterschied zwischen uns beiden, Stefan."

„Verstehe...wenn ich das recht sehe, wollen Sie nur erleben, ob ich es schaffe, das letztendliche Verständnis aufzubringen."

„So ähnlich. Ich war doch schon immer neugierig auf diese Dinge, weil mir immer schon klar war, dass es wesentlich mehr gibt auf dieser Welt als das, was wir sehen, berühren oder hören können. Diese innere Welt in uns, in die nur wir selbst Zugang haben, kann der Schlüssel zu wesentlich mehr und Höherem sein. Ich weiß nicht, ob es Reinkarnation wirklich gibt und ich weiß nicht, ob dieses Konzept in diesem Falle eine Zukunft haben könnte. Aber ich weiß, dass wir uns nicht anmaßen dürfen, nur diese eine sichtbare Welt als die reale Welt anzusehen. Längst wissen wir doch, dass uns unsere Sinne nur einen Teil des Lebens sehen lassen. Der andere, weitaus wichtigere Teil muss mit unserem Geist wahrgenommen werden. Wir würden das wahrscheinlich als Gefühl bezeichnen. Aber kein sinnliches Gefühl, sondern ein abstraktes, besonderes. So dumm es jetzt klingen mag, aber das Ende der Menschheit wird viele viele Fragen beantworten. Ich bin überzeugt, dass Teile unseres ursprünglichen Wesens weiter existieren können. Wie und in welcher Form, werden wir sehen. Zumindest die Menschen, die dazu befähigt sind – oder auserwählt, so jemand wie Sie."

Stefan verzog zweifelnd das Gesicht und lächelte schwach.

„Sie greifen ganz schön nach den Sternen mit Ihrer Auserwähltentheorie."

„Glauben Sie?"

Stefan zuckte die Schultern.

„Ich weiß es nicht...so hoch fliegen würde ich nicht. Natürlich stellen wir uns alle die Fragen, was danach passieren könnte. Dass irgendwelche Auserwählte gerettet werden, kommt mir aber ein bisschen vor wie Science Fiction. Oder glauben Sie, irgendein Raumschiff wird bereit stehen, um die Auserwählten abzuholen? Und wer würde diese Menschen denn auswählen? Also, ich weiß nicht...ich halte mich lieber an das, was ich weiß. Und das ist tatsächlich das Erkennen, dass mit meinem Geist etwas geschehen ist und fortlaufend geschieht. Das macht mich hoffnungsvoll und zufrieden. Oft auch glücklich. Das ist etwas, das ich fassen kann. Dass ich dieselbe Freude empfinden kann wie als Kind, bestätigt mir die Weiterentwicklung meines Geistes. Über irgendeine mögliche oder unmögliche Rettung einiger mache ich mir keine Gedanken. Das halte ich für sinnlos."

„Na, ich meinte damit auch nicht, dass bestimmte Menschen gerettet – in welcher Form auch immer – werden könnten. Eigentlich geht es mir nur darum, dieses duale Lebenssystem zwischen materiell und immateriell verstehen und akzeptieren zu können. Denn wenn wirklich unser Geist in einer energetischen Form die Zeit überdauern würde, dann stellen Sie sich einmal vor, was das für das Leben bedeuten würde."

„Sicher...aber ich möchte mich eigentlich nicht mit Konjunktiven oder Abstraktionen beschäftigen. Es ist mir wichtig, ständig zu versuchen, im Hier und Jetzt zu sein, nicht abzudriften in Vergangenheit oder Zukunft. Das wahre Leben leben wir doch in der Gegenwart. Und da will ich sein, weil ich festgestellt habe, wie schön alles sein kann, wenn man die Zeit ausfiltert."

Lukas nickte bestätigend.

„Natürlich. Damit haben Sie vollkommen recht. Die Einflussnahme der Zeit hat uns schon immer gehindert, unser Leben so wahrzunehmen, wie es wirklich ist. Sie tun das mit einer außerordentlichen Disziplin. Auch das nötigt mir Respekt ab, dass Sie das so gut können. Dann fällt auch das Meditieren leichter, stimmt´s?"

„So ist es. Manchmal denke ich, ob die letzten Augenblicke in tiefer Meditation nicht ein Ziel wäre. Bevor die Angst uns dieser Konzentration beraubt."

„Durchaus...es wäre eine gute Möglichkeit, die Angst zu vernichten. Ich befürchte, das schaffen nur wahre Meister, die schon längst keine Angst mehr haben."

„Hmmm....ja wahrscheinlich..."

Lukas sah auf die Uhr.

„Ich muss gehen. Es war schön, dass wir dieses Gespräch führen konnten, Stefan. Vielleicht kreuzen sich unsere Wege noch einmal, aber irgendwie habe ich den Eindruck, dass das nicht mehr notwendig sein wird. Ich möchte Ihnen nicht alles Gute und viel Erfolg wünschen, denn ich weiß, dass Sie Ihren Weg nicht mehr verlassen werden. Ich gäbe etwas dafür, zu erleben, wie Ihre Zukunft sich gestalten wird. Und dass sie sich gestalten wird, da bin ich jetzt absolut sicher. Es kann gar nicht anders sein. – Es war mir eine große Freude, jemanden wie Sie kennengelernt zu haben. Sie haben mir einen Herzenswunsch erfüllt, Stefan. Vielen Dank dafür."

Lukas gab ihm die Hand und Stefan ergriff sie.

„Ich danke Ihnen für diese erkenntnisreichen Gedanken. Tut mir leid, wenn ich anfangs so abweisend war. Ich wünsche Ihnen noch eine erfüllende Restzeit. Machen Sie´s gut…"
Lukas lächelte breit.
„Das Leben findet immer einen Weg. Aber das wissen Sie ja bereits."
Er nickte und drehte sich um. Mit weiten Schritten erreichte er den Dschungelpfad und urplötzlich war er verschwunden. Stefan zog die Augenbrauen hoch und suchte den Waldpfad ab. Aber er konnte weder etwas von ihm sehen noch hören. Nur das Rauschen des Wassers und die Dschungellaute drangen an sein Ohr. Er setzte sich wieder auf den Baumstamm und richtete den Blick auf das Wasser. Die intensive Begegnung und dieses außergewöhnliche Gespräch hatten ihn merklich aufgewühlt und er dachte an das, was Lukas gesagt hatte. Als Auserwählter hatte er ihn bezeichnet. Aber für was? Stefan schüttelte den Kopf. Warum sollte er sich über so etwas Gedanken machen? Er war längst sicher, auf einem richtigen Weg zu sein. Er nahm seinen Geist wahr, das war es doch, was zählte. Auf dieser Basis konnte er aufbauen und weiterhin daran arbeiten, die noch verbliebene Angst vor dem Ende zu vernichten.

*

Tagebuch-Exkurs
24. Oktober – Neuseeland, Bay of Islands
Mit dem heutigen Tag verbleiben uns lediglich noch drei Monate zum Tag X. Seit fünf Wochen sind wir hier. Mittlerweile wird es immer schwieriger, von einem Ort in

der Welt zum anderen zu gelangen. Immer mehr Routen sind gestrichen worden, weil die Fluggesellschaften keine Piloten mehr finden. Die verbliebenen Flüge sind hoffnungslos ausgebucht. Der Schiffsverkehr über die großen Ozeane mit den Kreuzfahrtschiffen findet zwar immer noch statt, aber auch hier haben die Unternehmen mit einer ständig sinkenden Zahl von Personal zu kämpfen. Ich denke, die Reedereien werden bald ihre Fahrten einstellen. Kaum noch jemand geht einer geregelten Arbeit nach. Wirtschaft und Handelsbeziehungen kommen langsam zum Erliegen. Warenlieferungen finden nur noch statt, weil viele Freiwillige sich nach wie vor bereit erklären, die Menschen zu versorgen. Wir bemerken auch hier, in Neuseeland, dass die Hamsterkäufe zunehmen. Die meisten Geschäfte teilen ihren Kunden das genaue Datum mit, wie lange noch eingekauft werden kann. Aber auch sie sind abhängig von den Nahrungsmittelherstellern und deren Zulieferern. Plötzlich wird uns allen klar, wie engmaschig das Netz der Versorgung ist und welches Chaos bereits eintreten kann, wenn ein wichtiges Glied in dieser langen Kette fehlt. Niemand weiß, wie lange das noch funktioniert. Es bedarf schon einer gewaltigen Zahl von Idealisten, die ihre Arbeit noch weiter tun wollen. Ich kann das verstehen. Jeglicher Sinn ging verloren. Es geht nur noch um eine Hilfsbereitschaft, die keine Gegenleistung mehr verlangt. Langsam machen selbst wir uns schon Gedanken, wie und wo wir Nahrungsmittel lagern können. Und es geht auch um andere wichtige Dinge. Benzin, Getränke, Wasser, Medikamente oder gar ärztliche Hilfe. Wie lange können wir das noch in Anspruch nehmen? Aber etwas hat sich ganz und gar verändert. Die Menschen. Alle Menschen gehen miteinander auf einer unvorstellbar freundlichen, hilfsbereiten und zuvorkommenden Ebene um. Ich höre kaum mehr ein böses Wort oder nur den Anflug von Aggression. Ich spüre, wie der Frieden sich über den Ort legt. Über das Land. Und ich hoffe, dass überall auf der Welt dies so ist. Wir haben gehört, dass es global kaum noch bewaffnete Konfrontationen gibt. Der Konflikt im Vorderen Orient ist eingeschlafen. Niemand interessiert sich mehr für ein krankhaftes Machtgehabe. In Zentralafrika haben die Rebellen die Lust am Kämpfen vollends verloren. Es gibt nichts mehr zu gewinnen. In Mexiko sind die Kriege der Drogenkartelle und der Polizei auf ein Minimum geschrumpft worden. In China sind bereits vor Wochen alle politischen Häftlinge aus der Haft entlassen worden. Die tibetischen Mönche können in ihren Klöstern kaum mehr Menschen einlassen, weil sie alle die letzte Segnung der Lamas erhalten wollen. Und auch Rom ist mit den vielen Gläubigen, die den Papst wenigstens noch einmal sehen wollen, völlig überfordert. Aber am Wichtigsten ist es wohl, dass keine Kriege mehr stattfinden. Der grausame und menschenverachtende völlig sinnlose Krieg in der Ukraine findet nicht mehr statt. Die Soldaten sind einfach nach Hause gegangen und niemand hatte sie aufgehalten. Zurück bleibt ein zerstörtes Gebiet, das genau die zerstörerische Eigenart der menschlichen Rasse veranschaulicht. Und selbst dieses vollkommen zerstörte Gebiet wird die Zeichen des Krieges nicht überdauern. Eine noch größere Gewalt wird es hinwegfegen. Manch einer der Soldaten fragt sich, warum und weswegen es überhaupt diese brutalen Vernichtungen gegeben hatte. Es gibt keinen Grund mehr für Kämpfe. Es gibt auch keine Völkerwanderung mehr. Niemand will mehr nach Europa. Niemand will nach Amerika. Niemand will auswandern und niemand hat mehr den Wunsch, alles und jeden zurück zu lassen, nur weil die Lebens- und Arbeitsbedingungen beschissen sind. Sie bleiben alle dort, wo ihre Wurzeln sind. Keiner will sich noch eine Reise ins Nirgendwo antun. Denn diese Reise kommt sowieso für uns alle. Wir brauchen nur zu warten.

Wir werden hier in Neuseeland unserem Ende entgegen sehen. Wir wollen auch noch einige Dinge erleben. In den Südalpen wollen wir noch einen Track durch das Fjordland unternehmen. Das war schon immer mein Wunsch, aber aus irgendwelchen nicht nachvollziehbaren Gründen habe ich es Zeit meines Lebens nicht geschafft. Auf das freuen wir uns alle noch. Angst hat sich noch nicht eingestellt und ich werde alles tun, um sie von uns fern zu halten. Wir verbringen sehr viel Zeit an den Stränden und auf dem Meer. Daniel hat tatsächlich noch ein Boot aufgetrieben, mit dem wir fast täglich hinausfahren und uns irgendeine verschwiegene Bucht suchen, wo wir die Stille genießen können. Klingt schon paradox, dass wir die Stille so schätzen. Bald werden wir sie in einer beeindruckenden Form für immer haben. Die Kinder haben sich mit einer gleichaltrigen Gruppe angefreundet, mit denen sie viel Zeit verbringen. Sie feiern so oft wie möglich, fahren zum Surfen oder auch mal zum Sandsurfen in die Dünen von Te Paki. Daniel macht mir ein bisschen Sorge. Er ist mir zu nachdenklich geworden. Ich befürchte, er ist mit seinen Gedanken nur noch am letzten Tag. Vielleicht sollten wir baldigst unseren Track laufen, bevor er destruktiv wird. Diese Woche werden wir losfahren...

Vor ein paar Tagen war Vollmond. Nummer vier. Es werden noch drei folgen. Am 23. Januar wird die letzte Vollmondnacht sein, die wir sehen werden. Ich bin aufgebrochen, da lagen noch dreizehn Monde vor mir. Ich fühle die Geschwindigkeit der Zeit und weiß doch, dass es keine Geschwindigkeit geben kann. Unser Fühlen ist unsere stärkste Wahrnehmung. Schwierig zu kontrollieren, aber ich glaube, ich bin auf einem guten Weg.

Ende des Exkurses

„Wollen wir morgen mal einen Tag in der Bucht verbringen?"
Stefan sah sie der Reihe nach an, wie sie dösend und faul im warmen Sand lagen.
„Warum nicht? Wir haben noch lange nicht alle Inseln gesehen. Von den verschwiegenen Buchten ganz zu schweigen."
Daniel hatte sich aufgesetzt und sah auf die See hinaus. Von dem Strand aus, der zwischen Paihia und Waitangi lag, konnten sie bis an den Horizont sehen. Es lagen keine Inseln dazwischen. Links und rechts davon konnte man in die Inselwelt eintauchen, einsame Buchten ansteuern und unbewohnte Eilande erkunden.
„Wir treffen uns eigentlich morgen mit den anderen und wollen eine Segeltour machen..." warf Andreas dazwischen und sah Elena an.
Die nickte.
„Ja, haben wir schon letzte Woche ausgemacht. Wir wollten nur abwarten, ob auch das Wetter hält."
Sie sah in den blauen wolkenlosen Himmel. Es würde die nächsten Tage auch so bleiben.
„Okay, kein Problem. Ich hätte allerdings noch einen anderen Vorschlag zu machen..."
Stefan hatte die Füße verschränkt und wartete. Er sah aus, als ob er überlegen würde, damit heraus zu rücken.
„Ja? Was denn?"

Daniel blickte ihn fragend und neugierig an.

„Wie wäre es, wenn wir auf die Südinsel fahren und einen Track laufen. Nicht den Milford und auch nicht Kepler oder Routeburn. Es gibt einen, der noch gar nicht angeboten wurde. Die wenigsten wissen davon. Aber wir könnten ihn gehen."

„Einen Track? Das wäre toll...oder?" sagte Elena und sah Andreas an.

„Klar! Bin sofort dabei...vorausgesetzt, es fahren noch Fähren auf die Südinsel. Oder fliegen wir dahin?"

Stefan schüttelte den Kopf.

„Nein. Wir fahren mit dem Auto. Wir brauchen relativ viel Gepäck, das können wir damit bequemer transportieren. Die Fähren fahren auf jeden Fall noch bis Dezember. Ich habe mich schlau gemacht. Wenn wir diese Woche aufbrechen, können wir das nächste Woche angehen – was meint ihr? Sollen wir das noch machen? Das...das ist mein letzter großer Wunsch. Ich hab´ es doch nie geschafft, mal ein paar Tage durch das Fjordland zu wandern. Wird bestimmt klasse! Und wenn das Wetter mitmacht, dann denke ich, können wir noch einmal etwas Grandioses erleben..."

„Ich finde das hier schon grandios und genial..." sagte Andreas leise und deutete auf die Bucht, den Strand und das Meer.

„Aber die Berge sind bestimmt ein tolles Abenteuer. Ja, lasst uns das tun..."

Er nickte grinsend, sah Elena erwartungsvoll an, dann Daniel, der ihm zustimmte und Stefan.

„Okay. Übermorgen brechen wir auf...wir werden einen Tag bis Wellington brauchen, da übernachten wir. Dann setzen wir mit der Fähre über und fahren nach Te Anau. Dort sehen wir weiter."

„Das ist cool...mal ganz anders als die Tropen."

Daniel lachte laut auf und boxte Stefan in den Oberarm. Erleichtert stellte Stefan fest, dass er seine Melancholie verloren hatte und sichtbare Begeisterung zeigte.

„Ich dachte schon, du vergräbst dich in deinem melancholischen Irgendwo..." setzte er leise hinzu.

Daniel zog die Augenbrauen nach oben.

„Hat man das gemerkt?"

„Hat man...war ja kaum zu übersehen."

„Scheiße...ich dachte immer, ich habe das typische Pokerface."

Er verzog das Gesicht.

„Tsss...damit würdest du nichts, aber auch gar nichts gewinnen. Pokerface...dass ich nicht lache..."

Stefan fing an zu lachen.

„Gut, dass ich nicht Karten spiele..."

„Gut, dass sich dein inneres Arschloch verabschiedet hat."

„Arschloch", zwinkerte Daniel ihm zu.

Stefan zeigte ihm eine Nase und ließ lautstark die Zunge zwischen den Lippen spielen.

„Lululululululu .... selber .... ", begann er einen unmelodischen Singsang.

Elena und Andreas grinsten sich an. Die Alten benahmen sich kindisch – gut so...

*

Röhrend verließ das kleine Motorboot den Anlegesteg. Stefan stand neben Steve, der sie auf die andere Seite bringen würde und ließ sich den warmen Wind ins Gesicht blasen. Der Wetterbericht hatte nicht übertrieben. Es war ein wunderschöner Tag, der Lake Te Anau präsentierte sich in einer wundervollen dunkelblauen Farbe, der Himmel erlaubte nur kleinen Wolkenfetzen das Vorbeiziehen. Die Sonne strahlte wie auf Hochglanzpapier auf die Erde und die Sicht auf die umliegenden Berge war phänomenal. Die schneebedeckten Bergspitzen glitzerten in der Sonne und signalisierten eine Einladung zu Abenteuer in der Abgeschiedenheit. Stefan spürte den Atem der Natur und diese tiefe Sehnsucht nach der Wildnis. Eine gewaltige Vorfreude hatte ihn und die anderen erfasst. Es würde ein Abenteuer werden. Ein kleines zwar, aber ein Abenteuer, das sie noch niemals erlebt hatten. Durch die atemberaubende Landschaft des Fjordlandes zu wandern, ohne dass man Gefahr lief, laufend irgendwelchen Menschen zu begegnen, bereitete einen seltenen Enthusiasmus.

Nach kurzer Zeit hatten sie das andere Ufer erreicht. Steve steuerte das Boot fast bis ans Ufer, sodass sie alle nur vom Boot springen mussten, ohne die Stiefel und Socken ausziehen zu müssen. Nachdem sie ihre Rucksäcke in Empfang genommen hatten, verließ sie Steve schon wieder. Nicht ohne noch einmal zu betonen, wo und wann er sie mit dem Hubschrauber wieder abholen kam. Zusammen hatten sie die Stelle auf der Karte markiert. Direkt am Fjord. In sieben Tagen. Dann entfernte sich schnell das Motorengeräusch – und zurück blieb eine sagenhafte, spürbare, unglaubliche Stille. Sie begannen zu lauschen. Es war nichts zu hören außer entferntes Vogelgezwitscher. Und das Rascheln der Blätter, wenn der Wind durch das Dickicht fuhr.

„Also...los geht´s...“ rief Daniel begeistert und zog die Riemen seines Rucksacks fest.

Sie marschierten los. Ein schmaler, kaum benutzter Pfad wies ihnen den Weg. Sie tauchten ein in einen Wald, der noch nicht von Menschenhand reduziert worden war, in dem noch nicht Häuser gebaut wurden und in dem noch nicht die Hinterlassenschaften von Touristen zu sehen waren. Es war ursprünglich und außergewöhnlich. Außergewöhnlich deshalb, weil das Bewusstsein, alleine hier zu sein, ein seltenes Hochgefühl gebar. Fast schlich sich so etwas wie Pioniergeist ein. Zusammen mit der Allmacht der sie umgebenden Natur und dieser sagenhaften Stille verstummten schon nach einer Stunde die Gespräche. Jeder konzentrierte sich nur auf seinen Tritt und das, was er sehen konnte. Sehen, hören, riechen, spüren. Stefan erinnerte sich an seine ersten Gedanken, als sich damals der Wunsch nach dieser Reise, nach diesem Suchen, eingestellt hatte. Es war doch genau das, was diese Monate essentiell bereit gestellt hatten. Sehen, riechen, schmecken, hören, spüren. Mit allen Sinnen und mit seinem subtilen Geist. Mit dem Unbewussten und dem Bewussten. Manchmal blieb er einfach stehen, um zu lauschen. Dann sah er in die Baumwipfel, die sich sachte und sanft im Wind bewegten, sah die Sonnenstrahlen, die wie lange Speere das diffuse Waldlicht teilten und die gesamte Szenerie in eine magische Welt tauchten. Der azurblaue Himmel stand in einem faszinierenden Kontrast zur Natur. Stundenlang wanderten sie den kleinen Pfad entlang. Hintereinander, weil der Weg viel zu eng war, um nebeneinander hergehen zu können. Am Nachmittag erreichten sie eine weite, Busch bewachsene Hochebene. Es ging kaum spürbar bergauf. Der Himmel war immer noch wolkenlos und der Wind angenehm warm. Die Hochebene mündete in ein Tal, in dem sie die erste Nacht verbringen würden. Am nächsten Tag mussten sie in die Höhe. Es war ein Pass auf einem Bergrücken zu überqueren, der sich dann wiederum noch einmal in die Höhe schlang. Stefan hoffte, dass das schöne Wetter sich hielt. Denn dann würde diese Wanderung perfekt werden.

Am späten Nachmittag erreichten sie ein langgezogenes Tal, durch das sich ein kleiner Bach wand. Auf einer grasbewachsenen flachen Fläche hielten sie an und sahen sich um. Die Schatten waren lang geworden und die Sonne würde sich bald hinter den Berggipfeln verabschieden.

„Ich denke, wir bleiben heute Nacht hier. Ein guter Platz, wie ich finde und Wasser haben wir auch. Was meint ihr?"

„Super," sagte Elena begeistert und schmiss sich den Rucksack von den schmerzenden Schultern. Dann legte sie sich ins Gras und streckte sich ganz aus.

„Guter Platz," bestätigte Daniel und begann, Zelt und Schlafsäcke herzurichten.

Sie stellten die beiden Igluzelte gegenüber auf und bauten mit Steinen aus dem Bach eine kleine Feuerstelle dazwischen. Dann schmissen sie sich ebenfalls in das weiche Tussokgras und träumten in den blauen Himmel. Doch bald überzog sie der Bergschatten, es begann merklich kühler zu werden und sie bereiteten ein Feuer vor. Die ersten Sterne begannen zu funkeln und kreierten gleichzeitig Stille. Die Geräusche um sie herum waren vollends eingeschlafen. Nur ein Rascheln und Knistern im umliegenden Buschwerk zeugte noch davon, dass vielleicht ein paar nachtaktive Tiere sich auf die Jagd begeben hatten. Vielleicht gar ein Kiwi? Wahrscheinlicher war jedoch die

Gegenwart von Opossums oder Wiesel. Die neuseeländische Plage schlechthin.

Als die Nacht hereinbrach, saßen sie um das prasselnde Feuer herum und genossen die Ruhe der Wildnis. Ein leichter Wind spielte mit den Gräsern und ließ ein sanftes Scharren entstehen. Weich und zart. Ein leiser intensiver Singsang der Natur, der ihre Sinne schärfte und sie zum Lauschen verleitete. Stefan sah in den phantastischen Sternenhimmel, der so klar war, wie sie es alle noch niemals gesehen hatten.

„Wahnsinn...das habe ich noch nie gesehen. Schau dir das mal an. Diese vielen Sterne. Und dieses Band da...ist das die Milchstraße?"

Bewundernd starrte Daniel in den gigantischen Nachthimmel. Und trotz des diffusen Feuerscheins konnten die anderen sein Strahlen in den Augen sehen, die soviel Begeisterung in sich trugen. Stefan erging es nicht viel anders. Er spürte wie schon so oft auf der Reise ein besonderes Kribbeln in der Magengegend. Es zeugte von der Aufgeregtheit, die in ihm herrschte. Eine wohlige, angenehme und euphorische Aufgeregtheit, die ihm zum wiederholten Male mitteilte, auf was es schließlich auf seiner Reise ankommen würde. Momente wie diese zu begreifen, zu genießen und in sich aufzunehmen. Nicht nur als bloße Erinnerung, sondern vor allen Dingen als eine Erkenntnis, die klarlegen musste, warum er durch dieses Leben ging, warum er die Fähigkeit besaß, zu sehen, zu riechen, zu hören – und zu begreifen. Vielleicht auch, was das Leben bereit hielt, was es präsentierte, was es initiierte, zu geben und zu übermitteln. Diese besonderen Momente überschütteten seinen Geist mit der reinen Essenz des Schönen und Kostbaren, des Grandiosen und

Wunderbaren, des Einzigartigen - und einem leuchtenden Glanz, der aus einer ganz anderen Welt zu kommen schien, um ihm, dem eigentlich beschränkten Menschen die absolute Klarheit aller Existenzen vermitteln zu wollen. Wie ein Virus suchte sich dieses Element seinen Weg durch den Körper und durch den Geist, durch eine nie zu erklärende Spiritualität, um im Zentrum seines fühlenden Sinnes das erste und das letzte Prinzip offenzulegen.

Und mit diesem besonders seltenen Gefühl des Seins und seiner vollkommenen Existenz legte sich Stefan schlafen. Er kroch in seinen Schlafsack, lauschte noch einmal in die herrliche Nacht – und mit dem unendlichen Bild des Sternenhimmels schlief er kurz darauf ein. Ein tiefer, wohlig ruhiger Schlaf fing ihn auf und bettete ihn berührungslos in das Kissen vollendeter Teilhabe mit der Welt. Alle Sorgen und Gedanken hatte der Wind mitgenommen. Alles Vergangene und Zukünftige wurde zurück gestellt, ohne Zugang und ohne die Versuchung, sich wieder darin zu verlieren. In dem Augenblick, in dem er vom Wachzustand in den Schlafmodus fiel, galt nur noch der absolute Augenblick. Die Präsenz in seiner allgegenwärtigsten Form.

Als er erwachte, graute der Morgen. Die Sonne war noch gar nicht aufgegangen. Tau lag auf den Grashalmen, auf den Büschen, auf dem Boden. Es war vollkommen windstill. Stefan erwachte von der bemerkenswerten Stille, war augenblicklich präsent und lauschte. Er konnte nichts wahrnehmen außer dem Atmen von Daniel und dem Schnarchen von Andreas, wenn er sich umdrehte. Das morgendliche Licht fiel in das Zelt und ließ ihn aufstehen. Er wälzte sich vorsichtig aus dem Schlafsack, spürte eine unangenehme Kühle und schlüpfte sachte aus dem Zelt. Die

Luft war feucht, aber angenehm. Das Feuer war längst erloschen und das Gurgeln des nahen Baches intonierte eine natürliche Sinfonie der Idylle. Vogelgezwitscher drang an sein Ohr und er verspürte wieder dieses so intensive Gefühl des enthusiastischen Aufbruchs. Er blickte auf die Bergkette vor ihm, die noch im Morgennebel lag. Ein Band feuchter Wolken umschlang sie und ließ nur die Spitzen daraus hervorragen. Über den Wolken war klarer Himmel, der schon eine blaue Farbe angenommen hatte und darauf schließen ließ, dass der kommende Tag mit dem bald erwartenden Sonnenaufgang wiederum wunderschön werden würde. Stefan trat an die Feuerstelle und legte ein paar kleine Äste hinein, die sie am Vorabend noch gesammelt hatten. Dann zupfte er trockenes Tussockgras heraus und zündete es an. Die kleinen Flammen erfassten schnell die Äste und innerhalb kürzester Zeit wurde daraus ein Lagerfeuer. Er kramte das Kaffeepulver aus dem Rucksack, holte Wasser vom Bach und stellte den Topf auf das Dreibein, das über dem Feuer stand. Bald brachte die Hitze das Wasser zum Kochen und er goss das heiße Wasser über den Kaffee. Augenblicklich erfüllte der Duft seinen umgebenden Raum. Genussvoll schlürfte er an dem Becher, während er sich auf einen Stein am Bach setzte und auf das Erscheinen der ersten wärmenden Sonnenstrahlen wartete. Es war nach wie vor vollkommen windstill und eine schon körperlich empfindende Ruhe stellte sich ein. Mit Erstaunen musste er feststellen, dass diese speziell fühlbare Ruhe, die er zu Hause niemals empfinden konnte, genau die Kompensation zu dem steten monotonen Lärm sein sollte, den er von zu Hause kannte und der niemals abzustellen war. Jedenfalls nicht in den Städten oder den Randbezirken. Er war so in seiner Konzentration auf die magische Ruhe um ihn herum vertieft, dass er gar nicht merkte, wie Daniel aus dem Zelt gekrochen kam und nun neben ihm stand. Fast erschrocken drehte er sich um, als er ein brummendes ´Guten Morgen´ vernahm.

„Hey, Indianer...hab dich gar nicht gehört. Morgen...“

„Hast du geträumt?“

„Ein bisschen, ja...nimm´ dir ´ne Tasse, da ist noch heißes Wasser auf dem Feuer.“

Er zeigte mit seinem Becher auf den Blechtopf. Daniel goss sich ein und setzte sich neben Stefan. Während er das heiße Gebräu schlürfte, sah er auf die Bergspitzen, die schon die ersten zarten Sonnenstrahlen auffingen und leuchteten, als wenn sie angestrahlt worden wären.

„Das wird wieder ein wunderschöner Tag werden. Schau dir mal die Bergspitzen an. Sagenhaft...“

Stefan folgte seinem Blick und nickte.

„Welche Richtung müssen wir gehen?“ fragte ihn Daniel.

Stefan suchte den Pfad, der über die Tussoklandschaft führte und zeigte in die Ferne.

„Siehst du den kleinen Pfad? Kaum zu erkennen. Diese Linie, die bis zu den Felsen führt.“

Daniel folgte mit den Augen seinem Finger.

„Ja...meinst du den spitzen Felsen dort? Der wie ein Tor aussieht?“

„Ja, genau. Dahinter geht´s dann nach oben bis zum Pass.“

„Und wie hoch sind wir dann?“

Stefan zuckte die Schultern.

„Keine Ahnung. Hoffentlich so hoch, dass wir einen genialen Ausblick haben werden.“

In diesem Moment hörten sie das Ratschen eines Reißverschlusses. Sie drehten sich um. Andreas hatte seinen Kopf aus dem Zelt gesteckt und grinste die beiden Männer an.

„Morgen...ich rieche Kaffee...rieche ich richtig?"

„Morgen. Gut erkannt. Raus mit euch, damit wir bald aufbrechen können..."

Andreas sah auf die Uhr und verdrehte die Augen.

„Seid ihr wahnsinnig? Viertel nach sechs...ich faß´ es nicht..."

Stöhnend krabbelte er aus dem Zelt. Ihm folgte auf dem Fuße Elena, die schlaftrunken in die Gegend starrte und gähnte.

„Sonne … blauer Himmel … jippiee …" murmelte sie leidenschaftslos und versuchte ein Lächeln. Stefan und Daniel grinsten sich an.

Sie setzten sich um das Feuer, hielten mit beiden Händen die heißen Tassen in Händen und warteten, bis die Lebensgeister vollständig zur Verfügung standen. Nachdem sie etwas gegessen hatten, begann Stefan schon, zusammen zu packen. Und als die Sonne die Baumspitzen des Talbodens berührte, waren sie schon fertig und begaben sich wieder auf den schmalen Pfad, der sie heute auf den Pass führen würde. Stefan setzte seine Mütze auf, drehte sich zu den anderen um und nickte.

„Alles fertig?"

„Sir, yes Sir!! Alles fertig, Trackmaster," antworteten sie wie aus einem Mund. Stefan lachte laut auf und marschierte los.

Es dauerte mehr als eine Stunde, bis sie den spitzen Felsen erreicht hatten. Die Sonne war spürbar wärmer geworden und die Steigung war gerade so steil, dass sie sich nicht besonders anstrengen mussten. Als sie zwischen den Felsen hindurch liefen, blieb Stefan stehen und orientierte sich. Ein

Geröllfeld lag vor ihnen und der schon schmale Pfad war kaum mehr auszumachen. Er sah nach oben. Da – der Weg. Weiter oben wurde er wieder sichtbar. Wie eine Schnur zog er sich nach oben. Genau mitten durch den Hang, der sie in die Höhe bringen sollte. Er sah in einen wunderbar wolkenfreien Himmel, der sie zusammen mit einer zauberhaften Stille alle eine geradezu euphorisch anmutende Begeisterung spüren ließ, die eventuell auftretende Gedanken an ein baldiges Ende völlig entwertete. Der Aufstieg entpuppte sich alsbald anstrengender als es von unten aussah. Nach eineinhalb Stunden keuchte jeder mehr oder weniger stark, die Hemden wurden langsam durchgeschwitzt und Gespräche fanden nur noch statt, wenn Stefan die Karte heraus holte, um sich zu orientieren. Sie befanden sich mittlerweile auf einem grasbewachsenen Hang, der sich bis an die Felsen hoch aufragender Berge hinzog. Sie genossen einen Rundumblick, der nur noch durch die ringsum hochgeschossenen Felsentürme begrenzt wurde. Der Weg führte durch die Türme hindurch, überquerte dann den Pass, um serpentinenartig wieder nach unten in die Wälder zu führen.

Am frühen Nachmittag wurde der höchste Punkt erreicht. Sie waren auf dem Pass angelangt und legten die Rucksäcke ab. Schwer keuchend fielen sie auf die Moos- und Flechten bewachsene Erde, genossen die warmen Sonnenstrahlen und lauschten auf den Wind, der über die freie Fläche blies. Sie waren nun in einer Höhe, die es erlaubte, den Blick bis auf die Tasmansee zu richten. In der Ferne konnten sie den Horizont erkennen, die Trennlinie zwischen Himmel und Meer. Der weite Blick über die Berge mit seinen schneebedeckten Gipfeln war atemberaubend und wenn das Bewusstsein nicht schon längst wusste, dass in nicht so weiter Ferne das Ende solcher Anblicke eingeläutet werden sollte, hätte man sich seiner Freude über die Dimensionen hinweg bedenkenlos hingeben können. Doch so blieb immer ein sehr bitterer Beigeschmack zurück, den auch ein solch grandioser Anblick der Natur nicht vollständig beiseite schieben konnte. Stefan spürte zwar dieses wohlige einzigartige Gefühl des Entdeckers und eines seltenen Pioniergeistes, wusste aber gleichzeitig, dass er sich dieses großartigen Gefühls nur mehr in einer Erinnerung freuen konnte, weil es nie mehr wiederholbar sein würde. Doch er konnte in sich auch diesen Trotz wahrnehmen, der ständig versuchte, seinem inneren Etwas, das immer wieder die Gedanken auf den letzten Tag lenken wollte, entgegen zu treten, um seine ganze Aufmerksamkeit auf das momentane Tun zu fokussieren. Denn seine subtile Konzentration und seine disziplinierte Aufmerksamkeit schafften diese gegenwärtige Freude, die das Laufen in einen Zustand höchster Präsenz verwandelte und seine Sinne permanent aufforderte, die Wahrnehmungen der sagenhaften Natur auch ins richtige Licht zu setzen.

Jetzt saßen sie im Gras und ließen ihre Blicke über diese ungewöhnlich sichtbare Weite schweifen, aßen und tranken ihre Vorräte und konnten sich nicht sattsehen an dieser Szenerie, die sich ihnen doch nur so selten bot. Schönes Wetter im Fjordland war eine Seltenheit. Regen, Wind, Stürme und Kälte hatten das Sagen dort. Nichtsdestotrotz präsentierte sich eine unnahbar wirkende Wildnis bei Sonnenschein wie eine göttliche Eingebung. Und diese wiederum die Frage nach einem Sinn, nach einem Lebenssinn, kaum mehr stellen konnte. Denn der Sinn entfaltete sich schon durch die sie umgebende gewaltige

Natur, ein perfektes Sinnbild des Archaischen, des Ungezähmten, des Wilden und Schönen, zugleich des Vertrauten und einer Zuflucht in das Reinste, was man als Mensch wahrnehmen konnte. Die Wahrnehmung und das Erkennen dieses Reinen, dieser riesige Einfluss, der so vehement in den Menschen dringen konnte, war die Sinnbildung des Lebens schlechthin. Und in dem Moment, als Stefan seinen Blick schweifen ließ, als er nichts anderes sehen konnte als die absolute Schönheit einer elementaren Natur, war im eigentlichen Sinne seine Suche dort angelangt, was er immer als die letzte Erkenntnis vor Augen gehabt hatte. Der Sinn des Lebens, der sich auf seiner ganzen Reise Stück für Stück immer weiter zusammen gesetzt hatte, wurde nun zu einem Bild. Ein ganzheitliches Bild, das noch nicht bis zum letzten Puzzleteil fertiggestellt war, aber ein Bild, das nun sichtbar und klar geworden war. Ein Erkennen war geschaffen worden, ein Bewusstmachen des Ganzen, ein tatsächlich erstes und ein letztes Prinzip, das nur aus dem tiefen Gefühl heraus erkannt werden konnte. Keine Sprache würde in der Lage sein, die richtigen Worte hieraus zu finden. Nur die Allmacht eines inneren Empfindens war fähig, aus fragmentarischen Stücken ein Ganzes zu kreieren. Stefan wusste es in diesem kurzen, alles entscheidenden Moment. Er fühlte dieses Angekommensein, dieses so lange gesuchte Ziel, das sich aus Frieden, Sinn und Liebe zusammensetzte. Einem ultimativen Frieden mit sich selbst, keine Zweifel mehr, keine Skepsis und keine Fragen. Ein Lebenssinn, der sich allein aus einem Sehen speiste, das die innere wie auch die äußere Welt zu einem einzigen Universum verband. Ohne Trennlinien, ohne Übergänge, ohne Unterschiede. Und er verspürte diese tiefe Liebe zu einem Leben, das so einzigartig sein konnte. Die Liebe zu den Menschen, zu der Natur, zu sich selbst. Er verstand, dass Liebe nur zu geben war, wenn man auch sich selbst lieben konnte. Das ganze Leben bestand aus einem Geben und aus einem Erhalten. Es gab niemals ein Nehmen. Alles war bedingungslos. Und auch der Tod war bedingungslos. Er erhielt lediglich das Leben, so wie er auch einst das Leben gab. Ein sich schließender Kreis, der sich immer wiederholt. Es gab keinen Anfang und es gab kein Ende. Essentiell war immer das gewesen, was dazwischen lag, zwischen den Extremen – das Leben. Die Überlegung Stefans vor vielen Monaten, ob sich Erkenntnis in einem Augenblick bilden würde oder nach und nach, wurde jetzt beantwortet. Es war die logische Kombination von Entwicklung, Lernen, Wissen und des allmählichen und auch plötzlichen Verstehens. In Stefan spielten die Erkenntnisse fangen mit sich selbst. In einer unglaublichen Kettenreaktion übernahm eine Erkenntnis die andere, verband sich und gebar wieder Neues. Eine Nanosekunde reichte aus, um aus dem Geist das höchste menschenmögliche Bewusstsein offenzulegen, was der Mensch in der Lage ist, zu begreifen. Stefan war in diesem Augenblick längst nicht mehr der Stefan, der er einmal gewesen war. Er hatte verstanden, was es hieß, durch seine Erfahrungen und Erlebnisse Zugang zu den Gefühlen zu bekommen und damit in Kontakt treten zu können.

Der Zinnmann im ´Zauberer von Oz` kam in einer seltsamen Momentaufnahme durch seine Sinne, denn genau das tut dieser. Zusammen mit Dorothy und ihren Freunden ist er auf der gelben Ziegelsteinstraße unterwegs nach Oz in der Hoffnung, dass der große Zauberer dort ihm ein Herz schenken wird, während die Vogelscheuche gerne Verstand hätte und der Löwe sich vor allem Mut wünscht. Am Ende ihrer Reise müssen sie feststellen, dass der vermeintlich große Zauberer ein Scharlatan ist und niemals in der Lage sein wird, ihnen das zu geben. Aber gleichzeitig entdecken sie etwas viel Wichtigeres: alles, was sie sich wünschen, befindet sich bereits in ihrem Inneren. Niemand braucht einen gottgleichen Zauberer, um Empfindsamkeit, Klugheit oder gar Tapferkeit zu bekommen. Man muss nur der gelben Ziegelsteinstraße folgen und sich all seinen Erfahrungen öffnen, die einem unterwegs begegnen, um zum letztendlichen Wissen zu gelangen. Seine Suche wurde durch diese tiefe Erkenntnis beendet. Er hatte es gefunden. Er hatte verstanden, was das Leben bedeutet. Was es letzthin bedeuten muss. Er hatte tatsächlich in einer besonderen Art die Dimensionen gewechselt – so wie es ihm Rama prophezeit hatte. Er konnte aus einer neuen Dimension heraus auf die Dimension seines Lebens blicken. Alles wurde mit einer grenzenlosen Leichtigkeit erfasst. Sein Lebenssinn präsentierte sich nicht als singuläres Ereignis, sondern als Ganzes, als eine Macht, die nichts ausließ, nichts vergaß, nichts ausschloss. Das Leben und mithin der sich daraus resultierende Sinn verkettete sich mit allem, was jemals entstanden war, sich bewusst in die Wahrnehmung ausgebreitet hatte und keine Frage mehr nach Wichtigem und Unwichtigem stellen konnte. Alles stand auf einer Ebene, alles hatte Anteil am Leben, alles verbreitete Lebenssinn und alles füllte Seele und Geist. Letztendlich ging es lediglich um Wahrnehmung, Aufmerksamkeit und einem unabdingbaren Wachsein. Lebenssinn in seiner ursprünglichen Form ist immer präsent – oftmals verdeckt durch den Nebel der Illusion und einer schwindenden Achtsamkeit. Stefans Geist hatte sich in einer Form geöffnet, die jegliches Begreifen erlaubte und

Klarheit und Wahrheit in einem einzigen bedeutenden Atemzug nannte. Die Angst war nicht mehr in ihm...es etablierte sich ein Frieden, den nichts mehr erschüttern konnte...bis zum letzten Moment des eigenen Menschseins...

„Papa...!"

Stefan schrak aus seiner Sekundentrance und war wieder in der Realität.

„Ja?...Was ist?"

„Wo bist du denn gewesen? - Gehen wir weiter? Diesen Pfad entlang?"

„...beim Zauberer von Oz..." flüsterte er leise.

„Was?! Zauberer von Oz?..."

Elena sah ihren Vater belustigt an, weil er einen völlig abwesenden Blick aufgesetzt hatte.

„Jaaa...diesen Weg...klar...auf geht´s..."

Daniel lachte.

„Jetzt würde mich schon interessieren, wo du gerade warst. Voll geträumt, mir scheint..."

„Ääh...ja, ich war gerade wo ganz anders...kein Wunder bei dem Anblick, da muss man ja ins Träumen kommen..."

Er grinste schwach und warf sich den Rucksack auf den Rücken. Dann ging er wieder voraus, nicht ohne noch einen Blick auf die anderen zu richten, die sich schon wieder auf das Marschieren konzentrierten. Noch einmal wanderte sein Auge über die Bergwelt, registrierte eine neue sensationelle Wahrnehmung und empfand das größte Glücksgefühl, das er jemals verspürt hatte. Eine unbekannte Leichtigkeit überschüttete ihn und verband sich mit einem tief aus dem Inneren kommenden Enthusiasmus, der ihn vollkommen vereinnahmte und sich auch die nächsten Stunden des Wanderns nicht löste.

Sie hatten den Talboden erreicht und standen nun vor einem kleinen See. Steil aufragende Felsen begrenzten ihn auf der gegenüberliegenden Seite. Ein tosender Wasserfall ergoss sich über eine mehrere hundert Meter hohe Felswand und ließ das Wasser des Sees aufschäumen. Der Pfad führte geradewegs in den Wald hinein, der trotz der sie umgebenden Idylle einen mystischen Eindruck machte. Moose und Flechten hingen von den Bäumen, Farne und Draceenen versperrten die Sicht hinein. Ein immergrüner Wall, der einen einzigen vollendeten lebenden Organismus in einer uralten Form darstellte.

Stefan blieb am steinigen Ufer stehen und sah auf das glasklare Wasser. Die Schatten waren lang geworden und er blickte sich um.

„Ich glaube, weiter zu gehen macht jetzt keinen großen Sinn. Wir werden heute Nacht hier bleiben, würde ich sagen. War eh ein langer Weg gewesen. Okay?"

Er sah die anderen an. Sie nickten zustimmend. Der Platz war herrlich. Die Natur war herrlich. Der See mit dem Wasserfall war herrlich. Das Alleinsein war herrlich.

„Ja, das ist ein guter Platz," sagte Daniel, während er sich des Rucksacks entledigte. Dann trat er an das Ufer und starrte auf das Wasser, das klar war wie die Luft um sie herum.

„Ein Bad wäre jetzt auch nicht schlecht. War ein heißer Tag..."

Stefan ging in die Knie und fasste in das Wasser.

„Eiskalt. Da willst du nicht rein..." grinste er Daniel an.

„Doch...zu verlockend..."

Er zog das Hemd aus, die Hose folgte, Schuhe und Strümpfe. Das bisschen Stoff, das noch seinen Unterleib bedeckte, flog in hohem Bogen durch die Luft. Vorsichtig watete er in das steinige Ufer. Dann ließ er sich mit einem Schrei hineinfallen. Hörbar nach Luft schnappend platschte er mit den Händen herum, um die Kälte zu vertreiben. Stefan drehte sich zu den jungen Leuten um, die das Ganze grinsend beobachteten, neigte den Kopf zur Seite und verdrehte die Augen.

„Der glaubt es nicht...das ist doch kälter als Gletscherwasser...tsss...“

Kopfschüttelnd beobachtete er den Freund, der mit heftigen Bewegungen in die Mitte des Sees schwamm. Er strampelte wie ein Hund, der kurz vor dem Ersaufen war.

„Uaah...super...superkalt...aber tut saugut...brrrr....“

Keine zwei Minuten später krabbelte er wieder ans Ufer. Mit zitternden blau angelaufenen Lippen und ständig auf und ab hüpfend. Schnell zog er wieder seine Kleidung an und legte sich in die Sonne.

„Das war schön,“ sagte er, während er in den blauen Himmel blinzelte.

„Ja...schön kalt, wie man sehen kann.“

Stefan grinste ihn an, während er Zelt und Schlafsäcke abschnallte. Als die Zelte standen, sammelten sie noch genügend Feuerholz, um für den kühlen Abend ausgerüstet zu sein. Die Sonne war schon hinter den Bergen verschwunden. Sie holten ihre Vorräte aus den Rucksäcken und begannen, ein deftiges Essen zu kochen.

Als die ersten Sterne funkelten, saßen sie um das wärmende Feuer und starrten in die züngelnden und lodernden Flammen. Das Feuer verbreitete einen Hauch von Abenteuer und Freiheit. Ab und zu stoben Funken in die Höhe, um sofort wieder zu verlöschen. Und wie ein Sinnbild des Vergänglichen verschmolz der Anblick der funkelnden Sterne mit dem des steten Funkenfluges. Der wolkenfreie Sternenhimmel sah aus, als ob jemand den schützenden Mantel der Erde weg genommen hätte, damit man freie Sicht in die Unendlichkeit bekam. Niemand sagte ein Wort, alle Blicke waren auf die Sterne gerichtet, auf das Band der Milchstraße und in die Klarheit des tiefen Raums. Stefan sah an diesem Abend das Universum anders. Der Weltraum kam ihm nicht mehr so fremd und unerklärlich vor, er präsentierte sich nicht mehr als mächtiges Mysterium oder gar lebensfeindlich und tödlich. Vielmehr spürte er, wie sein Geist sich langsam einen Platz inmitten der unvorstellbaren Weite eroberte. Er fühlte die Teilhabe an einem undefinierbaren Ganzen immer stärker. Die gnadenlose Tatsache der bald zu erwartenden Endlichkeit begann sich gleichzeitig langsam aber sicher aus seinem Bewusstsein zu entfernen. Sie beanspruchte immer weniger Raum, der wiederum für so viel Größeres freigegeben wurde. Er hatte gedacht, dass nach dieser stürmischen Erkenntnis des Lebens auf dem Pass all seine Suche beendet worden war. Überrascht stellte er fest, dass dieser Punkt nun überschritten wurde, um noch mehr Verständnis, noch mehr Wissen und noch mehr Verbundenheit mit der Welt, mit dem Universum und mit seinem eigenen Leben bereit zu stellen. Ihm wurde klar, dass die Kapazität des Geistes längst nicht an seine Grenzen gekommen war. Mit ausgebreiteten imaginären Armen nahm er dieses spirituelle Wissen auf, die Konklusionen, die dem Geist ohne Schranken offenstanden. Die Reise ging immer weiter, ohne Grenzen, ohne sichtbares Ziel, ohne irgendwelche Beschränkungen, die doch nur der menschlichen Natur entsprachen. Tief in seinem Inneren verspürte er eine seltsame Sehnsucht nach jemandem, der ihm sagte, dass dies die Definition von Erleuchtung sein sollte. Aber es war niemand da, es würde auch nie jemanden geben. Diese Selbstbestätigung konnte nur aus seinem eigenen Inneren kommen. Aus der Überzeugung, aus der sich etablierenden Wahrheit und Klarheit. Aus dem Heraustreten aus dem illusorischen Nebel, der dem Menschen von Anfang an im Wege gestanden hatte.

*

Die Schnur der Angel zuckte hin und her. Daniel sprang auf und schrie durch den Fjord.

„Ich hab´ einen...ich hab´ einen...ja, jetzt hab´ ich dich...“

Er hatte den langen Ast aus dem Steinhaufen genommen, der ihn fixiert hatte und versuchte nun, langsam den zappelnden Fisch an Land zu ziehen. Stefan, Elena und Andreas waren aufgesprungen und hasteten zu ihm.

„Langsam, damit er nicht abhauen kann...“ flüsterte Stefan und starrte gebannt auf das Wasser. Ab und zu konnten sie eine schlagende Flosse erkennen, wenn der Fisch aus dem Wasser hüpfte. Daniel hatte ihn bereits fast ans Ufer gezogen. Sie konnten ihn im glasklaren Wasser sehen. Andreas watete in das steinige Ufer und griff nach ihm. Mit einem Schwung warf er das Tier an Land, wo es zappelnd und springend durch das Gras hopste.

Eine Stunde später saßen sie alle genüsslich schmatzend auf einem angeschwemmten Baumstamm und genossen ein zwar kleines, aber hervorragendes Mahl. Es war Daniel gelungen, noch zwei weitere Fische zu fangen. Sie waren bereits den zweiten Tag am Fjord. Das Wetter hatte gehalten, als wenn es ihnen zum Abschluss ein Geschenk machen wollte. Der Himmel war blau und es war warm.

Einzig die biestigen Sandflies machten ihnen zu schaffen. In weiser Voraussicht hatten sie genügend Mückenspray eingepackt, denn überfallartig fielen die kleinen Stechmücken über sie her. Sorgsam achteten sie darauf, keine offenen Hautstellen unbesprüht zu lassen. Die Bisse der kleinen Plagegeister waren schmerzhaft und juckten tagelang. Man konnte sie nicht hören, im Gegensatz zu unseren heimischen Mücken. Sie waren völlig lautlos und man bemerkte sie erst auf der Haut, wenn es zu spät war. Es war die Plage des Fjordlandes. Wehe dem, der ohne Mückenschutz durch die Berge wanderte. Die Sandflies waren die lautlose Armee, die dem ungeschützten Besucher zeigten, wer hier das Sagen hatte.

Es war der letzte Abend. Am nächsten Morgen würden sie mit einem Hubschrauber wieder abgeholt werden. Sie saßen um das Feuer herum und starrten fasziniert durch den Fjord bis auf die Tasmansee hinaus. Sie konnten geradewegs in den untergehenden Feuerball der Sonne sehen. Ein unglaubliches Bild, das als Foto beste Chancen auf das Foto des Jahres haben könnte. Das orangene Rot des letzten Lichtes strahlte wie mit einem Spot die Felshänge links und rechts an. Sie erstrahlten wie auf einem Ölgemälde. Ein Wasserfall, der sich über mehr als hundert Meter in die Tiefe stürzte, veränderte seine Farbe und bot ein faszinierendes Spektrum, das sich in einem kleinen Regenbogen wiederfand. Daniel hatte tatsächlich noch ein paar Fische gefangen und sie auf einem Ast steckend über das Feuer gelegt. Die letzten Bierdosen wurden geöffnet und fast ein wenig traurig wurde dieser Abend eingeläutet.

„Das war wirklich toll gewesen, diese paar Tage," sagte Andreas.

„Allerdings. War ´ne gute Idee, Stefan. Und dass wir so ein sagenhaftes Wetter hatten, war wirklich wie ein Geschenk. Superklasse!"

Lächelnd nickte er dem Freund zu.

„Jetzt hast du ja doch noch deinen Wunsch erfüllen können, Papa," sagte Elena und grinste in das letzte Sonnenlicht.

Stefan nickte.

„Ja. Und ich bin verdammt froh, dass wir das noch machen konnten. Das war wirklich grandios schön."

Schwärmend war er aufgestanden und ließ seinen Blick kreisen.

„Wenigstens brauchen wir nicht darüber zu hadern, dass wir nicht alles gemacht haben, was möglich gewesen ist. Ich bin wirklich froh, dass ich mich damals entschieden habe, auf Reisen zu gehen. Das war glaub ich meine beste Entscheidung gewesen, die ich je gehabt habe."

Daniel stocherte im Feuer herum, während er das sagte. Sein Tonfall sagte Stefan, dass er das, was er sagte, auch wirklich so meinte. Er klang glücklich und zufrieden. Es war nichts mehr von Melancholie oder gar Frust zu entdecken. Er schien seinen gewissen Frieden gefunden zu haben.

„Wir haben ganz schön viel erlebt. - Hast du denn jetzt das gefunden, was du immer gesucht hast, Papa?" fragte Elena und sah neugierig ihren Vater an.

Überrascht hob der den Kopf. Auf diese Frage seines Kindes war er gar nicht vorbereitet. Sein Blick wurde abwesend, nachdenklich und suchte in den steil aufragenden Klippen des Fjordes eine Antwort. Daniel hatte seinen Ast weggelegt und blickte ihn ebenfalls erwartungsvoll an.

„Wenn ich so darüber nachdenke, was ich am Anfang gesucht habe oder besser gesagt, mir überlegt habe, was eigentlich zu suchen war, dann kann ich jetzt sagen: Ich habe nicht nur dieses Eine gefunden, das irgendwie mit Sinn zu tun hat. Es war doch sehr viel mehr, das sich im Laufe der Monate ja erst herausgestellt hat. Ich glaube, eigentlich wollte ich anfangs doch nur meine Angst verlieren und vielleicht auch mehr über mich selbst herausfinden. Mein persönlicher Sinn des Lebens hat sich während dieser ganzen tollen Zeit wohl definiert. Und irgendwie komme ich mir auch abgeklärter vor. Aber am Wichtigsten war wohl, dass ich weiß, alles nur Mögliche unternommen zu haben, um zufrieden oder gar glücklich zu sein. Ich spüre auch eine gewisse Seelenruhe in mir drin, die sich erst während dieser Reise entwickelt hat. Angst hab ich gar keine mehr. Wir haben alles gut gemacht. Haben bestimmt auch Glück gehabt mit dem, was wir tun. Im Endeffekt ist es nur noch wichtig, dass wir nicht mit unserem Schicksal hadern oder womöglich noch losheulen, weil wir nicht das Leben geführt haben, das wir führen wollten. Ich jedenfalls bereue nichts. Alles prima, alles gut..."

Er lachte sie alle an. Ein Mann mit einer gewaltig ausstrahlenden Ruhe und Zuversicht.

„Manchmal siehst du aus, als wenn du erleuchtet worden bist...jedenfalls hast du dich seit Indien stetig verändert," erwiderte Daniel ruhig und gelassen, stocherte wieder im Feuer und sah Stefan mit einem bestätigenden Nicken in die Augen. Stefan lachte ihn an.

„Ja vielleicht...spielt keine Rolle...wie auch immer man das benennen sollte."

Er zuckte die Schultern und setzte sich wieder auf den Baumstamm. Er nahm einen Fisch vom Feuer und probierte.

„Köstlich…," grinste er.

Sie nahmen alle die Fische vom Feuer und genossen ein Essen, das schon symbolisch für die letzten Tage war. Wildnis, Einsamkeit, Stille, Natur, keine Zivilisation und selbst gefangenen Fisch. Lagerfeuer, Zelte und der phantastische Sternenhimmel, der sie so faszinierte. Freiheit - Ein oft nur dahin gesagter Begriff, den nichts Bedeutungsvolleres umschreiben konnte wie die Präsenz in der urtümlichen Natur.

Am Morgen holte sie der Hubschrauber ab. Steve war pünktlich. Und während sie über die sagenhafte Bergwelt mit ihren Gipfeln, Fjorden und Gletschern flogen, Stefan wortlos und in seinen Gedanken vertieft hinunter starrte, verspürte er wieder dieses tiefe Glücksgefühl, das ihm zum wiederholten Male bestätigte, alles Wichtige zum Schluss doch noch richtig entschieden zu haben. Sein Tun und Handeln, das ausschließlich darauf ausgerichtet war, seinen tiefsten Daseinssinn zu entdecken, war das Werkzeug einer Offenbarung gewesen, die er niemals für möglich gehalten hatte. Irgendwie hatte er den Eindruck, total von der Welt abgehoben zu sein, ohne dass sich daraus eine unbestimmte Überheblichkeit erkennen ließ. Nein, es war anders. Es war fast so, als ob das Ende nicht mehr bedeutend wäre. Als ob es nicht existierte – wenigstens nicht für ihn. Er konnte dieses abstrakte Gefühl nicht einordnen oder gar abschütteln. Er versuchte, es rational zu erfassen, aber das gelang schon gar nicht. Also beließ er es bei der Abstraktion und hinterfragte es nicht mehr. Entweder würde es von alleine verschwinden oder es würde sich zu erkennen geben. Er versuchte sich keine Gedanken mehr zu machen. So oder so... jetzt war alles gut.

*

Noch elf Tage bis zum Finale. Stefan und Daniel saßen auf einer Bank an der Mole von Paihia und starrten sinnend den Wellen hinterher, die sich vor dem Strand brachen. Ein monotoner Taktgeber des natürlichen Geräusches, der so inspirierend war. Sie sprachen nichts. Es war vormittags. Sie waren versunken in ihre eigenen Gedanken. Die Fähre nach Russell würde gleich ablegen und startete den Motor.

Ein paar Menschen betraten das kleine Boot über den Steg und verteilten sich auf dem oberen und unteren Deck. Dann tuckerte sie langsam und gemächlich zur anderen Seite der Buch. Am Heck stand ein Mann, der gerade einen Arm hob und winkte. Stefan sah genauer hin und ein Lächeln überzog sein Gesicht. Es war Lukas. Kopfschüttelnd stand er auf und winkte zurück. Das konnte doch nicht wahr sein, dachte er sich. Ausgerechnet jetzt laufen wir uns schon wieder über den Weg. Daniel hatte ihn beobachtet und war seinem Blick gefolgt. Der Mann auf der Fähre winkte immer noch, mit einem zufriedenen Lächeln im Gesicht.

„Kennst du den Mann?" fragte er Stefan.

„Ja, ich kenne ihn. Wir sind uns in Deutschland, Indien und Bali immer wieder über den Weg gelaufen."

„Was?"

Daniel sah ihn fragend an.

„Aah, nicht so wichtig. Er ist ein guter Bekannter, der genauso wie wir die letzte Türe des Lebens öffnen will."

„Aha...dafür, dass ihr euch hier am Ende der Welt ganz zufällig über den Weg lauft, nimmst du das recht bedeutungslos hin."

Stefan zuckte grinsend die Schultern und sah Daniel an.

„Es ist schon bedeutsam. Aber wir sind uns längst einig, dass diese Bedeutsamkeit eigentlich etwas sehr Normales ist...egal..."

Er setzte sich wieder auf die Bank und starrte auf das Meer hinaus. Es kamen keine weiteren Erklärungen und Daniel fragte nicht weiter. Wenn es wichtig wäre, würde Stefan ihm schon mitteilen, was es mit diesen Begegnungen auf sich hatte. Sie schwiegen wieder und ließen ihre Gedanken ziehen.

Irgendwann hatte Stefan das Schweigen über.

„Am 23. ist Vollmond. Hast du das gewusst?"

„Nein. Ist das wichtig?"

„Irgendwie schon...als ich aufgebrochen bin, hatte ich noch dreizehn Vollmondnächte vor mir. Ein paar waren nicht zu sehen, weil Wolken davor standen. Aber die meisten habe ich richtig tief drinnen wahrgenommen."

Daniel sah ihn an und grinste.

„War das dein Countdown? Die Vollmonde?"

„Ja, das waren sie. – Hab ich dir schon mal erzählt, dass ich einen Tag vor meiner Abreise so einen seltsamen Traum hatte?"

„Nein, noch nie. Was war denn so seltsam?"

„Ich konnte nicht gut schlafen, was ja nicht so ungewöhnlich war. Aber im Traum konnte ich die Erde sehen. Bin darauf zugeflogen...aber sie sah anders aus."

„Wie...anders?"

„Na ja, die Kontinente waren irgendwie verschoben und die Pole auch...aber ich war sicher, dass es die Erde war. Ich habe den Mond erkannt."

„Was, du hast den Mond erkannt? An was denn?"

Daniel lachte laut auf.

„War nicht schwer. Wir sehen doch immer nur die eine Seite des Mondes. Daran konnte ich ihn erkennen. Also war es auch die Erde. Es war ein komischer Traum. So irreal, aber andererseits auch so wirklich. Ich hatte so etwas noch nie geträumt. Bis zu dieser ersten Nacht, ein paar Monate bevor wir von dem Untergang erfahren hatten. Dann einen Tag vor meiner Abreise, auch in Goa. Zweimal während des Pilgerns und noch einmal in Bali. Alles in diesem Traum ist von Mal zu Mal detaillierter geworden, schärfer und klarer. Ich konnte immer mehr erkennen – und ich kann mich bis heute an alle Einzelheiten erinnern. Da waren auch noch andere...es war wie in einem Raumschiff. Ich sah die Erde wie aus einem Raumschiff...“

„Vielleicht hast du eine ferne Zukunft gesehen. Nach dem Einschlag und der Veränderung. Die ganzen Sendungen haben es ja lang und breit erklärt, was wahrscheinlich geschehen wird. Die Erdoberfläche wird sich verändern und danach möglicherweise anders aussehen. Und die Erdachse könnte sich auch verschieben. Damit ändern sich auch die Pole. – Dein Traum hat wahrscheinlich diese ganzen Erkenntnisse verarbeitet und dir ein mögliches zukünftiges Bild zur Verfügung gestellt.“

„Schon möglich. War trotzdem komisch...ich konnte auch andere Wesen erkennen, die mit mir die Erde beobachteten. Aber sie sahen anders aus als ich...“

„Wahrscheinlich Marsianer...“ sagte Daniel und grinste.

„Aber sind Marsianer nicht grün und klein? Diese waren groß, schlank und hellbeige.“

Stefan hatte den Kopf gedreht und sah Daniel fragend an. Mit hochgezogenen Augenbrauen und einem lachenden Mund.

„Du hast wahrscheinlich nicht einmal im Traum viel Fantasie…"

Stefan lachte, zuckte die Schultern und konzentrierte sich wieder auf den Wellenschlag.

„Bis heute konnte ich mir alles merken, was da vorgekommen war. Das konnte ich noch nie. Meistens verfliegt die Erinnerung doch am nächsten Tag, oder nicht? Zumindest bleiben lediglich so vage Fetzen, die man dann nicht mehr nachvollziehen kann."

Daniel nickte.

„Das stimmt. Glaubst du denn, der Traum hat eine Bedeutung?"

Stefan hob die Schultern und ließ sie wieder fallen.

„Vielleicht. Er hat mich bis jetzt jedenfalls nicht mehr losgelassen. Auch hier in Neuseeland habe ich das geträumt. Immer wieder…wie ein Geheimnis, das ich nicht deuten kann. Ich befürchte, das Geheimnis wird auch eins bleiben."

„Also ich glaube ja, dass…"

„Stefan??…."

Jemand hatte seinen Namen gerufen. Eine Stimme, die ihm irgendwie bekannt vorkam. Er sah sich um und suchte den Rufer. Ein paar Meter neben ihrer Bank stand eine Frau in Begleitung mehrerer junger Leute. Stefan war einen Moment wie gelähmt. Völlig überrascht sah er die Frau vor ihm an, die genauso perplex wie er war. Mit einem Satz war er auf den Beinen.

„Oh mein Gott…das glaub' ich jetzt nicht…"

„Stefan, du…du bist es ja wirklich. Das gibt's doch jetzt nicht…"

Die Frau verzog das Gesicht zu einem ungläubigen Grinsen.

Überrascht bis in die Zehenspitzen gingen die beiden Menschen aufeinander zu. Daniel sah von einem zum anderen und war nicht minder überrascht, dass die beiden sich kannten.

„Maureen, ich kann das jetzt nicht fassen. Du bist das wirklich...niemals hätte ich dich hier und jetzt erwartet...oh, mein Gott..."

Sie lief mit schnellen Schritten auf ihn zu und umarmte ihn innig. Daniel war aufgestanden, bestaunte die seltsame Begegnung und konnte auch in den Gesichtern der jungen Leute großes Erstaunen erkennen.

Maureen sah ihn mit leuchtenden Augen an und strich über seine Wange. Ein paar Augenblicke sprachen sie kein Wort, sahen sich nur an und schüttelten lächelnd den Kopf.

„Hat das was zu bedeuten?" fragte sie ihn.

Lachend zuckte er die Schultern.

„Ich habe keine Ahnung und es ist auch vollkommen egal. Es ist wirklich wahnsinnig schön, dich noch einmal sehen zu können. Ausgerechnet hier, am Ende der Welt...wolltest du nicht in Australien bleiben?"

Er sah kurz an ihr vorbei auf die drei jungen Leute, die immer noch staunend und verständnislos auf das Paar starrte.

„Sind das deine Kinder?"

Sie löste sich von ihm und drehte sich um.

„Ja, das sind sie...komm´, ich stell´ sie dir vor."

Sie zog ihn einfach mit und platzierte ihn vor den drei jungen Leuten.

„Also, das ist meine Tochter Sharon mit ihrem Mann Matt. Und das ist mein Sohn Dennis. Kinder, das ist Stefan. Wir kennen uns aus Deutschland und haben dort zusammen Abend gegessen..."

Sie lachte laut auf, während ihr Blick auf ihm lag. Stefan begrüßte alle der Reihe nach und wollte dann wissen, warum sie jetzt in Neuseeland waren.

„Ich dachte, ihr wolltet zusammen in Australien bleiben. War es nicht das Richtige gewesen?"

Sharon antwortete statt ihrer Mutter.

„Eigentlich wollten wir das auch, aber Mama hat dauernd von Neuseeland gesprochen und irgendwann haben wir entschieden, die Zeit noch zu nutzen und das Land zu bereisen. Tja, und jetzt sind wir hier – und werden auch bleiben..."

Maureen nickte heftig. Sie konnte ihre Freude kaum unterdrücken. Immer noch hielt sie seine Hand.

„Es ist bestimmt ein guter Ort für den letzten Moment, denke ich. Wir bleiben auch hier. Was sollte es auch noch für Möglichkeiten geben?"

Er drehte sich um und winkte Daniel, der immer noch auf der Bank saß. Er erhob sich und trat zu der Gruppe.

„Das ist Daniel. Wir haben uns in Indien kennen gelernt und beschlossen, zusammen die Welt zu bereisen...bis zum letzten Tag."

„Hallo, wie geht's euch?" begrüßte er die Umstehenden und hob kurz die Hand.

„Ist deine Tochter mit dir gekommen? So wie du das vorgehabt hast?" fragte Maureen.

„Ja, sie und ihr Mann sind natürlich auch hier und das beruhigt mich schon sehr. Wir haben uns in Bali getroffen und seither reisen wir zu viert."

„Scheint so, als ob ihr noch einmal die Welt sehen wolltet," sagte Matt, der junge Australier. Stefan und Daniel nickten.

„So ist es. Wahrscheinlich die beste Entscheidung, die wir je gefällt hatten. Hat die Angst genommen."

„Kann ich gut verstehen. Wie lange wart ihr denn unterwegs?"

„Ich seit eineinhalb Jahren. Stefan seit dreizehn Monden...obwohl, es sind ja erst zwölf..." sagte er mit einem zwinkernden Seitenblick auf Stefan.

Die jungen Leute sahen ihn ein bisschen verständnislos an.

„Dreizehn Monde? Wie soll ich das denn verstehen?"

Dennis meldete sich mit einem fragenden Ausdruck im Gesicht. Statt Daniel erklärte sich Stefan.

„Als ich damals entschieden hatte, auf Reisen zu gehen, hatte ich noch dreizehn Vollmondnächte vor mir. Am 23. ist die letzte Vollmondnacht. Die dreizehnte."

Maureen sah ihn lächelnd an und Sharon kicherte.

„Ein cooler Countdown. Also bist du schon über ein Jahr unterwegs. Wow...wie war denn das?"

„Das würde mich auch interessieren," meinte Maureen.

„Wie wär´s, wenn wir zusammen zum Lunch gehen? Dann können wir ja quatschen..." schlug Daniel vor. Er wandte sich an Stefan.

„Ruf die Kinder an, die sollen auch kommen."

„Ok, mach ich..."

Sie saßen schon an einem größeren Tisch, als Elena und Andreas durch die Türe traten. Etwas erstaunt begutachteten sie die fremden Leute, mit denen sich Stefan und Daniel lachend unterhielten. Sie traten an den Tisch und Stefan stellte alle einander vor. Sie plauderten bis in den Nachmittag hinein, erzählten von den vergangenen zwölf Monaten und freuten sich, so eine große Gruppe sein zu können. Die fünf jungen Leute verabredeten sich spontan zum Segeln und Daniel entschied, den Freund mit Maureen alleine zu lassen und mit dem Boot aufs Meer hinaus zu fahren. Innerhalb von Minuten saßen Stefan und Maureen alleine am Tisch.

„Es ist wirklich schön, dich noch einmal getroffen zu haben. Das nimmt mir im Moment ganz schön viel Angst."

„Es besteht doch kein Grund mehr, diese Angst zu haben. Mittlerweile sollten alle Menschen die Fakten längst akzeptiert haben. Es bleiben uns noch elf Tage, die sollten wir nutzen, um das Leben zu leben."

„Hast du wirklich keine Angst mehr?"

Ohne zu zögern schüttelte Stefan den Kopf.

„Nein, die habe ich längst verloren. Ich bin ja aufgebrochen, weil ich versuchen wollte, die Angst wenigstens zu beherrschen. Aber es ist ja so viel mehr passiert, das ich niemals nur in Betracht gezogen habe. So viele tolle Menschen haben mich begleitet und viele Menschen haben mir auch gezeigt, wie es möglich ist, seine Angst zu überwinden."

„Erzähl´..."

„Zuerst war ich ja in Goa, das weißt du ja..."

„Wie war das denn und wie lange bis du dort geblieben?"

„Es war wirklich wunderschön. Ich habe dort viele Freunde gefunden und wir haben wirklich tolle Tage und Nächte verbracht. Aber es war nicht der Ort, an dem ich bis zuletzt sein wollte. Nach sechs Wochen bin ich weitergezogen. Zusammen mit einer Freundin und ihrem Großvater. Wir sind auf Buddhas Spuren gepilgert. Bis nach Bodhgaya. Rama war dann eigentlich derjenige, der mich auf einen Weg geführt hat, der der richtige war."

„Rama?"

„Der Großvater von Devi. Er ist Buddhist und hat mir gezeigt, auf was es ankommt. Eigentlich hat er von Anfang an gewusst, was ich brauche. Ein überaus kluger Mann, der wahrscheinlich längst erleuchtet worden war. Zumindest war das mein Eindruck gewesen."

„Und dann?"

„Ja, dann...dann ist sehr viel in mir passiert. Ich habe langsam verstanden, auf was es ankommt und wie ich meine Sichtweise in meinem Geist vergrößern kann. Ich habe dort auch gelernt, richtig zu meditieren. Wenn ich heute drüber nachdenke, war Rama ja eigentlich nicht ein typischer Lehrer, sondern er hat mich immer nur machen lassen und mich gefragt, was ich fühle und wie ich meinen Geist wahrnehme. Es war wirklich eine ganz besondere Pilgerreise und es ist mir schwer gefallen, die beiden zu verlassen. Rama hat mir zum Schluss noch gesagt, dass ich noch über meine Existenz überrascht sein werde. Dabei hat er gelacht und sich gefreut wie ein kleines Kind."

„Was hat er damit denn gemeint?"

Stefan zuckte die Schultern. Er wusste es nicht, genau so, wie er auch die Vorhersage von Lukas nicht eindeutig zuordnen konnte.

„Ich weiß es nicht. Vielleicht kommt alles erst nach dem Vernichten auf."

„Ja, vielleicht. Irgendeine Hoffnung wird wohl jeder haben."

„Stimmt. Wir werden ja sehen…"

„Bist du nach Indien gleich nach Neuseeland?"

„Nein, wir waren zuerst in Bali, wo wir meine Tochter und meinen Schwiegersohn getroffen hatten. Nach ein paar Monaten sind wir dann weitergeflogen, weil klar war, dass die Fluglinien irgendwann alle Flüge einstellen würden."

Maureen sah ihn intensiv an. Stefan war ganz anders geworden, als sie ihn in Erinnerung hatte. Er strahlte eine Ruhe aus, der man sich nicht entziehen konnte.

„Du bist anders, als ich dich in Erinnerung habe. Irgendwie siehst du aus, als ob dir das alles überhaupt nichts mehr aus macht."

„Schon möglich. Ich habe die letzten dreizehn Monate so viel erleben dürfen, dass das Ende längst nicht mehr die Priorität hat, die es damals hatte. Wir können das alles doch nicht ändern und eine mögliche Angst würde nur den letzten Rest wirklichen Lebens blockieren. Und das möchte ich im Grunde genommen nicht zulassen. Dass es mir nichts mehr ausmacht, stimmt natürlich auch nicht, aber ich gehe anders damit um. Tatsächlich ist es mir gelungen, über die ganze Reise in der Gegenwart zu sein. Das ist, glaube ich, das einzige Geheimnis, das gilt."

„Ja, da hast du recht. Aber es ist recht schwierig."

„Ich habe diese Erfahrung während meines Lebens schon oft gemacht. Immer wenn ich auf Reisen gegangen bin, spielten die Zeiten kaum eine Rolle. Dann kannst du auch mit allen Sinnen genießen. Ich bin sicher, das ist ein Schlüsselgedanke, um Angst und Sorge weitgehend zu eliminieren."

Sie lächelte ihn an, stand auf und nahm ihn bei der Hand.

„Wollen wir ein bisschen spazieren gehen?"

„Klar…"

Sie ließen sich nicht mehr los und fühlten sich wie ein Liebespaar. Irgendwann hatte sie sich ganz eng an ihn gekuschelt und geküsst. Stefan kam erst am nächsten Vormittag zurück in sein Motel. Mit einer Kaffeetasse in der Hand stand er auf dem Balkon und sah zufrieden und glücklich auf das Meer hinaus. Er konnte es kaum fassen, dass er kurz vor dem Ende noch dieses Gefühl von Glück und Ausgelassenheit in sich wahrnehmen konnte. Die

Worte Maureen´s hallten noch in seinen Ohren, die lediglich einen Satz wiederholte.

„Ich wünschte, wir hätten uns vor vielen Jahren schon getroffen. Aber zuletzt machst du mich doch noch unbeschreiblich glücklich..."

Letzter Eintrag
17. Januar, abends, Neuseeland, Paihia, Bay of Islands

Ich beschließe heute dieses Tagebuch. Es ist alles gesagt worden, was mir wichtig erschien. Meine Reise und meine niedergeschriebenen Gedanken sind hier zu Ende. Daniel und ich haben beschlossen, meine Aufzeichnungen zu verschließen und in einem hoffentlich ausreichend stabilen Behältnis in der Erde zu versenken. Vielleicht wird irgendwann eine andere Zivilisation in der Lage sein, dies zu entziffern und Einblick in eine Existenz bekommen, die tatsächlich in der Lage gewesen war, zu denken, zu fühlen und über die sinnlichen Wahrnehmungen hinaus das Sein zu begreifen. Es gibt uns ein bisschen Hoffnung, dass zumindest die Möglichkeit besteht. Ich habe Daniel auf sein Bitten hin mein gesamtes Tagebuch lesen lassen. Es gab keinen Grund mehr, dies geheim zu halten. Es macht mir nichts aus, meine intimsten Gedanken preis zu geben. Ich spüre mit ihm schon längst eine Verbindung, die den Begriff der Freundschaft auf das allerhöchste Niveau setzen muss. Zwischen uns herrscht ein immens großes Vertrauen, sonst hätte er mich wahrscheinlich nicht gefragt. Und ich hätte dem auch nicht zugestimmt. Als er alles gelesen hatte, hat er mir gesagt, dass er sein Tagebuch nicht anders hätte schreiben können. Alles, was ich empfunden habe, kann er hundertprozentig nachempfinden und bestätigt mir nur mein Gefühl, dass ich in ihm einen Freund gefunden habe, der so selten im Leben ist. Und trotzdem wir so wenig Zeit zusammen verbringen konnten, war diese Zeit mehr wert als die vielen Jahre zuvor. Sollte ein Schicksal wirklich determiniert sein, dann bin ich so unglaublich dankbar für meine Entscheidung, auf diese so wichtige Reise zu gehen.

Wir befinden uns in Neuseeland. Südliche Hemisphäre. Im Südpazifik. Nordinsel. Bay of Islands. Es ist unsere letzte Station. Vor vier Monaten sind wir mit einem der letzten Flüge angekommen. Seit Wochen wurde der globale Flugverkehr so gut wie eingestellt. Nur noch einige wenige bereitwillige Piloten versahen bis vorletzte Woche ihren Dienst. Seit zwanzig Tagen findet weder Flugverkehr noch irgendein Transportverkehr weltweit statt. Bahnhöfe und Flughäfen sind stillgelegt. Die Häfen sind verwaist. Der Verkehr der Städte ist fast vollständig zum Erliegen gekommen. Geschäfte sind mehr oder weniger geschlossen. Diejenigen, die noch Lebensmittel haben, lassen die Türen Tag und Nacht offen. Überhaupt werden kaum noch Türen geschlossen. Die Menschen befinden sich meist da, wo sie sich zusammen verabschieden können. Das einzige, was noch funktioniert, ist das Internet und die anderen Kommunikationsmöglichkeiten, weil die Automation keine Menschen mehr braucht. Im Fernsehen kann man nur noch die paar Nachrichten sehen, die die Menschheit auf dem Laufenden hält. Die meisten Sender haben ihre Ausstrahlung schon vor etlichen Wochen eingestellt. Einige Radiosender senden noch Musik. Aber das Leben auf unserem Planeten ist still geworden. Wir sitzen hier täglich am Strand und genießen den Blick auf die unendliche Weite. Wir und so viele andere. Sie haben alle die gleiche unstillbare Sehnsucht – und der Blick auf den Ozean gibt uns deswegen diesen tiefen Trost, der uns regelmäßig mitteilt, dass wir nicht unbedingt das wichtigste Wesen auf diesem Planeten sind. Oder gar im Universum. Unsere Gespräche mit den Menschen hier sind sehr philosophisch geworden. Wir unterhalten uns über ein mögliches Danach und unserer Vorstellung davon. Und wir berichten über unser Leben. Unsere Gefühle, unsere Wirrungen und unsere Ängste. Wir fragen nicht mehr nach Gott. Zumindest sehr viele der Menschen. Oder nach dem Absoluten. Wir suchen dieses Eine längst in uns selbst. Manchmal glaube ich, es entdeckt zu haben. Oft spüre ich das Partizipieren mit allem, was mich umgibt. Das Unterwegssein hat meine Sicht der Dinge geschärft und völlig neue Räume geschaffen. Meine Reise in den letzten dreizehn Monaten war das Schönste und Beste, was mir je passiert ist. Ich habe nach dem Leben gesucht. Ich habe genau das Leben gefunden, von dem ich nicht gewusst habe, dass es überhaupt existiert. Ich habe gehofft und davon geträumt, aber eben nur als Vorstellung. Niemals zuvor habe ich es so gespürt, so in mir aufgenommen und so genossen. Das Leben ist so wundervoll, wenn man es auf sich wirken lässt. Auf einmal war mein Dasein wie ein Geschenk. Ein Geschenk, das ich bei weitem nicht so wertgeschätzt habe, wie es ihm gebührt. Erst dieses letzte Jahr hat mich sehen lassen. Nach innen und nach außen. Oft war mir bewusst geworden, dass die meisten von uns daran vorbei gehen, ohne es zu merken. Ich war auch einer von denen. Aber in Goa, Bodhgaya, Bali und auch hier in Neuseeland waren die Geister, die mir den einzigen und richtigen Weg gezeigt haben. Zusammen mit den Menschen, die mich in den verschiedenen Abschnitten begleitet haben, die mir eine große Hilfe auf meiner Suche waren. Ich denke oft an die Freunde in Goa. An Severine.

An Devi. Immer wieder an Devi. An unser Zusammensein kurz bevor wir auseinander gehen mussten. Ich denke an die beiden bezauberndsten Frauen, die mir jemals begegnet sind...und an Rama, der mich gelehrt hat, die Dimensionen zu wechseln und von dem ich längst überzeugt bin, dass er bereits zu Lebzeiten das Tor zu weitaus höheren Dimensionen durchschreiten konnte. Ich glaube, er ist längst erleuchtet worden. Ich denke an Daniel, mit dem ich seit Indien zusammen reise und mit dem mich eine Freundschaft verbindet, die wie aus dem Nichts entstanden ist und uns allein dadurch sämtliche Anflüge von Angst nimmt. Ich denke an meine Tochter, die bei mir ist und mir das schöne Gefühl gibt, alles richtig gemacht zu haben. Dass Andreas mit ihr gekommen ist, dass ihn nichts hat zurückhalten können, um mit ihr zusammen zu sein, nötigt mir großen Respekt ab und macht mich glücklich. Ich habe tatsächlich den Frieden gefunden, den so viele von uns suchen und gesucht haben – und nur die allerwenigsten fanden. Meine Entscheidung vor fast genau dreizehn Monaten, als ich den ersten Zielgedanken aufgenommen habe, kommt mir heute wie eine göttliche Eingebung vor. Alles war richtig, alles war perfekt. Mein Kloß in der Kehle, der mich über mein halbes Leben lang gequält hatte, ist während der Reise vollkommen verschwunden. Niemals zuvor habe ich solche innige und ehrliche Freude verspürt. Eigentlich müsste ich es bereuen, dass ich zu blöd war, dies nicht schon längst getan zu haben. Aber es ist nicht so. Ich bereue nichts. Mein Leben war in Ordnung. Vielleicht gibt es wirklich so etwas wie einen Schicksalsweg, ein Karma, das nicht zu umgehen ist und das eben die Hindernisse bereitstellt, damit man daran wachsen kann. Ich weiß es nicht wirklich, aber ich möchte es gerne glauben. Im Endeffekt war es nur wichtig, mein Innerstes zur Ruhe zu bringen. Die Angst, die ja jeder von uns in sich trägt, ist verschwunden. Es gibt sie nicht mehr. Ich kann nicht mehr sagen, was für dieses Verschwinden eigentlich der Anlass gewesen war. Irgendwann war sie weg. Irgendwann auf dem Weg. Und nun bin ich bereit. Ohne Angst, ohne Furcht, ohne Bedauern und ohne Rückschau. Alles ist gut. Alles wurde erreicht. Und mit alles meine ich einfach den Moment, in dem alles leicht geworden war. Wie eine Feder, die der Wind mit sich nimmt. Im letzten Jahr meines Lebens habe ich die allerschönsten Momente erlebt. Nein, es waren keine Momente, es war einfach eine ununterbrochene Aneinanderreihung von Momenten, die ich teilweise wie im Rausch erleben durfte. Mit allen Sinnen, mit allem, was der Geist bereitstellt. Mit vollem, unverfälschtem Bewusstsein. Ich weiß nicht, ob ich dies als Erleuchtung bezeichnen würde, aber es kommt der Sache ziemlich nahe. Ich hoffe, dieses letzte Jahr haben noch viele Menschen genutzt, um mit sich ins Reine zu kommen.

Nun bleiben uns noch sieben Tage. Mir ist noch einmal die Frau begegnet, mit der ich einen Tag vor meiner Abreise zufällig zusammen zu Abend gegessen habe. Wir waren uns damals schon emotional nahe gekommen und jetzt haben wir noch eine Nacht zusammen verbracht. Es war überraschend und wunderschön. Schade, dass wir uns nicht schon früher begegnet sind. Sie wäre die richtige gewesen, glaube ich. Ich denke an den Augenblick zurück, als ich zur Weihnachtszeit in diesem Café gesessen habe und mit dem Blick auf den Kalender dachte, dass wir eine Woche später vor dem letzten Weihnachten stehen werden. Heute ist

Dienstag. Wir werden niemals mehr einen Dienstag erleben. Alles...wirklich alles wird das letzte Mal sein...

Ich sitze auf dem Balkon und sehe gerade die Sonne hinter mir untergehen. Das Meer leuchtet im letzten Tageslicht. Die ersten Sterne funkeln. Am Tag vor dem Einschlag werden wir noch einmal Vollmond haben. Der wirklich allerletzte Vollmond, den wir sehen werden. Es wird der dreizehnte Mond sein seit meinem Beginn der Reise. Einen Kometen können wir schon mit bloßem Auge sehen, wenn der nächtliche Himmel wolkenfrei ist. Der andere wird aus entgegengesetzter Richtung kommen. Sie ist unbenannt. Nur Kollisionskurs. Vielleicht werden wir uns mit dem Universum vereinigen. Vielleicht werden wir uns alle irgendwann vereinigen und einen neuen Planeten bilden. Die Grundstoffe dazu sind überall im Universum gleich. Nur dass wir keine Zeit mehr haben...keine Zeit. Es ist irre, dass wir unser armseliges Leben lang dem Begriff Zeit so eine übergeordnete Rolle eingeräumt haben, sodass wir absolut alles daran gemessen haben. Egal, jetzt gibt es Zeit nur noch als Illusion. Irgendwie glaube ich immer noch nicht, dass mit diesem Tod alles vorbei sein soll. Es bleibt wohl spannend. Bis zum letzten Atemzug. Bis zum letzten Bewusstseinsgedanken. Bis zum letzten erkennbaren Lichtpunkt. Was wird der Geist machen? Wird er mit untergehen? Was, wenn nicht? Die Erinnerung meines Traumes kurz vor meiner Abreise und die vielen Male danach lässt mich irgendwie nicht los. Gestern habe ich ihn wieder geträumt. Wie schon so oft in den letzten Monaten. Die Bilder sind immer klarer geworden und der Anblick der Erde auch. Ob das ein Hinweis auf eine andere Daseinsform war? Ich denke oft an diesen seltsamen Mann, Lukas, der mir damals vor dem Restaurant schon meinen Weg vorhergesagt hat, dem ich während meiner Reise immer wieder über den Weg gelaufen bin. So als ob er mich und meine inneren Fortschritte begleitet hätte, um festzustellen, wie weit ich gekommen war. Er hat mir einige Male ein weiterführendes Sein prognostiziert. Eine Daseinsform nach dem Sterben...er hat so überzeugt geklungen. Gerne würde ich wissen wollen, was das für Wesen in meinem Traum waren, die mit mir durch dieses große Fenster geblickt haben. Vielleicht war das wirklich die Zukunft. Ich weiß es nicht, aber die Vorstellung davon ist schön...Wir werden ja sehen...oder auch nicht...es spielt keine Rolle mehr...alles ist gut so, ich spüre jetzt nur Ruhe, nur unendliche Ruhe, nichts weiter...es ist gut...

Tagebuch-Ende

Stefan Meinelt

~*******~

****

~~~~~~~~~~~~~~~~~~~~~~~~~~~~~~~~~~~~

Ein tiefes Brummen durchfloss den dunklen Raum. Ein diffuses weiches Licht begann zu leuchten. Ganz schwach zuerst, dann steigerte es die Intensität, langsam, kaum zu bemerken. Eine leise, sanfte und angenehme Stimme begann zu sprechen. Ständig wiederholend begann sie den schlafenden Mann auf dem Bett zu wecken. Erst flüsternd, dann langsam lauter werdend. Die Aufforderung, dass es Zeit wäre, aufzustehen. Nach zehn Minuten hatte das Licht seine volle Strahlkraft erreicht und die Stimme wurde lauter, ohne dass sie unangenehm oder gar ärgerlich klang. Der Mann hatte die Augen geöffnet und setzte sich auf. Augenblicklich stoppte die Stimme. Er stand auf und sagte etwas. Eine Öffnung in der Wand wurde mit einem Zischen freigelegt und gab einen Blick nach draußen frei. Draußen – das war der dunkle Raum, das Universum. Er betrachtete die Sterne, die in der Weite blinkten und versuchte, seine Gedanken zu ordnen. Er fühlte sich unruhig und nervös. Träume hatten ihn heimgesucht, ohne dass er den Grund dafür erraten konnte. Es waren wirre Träume gewesen, die er nicht einordnen konnte. Sie waren durchsetzt mit Landschaftsformationen, Lichtblitzen und schemenhaften Wesen, die keiner erkennbaren Linie folgten. Die Bilder waren so schnell durch seinen Geist gerast, dass er kein einziges davon festhalten konnte. Eine gesteigerte Unruhe war die Folge. Er drehte sich wieder um und goss sich ein Glas Wasser ein. Während er in kleinen Schlucken trank, versuchte er dahinter zu kommen, was seine seltsame Unruhe ausgelöst haben könnte. Er war nie unruhig. Er war stetig präsent und wusste, was zu tun war. Das war nicht seine erste Reise. Es würde auch nicht seine letzte sein. Vielleicht war das Ziel eine Ausnahme. Er stellte das Glas ab und begab sich wieder zum Fenster. Sein Herzschlag beschleunigte sich grundlos und er suchte den Planeten. Spürbar richtete sich das Schiff aus – und dann konnte er ihn sehen. Gleichzeitig zuckte ein fast schon schmerzhafter Blitz durch ihn hindurch. Als wenn er oben durch seine Schädeldecke eindrang und gerade durch seinen ganzen Körper raste, den er durch seine Füße wieder verließ. Sein Puls beschleunigte sich in einer Geschwindigkeit, die neu für ihn war. Ein sanftes Stöhnen entfuhr seiner Kehle und für einen Moment stützte er sich an der Wand ab. Das Schiff begann, sich auf den Orbit zu zubewegen. In voller Pracht präsentierte sich nun der sagenumwobene Planet. Die Erde. Sie waren angekommen. Hier war die Menschheit entstanden – ihre Vorfahren. Und hier wurde sie wieder ausgelöscht. Er fühlte eine brennende Hitze in sich aufsteigen. Eine unruhige Hitze, die einher ging mit einem erhöhten Puls und einem pochenden Herzschlag. Aber bevor er sich noch Gedanken darüber machen konnte, warum und wieso er diese Aufgeregtheit spürte, holte ihn eine Stimme aus seiner Verfassung.

„Kommandant, hier Tenolu."

„Ja, Tenolu, ich bin wach. Wir sind da?"

„Ja, Kommandant, wir werden gleich im Orbit sein. Ich wollte Ihnen das nur mitteilen."

„Danke, Tenolu, ich bin gleich auf der Brücke."

Er zog sich an und verließ seine Kabine. Seine Unruhe war wieder verschwunden. Nur ein leichtes Grummeln in der Magengegend signalisierte ihm ein übersteigertes Empfinden, das er immer noch nicht erklären konnte.

Das riesige Fenster war höher als ein erwachsener Mann. Es war genauso breit wie hoch und gab einen unverfälschten Blick nach draußen frei. Frinotea, die Tochter des Kommandanten, saß davor und beobachtete fasziniert den Planeten, den sie zum wiederholten Male umkreist hatten. Es waren tiefblaue Meere zu sehen, über denen sich weiße Wolkenbänder gebildet hatten, die sich über die nördliche Hemisphäre spannten, sich dann und wann auflösten oder zerrissen, um später wieder in anderer Formation Gebilde zu kreieren, die wiederum mit Feuchtigkeit angereichert wurden, um als Regen andernorts nieder zu gehen. Teile des Planeten erschienen grün und dunkelgrün, andere braun und wüstenhaft. Die Polkappen waren mit Eis bedeckt. Der benannte Süden wesentlich größer als der nördliche Pol. Es waren große, zusammenhängende Gebiete, die durch nichts außer den Wolkenbändern unterbrochen wurden. Seltsamerweise waren die Trennlinien krass und boten kaum Übergangszonen. Wobei die Entfernungen mit Sicht aus dem Weltraum kaum richtig einzuschätzen waren. Wahrscheinlich gab es sehr wohl bewachsene Übergangszonen, die sich erst erkennen ließen, wenn man vor Ort war.

„Woah…" murmelte sie mit einem Klang von Bewunderung, Faszination und Neugierde. Sie drehte sich um und beobachtete ihren Vater, Kommandant Lumarus Sith, der über ein Hologramm mit seinen Mitarbeitern im Forschungsgleiter sprach.

„Die Luft ist atembar, Kommandant. Es scheint so, als ob die Atmosphäre schon lange vollständig regeneriert worden ist. Stickstoffanteil fast achtzig Prozent, Sauerstoff etwa zwanzig. Der Kohlendioxidgehalt ist hoch, aber nicht aufregend. Dieser Planet erholt sich zusehends. Kaum zu glauben…"

„Gut. Schließen Sie für heute ab und kommen Sie zurück. Wir werten die Daten aus und machen später weiter."

„In Ordnung. Wir heben ab."

Das Hologramm verschwand mit einem sanften Geräusch in der Steuerungsplattform.

„Papa?"

Lumarus drehte sich um und lächelte sein Kind an, die immer noch vor dem Fenster saß und sich nicht sattsehen konnte.

„Ja?"

„Ist das wirklich der Planet, von dem wir einmal gekommen sind?"

Er nickte.

„Ja, das ist er. Die Erde. Es war der Heimatplanet unserer Vorfahren, bis eben die Katastrophe passiert ist. Hier ist die Menschheit entstanden und hat sich weiter entwickelt."

„Das Wasser ist so schön blau. Viel schöner als bei uns."

„Das liegt in der Zusammensetzung der Luft und dem Lichteintrittswinkel der Sonnenstrahlung. Ja...die Erde war ein schöner, einzigartiger Planet in diesem System. Und es sieht wirklich so aus, als ob er dies wieder sein wird."

„Wie lange ist das wohl schon her? Weiß man das?"

Lumarus überlegte.

„Die Zeitberechnung ist hier natürlich anders als bei uns. Wenn unsere Zivilisation jetzt ungefähr 12.000 Jahre existiert – nach unserer Zeitrechnung – dann dürften auf der Erde wohl etwas mehr als 20.000 Erdenjahre vergangen sein. Exakt können wir das nicht feststellen."

„So lange? Glaubst du, dass es noch Menschen gibt?"

Er schüttelte den Kopf.

„Nein. Der Einschlag hat damals alles Leben zerstört. Zumindest das, was auf der Erdoberfläche gelebt hat und abhängig war von den herrschenden Lebensbedingungen wie Luft zum Atmen, Nahrung und andere wichtige Bedingungen, um zu überleben. Das war von einer Sekunde zur anderen ausgelöscht. Der Sauerstoffgehalt war gesunken und somit die Lebensgrundlage. Das Sonnenlicht erreichte nicht mehr den Boden. Wahrscheinlich haben nur niedere Insekten überlebt. Bakterien, Einzeller natürlich. Säugetiere keinesfalls. Aber mal sehen. Vielleicht finden wir etwas Interessantes. Wir haben noch viel zu tun. Und die

Ozeane werden bestimmt eine größere Population von Leben aufweisen."

Das kahlköpfige Mädchen sah wieder hinaus auf den Planeten, dessen Kontinente nun größere Gebiete zeigten, die durchgehend mit einer ockerfarbenen Schicht überzogen waren. Wüste.

Lumarus schlug ein anderes Programm auf. Er suchte die wissenschaftliche Beschreibung der Katastrophe, um sich ein Bild der Erde machen zu können. Das zentrale Rechenzentrum musste ihm helfen. Der Zugriff erfolgte über „Platon", dem virtuellen Datenhelfer.

„Platon? Ich brauche dich..."

Eine Stimme meldete sich.

„Wie kann ich Ihnen helfen, Kommandant Lumarus?"

„Gib mir eine exakte Chronologie über den Katastrophenverlauf der Erde, Platon."

„Ab welchem Zeitpunkt, Kommandant?"

„Ab Einschlag. Ausmaß der Zerstörung und Lebensbedingungen bis zwanzig Jahre danach."

„Der erste Komet hatte den primären Kontakt vor der Landmasse im benannten Südpazifischen Ozean. Er kam aus östlicher Richtung und zog sich weit in den Norden. Beim Eintritt in die Atmosphäre teilte er sich, aber ohne relevant zu verglühen. Die größte Hauptmasse belief sich immer noch auf ungefähre zweihundertfünfzig terrestrische Kilometer. Durch die Teilung vergrößerte sich wahrscheinlich die gesamte Einschlagsfläche auf mehr als zwei bis dreitausend Kilometer. Der Einschlagswinkel war so flach, dass die Masse des Kometen und der abgesprengten Teile über den südlichen Kontinent schliff und die Richtung auf die Landmasse der nördlichen Hemisphäre einschlagen konnte. Die abgesprengten Teile überzogen den gesamten

Erdball in westlicher Richtung und breiteten sich fächerartig aus. Treffpunkt beider Kernmassen der Kometen war das Zentrum der größten zusammenhängenden Landmasse im nördlichen Planetensektor. Der kleinere Komet trat fast gleichzeitig in einem ähnlich flachen Winkel in die Atmosphäre ein und verwüstete sofort den westlich gelegenen Doppel-Kontinent. Beim Aufeinandertreffen entstanden Temperaturen wie auf der Sonne. Durch den Einschlag und das kurz danach geschehene Zusammentreffen beider Kometen kamen laut Schätzung und vergleichender Berechnungen sofort 85 Prozent der Weltbevölkerung ums Leben. In den ersten dreißig Tagen nach der Katastrophe dürften weitere zehn Prozent den Tod gefunden haben. Nach etwa drei Jahren, so schätzt man aufgrund der Zerstörungsszenarien und der dabei freiwerdenden Energien, waren lediglich noch etwa 0,1 Prozent am Leben, dessen Population sich über den gesamten Planeten verteilte. In Zahlen wären das ungefähr acht bis zehn Millionen Menschen, die sich im Augenblick des Einschlags an den äußersten Rändern der direkten Zonen befanden. Durch die anschließende Verdunkelung starb in dieser Zeit ungefähr 98 Prozent der Vegetation ab. Es war nicht mehr möglich, irgendetwas anzubauen, weil das Sonnenlicht nicht mehr oder nur in geringster Intensität auf die Erde traf. Zudem wurde es schlagartig kälter, die Pole vereisten mehr und mehr und breiteten sich bis in die borealen und subtropischen Zonen aus. Es begann eine Eiszeit, die auch die noch überlebenden Spezien weitgehend vernichteten."

„Wie konnten dann die Überlebenden weiterleben?"

„Sie lebten von den Vorräten, die angesammelt worden waren, aber das fehlende Sonnenlicht schuf weitere

Mangelerscheinungen und die daraus resultierenden Krankheiten breiteten sich aus, die nicht mehr behandelt werden konnten. Es gab keine Energie mehr und die technische Abhängigkeit hat laut Vermutung und den verbliebenen Aufzeichnungen die Fähigkeit vernichtet, sich aus der Natur selbst zu versorgen. Wobei auch diese Versorgung nur temporär anzusehen wäre. Wenn nichts mehr wachsen kann, nützt auch ein vorhandenes Wissen nicht mehr viel."

„Wie lange hat die Verdunkelung gedauert?"

„Dies ist nur eine Hypothese aufgrund der Daten anderer Planeten, auf denen ähnliche Szenarien geschehen sind. Nach den ersten drei Jahren lebten keine Menschen mehr auf dem Planeten. Tier- und Pflanzenwelt waren so gut wie vernichtet, vermutet man. Nach Berechnungen dauerte die Verdunkelung und somit die Eiszeit etwa 800 bis 1000 Jahre, da fast der gesamte Planet durch eine dichte Staub- und Ascheschicht in der Atmosphäre bedeckt war. Heftige Stürme und Kälte beherrschten die größten Teile der Erdoberfläche. Die riesigen Aschepartikel, die weiterhin freigelegt wurden, stiegen in die Atmosphäre auf verblieben dort für viele Jahre. Durch den Einschlagsweg des ersten Kometen wurden zudem Gebiete mit dünner Erdkruste aufgerissen und Vulkane kamen nicht nur zum Ausbruch, sondern die Lavaschichten wurden freigelegt und riesige Mengen Asche und Staub wurden zusätzlich in die Atmosphäre geschleudert. Das verstärkte den Einfluss auf das Klima immens und forcierte durch die immer dichter werdenden Aschewolken die Schnelligkeit der Verdunkelung. Der Sauerstoffgehalt nahm rapide ab. Nach den Vergleichsdaten anderer Planeten dauerte es weitere drei- bis vierhundert Jahre, ehe das Klima sich wieder weitgehend stabilisiert hatte, um die ersten Gebiete wieder zu begrünen. Die Asche in der Atmosphäre sank langsam zu Boden und der Regen wusch den Staub in den Boden. Das Wetter beruhigte sich, die Wind- und Sturmgeschwindigkeiten reduzierten sich auf ein normales Maß und die im Boden verborgenen Samen fingen an zu keimen. Erst als wieder vollständig Licht auf die Erde traf, regenerierte sich auch langsam die Vegetation wieder."

„Was ist mit der Fauna passiert?"

„Vernichtet. Ausgenommen Kleinst- und Mikrolebewesen. Säugetiere sind komplett ausgestorben."

„Was ist mit den Ozeanen? Könnte dort das Leben weiter existiert haben?"

„Die Chancen, in den tiefen Lagen überlebt zu haben, stehen bei 39 Prozent. Das Leben, das nicht auf die Sonne angewiesen ist, könnte in der Tiefsee überlebt haben. Allerdings wurden bei dem Einschlag auch die Tiefseegräben verändert. Die Nahrungskette wurde unterbrochen und es ist nicht bekannt, auf welche Art und Weise sich dadurch Leben hätte erhalten können. Genaues kann ich allerdings nur berechnen, wenn der Planet vermessen und analytisch erfasst ist."

„Natürlich. Wichtig ist, dass die Möglichkeit besteht, dass das Leben wieder einen Anfang haben könnte."

„Die Chancen sind überdurchschnittlich hoch, bei 92,56 Prozent, um genau zu sein, Kommandant. Die Atmosphäre ist schon seit tausenden von Jahren regeneriert. Es ist eine Frage der Zeit. Mit genauen Analysedaten kann ich eine Berechnung vornehmen."

„Das heißt, es beginnt jetzt wieder eine Evolution? Angefangen mit der Flora?"

„Fast korrekt, Kommandant."

„Was meinst du mit „fast"?"

Er ahnte schon wieder eine Berichtigung wegen seiner fehlerhaften Aussage.

„Ich darf bemerken, dass wir uns ständig in der Evolution befinden. Laut Definition kann eine Entwicklung niemals abgeschlossen sein, weil sie der steten Perfektion und dadurch Veränderung unterliegt."

„Klar. Danke für die Aufklärung," sagte Lumarus und verdrehte die Augen. „Platon" war ein dauernder Besserwisser.

„Gerne, Kommandant."

Manchmal dachte Lumarus, „Platon" machte das absichtlich, dass er immer wieder die Menschen berichtigen müsse. Als ob er sich einen Spaß daraus machen wollte.

„Und die Lebewesen?"

„Es fehlen mir konkrete Daten, Kommandant. Es ist nicht möglich, aufgrund der wenigen Grundlagen ein zukünftiges Szenario zu berechnen. Die Entwicklung kann auch nicht postuliert werden, weil die Ausgangsbasis einer wiederkehrenden Population von Amphibien, Reptilien oder Säugetieren eine völlig andere ist als bei der grundsätzlichen Entstehung von Leben auf der Erde. Es ist unbestritten, dass eine Zellteilung und damit Mehrzeller die Grundlagen für eine Entwicklung bilden werden. Wenn ich die Analyse mehrerer überlebender oder neu entwickelter Gattungen hätte, könnte eine erste Prognose erfolgen."

„Verstehe...deswegen sind wir ja hier. Danke, Platon."

„War mir ein Vergnügen, Kommandant Lumarus."

Das Hologramm meldete sich wieder.

„Kommandant, hier Syrus. Wir haben etwas entdeckt."

„Was ist? Einen Hinweis auf Leben?"

„Nein, das nicht. Wir haben gerade ein ehemals aktives Vulkangebiet im Bereich der tektonischen Plattenübergänge überflogen und unser Scanner hat etwas Metallisches erfasst. Es ist nichts Natürliches. Wir werden mal landen und uns das genauer anschauen. - Im Übrigen ist die Vegetation hier atemberaubend. Das müssen Sie sich unbedingt ansehen. Phantastisch..."

„Gut. Das werde ich sicher tun. Achtet aber auf seismische Instabilität. Ihr seid auf den Schnittpunkten der tektonischen Platten."

„Verstanden. Wir passen auf und melden uns gleich wieder."

„Haben sie was gefunden?" fragte Frinotea.

„Vielleicht. Wahrscheinlich ein Überbleibsel, das ein Erdbeben wieder freigegeben hat."

„Das ist alles ganz schön aufregend und ich find´s toll, dass du mich mitgenommen hast."

Strahlend blickte sie ihren Vater an. Der trat auf sie zu und bückte sich. Mühelos hob er sie hoch und nahm sie auf den Arm. Seine sechs Finger der linken Hand strichen ihr über den kahlen Schädel. Glucksend legte sie den Kopf an seine Wange. Sie hatten alle längst keine Haare mehr. Die Evolution hatte es nicht mehr für nötig befunden, den Körper durch Haarbewuchs zu schützen. Der Genpool hatte sich über die Jahrtausende gewandelt. Dafür waren sie gewachsen. Lumarus maß mehr als zweieinhalb Meter und er war ein durchschnittlich gewachsener Mann. Manche hatten bereits die Drei-Meter-Marke erreicht. Da der technische Fortschritt ungebremst weitergegangen war, waren irgendwann aus den früheren fünf Finger sechs geworden. Auch der Kopf hatte sich verändert. Die Gehirnmasse vergrößerte sich und somit auch die Fähigkeit, kompliziertere Zusammenhänge zu verstehen und weitaus mehr Informationen zu filtern, zu ordnen und zu verbinden. Telekinetische Kräfte waren keine großen Ausnahmen mehr. Man wusste, wie sie zustande kamen und was nötig war, diese Gabe zu modifizieren. Bestimmte Areale des Gehirns zeigten in diesem Falle höchste Aktivität, die zu kontrollieren sehr viel Übung und Konzentration voraussetzte, die auch jetzt in einer hochtechnologisierten Zeit nur wenigen zur Verfügung stand. Doch trotz der Erforschung des Gehirns, seiner funktionalen Areale und der Bedingungen für die Synapsenbildung waren die Wissenschaftler immer noch nicht in der Lage, die Grundlagenforschung durch das Wissen des Zusammenhangs der Psyche und der Ratio zu erweitern. Nach wie vor waren die Konsequenzen von Gefühlsaufwallungen relativ unerforscht. Nach wie vor waren Emotionen ein unnahbarer Bereich, dessen Ursache und Wirkung keiner rationalen Regel folgen konnten. Der Mensch hatte sich ohne Zweifel weiterentwickelt. Im Denken, im Schlussfolgern, im sozialen Zusammenleben. Die aggressiven Urtriebe aus den vielen tausend Jahren der Evolution zum denkenden Menschen waren so gut wie ausgestorben. Die Vernunft hatte seit der Katastrophe einen geradezu unheimlichen Siegeslauf gestartet und die Nachfahren der Menschheit wurden geläutert in die Zukunft begleitet, ohne aber ihre tiefen Emotionen zu verlieren, die kaum mehr als einen Hauch Negativität zuließen.

Das Hologramm begann wieder zu flimmern und der Aufklärungsleiter Syrus erschien. Lumarus setzte seine Tochter wieder ab und begab sich zum Zentralpult.

„Und? Was ist es?"

„Es ist ein zylindrisches Metallgehäuse, das in Stein eingeschlossen ist. Allerdings kein natürliches Gestein, sondern ein Gemisch, das früher für den Gebäudebau verwendet worden war."

„Also wurde der Zylinder zusätzlich mit einer Gesteinsform geschützt?"

„Ich denke schon. Bin gespannt, was darin ist, dass sich jemand so viel Mühe gemacht hat. Denn auch der Behälter hat eine außerordentlich dicke Wandung. Der Scanner sagt, dass das Gehäuse mit vier verschiedenen gleichartigen Behältern verschmolzen worden ist. Alter und eine Metallbestimmung können wir nur an Bord vornehmen."

Lumarus nickte.

„Dann bringt das Ding mal mit. Irgendwelche Strahlung?"

„Nur im akzeptablen Bereich. Es hat Jahrtausende in der Erde gelegen. Das letzte Erdbeben hat es wohl nach oben geschoben. Wir sind gleich da..."

Der Greifarm beförderte den unförmigen Stein, der aussah wie ein Stück abgesprengten Felsens, in den sterilen Scannerraum. Dann wurde das Hologramm hochgefahren und das Scanning konnte beginnen. Die gesamte Besatzung mit ihren 22 Mitarbeitern stand nun vor dem Scanner und verfolgte neugierig das Abtasten. Gleichzeitig wurde die Analyse der Materialien auf einen Bildschirm übertragen. Syrus saß davor und ließ die Programme arbeiten.

„Der äußere Mantel ist eine Gesteinsschicht, die früher als Beton bezeichnet worden war. Er ist durchsetzt mit einem Metallgitter, das wohl zusätzlich verhindern soll, dass das Gestein auseinanderfallen kann. Es ist also von Menschenhand geschaffen worden. Sie schützt die Metallhülle vor Korrosion und verhindert das Oxidieren.

Der Metallmantel wurde vierfach ineinander gestülpt und miteinander verbunden. Edelstahl hat das glaub ich geheißen. Für die damalige Zeit qualitativ hochwertig, so viel ich mich noch erinnern kann. Wir verwenden das schon seit der Flucht nicht mehr. Der Inhalt ist dafür umso sensibler. Zellstoff. - Wir..."

Er stockte kurz und sah konzentriert auf die Analyse. Etwas verwundert und durchaus erstaunt.

„Ja?"

Syrus blickte seinen Kommandanten an.

„Wir können den Behälter nicht öffnen. In Verbindung mit Sauerstoff würde der Zellstoff sofort zerfallen und wir hätten nur noch Staub. An einer Seite des inneren Zylinders ist so etwas wie ein Ventil eingearbeitet worden. Der Raum darin wurde luftdicht verschlossen und in einem Vakuum gehalten. Das Ventil wurde versiegelt und der ganze Behälter danach noch einmal mit drei Metallhüllen umgeben. Wer das getan hat, wollte wohl ganz sicher gehen. Alles mehr als primitiv, aber durchaus sinnvoll, wenn man das Alter bedenkt."

„Wie alt ist es denn?"

Syrus gab mehrere Befehle in das Steuerungshologramm ein.

„Nach unserer Zeit oder nach Erdzeit?"

„Nach Erdzeit..."

„Dann wurde der Metallbehälter etwa in der Zeit vor etwa 19.000 und 20.000 Jahren hergestellt. In unserer Zeitrechnung bedeutet das fast 12.000 Jahre...ziemlich betagt, dieses Ding."

Er drehte sich um und grinste das Team an.

„Was ist es, was darin ist?" fragte Lumarus.

Syrus konzentrierte sich wieder auf den Scan und das Bild, das jetzt freigegeben wurde.

„Es scheint etwas Geschriebenes zu sein. Viele Seiten...wie ein Buch."

„Ein Buch? Was ist ein Buch?"

Kirron, der Bordtechniker, war nach vorne getreten und sah Syrus verständnislos an. Niemand konnte in diesem Moment mit dem Begriff „Buch" etwas anfangen.

„Früher hatte man Informationen, Ideen oder Gedanken in ein Buch geschrieben. Sie wurden auf sogenanntes Papier übertragen. Ein Zellstoff, den man aus Bäumen herstellte."

Kirron schüttelte verwirrt den Kopf.

„Was? Man hat die Wälder vernichtet, um etwas zum Draufschreiben zu haben??!"

Ungläubig und kopfschüttelnd lachte er in die Runde. Wer konnte denn so unglaublich dumm sein, einen Baum zu vernichten, nur um darauf schreiben zu können?

Syrus nickte.

„Ja, so ist es. Als die Katastrophe geschah, war man erst am Anfang digitaler Datenträger. Bücher waren bis dahin über Jahrhunderte, wahrscheinlich Jahrtausende die einzige Informationsplattform, die man dann für die Nachwelt festhalten wollte. Und man benötigte sehr viel Zellstoff, um Papier dafür herzustellen. Aus den uralten Aufzeichnungen kann man ersehen, wie viele Wälder in unglaublich kurzer Zeit vernichtet wurden. Nicht nur für die Papierherstellung, auch als Bauholz, Möbel und dem Schiffsbau. Sogar zum Heizen wurde Holz verbrannt. Holz wurde für alles Mögliche verwendet – wenigstens solange, bis neue Materialien erfunden wurden. Obwohl man sicher wusste, wie wichtig der Wald für das Klima war. Jedenfalls ab dem zwanzigsten Jahrhundert. Und dann hat man die Wälder vernichtet, um Ackerland und Viehweiden zu erweitern. Ich weiß auch nicht, warum niemand dagegen rebelliert hat – zumindest war davon nichts nachzulesen. Aber ich habe auch nicht alles gelesen..."

Kirron schüttelte verständnislos den Kopf. Für ihn war dies älter als die Steinzeit. Digital...das war doch schon uralt...prähistorisch. Digitalisierung kannte er nur aus dem Geschichtsunterricht. Und was davor war, wurde erst gar nicht gelehrt, außer in den speziellen historischen Studiengängen der Universitäten. Datenübertragungen fanden schon längst ausschließlich im Lichtspektrum statt. Und materielle Datenträger kannte man gar nicht. Wenn man überhaupt von Datenträgern sprechen konnte, dann waren es reine Energiefelder mit ihren verschiedenen Datenbereichen, die nur aus Lichtpunkten, Lichträumen und anderen energetischen Feldern bestanden. Auf diesem Sektor gab es keinerlei Materialität. Weder in der Verarbeitung noch in der Speicherung.

„Woher weißt du denn das alles, Syrus?"

„Bevor wir aufgebrochen sind, habe ich in den alten Datenbanken gelesen, weil ich wissen wollte, wie die Menschen damals gelebt haben. Es war der Beginn des 21. Jahrhunderts der alten Zeitrechnung und die Datenverarbeitung machte Riesenschritte. Damals entstand auch die erste digitale globale Vernetzung. Man nannte es...ääh...wie hieß das noch?....Internet...ja, man nannte es Internet."

„Internet...wie originell ..." murmelte Kirron kopfschüttelnd. Es kam ihm vor wie der Anfang der Menschheit und er stellte sich behaarte Wesen vor, die mit gekrümmten Fingern ungelenk auf irgendeine Tastatur hämmerten.

Syrus blickte wieder auf den Scanner und änderte die Abtastung. Er vergrößerte die Ebene, um die Details besser darstellen zu können. Lumarus trat näher und begutachtete das Bild. Neugierig versuchte er das Objekt zu erkennen. Eine sanfte innere Aufgeregtheit ergriff ihn schon wieder und begann sich hochzuschaukeln. Es war wie eine warme Welle, die ihn umspülte, ohne aber diese Kraft eines ozeanischen Wellenschlages zu haben. Es war eher eine zarte Berührung der Seele, die sich nicht punktuell spüren ließ, sondern sich wie eine Decke über ihn legte. Leicht und sanft, aber mit dem Druck sensibler Erweckung. Seine Unruhe nahm wieder zu. Es war dieselbe Unruhe, die er bereits während ihrer Ankunft verspürt hatte. In dem Moment, als er die Erde sah. Nur im Moment viel stärker, vehementer, tiefer und umfassender. Es fühlte sich an wie eine aufkommende Nervosität, die aber jegliche Bereiche von Sorgen und unlösbaren Problemen außer acht ließ. Eigentlich eher wie eine freudige Erwartung. Eine Erwartung, von der man keine Ahnung hatte, wie sie aussehen würde, außer dass sie möglicherweise gewaltig und groß war. Lumarus spürte seine tief in ihm liegende Unsicherheit, weil er einen Teil seiner individuellen Sicherheit abgeben musste, ohne es verhindern zu können.

„Ein Buch, ja. Sie haben recht. Sieht so aus, als ob es mehrere wären. Verstärken Sie den Scanner und gehen Sie auf Separieren."

„Jawohl Kommandant."

Seine Finger glitten über die Lichtpunkte und er wechselte die Scanebenen. Nun begann der Scanner die einzelnen Seiten zu separieren und sie nach und nach für sich alleine darzustellen. Fasziniert beobachteten die Menschen den Vorgang. Fasziniert nicht von der Technik, die nichts Neues war, sondern ausschließlich von der Darstellung einer schon künstlerischen Sensation. Handgeschriebenes gab es ja längst nicht mehr. Umso mehr empfanden sie es fast so wie ein phantastisches uraltes Gemälde. Von kunstvoller Hand kreiert, von magischer Vision erschaffen, von sicherer Art und Weise dargestellt als Ausdruck eigener Emotionen und Vorstellungen. Die Unruhe in Lumarus wurde immer stärker. Jeder Strich, jede Rundung, jeder Bogen kam ihm plötzlich nicht fremd vor, sondern seltsam vertraut, verursachte in ihm diesen immanenten Druck, beschleunigte seinen Herzschlag, ohne dass er etwas dagegen unternehmen konnte. Er meinte, das alles schon einmal gesehen zu haben und wusste gleichzeitig, dass das nicht sein konnte. Dieses Artefakt war wahrscheinlich mehr als 20.000 Jahre alt. Nach Erdzeitalter. Er trat noch näher und war fast geneigt, seine Hand auf die Imagination zu legen und sie zu berühren. Das ganze Bildnis nahm ihn mehr und mehr gefangen und ließ ihn nicht mehr los. Fasziniert starrte er auf die aufgeschlagenen virtuellen Seiten.

„Das ist kein Buch..." flüsterte Lumarus. „Das ist von Hand geschrieben...es ist ein Tagebuch...ein Tagebuch...!...Seht ihr das? Das ist das jeweilige Datum, an dem ein Eintrag stattgefunden hat."

Er zeigte auf die obere linke Ecke einer Seite.

„Tagebuch?!" fragte Frinotea. „Was ist denn ein Tagebuch, Papa?"

Er drehte sich um und sah seine Tochter an.

„Ein Tagebuch ist die Aufzeichnung eines Menschen. Darin steht, was man jeden Tag erlebt hat. Früher hatte man darin seine eigenen Gefühle zum Ausdruck gebracht. Ein Tagebuch ist etwas sehr Persönliches und geht niemanden etwas an. Man schreibt es nur für sich selbst."

„Warum geht es niemanden etwas an?"

„Weil man darin seine tiefsten Gefühle ausdrücken will...es hat in dieser Zeit geheißen, man schreibt sich frei von Sorgen, Problemen und belastenden Gefühlen."

Syrus war aufgestanden und versuchte die einzelnen Seiten zu entziffern. Aber er hatte keine Ahnung, was die Schriftzeichen zu bedeuten hatten.

„Ich kann absolut nichts davon lesen. Was ist das für eine Schrift? Und was für eine Sprache? Ich weiß nicht einmal, in welche Richtung geschrieben wurde..."

Lumarus zuckte die Schultern. Auch wenn all die Zeichen und die vielen Zeilen ihm vertraut erschienen, wusste er damit genauso wenig anzufangen.

„Ich weiß es nicht. Lassen Sie es durch die Schrifterkennung laufen. Spracherkennung brauchen wir auch. Und es gibt hoffentlich eine Übersetzung."

Syrus nickte und setzte sich wieder an seinen Platz.

„Es ist sehr umfangreich. Anscheinend ist es nicht nur ein Buch, sondern...Moment, ja, es sind mehrere...fünf Bücher. Zusammen gebunden. Es wird etwas dauern, Kommandant. Ich hoffe, unsere Datenbank kann es entziffern."

Es dauerte länger als erwartet, aber nach einer Stunde war das Rätsel entschlüsselt. Lumarus starrte auf das Ergebnis. Dann drehte er sich zu seiner Crew um, die sich wieder eingefunden hatten und ihn erwartungsvoll und überaus neugierig anstarrte.

„Wir haben es entziffern können. Es ist ein lateinisches Schriftbild und die Sprache ist englisch. Unter den vielen Sprachen, die damals auf der Erde gesprochen wurden, war Englisch die Weitestverbreitete gewesen. Ob der Schreiber der Tagebücher es in seiner Muttersprache geschrieben hat, können wir noch nicht sagen, aber wir können nun alles lesen. Der Computer ist gerade dabei, eine Übersetzung zu erstellen. In ein paar Stunden wissen wir mehr. Bis dahin übernehmen lediglich die Wachdienste ihre Arbeit. Ich werde Sie informieren, sobald alle Informationen fertig gestellt sind. Begeben Sie sich jetzt zur Ruhe, wir haben noch viel Arbeit vor uns."

Er streckte seinen Arm aus und nahm Frinotea bei der Hand.

„Dann gehen wir jetzt schlafen...komm."

Das Mädchen nahm seine Hand und hüpfte freudig auf und ab. „Ein Tagebuch...ein Tagebuch...ich bin gespannt, was da drin steht..." flötete sie mit neugierigen und leuchtenden Augen.

Lumarus konnte nicht schlafen. Irgend etwas beschäftigte ihn und er wusste nicht, was es war. Seine Gedanken waren mehr als unruhig. Er spürte es tief in sich drinnen, dass irgend etwas nicht stimmte oder irgend etwas bevorstand. Wenn er doch einmal einnickte, hörte er Stimmen, die zu ihm sprachen, aber er konnte weder Sprache noch Muster darin erkennen. Er versuchte dahinter zu kommen, was der Grund von dem allen war, aber er fand keinerlei Bezugspunkt und kein Ereignis, das sich in sein Unterbewusstsein hätte einschleichen und festsetzen können. Die weite Reise durch das Universum, durch die Galaxien, durch die Zeitportale war ohne Zwischenfälle verlaufen. Als sie die Erde erreicht hatten, war er aufgeregt gewesen. Aber das waren sie alle. Schließlich war das der Ursprungsplanet aller. Und schließlich waren sie die erste Expedition, die ihren Ursprung erforschen wollten. Lumarus schob schließlich seine Unruhe auf die Besonderheit der Expedition. Es hatte nichts weiter zu bedeuten. Ihre Mission war wichtig, ja...aber sie war weder kompliziert noch gefährlich. Es war ihrem Auftrag nach eine reine Forschungsmission. Eine Expedition in die Vergangenheit, wenn man es genau nahm. Sie waren beauftragt worden, ihre ursprüngliche Herkunft zu erforschen und zu dokumentieren. Und sie waren beauftragt worden, den Zustand der Erde bis ins allerkleinste Detail zu analysieren, um die Regenerationsfähigkeit eines Planeten besser nachvollziehen zu können. Eigentlich war es eine rein wissenschaftliche Exkursion – wäre da nicht dieser immens große und auch neugierige Gedanke, dass sie ihre eigene Herkunft und die ehemaligen Lebensbereiche ihrer Vorfahren entdecken konnten. Sie erhofften sich Entdeckungen alter menschlicher Kulturobjekte. Vielleicht fanden sich noch Überreste großer Städte und Kulturschätze, aus denen man die Lebensweise der Menschen nachvollziehen konnte. Trotzdem war deswegen seine Unruhe nicht zu erklären. Er legte sich wieder hin und starrte an die Decke. Ob es etwas mit ihrem heutigen Fund zu tun hatte? Schließlich hatten sie ein längst vergangenes Zeugnis damaliger Lebensweisen entdeckt. Natürlich waren sie alle aufgeregt und hatten sich gefreut, dass ein sagenhafter Zufall ihnen zu Hilfe kam. Das Tagebuch...sie hatten ein handgeschriebenes Tagebuch ihrer eigenen Vorfahren entdeckt. Allein das war schon eine unglaubliche Sensation. Ihre Leute daheim würden begeistert sein. Die Expedition war bereits jetzt ein voller Erfolg, obwohl sie den Planeten noch gar nicht richtig entdeckt hatten.

Das Tagebuch...er war neugierig, was dieser Mann oder diese Frau aufgeschrieben hatte. Er spürte wieder den verstärkten Herzschlag und setzte sich nochmal auf. Die Schrift...als er diese wunderbare Schrift gesehen hatte, spürte er doch etwas...in diesem Moment...es war die Schrift...dieses schön geschwungene Schriftbild, das er noch niemals gesehen hatte und das er auch nicht kannte, nicht kennen konnte...da war etwas, das nicht dazu passte...was war es? Was???? Es war fremd und doch nicht...es war trotz des Unbekannten vertraut...

Er stand auf und wanderte in dem Raum auf und ab. Wenn ihn sein Unterbewusstsein so quälte, musste etwas in seinem Gehirn sein, das versteckt war und durch irgendeine Gegebenheit oder ein verstecktes Vorkommnis erwacht war. Von selbst konnte er nicht darauf kommen. Was sollte das sein? Ein vergangenes Ereignis, das er verdrängt hatte? Die Wissenschaft hatte es über die Jahrtausende geschafft, sie alt werden zu lassen. Lumarus war bereits mehr als einhundert Jahre alt. Nach der Zeitrechnung auf „Secterra", ihrem Heimatplaneten. Er sah hinaus auf die Erde, die nun wiederum von der Sonne angestrahlt wurde. Er rechnete. Nach Erdenzeit wäre er nun schon fast einhundertachtzig Jahre alt. Wie alt waren wohl die Menschen geworden, bevor die Katastrophe alles vernichtet hatte? Er ließ seine Lebenszeit vor seinem geistigen Auge ablaufen und versuchte, einen darin nicht definierten Zeitraum zu erkennen. Aber er fand nichts. Er war behütet aufgewachsen, hatte die Ausbildung und seine wissenschaftliche Forschung wie die anderen gemeistert und sich für die Astrophysik als Berufsbild entschieden. Die Ausbildung zum Kommandanten eines Schiffes schloss sich gleichzeitig an. Nebenbei hatte er auch begonnen, als Historiker zu arbeiten. Darum war er auch jetzt hier. Als Kommandant des Forschungsschiffes „Galacticon". Sein Blick verweilte weiterhin auf der Erde. Seit sie hier angekommen waren, hatte er diesen sanften Druck gespürt, der sich zu einer nicht gekannten Unruhe gesteigert hatte. Nur - es war keine Unruhe aus Sorge, sondern es war anders. Eine seltsame Mischung aus Neugierde und Wissen, aus Erkennen und Erinnern. Wäre der Begriff eines Deja Vu noch im Sprachgebrauch, hätte Lumarus ihn verwendet. So aber fand er keine befriedigende Bezeichnung für das Undefinierbare in ihm. Er atmete tief durch und legte sich wieder auf den Schlafplatz. Er überlegte. Sollte sein Unterbewusstsein ihm etwas mitteilen wollen, konnte er es auch anzapfen. Die technischen Möglichkeiten und das wissenschaftliche Know-How waren gegeben. Er musste wissen, was ihn so beschäftigte und ihn nicht ruhig werden ließ. Ich muss Doktor Dermon fragen, vielleicht kann er helfen, mögliche Erinnerungen aufzurufen, dachte er noch. Dann fiel er endlich in einen wirren Schlaf, der sich bemühte, die Unordnung seines Geistes wieder in gerade Bahnen zu bringen.

*

„Nun, Kommandant, was kann ich für Sie tun? Fehlt Ihnen etwas? Fühlen Sie sich krank?"
Lumarus schüttelte den Kopf.
„Nein, das ist es nicht. Körperlich ist alles in Ordnung. Seit wir hier sind, spüre ich eine innere Erregung, eine Unruhe, die ich nicht deuten kann. Und ich möchte wissen, wo das herkommt."
Doktor Dermon, der Schiffsarzt, betrachtete ihn aufmerksam.
„Ist es nicht ganz normal, dass Sie eine gewisse Aufregung in sich spüren? Schließlich haben wir ein außerordentlich wertvolles Relikt an Bord. Und abgesehen davon ist für uns

alle diese Forschungsreise etwas sehr Besonderes, das natürlich eine gewisse Erregtheit hervorruft. Wir sind alle ein bisschen aufgeregt, aber eben angenehm. An Ihrer Stelle wäre ich da noch mehr aufgeregt."

„Ja, schon. Aber es ist irgendwie anders...es ist auch keine sorgenvolle Aufregung. Es ist nichts Negatives an sich, ich...ich bin mir wirklich nicht sicher."

„Worüber machen Sie sich Sorgen oder Gedanken, Lumarus?"

Doch der schüttelte den Kopf.

„Ich mache mir keine Sorgen. Das ist es nicht. Es ist mehr ein...ein Gefühl, ein seltsames Drücken und Stampfen in mir, keine Sorgen, eher ein vergangenes Ereignis, das wieder kommt, anklopft und... und ich nicht weiß, was es ist."

„Erinnerungen?"

„Möglich. Ich weiß es nicht. Es fühlt sich fast so an. Ich habe versucht, mein Leben nach etwas abzusuchen, das von mir verdrängt wurde. Aber ich kann absolut nichts finden."

Dermon setzte sich hinter den Tisch, stützte das Kinn auf die Hände und sah ihn nachdenklich an.

„Betrachten Sie dieses Gefühl als störend?"

Lumarus nickte vehement.

„Ja. Wenn ich nicht weiß, warum das so ist, macht mich das ganz sicher noch unruhiger."

„Wann ist diese Unruhe zum ersten Mal aufgetreten?"

„Kurz bevor wir in dieses Sonnensystem eingetreten sind. Da war erst so ein komisches Gefühl, aber nur kurz. Als wir den äußeren Planeten passiert hatten, nahm dieses Gefühl langsam zu. Unruhig wurde ich richtig, als ich den Planeten gesehen habe. Zumindest ist es mir da das erste Mal konkret aufgefallen."

„Die wievielte Forschungsreise ist das für Sie, Kommandant?"

„Die Fünfte..."

„Also kann man nicht davon ausgehen, dass Sie aufgrund der Seltenheit so aufgeregt sind? Wie sind denn die anderen Reisen verlaufen? Waren Sie da auch aufgeregt oder hatten Sie da auch dieses Gefühl der Unruhe?"

Lumarus schüttelte den Kopf.

„Nein. Niemals. Ich kann mich nicht erinnern, dass ich dieses Gefühl jemals gehabt habe. Es ist wirklich neu, darum irritiert es mich auch so...weil ich es nicht kenne."

Dermon nickte. Er trommelte ein paar Augenblicke mit den Fingern auf dem Tisch herum und starrte angestrengt in die Leere des Raumes.

„Gut. Ich kann vorerst einen Hirnscan durchführen, damit wir erst einmal sehen, was für Areale betroffen sind und was wo vorgeht. Wenn das Erinnerungsvermögen wirklich erhöhte Aktivität zeigt, dann kann ich Sie in Trance versetzen und versuchen, aus dem Unterbewusstsein Informationen zu erhalten. Aber ich muss Ihnen sagen, dass es nur eine variable Möglichkeit ist. Garantieren kann ich nicht dafür, dass wir etwas erfahren werden. Vorausgesetzt natürlich, da ist etwas verschollen, das durch irgendein Ereignis nun an die Oberfläche transportiert wird. Oder zumindest signalisiert, dass da etwas ist."

„Ich muss wissen, was los ist..."

Doktor Dermon kannte Lumarus gut genug, um zu erkennen, dass der Kommandant es ernst meinte. Irgendetwas quälte ihn. Nickend stand er auf.

„Nun gut. Wie sieht Ihr Zeitplan aus? Wann sollen wir anfangen?"

„Syrus wird mit ein paar Wissenschaftlern Proben von Gesteinen, Pflanzen und des Ozeans nehmen, damit wir erst mal eine richtige geologische und ökologische Analyse erstellen können. Das kann dauern. Ich bleibe auf dem Schiff und werde erst mit einer späteren Exkursion mitkommen. - Also könnten wir...sagen wir mal...in einer Stunde anfangen."

„In Ordnung. Kommen Sie ins Labor, wenn Sie soweit sind. Ich werde alles vorbereiten."

Lumarus nickte und verabschiedete sich. Als er den Kommandoraum betrat, waren die anderen Offiziere bereits anwesend und besprachen die neuen wissenschaftlichen Aufgaben. Syrus stand vor einem dreidimensionalen Hologramm der Erde und legte die Ausgangsorte für die Landungen fest. Als er Lumarus sah, drehte er sich um.

„Kommandant, wir haben alle Landepunkte festgelegt. Wir steuern verschiedene Vegetationszonen an und nehmen Proben aus den Ozeanen. Die Mannschaft ist bereit aufzubrechen. Haben Sie noch andere Befehle?"

„Nein. Alles gut. Ich wünsche Ihnen viel Erfolg und melden Sie sich, wenn etwas Besonderes ansteht. Ich bin die nächsten zwei Stunden bei Doktor Dermon, also kommunizieren Sie bitte mit Tenolu. Außer es ist überaus wichtig, dann geben Sie mir natürlich Bescheid."

Syrus sah ihn prüfend an.

„Ist etwas nicht in Ordnung mit Ihnen?"

Seine Stimme klang besorgt. Aber Lumarus schüttelte den Kopf.

„Nein, nein, nur Routine. Ich muss den letzten Checkup versäumt haben und hole ihn nun nach. Ich wünsche Ihnen viel Erfolg und passen Sie auf sich auf."

„Natürlich."

Die Crew begab sich auf das Shuttle-deck, nur Syrus blieb noch zögerlich.

„Was ist, Syrus? Ist noch etwas?"

Er drehte sich noch einmal um und die beiden Männer sahen sich in die Augen. Sie hatten beide schon etliche Expeditionen hinter sich gebracht und betrachteten sich eigentlich als Freunde.

„Sie werden mir doch sagen, wenn irgendetwas nicht stimmt, Kommandant, oder?"

Lumarus lächelte. Er konnte ihm nichts vormachen.

„Keine Angst. Es ist wirklich alles in Ordnung. Ich lasse einen Hirnscan durchführen, das ist alles."

„Einen Hirnscan? Warum denn? Haben Sie einen Verdacht? Oder der Doktor?"

„Nein, darum geht's nicht. Weil ich, seit wir hier sind, eine seltsame Unruhe verspüre. Und seit ich dieses Tagebuch gesehen habe, ist diese Unruhe noch viel stärker geworden. Ich möchte wissen, warum und ob es etwas gibt, das ich vergessen oder verdrängt habe. Das ist alles. Ich bin nicht krank, Syrus – nur neugierig, weil ich dieses unruhige Gefühl nicht an mir kenne."

„Dann bin ich beruhigt. - Dann geh ich jetzt."

Lumarus klopfte ihm auf die Schulter und nickte lachend.

„Tun Sie das. Wenn ich mehr weiß, werden Sie es als erster erfahren. Versprochen."

„Bis später, Lumarus..."

Immer noch ein bisschen skeptisch drehte er sich um und betrat den Aufzug, der ihn zum Deck brachte.

Lumarus gab der Überwachungsmannschaft noch Anweisungen, dann suchte er das Labor auf, in dem Dermon schon wartete.

„Setzen Sie sich und legen Sie den Kopf auf das Polster. Ich werde jetzt den Scan aktivieren."

Ein Summen führte den Scanarm an den Kopf von Lumarus. Dann wurde jedes Gehirnareal abgetastet und abgespeichert. Auf einem Bildschirm konnte verfolgt werden, wo sich Aktivität und Inaktivität abspielte. Nach zehn Minuten war der Vorgang beendet und Lumarus setzte sich wieder auf. Doktor Dermon besah sich das Ergebnis und nickte schließlich. Er sah Lumarus an.

„Sie waren auf der richtigen Spur. Ihr Erinnerungsvermögen ist tiefenaktiviert worden. Ein Bereich, der eigentlich nur künstlich zur Aktion kommen kann. Normalerweise ist er verschlossen, weil er auch nicht notwendig ist. Das Gehirn verdrängt nicht benötigte Programme. Sozusagen ein Filtersystem, das vermeidet, dass die Hirneigenschaft unnötig strapaziert wird. Bei Ihnen ist wieder etwas geöffnet worden. Die Hirnelektrik hat sich verändert und die Oszillationen wurden verstärkt. Mit einer seltenen Intensität. Es scheint sich um sehr alte Erinnerungen zu handeln. Verdrängte Erinnerungen, wie wir es seit alters her benennen. Wir werden herausfinden müssen, was und vor allem, warum. Ihr Gefühl war vollkommen richtig gewesen. Etwas muss es ausgelöst haben."

„Ich habe keine Ahnung, was da verschlossen war. Ist das gefährlich? Muss ich mir Gedanken machen?"

„Nein, natürlich nicht. Ihr Gehirn ist vollständig in Ordnung. Es ist jetzt zwar nicht die Regel, aber auch nichts ungewöhnliches. Das Gehirn ist ein eigenständiges Gebilde, das immer wieder Verbesserungen vornimmt, um die Effizienz so beizubehalten, dass es nicht überfordert wird. Unbedeutende Erinnerungen werden verschlossen und manchmal können spezifische Ereignisse auch dazu führen, dass sie wieder ins Bewusstsein treten. Das Unterbewusstsein bleibt immer unangetastet, auch wenn es permanent mitarbeitet. Das ist der Sinn des Ganzen. Das Unterbewusste bleibt immer verschlossen und verschließt Erlebnisse, die auf den Organismus und die Hirnvernetzung belastend wirken könnten. Sonst würden wir verrückt werden. Irgendetwas war der Auslöser, der eine Türe geöffnet hat. Sozusagen ein Schlüssel dafür."

„Ja...das Buch...das Tagebuch...seit ich es gesehen habe, spüre ich es noch stärker. Es hat etwas damit zu tun. Ich weiß es. Es muss damit zu tun haben. Das war offensichtlich."

„Aber was? Dieses Buch ist tausende von Jahren alt. Sie waren doch niemals hier – oder doch?"

Lumarus schüttelte den Kopf.

„Nein, natürlich nicht. Niemand war jemals hier. Es hat sich doch niemand jemals dafür interessiert, einen toten Planeten aufzusuchen. Es war hinreichend bekannt, was passiert war und was für Folgen auf den Planeten zugekommen sind. Es gab keinen Grund, ihn wieder aufzusuchen, nur um die vollständige Zerstörung zu begutachten. Erst der neue wissenschaftlich-historische Stab hat die Idee weiter verfolgt, etwas über unseren Ursprung zu erfahren und eine mögliche planetare Regeneration wissenschaftlich zu erfassen. - Aber wir sind die ersten, die diese Expedition gemacht haben."

Der Doktor stand auf.

„Nun gut. Sie haben mich neugierig gemacht, Lumarus. Wollen wir nachforschen, was in Ihrem Gehirn vor sich geht? Vielleicht rennt noch einer Ihrer Vorfahren im Geiste herum und meldet sich jetzt..."

Laut lachte er auf und drehte sich wieder um. Anscheinend amüsierte ihn seine Bemerkung.

„Sollen wir anfangen zu suchen?" fragte er Lumarus noch einmal. Der Kommandant nickte.

„Natürlich. Am besten gleich..."

Dermon nickte und rief seine Assistentin herein.

„Marika, wir werden einen Tranceleiter legen. Bereiten Sie bitte alles vor..."

„Ja, Doktor. Sofort?"

„Ja, wir werden gleich beginnen. - Lumarus, legen Sie sich wieder hin. Wir werden Ihnen ein Serum verabreichen, das Sie in eine Art Hypnoseschlaf versetzen wird. Es wird eine Umkehrung stattfinden. Ihr Bewusstsein wird Platz machen für das Unterbewusstsein, das man damit anzapfen kann. Ein Nanoscanner wird jegliche Aktivität aufzeichnen und ein Exponat erstellen, auf dem wir erkennen können, wie weit die Erinnerungen zurückreichen. Im Zustand der Hypnose wird es Ihnen auch möglich sein, darauf zu zugreifen. Es ist eine Möglichkeit und verspricht nicht, damit etwas in Erfahrung bringen zu können. Versuchen Sie, sich zu entspannen und an nichts zu denken. Je besser Sie das hinkriegen, desto einfacher wird es sein, den Ursprung der Bereichsöffnung zu finden. Nur wenn Sie die bewussten Blockaden aufheben, wird das Unterbewusstsein auch in der Lage sein, ohne größere Barrieren etwas freizugeben."

„Gut. Fangen Sie an. Ich bin bereit."

Er schloss die Augen, versuchte seinen Gedankengang zu verlangsamen und wartete auf die Injektion.

Doktor Dermon saß an seinem Arbeitstisch und begutachtete nach dem Test das Ergebnis der Analyse. Er hatte verschiedene Programme durchlaufen lassen, die bis ins kleinste Detail alles durchleuchtet hatten, was technisch möglich war. Dabei hatte er Lumarus viele Fragen gestellt, um ihm die Wege zu den vergessenen Hirndateien zu ebnen. Waren seine Gesichtszüge anfangs noch entspannt, so wurden sie mit jeder Minute immer ernster. Doch auf dieses Ergebnis war auch der Doktor nicht vorbereitet. Ungläubig las er mehrere Male die angezeigten Aufzeichnungen. Noch niemals hatte er eine so prägnante Hirnanalyse gesehen, die so tief in das Unterbewusstsein eindringen konnte. Die Informationsmengen kamen aus dem tiefsten Erinnerungsraum. Es waren Erinnerungen aus der Genetik, was nach dem wissenschaftlichen Stand eigentlich unmöglich war. Und es waren Erinnerungen, die sein ganzes Wissen und seine langjährige Erfahrung in diesem Moment in Frage stellten. Bis zu diesem Zeitpunkt war es nicht möglich, Erinnerungen aus diesem Raum aufzurufen oder wahrzunehmen. Die genetische Struktur gab nur die Bauart ihrer Spezies wieder. Wie sich ein Gehirn in seinem Intellekt entwickeln könnte, war nicht vorhersehbar. Er war fasziniert und neugierig zugleich. Ständig nickte er, schüttelte dann den Kopf, nickte wieder. Dann sah er Lumarus an, der mittlerweile von ihm wieder erweckt worden war und der ihn nach den vielen Minuten der Trance gespannt beobachtete. Er sah den Schiffsarzt hochkonzentriert die Daten auslesen.

„Nun? Was haben Sie herausgefunden? Gibt´s Ergebnisse oder war alles nur blinder Alarm?"

Dermon drehte sich um und sah Lumarus mit einem sehr seltsamen Blick an.

„Als blinden Alarm würde ich das bestimmt nicht bezeichnen. Ich habe noch niemals gesehen, dass die Tiefenbereiche des Erinnerungsvermögens derart aktiv waren. - Haben Sie sich jemals mit den alten Sprachen auf der Erde beschäftigt? Oder überhaupt mit Sprachen? - Was wissen Sie über das Leben der Menschen auf der Erde? Geht Ihre Neugierde darüber über das normale wissenschaftliche Interesse hinaus?"

„Ich weiß im Grunde genommen nicht sehr viel. Nur das, was in den Datenbanken steht und was wir aus der Historie wissen. Wissen über das Alltagsleben war nur eine Art Exkurs. Ich habe mich auch nur sporadisch damit beschäftigt. Über Sprachen habe ich erst während der Reise etwas gelesen. Aber nur interessehalber, weil diese außerordentliche Vielfältigkeit interessant war. Niemand in unserer Gesellschaft spricht noch eine der alten Sprachen. Außer natürlich als Studienfach, aber nicht im alltäglichen Gebrauch. Mich hat mehr der sich verändernde Alltag über die Jahrhunderte und Jahrtausende interessiert. Das industrielle Zeitalter hat das Leben ja total verändert und..."

Dermon stand auf, schüttelte wild den Kopf und wedelte mit den Armen. Er wirkte aufgeregt und angespannt. Überaus angespannt. Lumarus hielt erstaunt inne. Dermon neigte nicht dazu, ihn dermaßen vehement zu unterbrechen.

„Nein, nein, das meine ich nicht. Das lernen wir ja in den jeweiligen Studiengängen. Es geht um...was wissen Sie zum Beispiel über Religion, Spiritualität, übersinnliche Wahrnehmungen und Geistwesen, oder...Reinkarnation?"

Lumarus verzog das Gesicht.

„Doktor, das ist Esoterik...Reinkarnation? Wiedergeburt? Ääh...na ja, das war, soviel ich weiß, eine Glaubensrichtung der Buddhisten und Hindus...manchen Naturvölkern sagte man so etwas auch nach...Warum fragen Sie?"

Der Doktor setzte sich wieder. Seine Hand trommelte nervös auf der Tischplatte herum. Er war offensichtlich sehr erregt. Lumarus hatte ihn noch nie so gesehen. Dermon stand wieder auf und lief auf und ab, während er weitersprach.

„Nun, die Buddhisten glaubten an die Wiedergeburt und an die Kontinuität des Geistes. Die Wanderung des Immateriellen sozusagen. Es gibt tausende Geschichten über Menschen, die sich an ihre frühere Leben erinnerten, und zwar so detailliert, dass ein Zweifel im Grunde ausgeschlossen war, weil sie nachweislich niemals dort gewesen sein konnten. Wir haben dieses Phänomen auch in unserer Gesellschaft. Sie erinnern sich an letztes Jahr? An dieses Mädchen, das plötzlich in einer völlig fremden Sprache gesprochen hat, die sie nicht kennen konnte. Man konnte bis jetzt nicht herausfinden, woher sie dieses Wissen hatte. Sie wird nirgendwo gelehrt, findet sich nur in den allerersten Archiven. Man hat herausgefunden, dass es Latein war. Die Sprache, die Jahrhunderte, wenn nicht gar Jahrtausende die Sprache der Gelehrten auf der Erde gewesen war. Sie erzählte immer wieder von einer Welt weit weg von uns...von einer Welt, die einmal sehr schön gewesen war und dann untergegangen ist. Die Erde. Sie hat ihr Heimatland beschrieben...Italien hieß es. Die Stadt benannte sie mit Rom. - Sagt Ihnen der Name etwas?“

Er sah ihn erwartungsvoll an. Lumarus nickte.

„Ja. Das Tausendjährige Reich. Die Römer. Haben viele Völker unterjocht und ein Imperium erbaut, das genauso untergegangen ist wie viele Imperien damals auf der Erde.“

„Richtig. Nach Erdzeit herrschten die Römer etwa 500 Jahre vor und 500 Jahre nach der damaligen Zeitenwende. Dann verloren sie die Macht an andere einfallende Völker. Die Periode nach den Römern nannte man Mittelalter. Auch diese Ära dauerte ungefähr 1000 Jahre. Danach kam die

Aufklärung...Neuzeit, Renaissance, Industriezeitalter und so weiter..."

Er machte eine Pause und starrte in ein imaginäres Etwas.

„Sie hat die Straßennamen benannt. Da, wo sie angeblich gelebt hatte. - Man hatte recherchiert...und in den uralten Dateien tatsächlich eine Stadtkarte von Rom aus dem 12. Jahrhundert entdeckt. - Das Mädchen hatte alles exakt wiedergegeben. Sie muss also während des Hochmittelalters gelebt haben. Es existiert nur dieses eine Schriftstück. Niemand hat Zugang zu den Archiven, nur spezielle Personen mit besonderer Berechtigung. Und Sie wissen selbst, wie unmöglich es ist, Zugangscodes dafür zu erhalten. Kein Bürger würde einfach so die Codes bekommen."

„Ja, ich erinnere mich. Es war eine Sensation. Beweise hat es aber trotzdem keine gegeben."

„Natürlich nicht. Es ist ein geistiges Phänomen, das unbeweisbar ist. Wie denn auch? Wir können Geist nicht nachweisen, genauso wie Gefühle und die Konsequenzen daraus. Wir wissen lediglich, welche Gehirnregionen für was zuständig sind. Die Auslöser für Handlungen und Wissen kennen wir nur zum Teil. Warum welche chemischen Verbindungen irgendwas auslösen, wissen wir nicht. Die unzähligen Verbindungsmöglichkeiten für synaptische Vernetzungen sind vielfältiger als es Sterne im Universum gibt. Wir haben es zwar geschafft, über die Jahrtausende unser Nutzungspotential des Gehirns zu steigern, aber wir sind bei weitem nicht in der Lage, wesentlich mehr als zwanzig Prozent davon zu nutzen. Insofern können Sie sich vorstellen, welche Möglichkeiten noch offenstehen würden. Und ein energetischer Geist ist nur eine davon. Im Übrigen kommen Ihre Erinnerungen wahrscheinlich zum Teil auch aus der Genetik – und das ist nach heutigem Wissensstand so gut wie unmöglich."

Er machte eine Pause und sah ihn ernst an. Lumarus hatte langsam Schwierigkeiten, ihm zu folgen.

„Was wollen Sie jetzt damit sagen? Und was heißt Genetik? Erinnerungen aus dem Genpool? Geht das überhaupt? Oder...dass ich vielleicht eine Wiedergeburt von irgendwem bin? Soviel ich weiß, hat die Reinkarnation immer eine zeitliche Begrenzung gehabt. Ich habe einmal die Geschichte der Dalai Lamas studiert. Die Wiedergeburten fanden immer in einer Zeitperiode statt, sonst hätte das ja keinerlei Sinn gehabt."

Dermon war stehen geblieben und zog sich wieder einen Stuhl heran.

„Stimmt schon. Aber angenommen, die Theorie von der Kontinuität des Geistes würde wirklich stimmen. Dann wäre der Geist eigentlich etwas Unsterbliches, könnte durch Zeit und Raum wandern...und sich möglicherweise irgendwann einen neuen Körper suchen. Denn dann würde Zeit keine Rolle mehr spielen. Was wäre denn, wenn dies stimmen sollte?"

Lumarus schmunzelte. Der Doktor schweifte gewaltig ab. So kannte er ihn gar nicht, dass er so weit in Spekulationen abdriftete.

„Sie werden doch nicht ernsthaft glauben, dass das so ist, Doktor? Wir können mittlerweile jede Form von Energie wahrnehmen und bestimmen. Das ist doch Alltag und Routine. Unabhängig, ob diese Energie materiellen Ursprungs ist oder nicht."

Er schüttelte den Kopf über die seltsame These seines Schiffsarztes. Doch der lachte nicht. Lumarus hatte ihn noch niemals so ernst gesehen. Stattdessen nickte er bestätigend.

„Ja, das können wir. Wir können aber nicht erkennen, ob sich in einem wie auch immer gearteten Energiefeld eine Art der Intelligenz oder dessen Speicher befindet. Lumarus, wir müssen als Wissenschaftler auch Dinge in Betracht ziehen, die auf den ersten Blick unrealistisch sind. Erkenntnisse aus der Wissenschaft sind ja immer schon Verhältnisse, die bereits bestehen. Wir finden nur einen Weg, sie sichtbar zu machen und letztlich einen Beweis dafür zu erstellen."

„Ja, das verstehe ich schon...Was habe ich denn eigentlich erzählt?"

Doktor Dermon nahm wieder den kleinen Bildschirm auf und nickte nachdenklich. So, als ob er überlegen würde, Lumarus die Aufzeichnung wirklich zeigen zu wollen.

„Dieses Tagebuch...das der Auslöser für Ihre verstärkte Unruhe war, sagten Sie..."

Er blickte auf sein elektronisches Notizbuch. Dann hob er den Kopf und sah Lumarus in die Augen. Tief atmete er aus. Hörbar und sehr nachdenklich.

„Sie haben mir die letzten zwei Stunden fast das ganze Tagebuch erzählt, das gefunden wurde. Wir haben es ja noch nicht lesen können. Die Übersetzung dauert noch an. Lumarus, wenn meine - oder besser gesagt Ihre - Aussagen sich mit diesem ominösen Tagebuch decken, dann müssen wir unsere ganze Wissenschaft des Geistes neu überdenken. Verstehen Sie jetzt, was ich damit sagen will?"

Lumarus war aufgesprungen. Ungläubig, überrascht und völlig aufgewühlt.

„Waaas??!"

Er war vollkommen aufgelöst und starrte ungläubig den Arzt an. Zwei Stunden? Er war überzeugt, nicht einmal zehn Minuten auf der Liege verbracht zu haben. Aber was der Schiffsarzt ihm hier unterbreitete, war doch absolut unrealistisch. Lumarus´ Gedanken rasten umher wie ein unkontrolliertes Raumschiff.

„Sie wollen doch nicht allen Ernstes sagen, dass ich etwas erzählt habe, das noch gar nicht entschlüsselt ist und das wir gerade erst entdeckt haben. Und das tausende und abertausende von Jahren alt ist...“

„Doch. Genau das will ich sagen, Lumarus. Sie sind wahrscheinlich eine Reinkarnation. Und ich bin sogar überzeugt, dass Sie die Wiedergeburt des Verfassers des Tagebuchs sind. Und nun hat dieses Buch den Weg zurück gefunden. Das würde auch Ihre innere Unruhe erklären. Dieses Buch hat einen fremden Geist in Ihrem Ich etabliert und diese Unruhe ausgelöst. Ich kann jetzt nicht mehr an irgendwelche Zufälle glauben, Lumarus. Sagen Sie mir, wie hoch die Chancen sind, auf diesem Planeten ein Behältnis von der Größe eines Unterarms zu finden, das in Verbindung mit Ihrer Unruhe steht. Das ist kein Zufall. Das hat Methode, die wir weder kennen noch im Moment als Wahrheit anerkennen wollen. Wir haben eine Sensation entdeckt, Lumarus. Eine geniale, unglaubliche Sensation. Wir werden den Beweis eines wandernden Geistes in Händen halten, Lumarus. Denn der Beweis sind Sie. Ihr Geist wurde mit einem anderen alten Geist verbunden und Sie haben jetzt Zugriff darauf. Nicht mit Ihrem Bewusstsein, aber es wird soweit kommen, dass diese Erinnerungen nicht mehr darauf angewiesen sein werden, den Bewusstseinszustand zu verändern. Ich bin sicher...und ich bin noch niemals so neugierig gewesen...das ist ein Schritt in ein neues Zeitalter."

Lumarus setzte sich wieder und starrte entgeistert Dermon an.

„Das glaub ich nicht...ich kann das nicht glauben...wir sind doch kein Naturvolk, das sich einen Gott gibt und ihn anbetet. Und dem Glauben alles unterordnet. Das liegt doch alles schon lange zurück. Wir haben das doch längst abgelegt."

Der Arzt stand wortlos auf und betätigte das Hologrammemblem. Dann drehte er sich zu seinem Kommandanten um.

„Ob das irgendetwas mit Glaube oder gar Religion zu tun hat, bezweifle ich auch sehr. Religion und Glaube sind menschliche Bereiche, die ein Teil des Lebens und des Denkens gewesen sind. Religion ist eine Erfindung des Menschen. Glaube auch, wenngleich das nicht unbedingt mit religiösen Überzeugungen einhergehen muss. Das war immer die Eigenart unserer Spezies. Glaube bedeutet Hoffnung und Hoffnung bedeutet Sinn. Aber dies hier geht sehr viel weiter und überschreitet die uns bis dahin bekannte Wissenschaft. Diese Wissenschaft ist hier am Ende angelangt. Etwas Neues wird entstehen. Vielleicht stehen wir auf der Schwelle einer ganz neuen Erkenntnis, vielleicht gibt es ja doch so etwas wie eine Vorsehung oder eine Kraft, die das beeinflussen kann...aber...sehen Sie selbst...bewerten Sie es selbst."

Lumarus starrte auf das erscheinende Hologramm, das ihn und den Doktor zeigte. Er sah sich bereits in Trance versetzt und Dermon begann, ihm ein paar persönliche Fragen zu stellen. Name, Dienstrang, Ausbildung, wissenschaftlicher Status. Familiärer Stand. Dann wurden die Fragen detaillierter. Bis zu dem Punkt, als er ihn fragte, ob er dieses Tagebuch schon einmal gesehen hatte. Und dann verfolgte Lumarus atemlos das Gespräch zwischen ihm und dem Doktor. Wie hypnotisiert starrte er auf die Aufzeichnung und nahm gar nicht mehr wahr, dass er vor kurzem erst unter Hypnose gestanden hatte – und daraus bereits wieder erweckt worden war. Er war wach und was er hörte, war wirklich und real. Mit ihm als Hauptprotagonisten. Und übertraf alles, was er jemals wusste und erfahren hatte...

„Lumarus, in welcher Art verspürten Sie Unruhe, als wir die Erde erreichten? Oder wann kam diese Unruhe das erste Mal auf?"

„Als ich die Erde sah. In diesem Moment spürte ich diesen Druck in meiner Brust und in meinem Kopf. Er kam plötzlich mit dem Bild des Planeten."

„Hatten Sie das Gefühl, schon einmal hier gewesen zu sein?"

Keine Antwort. Nur ein schnelleres Atmen.

„Waren Sie schon einmal auf diesem Planeten, Lumarus?" wiederholte Dermon seine Frage. Er beugte sich weit vor. Lumarus sprach ganz leise, er flüsterte fast und war kaum zu verstehen.

„Ich weiß es nicht, aber...ich war schon einmal hier...vor langer Zeit...so langer Zeit...ja, tatsächlich war ich einst hier..."

„Vor der Katastrophe oder danach?"

„Vorher...ich lebte hier als Mensch...Mensch..."

„Wie lange vorher? War es kurz vor der Katastrophe? Oder war es lange vorher?"

„Ich lebte vorher...zuerst lange, aber dann...nicht lange...nur dieses Jahr...dieses eine...ein Jahr, die Vollmonde...“

„Was war mit dem Vollmond?“

„Dreizehn...es waren dreizehn Vollmonde...“

„Die Erde hat nur einen Mond. Was meinen Sie mit den dreizehn Vollmonden?“

„Die Zeit bis zum Ende...dreizehn Vollmonde...“

„Sie meinen, es waren noch dreizehn Vollmonde bis zur Katastrophe? Bis zur Vernichtung?“

„Ja, bis zur Vernichtung...dreizehn Monde. Mein Countdown...“

„Ihr Countdown?“

„Mein Countdown...“

„Und wie hatten Sie gelebt? War Ihnen also bekannt, dass die Erde vernichtet werden würde?“

„Ja...wir wussten es...wir alle...alle Menschen wussten es...wir hatten ein Jahr...nur ein Jahr...ich hatte Arbeit...aber dann verließ ich sie...es gab keinen Grund mehr, zu bleiben...die dreizehn Monde...“

„Ein Vollmond bedeutet also einen Monat. Sie hatten also noch dreizehn Monate bis zum Ende?“

„Nein, die Vollmonde...es waren dreizehn Vollmonde bis zur Katastrophe...“

„Verstehe. Sie sind gegangen? Fort gegangen, wo Sie lebten? Weil Sie wussten, dass die Katastrophe eintreffen würde? Wohin?“

„Ja, alle wussten es...alle...es war Zeit, zu gehen...und zu finden...“

„Was wollten Sie denn finden?“

„Das Leben...das wirkliche Leben, um...um die Angst zu verlieren.“

„Die Angst vor dem Untergang?"

„Ja...nein...eigentlich die Angst vor der Angst..."

„Wie meinen Sie das? Die Angst vor der Angst?"

„Wir hatten alle Angst...davor, wenn sie kommt..."

„Ah, ja, ich verstehe. Sie hatten Angst, dass die Angst kommen würde. Darum die...Suche nach dem Leben?"

„Ja, die Suche...nach dem Leben..."

„Wie war Ihr Name?"

„Mein Name?"

„Ja, wie hießen Sie? Ihr Name..."

„Mein Name...Name...mein Name...Lumarus?..."

„Nein, Ihr Name auf der Erde. Können Sie sich daran erinnern?"

„Ja...mein Name...Stef...Stef...Stefan...ich war Stefan...bin Stefan..."

„Stefan? Nur Stefan?"

„Stefan...bin Stefan...Stefan Meinelt...mein Name ist Stefan Meinelt..."

Plötzlich sprach Lumarus nur noch in einer Person und in der Gegenwart.

„Stefan Meinelt?"

„Ja...ich musste fort...Suche...ich musste suchen..."

„Suchen? Nach was genau? Was mussten Sie suchen, Stefan? Und wo? Wie sollte das aussehen, wenn man das Leben findet?"

„Das neue Leben...das wirkliche Leben...den Sinn...Erleuchtung...warum leben wir?...suchen...die letzte Aufgabe..."

„Gut, jetzt verstehe ich. - Haben Sie das Tagebuch geschrieben?"

„Ja. Das Tagebuch...es war wichtig...für mich...für..."

„Haben Sie das Tagebuch selbst geschrieben...Stefan?" wiederholte Dermon.

„Ja...ich habe es geschrieben...wegen der Suche...wegen dem Finden..."

„Haben Sie deshalb das Tagebuch geschrieben?"

„Ja...das Tagebuch...es steht alles da...ich habe es gefunden..."

„Gefunden? Was haben Sie denn gefunden? Steht das im Tagebuch? Sie haben Ihre Suche aufgeschrieben?"

„Die Suche...nach dem Leben...ich habe es wieder entdeckt...so schön...es war doch so schön...warum mussten wir sterben? Aber dann war alles gut...gut...der Sinn...darum geht es...nur darum. Nur um das Verstehen..."

„Worum geht es? Um das Leben? Um den Sinn des Lebens?"

„Das Leben...es ist wie ein Geschenk...wir haben es geschenkt bekommen...es ist immer verpackt gewesen...und haben es nicht öffnen können...unfähig zu öffnen...es blieb immer verschlossen...immer verschlossen...erst dann, als wir sterben...als wir sterben mussten...erst dann...dann fiel der Schleier...dann wurde es geöffnet."

„Steht im Tagebuch, was Sie gefunden haben?"

„Ja, die Reise...meine Reise...sie war schön...so schön..."

Mit Erstaunen sah der Doktor, dass aus den geschlossenen Augen Lumarus′ Tränen rannen. Zwei, drei und mehr.

„Eine Reise? Erzählen Sie mir von Ihrer Reise, Stefan. Von Anfang an...."

„Die Reise...begann in Indien, Goa...die Sonne, der Strand...so schön...warm, dieser herrliche warme Wind und das Meer...Severine, Devi...oh, mein Gott..."

Dermon richtete sich auf. Seine Augen weiteten sich. Lumarus hatte „Oh, mein Gott" gesagt. Niemand sagte „Oh, mein Gott". Es gab schon seit vielen tausend Jahren keinen religiösen Glauben mehr. Es gab keinen personifizierten Gott. Wenn sie in ihrer Gesellschaft beteten, dann zum Universellen, zum Absoluten, zur allumfassenden Natur. Denn nur sie war ein möglicher Gott.

„Was ist Severine? Und was ist Devi?"

„Sie waren...so schön...es war so schön...Liebe..."

„Severine und Devi? Das waren Menschen? Frauen?"

„Frauen...ja, wie Göttinnen...sie waren so schön...dieses Lächeln..."

„Sie haben sie auf der Reise kennen gelernt?"

„Ja, die Reise...so wichtig..."

„Erzählen Sie mir von der Reise. Wo begann sie?"

„Goa...Indien...am Strand..."

„Indien? War das Ihre erste Station der Reise? Wie viele Stationen hat es denn gegeben?"

„Ja...ja...so wichtig...Severine und Devi…"

„Wollen Sie mir davon erzählen?...Stefan..."

Und dann begann Lumarus zu erzählen, von der Reise des Stefan Meinelt. Erst ein bisschen zögerlich und langsam, dann vehementer und intensiver, leidenschaftlicher. Von der Suche, der Erfahrung, der vielen Erkenntnisse, vom Finden des Sinns und der wirklichen Essenz des Lebens. Von den kleinen Schritten der Erkenntnis, des Erkennens und des Begreifens. Nach und nach, Stück für Stück, Schritt für Schritt. Erst nach zwei Stunden endete er. Der Doktor hörte gespannt zu, unterbrach ihn nur ein paarmal, um fremdartige Begriffe unterzubringen. Er sah immerfort Lumarus an, der, je mehr er erzählte, desto mehr Leidenschaft in seiner Stimme erklang. Eine Leidenschaft, die aus den tiefsten emotionalen Bereichen hoch gespült wurde und aus dem Kommandanten Lumarus einen Erzähler machte, der sein Publikum – in diesem Falle den Schiffsarzt – verzauberte und mitriss in eine reale Geschichte, die unmöglich aus einer Erfindung heraus passiert sein konnte. Je mehr Lumarus erzählte, desto flüssiger kamen die Worte aus seinem Mund. Manchmal stockte er, weil es keine sprachlichen Übereinstimmungen mehr gab und er nach Umschreibungen suchen musste – und sie auch fand. Er endete einige Tage vor dem Einschlag.

Doktor Dermon schaltete die Aufzeichnung ab und wandte sich wieder Lumarus zu, der völlig weggetreten seinen eigenen Worten gefolgt war. Er war unfähig, nur einen einzigen Gedanken zu fassen. Er spürte, wie die Erkenntnis ihm alle möglichen Grundlagen nur noch fragwürdig vorkamen.
„Beweis genug, Kommandant? Ist das nicht unglaublich?"
Tief atmete Lumarus aus. Dann sah er den Arzt an und nickte. Er sah aus, als wenn er einen Geist gesehen hatte. Einen Geist mit seinem eigenen Körper. Er war sprachlos.
„Dann...dann sind wir mal gespannt, was die Übersetzung uns sagt..." murmelte er nur. Mehr konnte er nicht von sich geben.
Dermon lachte.
„Ich bin sicher, dass es das Gleiche sein wird. Lumarus, finden Sie sich schon jetzt damit ab, dass Sie der erste lebende Beweis für die Kontinuität des Geistes sind. Ab jetzt sind Sie unbezahlbar und das wertvollste, das die Wissenschaft im Moment kennt. Wir werden gut auf Sie aufpassen müssen."

Er ging lachend auf ihn zu und schlug ihm auf die Schulter. Lumarus sah ihn immer noch an. Die Verwirrtheit stand ihm buchstäblich ins Gesicht geschrieben. Er stand auf.

In diesem Moment meldete sich über die Schiffskommunikation der leitende Offizier vom Dienst.

„Kommandant Lumarus? Hier Tenolu."

„Ja? Was gibt´s, Tenolu?"

„Der Computer meldet die Fertigstellung der Übersetzung. Wir können sie jetzt ablaufen lassen."

„Gut. Wir sind sofort auf der Brücke. Versammeln Sie die Besatzung."

Lumarus drehte sich zu seinem Schiffsarzt um.

„Gehen wir?"

„Ja. Jetzt bin ich aufgeregt...puh..." sagte Dermon und presste die Lippen zusammen.

„Das ist doch total verrückt..." murmelte Lumarus kopfschüttelnd.

Als sie die Brücke betraten, war die gesamte Crew bereits versammelt. Der Aufklärungstrupp war vorzeitig zurück gekehrt, um dabei zu sein, wenn das Tagebuch seinen Inhalt preisgeben würde. Lumarus nickte Syrus zu.

„Syrus...alles geklappt?"

Syrus nickte.

„Jawohl, Kommandant. Wir haben alle Daten. Und bei Ihnen?"

„Wir sprechen später. Lassen Sie uns erst die Übersetzung ansehen..."

„Irgendwelche Probleme, Kommandant?"

Lumarus sah ihn an. Schüttelte den Kopf.

„Nein, es geht mir gut. Alles okay, obwohl..."

Er lächelte schwach. Syrus sah es.

„Obwohl?"

Doch Lumarus winkte ab.

„Fangen Sie an...wir können´s ja kaum abwarten."

Er lachte schwach und setzte sich in seinen Sessel. Syrus nahm seinen Platz am Zentralpult ein und begann, das Hologramm hochzufahren, das die originalen Tagebuchseiten und gleichzeitig die Übersetzung abbildete. Eine angenehme weibliche Stimme begann, die Übersetzung zu lesen. Vorab wurden die Teammitglieder über die notwendigen Basisdaten aufgeklärt.

„Das Tagebuch ist in der sogenannten englischen Sprache verfasst, die in dieser Zeit als Weltsprache etabliert war. Es geht nicht daraus hervor, ob der Autor damit auch in seiner Muttersprache geschrieben hat. Der Verfasser ist männlich, war zum Zeitpunkt der Erstellung 52 Jahre alt. Die ersten Seiten beschreiben die damalige Situation auf der Erde. Es war in etwa das Jahr vor der Katastrophe. Die Regierungen haben die Fakten ungefähr eineinhalb Jahre vor dem Zusammentreffen der Kometen der Bevölkerung mitgeteilt. Der Name des Verfassers ist...Stefan Meinelt..."

Lumarus zuckte unwillkürlich zusammen und spürte die Hitzewelle, die ihn überschüttete. Er vernahm die ansteigende Körpertemperatur und die Beschleunigung seines Herzschlages. Genauso wie Dermon. Ihre Blicke trafen sich wie auf ein geheimes Kommando. Dermon nickte – und lächelte Lumarus an. Er wandte sich wieder dem Hologramm zu. Die Stimme begann die persönlichen Aufzeichnungen vorzulesen. Gespannt hörten alle zu. Sie vernahmen zum ersten Mal eine Stimme – wenn auch nur eine künstlich wiedergebende - aus einer anderen Welt, einer anderen Zeit, einer anderen Art und Weise zu leben, zu denken, zu handeln. Verblüfft verfolgten sie die intimsten und persönlichsten Gefühlsäußerungen, die so manchen verschämt den Kopf senken ließ. Und je mehr Fakten und Tatsachen sich Zugang zu den Menschen verschafften, desto ruhiger wurde Lumarus. Er konnte wahrnehmen, wie sich in seinem Kopf neue Bahnen bildeten und seltsame Erinnerungsbruchstücke ausgespült wurden. Jedes Wort und jeder Satz kam ihm bekannt vor, inszenierte eine Bühne mit verschwommenen Bildern, die weder klar noch konkret waren – und doch so real, dass Lumarus langsam aber sicher seine bis dahin bekannte Welt auf den Prüfstand stellte und die anfangs völlig abstruse These seines Schiffsarztes begann, in eine nähere Betrachtung zu ziehen. Im Grunde genommen blieb ihm auch nichts anderes mehr übrig.

Die intensiven Worte aus dem Tagebuch verbreiteten eine atemlose Stille auf der Brücke. Niemand wagte auch nur ein Wort zu sagen. Niemand wollte unterbrechen und niemand wollte auch nur eine Silbe davon versäumen. Ein Relikt und ein Arfefakt gleichermaßen sprach zu ihnen – aus einer längst vergangenen Ära des Menschseins. Alle verstanden irgendwann, was es hieß, einen Weg zu Ende zu gehen, auf dem man nichts weiter suchte als das Leben – und am Schluss doch nur den Tod fand. Einen wissenden und zu erwartenden Tod - und ein Arrangement damit. Als das Hologramm wieder verschwunden war, herrschte lange Augenblicke nachdenkliches Schweigen. Betroffenheit, Nachdenklichkeit und grenzenlose Empathie machte sich breit. Abgesehen von den riesigen technischen Unterschieden hatten die Menschen damals wie heute dieselben tiefen Emotionen und Sehnsüchte. Nach dem Leben und nach der Wahrheit. Nach Liebe, Geborgenheit, nach dem Neuen, nach dem Unbekannten, nach dem Schönen, dem Vollendeten und dem Gefühl der

Zugehörigkeit. Die gesamte Besatzung war beeindruckt. Auch von der Freizügigkeit des Autors, über die letztendlich unkontrollierten Gefühle zu berichten, die die Menschen damals offensichtlich nicht beherrschen konnten. Die Evolution hatte dies verändert – ohne die Grundemotionen auszuschalten. Nur der Geist hatte die nahezu totale Kontrollmöglichkeit über Gefühle. Er konnte sie zulassen oder auch nicht. Aber nicht damals...die grausamen Auseinandersetzungen zwischen den Völkern, die Lumarus auch mit studiert hatte, sprachen eine deutliche Sprache. Das war die eine Seite, die andere war die Welt positiver Emotionen, die Stefan Meinelt ohne Hemmungen festgehalten hatte. Die Verarbeitung solchen Wissens dauerte.

„Woah...das war unerwartet..." flüsterte Syrus.

Die anderen nickten zustimmend. Er drehte sich um und sah Lumarus an.

„Er hat es nicht gewusst."

„Was nicht gewusst?"

„Er hat nicht gewusst, dass bereits Schiffe zur Verfügung standen, die die Menschen von der Erde wegbringen konnten."

Lumarus nickte.

„Sieht so aus. Die Archive beschreiben, warum die Flucht so geheim stattfinden musste. Man hat vier Jahre vor dem Einschlag eine tiefgreifende und bahnbrechende Entdeckung gemacht. Eine neue Art des Antriebs wurde gefunden und man hat die Reise durch das Universum mittels der Wurmlöcher möglich machen können. Die streng geheimen Raumschiffe wurden außerhalb der Erdanziehung zu einem Megaschiff verkoppelt. Nein, Sie haben recht, Syrus. Niemand außer den Auserwählten hat es gewusst. Sonst hätte es wohl eine Panik gegeben und die Flucht hätte womöglich niemals stattgefunden. Es gab wohl keine andere Möglichkeit."

„Aber wer hat sich anmaßen können, Menschen auszusuchen? Und die anderen? Welche Voraussetzungen mussten denn die Erwählten mitbringen?"

„Die Auswahl stand unter strengen Kriterien. Nicht nur Wissenschaftler und Ingenieure, sondern auch ganz normale Handwerker, Lehrer und Mediziner waren unter den Auserwählten. Ein Drittel der Reisenden bestand aus Jugendlichen und Kindern, die die nächste Generation bereitstellen sollten, weil niemand wusste, wie lange die Reise dauern würde. Und letztendlich braucht man auch Menschen, die in der Lage waren, Führungsqualitäten zu zeigen. Und nicht nur einen, sondern einen ganzen Stab. - Ich habe auch gelesen, dass zum Teil ganz unscheinbare Typen mitgenommen wurden. Sie hatten keine offensichtliche Referenz...und wandelten sich trotzdem zu den wichtigsten Personen."

„Wie das?"

„Es waren Visionäre und Ideengeber. Menschen, die eine genaue Vorstellung einer neuen Welt hatten. Mit einer neuen Ordnung und eines neuen Leitmodells. Sie hatten die Grundelemente, so wie wir sie auch heute noch kennen, festgelegt und durchgesetzt."

„Und...wie lange waren sie wohl unterwegs gewesen?"

„Das ist nicht richtig belegt. Das Raum-Zeit-Kontinuum hatte sich verschoben. Man spricht von drei Jahren, aber ich glaube, es dauerte wesentlich länger..."

„Wie viele Menschen waren denn in den Schiffen?"

„Es waren etwa vierzigtausend. Von allen Kontinenten. Diese Menschen bilden praktisch den Grundstamm unserer Zivilisation."

„Wie hatten sie „Secterra" gefunden? War das vorher schon bekannt gewesen?"

„Nein. Es war ein Zufall. Ein Wurmloch war instabil geworden und hatte sich geschlossen. Sie mussten einen anderen Zugang finden. Gleichzeitig öffnete sich eine Dimensionspforte."

„Der Letitia-Pfad?"

„Genau. Benannt nach der Wissenschaftlerin, die zufällig in dem Moment suchte, als die Pforte den Raum verdrängte und den Zugang freigab. Dadurch kam das Schiff in unsere Galaxis und fand „Secterra". Nach der Landung wurde schon bald eine Verfassung verabschiedet und der Grundsatz für unser Zusammenleben geschaffen. Das damalige Wissen über Aggression und deren Folgen war der Auslöser für die pazifistische Evolution. Die ersten zweihundert Jahre dienten in erster Linie dazu, die Gesellschaft in Frieden zusammen zu halten. Erst später hat man festgestellt, dass sich das Erbgut veränderte. Verschiedene Hormone wurden durch die Gene minimalisiert, sodass wir heute keinerlei aggressive Bereiche mehr in uns haben. Darum tun wir uns auch schwer, diese vielen Kriege auf der Erde zu verstehen, weil das Endergebnis doch immer nur Leid, Zerstörung und Tod war. Niemals hat eine Nation Nutzen daraus ziehen können. Ein völlig sinnloses Unterfangen, das die Regierenden sehr wohl wussten, aber seltsamerweise trotzdem zu den Waffen griffen. - Seien wir froh, dass die Natur ein Einsehen mit uns hatte..."

Syrus starrte wieder auf das Hologramm, das immer noch geöffnet war. Seine Gedanken konnten sich nicht von Stefans Tagebuch lösen und insgeheim stellte er sich vor, wie dieser Mann wohl ausgesehen haben könnte.

„Er hat es nicht gewusst...seine Voraussetzung war einzig und allein das Sterben gewesen. Das Ende. - Ich...er hat keine Angst mehr gehabt...er hat tatsächlich etwas gefunden, das nur dem Gefühl nach existent ist...ich wünschte, ich hätte ihn kennenlernen dürfen...was für ein besonderes Leben."

Dermon sah Lumarus an, der schluckte und den Kopf senkte. Syrus hatte keine Ahnung, wie nahe er seinem Wunsch stand.

Lumarus stand auf.

„Nun. Ich glaube, wir haben einen sehr wertvollen Schatz entdeckt. Aber wir haben trotzdem noch eine Aufgabe zu erledigen. Unsere Analysen weisen noch große Lücken auf. Gehen wir wieder an die Arbeit. Ich glaube, jetzt sind wir alle noch neugieriger geworden. Also, bis dahin..."

Er drehte sich um, nicht um noch einen Blick auf Dermon zu richten, der mit einem sonderbaren Lächeln um die Augen ihn anblickte.

Er trat auf ihn zu.

„Sollen sie es wissen, Doktor?"

„Warten Sie noch damit, bis Sie selbst die Dinge akzeptiert haben, Lumarus. Ich denke, Ihr Geist wird Sie noch weiter überraschen."

Sein Blick fiel auf Syrus, der immer noch die Seiten des Tagebuchs studierte. Er war fasziniert wie noch niemals zuvor.

„Aber ich glaube, Sie sollten Ihren Freund einweihen. Er ist ja total fasziniert von diesem Stefan Meinelt. Ich glaube, er hat es verdient, Bescheid zu wissen. Meinen Sie nicht auch?"

Er suchte wieder Lumarus Blick.

„Ja...Sie haben recht...er sollte es wissen..."

„Bis später, Kommandant..."

„Ja...danke Doktor..."

Er nickte ihm zu und wandte sich dem Lift zu, der ihn wieder in sein Labor bringen würde. Lumarus trat zu Syrus, der gerade das Hologramm abschaltete. Lächelnd blickte er seinem Kommandanten in die Augen.

„Das ist ganz schön aufregend. Tolle Entdeckung. Ziemlich spannend. Vielleicht finden wir noch andere Aufzeichnungen..."

„Jaa...vielleicht...wir sollten mal miteinander sprechen, Syrus...wollen wir nachher noch zusammen etwas trinken? An der Bar? Vor dem Fenster?"

„Klar. Aber nur, wenn Sie mir meinen Enthusiasmus nicht kaputt machen..."

Lumarus lachte.

„Nein, keine Angst. Ich habe ja gesagt, Sie werden der erste sein, der erfährt, was der Doktor herausgefunden hat."

„Gut. In einer halben Stunde?"

„Ja. Ich bringe noch Frinotea ins Bett..."

Sie saßen an einem Tisch und beobachteten die Planetenoberfläche, über die sie glitten.

„Es ist kaum zu fassen, dass wir hier sind. Hier, wo die Menschen entstanden sind. Wo so viel Leben entstanden ist...um dann doch wieder zu vergehen...es würde mich interessieren, wie all die vielen Menschen den letzten Tag erlebt haben. Was wohl Stefan am letzten Tag empfunden und gedacht hat?"

„Das werden wir wohl nie erfahren. Das Tagebuch endet sieben Tage zuvor."

Syrus sah wieder Lumarus an.

„Ja...es ist faszinierend...aufregend...nun? Was hat denn Dermon entdeckt?"

Syrus blickte ihn neugierig und auch ein bisschen sorgenvoll an. Lumarus Augen lächelten. Er war anders als sonst. Gelöster und irgendwie wacher. Syrus war das sofort aufgefallen.

„Ich sagte ja schon, dass ich eine seltsame Unruhe in mir spüre, seit wir hier sind. Ich wollte wissen, warum und was der Auslöser sein könnte. Doktor Dermon hat einen Hirnscan durchgeführt und anschließend mit meinem Einverständnis einen Tranceleiter gelegt."

„Einen Tranceleiter? Ihr Bewusstsein abgeschaltet?"

„Ja. Um Zugang zu den tiefenaktivierten Bereichen des Erinnerungsvermögens zu erhalten. Er hat das Unterbewusstsein aktiviert."

„Und? War er erfolgreich?"

Lumarus nickte.

„Allerdings. Er hat das Gespräch aufgezeichnet und..."

Er stockte einen Moment und sah Syrus intensiv an.

„Ja? Jetzt spannen Sie mich nicht auf die Folter, Lumarus. Was hat er gehört? Und an was konnten Sie sich erinnern? Verdrängte Liebschaften aus der Jugend vielleicht? Oder irgendwelche Sünden, an die man nicht mehr denken möchte?"

Er grinste breit. Aber Lumarus schüttelte den Kopf.

„Nein, das nicht, das hätte ich bestimmt nicht verdrängt. Es sind Erinnerungen, die tausende von Jahren alt sind...Ich bin offensichtlich die Reinkarnation eines Menschen von der Erde."

Syrus starrte ihn einen Moment an wie einen Irren. Einen Augenblick lang suchte er den Scherz in Lumarus´ Augen. Aber er fand ihn nicht.

„Was?!"

„Eine Art geistige Wiedergeburt. Das Erinnerungsvermögen hat Tiefenbereiche geöffnet, die nichts mit meinem jetzigen Leben zu tun haben. Alles ist viele tausend Jahre alt."

Verständnislos sah ihn Syrus an.

„Wie bitte? Sie machen jetzt Scherze mit mir, oder?"

„Nein, Syrus. Ich habe es auch erst glauben können, als ich die ganze Aufzeichnung dieses Tagebuchs gesehen habe. Aber das ist noch längst nicht alles. Seit wir hier sind, spüre ich eben eine seltsame undefinierbare Unruhe in mir. Und als ihr das Tagebuch gefunden habt und ich es gesehen habe, da habe ich es ganz intensiv gespürt. Es war wie ein Schlag in meinem Herzen. Ich hatte den Eindruck, alles schon einmal gesehen zu haben. - Ich...ich...ich habe das gesamte Tagebuch dieses Mannes erzählt, bevor die Übersetzung fertig gewesen war...im Trancezustand."

„Das Tagebuch? Dieses Tagebuch? Das...das heißt...Ihre Erinnerungen kommen tatsächlich aus einem früheren Leben? Von der Erde?"

Lumarus nickte und sagte nichts. Er sah, wie es in Syrus arbeitete. Das Verständnis arbeitete sich nach außen und verabreichte Syrus ein kleines Logikupdate, das nicht sofort ansprang. Erst Augenblicke später zündete es in ihm.

„...das Tagebuch...? Das hieße ja, sie waren Zeuge von Stefan...nein, nein...Sie sind...verdammt, Sie sind Stefan...!"

Syrus riss die Augen auf und sprang auf. Sein Stuhl fiel mit einem lauten Krachen um. Ungläubig sah er Lumarus an. Erschrocken waren die Gespräche an den anderen Tischen verstummt und alle Augen waren auf Syrus gerichtet.

Unsicher lächelte er die anderen an und setzte sich wieder auf den Stuhl.

„Das glaub ich jetzt nicht...das stimmt doch nicht, oder?"

„Doch. Ich bin...oder genauer, mein Geist ist die Reinkarnation des Tagebuchverfassers...zumindest ein Teil meines Geistes...jede Zeile, die vorgelesen wurde, habe ich schon einmal gehört...oder gelesen, wie auch immer. Deshalb spürte ich auch eine immer größer werdende Unruhe. Oder noch besser ausgedrückt, so eine Art Vorfreude, da war ja keine Angst...Syrus, ich bin Stefan Meinelt und gleichzeitig Lumarus...und Sie können mir glauben, dass ich mir über meine Gefühle im Moment nicht im Klaren bin..."

„Aber das gibt´s doch nicht...ich...ich...ich habe davon zwar schon gehört, aber nie daran geglaubt, dass unser Geist doch wandern könnte...unsterblich ist...oder so etwas in der Art...es hatte ja niemals einen echten Beweis gegeben."

Er schüttelte den Kopf. Wieder und wieder.

„Puh..." sagte er und lehnte sich wie erschöpft zurück. Seine Arme hingen ergeben links und rechts herunter.

„Ist das jetzt ganz sicher? Gibt´s dafür irgendwelche Beweise? Oder mag das alles nur ein sagenhafter Zufall sein?"

„Wir sind jetzt ganz sicher...Dermon und ich. Den Beweis haben wir ja. Meine Ausführungen in einem Trancezustand decken sich exakt mit dem, was das Tagebuch uns sagte."

Lumarus zuckte wie entschuldigend die Schultern. Seine Verwirrtheit und noch mögliche Skepsis lösten immer noch eine vage Ungläubigkeit aus, die sich aber langsam aber stetig verzog.

„Ich kann es ja selbst kaum glauben. Aber Sie können sich vorstellen, wie es in mir ausgesehen hat, als das Tagebuch mit jeder Seite immer mehr fragmentarische Erinnerungen in mir ausgelöst hat. Es ist zwar immer noch verwirrend, aber langsam ergeben sich immer mehr Bilder in meinem Kopf. Es bildet sich ein vager Zusammenhang. Es ist...es ist...einfach unglaublich...fühlt sich an wie eine frei erfundene Fiktion."

„Aber...wie kann das denn sein? Und warum Sie? Und warum jetzt? - Blöde Frage...natürlich, weil wir hier sind...ich fasse es nicht...das ist doch kein Zufall. Ob das dieses Karma ist, von dem Stefan immer gesprochen hat? Ein Schicksalsweg, dem wir nicht entgehen können und den wir irgendwann akzeptieren müssen?"

„Vielleicht. Ich weiß es nicht. Aber wir werden es herausfinden..."

„Kann ich die Aufzeichnung sehen?"

„Natürlich. Ich möchte allerdings noch nicht, dass die Besatzung es weiß. Ich muss erst ein völlig reines Sinnbild haben. Noch fällt es mir schwer, das alles so zu akzeptieren, wie Dermon das sieht. Reinkarnation ist jetzt nicht etwas, was authentisch ist und mir ein lapidares Nicken abjagt. Ich kenne das nur als Historiker und aus den Geschichten, die in unserer Gesellschaft darüber kursieren, konnte ich bis jetzt auch nicht eine gewisse Ernsthaftigkeit abringen. Aber...nun...jetzt ist wohl alles anders und ich werde meine Sicht der Dinge grundlegend ändern müssen. Der Doktor hat damit keine Probleme, mir scheint...so als ob er damit laufend konfrontiert wird..."

Er sah wieder auf die Erde und trommelte mit den Fingern auf die Tischplatte.

„Das ist wirklich mehr als außergewöhnlich, Lumarus. Ich kann´s nicht glauben, aber wenn das stimmt, dann..."

„Dann?"

„Dann möchte ich, dass Stefan Meinelt mir mehr über das Leben von damals erzählt. Ich möchte alles wissen. Und ich möchte über diese Frau viel mehr erfahren. Wie hieß sie noch...Divo...Devo..."

Er kam nicht mehr auf den Namen.

„Devi...sie hieß Devi..."

„Ja, Devi...er hat sie beschrieben wie ein Wesen aus einer anderen Welt. Haben Sie jemals so eine Beschreibung einer Frau gelesen? Fast habe ich sie vor mir gesehen."

Lumarus schüttelte den Kopf.

„Nein. Niemals. Wenn man bedenkt, dass er genau das beschrieben hat, was er sah und empfunden hat, dann bin ich mindestens genauso neugierig wie Sie, Syrus...vielleicht kann ich sie einmal selbst beschreiben..."

Syrus nickte nachdenklich. Er war immer noch damit beschäftigt, diese neuartigen Erkenntnisse in sein Weltbild unterzubringen. Aber auch wenn er dazu noch länger brauchen würde – es hatte sich bereits alles verändert. Sie würden ihre Sichtweise vergrößern müssen, die erkenntnisreichen Bereiche würden ergänzt werden durch eine ganz und gar unwissenschaftliche Art und Weise. Das zu akzeptieren wird eine große Aufgabe sein, dachte er sich.

Lumarus saß immer noch vor dem Fenster und starrte in den Raum hinaus. Auf die Erde, die sie schon zigmal umrundet hatten und die ihm nach jeder Umrundung vertrauter erschien. Er hatte sie noch nicht einmal betreten. Bei den nächsten Exkursionen würde er dabei sein.

Syrus war bereits gegangen. Er war aufgestanden und hatte seinem Kommandanten auf die Schulter geklopft. Bewunderung und Neugierde hatten sich vermischt mit einer grenzenlosen Freude über eine ganz neue Erkenntnis, die Syrus mit einer unerschütterlichen Akzeptanz nach außen trug. Lumarus war noch zu verwirrt, um dessen Freude teilen zu können. Er musste erst mit seinen Gefühlen klar kommen. Und das war schwer genug für einen Pragmatiker wie ihn. Gänzlich unwissenschaftlich musste er sich nun mit einem Phänomen beschäftigen, das sich nur mit der Wissenschaft allein nicht beweisen oder einordnen ließ. Er musste seinen Gefühlen Prioritäten einräumen, wogegen er sich noch wehrte. Aber ganz tief in seinem Inneren wusste er bereits, dass die Erkenntnis eines wandernden Geistes schon die Führung übernommen hatte. Natürlich hatte er sich Stefan als Person vorgestellt, als das Tagebuch verlesen wurde. Natürlich wollte er wissen, wie er ausgesehen hatte, wie er sich bewegt hatte, wie er gesprochen hatte. Wie war wohl seine Stimmlage? Dunkel und sanft? Oder weich und leise? Eindringlich? Strahlte er Stärke aus? Gepaart mit Ruhe? War er groß oder eher klein? Muskulös? Vielleicht aber doch nur unscheinbar? Hatte er eine sichtbare Ausstrahlung? Wie ging er mit seiner Tochter um? Wie war sein Lächeln? Sein Blick? Welche Augenfarbe hatte er?...

Lumarus stand auf. Seine selbst gestellten Fragen löcherten ihn und er schob die Gedanken beiseite. Wobei er genau wusste, dass sie wieder kommen würden. Sie würden immer wieder gestellt werden – bis es eine Antwort gab. Aber wie konnten Antworten aussehen? Stefan war vor mehr als 20 000 Jahren gestorben. Es gab kein Bild, keine Aufzeichnung, keinen Ton. Es gab nur das Tagebuch, sonst nichts. Und es gab ihn, Lumarus. Nur er konnte diese Fragen beantworten. Er war Stefan und Stefan war er. Sie waren eins. Wie konnten sie zusammen Bilder erschaffen?

Lumarus verließ den Raum und begab sich in seine Privaträume. Er legte sich auf das Bett und starrte an die Decke. Er versuchte sich einen Mann vorzustellen, aber es gelang nicht. Irgendwann schlief er ein, entspannte sich. Sein Geist begann die emotionale Unordnung aufzuräumen. Und entführte Lumarus in eine entmaterialisierte Welt...eine Welt so ganz anders als seine hier auf dem Schiff...es war hell, die Sonne schien, der Wind bewegte die Gräser, Meeresrauschen war zu hören...

Der Boden war warm und das Gras weich. Er ging barfuß und spürte jeden Grashalm. Manchmal bestand der schmale Pfad nur aus hellgrauem feinen Sand, der sich zwischen die Zehen schob und ein angenehmes Gefühl der Leichtigkeit erzeugte. Vereinzelte Wolkenfelder trieben über den Himmel und verstärkten nur diesen intensiven Kontrast zwischen dem tiefen Blau und dem Weiß der Wolken. Ein kleiner Hügel trennte Lumarus vom Strand. Er konnte die Wellen hören, die regelmäßig auf dem Sandstrand aufschlugen. Dann stand er auf dem Hügelkamm und sah auf die Bucht hinunter, die sich weit bis an den sichtbaren Horizont zog, wo sie von grünen Hügeln begrenzt wurde. Der sanfte Hügel, auf dem er stand, war grasbewachsen. Auf der Strandseite wurden die Grasbüschel spärlicher, bis sie in Sand übergingen. Eine verschwommene Gestalt saß nicht weit von ihm im Sand und drehte sich gerade um. Sie hob die Hand und winkte. Lumarus winkte zurück und setzte sich in Bewegung. Doch trotzdem er näher kam, wurden die Konturen der winkenden Gestalt nicht klarer. Sie blieben verschwommen wie eine farbige Flüssigkeit, die hin und her schwappte. Er hatte keine Ahnung, wer das war, er war trotzdem sicher, dass er ihn kannte. Ihn kennen musste – darum war er doch hier. Er spürte Freude in sich aufkommen. Eine seltsame Freude, die von weit her kam. Sie hatte eine so ganz andere Intensität, anders als sonst. Anders als er sie je empfunden hatte. Sie war mächtig und verdrängte alles andere. Sie war schön, hell, einfach und atemberaubend. Niemals zuvor hatte er so ein wohliges Gefühl in sich gespürt. Ein Gefühl, das soviel Raum beanspruchte, dass sich nichts anderes einnisten konnte. Alles machte bereitwillig Platz. Nichts stellte sich in den Weg. Keine Blockaden, keine Schranken. Alles war gerade, klar und ohne irgendeinen Nebel, der die Sicht verschleiern könnte.

Die Gestalt war aufgestanden. Ein Lächeln stand in ihrem Gesicht. Ein verschwommenes, konturloses Lächeln, aber ein freies Lächeln, das von ihm, Lumarus, erwidert wurde. Dann stand er vor ihm. Und die Gestalt sprach zu ihm…

„Na, Stefan, alles okay?…"

Lumarus hatte sich erschrocken aufgerichtet. Er war hellwach und starrte entgeistert auf sein Bett. Die Stimme hatte ihn wieder in die Realität zurück geholt. Er sah sich nervös um, suchte diesen Mann, der zu ihm gesprochen hatte. Suchte die Stimme, die so real gewesen war, dass er davon aufgewacht war. Erst langsam wurde ihm bewusst, dass er geträumt hatte. Er schloss die Augen und öffnete sie wieder. Noch einmal schloss er sie, versuchte sich diesen Mann vorzustellen – aber es gelang ihm nicht. Wie eine sich verflüchtende Nebelschwade verschwand die versuchte Vorstellung. Er konnte die Erinnerung nicht mehr hervor holen. Das einzige, was er noch sehen konnte, war der Strand, das Gras und das Meer. Die Gestalt blieb schemenhaft, nur ein Hauch von etwas, das er lediglich als lebendes Wesen definieren konnte.

Er setzte sich auf die Bettkante und wischte mit den Händen über das Gesicht. Er dachte an das, was er war. Oder was er nicht war, aber sein sollte. Die Fetzen der Erinnerung übernahmen seine Träume. Ob sie wohl klarer werden würden? Was geht mit mir vor? Ich soll mich erinnern, aber ich kann es nicht. Ich bin Stefan, aber diese Gestalt am Strand...wer ist das? Vielleicht dieser Freund, der mit ihm, mir...gereist ist? Daniel? Warum soll ich mich erinnern? Warum? Warum nur?....

Er stand auf und wanderte im Raum umher. Dass sein Geist Teil eines Menschen in sich vereinnahmte, konnte er noch akzeptieren. Aber dass dieses Phänomen sich in seine Träume einschlich, bereitete ihm großes Kopfzerbrechen. Andererseits war ihm vollkommen bewusst, dass er, Kommandant Lumarus Sith, nun eine wissenschaftliche Sensation war. Gleichzeitig war ihm auch bewusst, dass er noch viel mehr erfahren musste. Über Stefan, über den Menschen Stefan, über die letzten Tage und Monate seiner Reise. Über die Erde, über das Leben, über den Tod und über das Sterben. Seine angeborene Neugierde wuchs und wuchs. Er spürte in sich ein seltsames Verlangen, sich in Stefan hineinversetzen zu können, damit er sein Gefühlsleben spüren konnte. Damit er verstehen konnte, was in dieser grauen Vorzeit wichtig gewesen war. Damit er verstehen konnte, was die damaligen Menschen für wichtig empfunden hatten. Und damit er, Lumarus, verstehen konnte, was es hieß, ein Mensch zu sein. Er war neugierig darauf, zu erfahren, wie groß die Differenz zwischen den Menschen damals und heute sein konnte. Nach diesen vielen tausend Jahren, die seit dieser Zeit vergangen waren.

Er setzte sich wieder und versuchte, seine umher schwirrenden Gedanken zur Ordnung zu zwingen. Noch hatten sie eine Aufgabe zu erledigen. Die erhobenen Daten waren längst nicht vollständig. Er beschloss, bei dem nächsten Expeditionsflug dabei zu sein. Vielleicht brachte ihm das Betreten des Planeten neue Erkenntnisse. Er hoffte es. Er legte sich wieder hin und starrte an die Decke. ´Was für ein seltsames Schicksal hat uns beide zusammengebracht?` dachte er noch. Dann fielen ihm schon die Augen zu. Diesmal wurde er nicht von vergangenen Bildern heimgesucht. Ruhig schlief er, bis die Stimme des Wachhabenden ihn sanft weckte.

*

Sie stießen durch die Wolken und waren plötzlich in einer anderen Welt. Fasziniert starrte Lumarus hinunter auf die Erde. Syrus hatte ihm zwar schon leidenschaftlich von der Schönheit des Planeten erzählt, aber die eigene Sicht übertraf bei Weitem die Vorstellung davon.
„Habe ich zu viel versprochen, Kommandant?" fragte Syrus grinsend.
„Nein, im Gegenteil. Das sieht ja wirklich paradiesisch aus."
„Wir werden ungefähr dort landen, wo Stefan mit seiner Familie die letzte Zeit verbracht haben. Ich denke, die Landschaft und die Küstenlinie werden sich sehr verändert haben, aber das Land und das Meer ist dasselbe. - Verspüren Sie etwas, Lumarus?"
Der sah immer noch auf den Ozean hinunter, der immer näher kam. Das Land war immer noch eine Insel. Aber es gab nur noch eine zusammenhängende Landmasse. Aus ehemals zwei Inseln war eine gemeinsame geworden. Der

Meeresgrund der ehemaligen Cookstrait hatte sich im Laufe der Jahrtausende gehoben und somit die Wasserstraße geschlossen und eine durchgehende Landmasse daraus gemacht. Sie war durchwegs grün bewachsen. Nur manche Küstenlinien erschienen hell, weiß oder als helles Beige. Der Ozean hatte eine schon unwirklich blaue Farbe. Viel intensiver, als es sich Lumarus vorgestellt hatte. Er war regelrecht begeistert. Syrus fragte noch einmal. Lumarus drehte den Kopf.

„Nicht mehr und nicht weniger. Wir werden schon sehen, ob etwas geschieht, wenn ich Boden unter den Füßen haben werde."

Der Gleiter sank tiefer und tiefer. Schon konnten sie einzelne Bäume ausmachen. Syrus steuerte ihn über die Küstenlinie, mal ein Stück ins Landesinnere, dann wieder an die gegenüberliegende Küste, durch tiefe Schluchten, über grüne sanfte Hügel oder durch die grandiose Bergwelt einer Fjordlandschaft. Dann hatte er einen Landeplatz ausgesucht. Es war eine halbmondförmige Bucht, die sich nach einer Landzunge ins Landesinnere drängte. Die Strände waren schneeweiß, manchmal recht schmal und manchmal so breit, dass auch der Gleiter bequem landen konnte. Das Wasser schimmerte türkis bis dunkelblau. Die Wellen, die ans Ufer schlugen, hatten blendend weiße Schaumkronen aufgesetzt, die sich glitzernd auf den Strand überschlugen.

„Landen Sie da drüben, Syrus. Das ist ideal."

Syrus sah hinunter, dahin, wo Lumarus hinzeigte. Es war eine große Grünfläche, die nicht mit Bäumen bewachsen war. Die erhöhte Lage erlaubte einen wunderbaren Blick über die weitläufige Bucht. Rückwärtig ging die Wiese in Wald über. Zuerst buschartig, dann mit Riesenbäumen,

Palmen und Farnen. Der Wald wirkte wie eine grüne Wand auf den Expeditionstrupp. Der Gleiter sank geräuschlos auf die Wiese nieder. Die Seitenluke öffnete sich zischend und sie konnten aussteigen. Augenblicklich bemerkte Lumarus, dass außer den steten Wellen kein anderes Geräusch an sein Ohr drang. Ein leichter, angenehm warmer Wind streifte sein kahles Haupt, sonst war nichts zu hören.

„Keine Vögel, Syrus?" fragte er ihn.

„Doch. Wir haben sie schon gehört, aber noch keinen gesehen. Sie verstecken sich wohl in den Wäldern. Auf freier Fläche haben wir keine Tiere entdeckt. Aber wenn es noch keine Säuger gibt, dann wundert es mich nicht."

Lumarus wandte sich dem Meer und dem Strand zu und ging langsam darauf zu. Mit jedem Schritt spürte er das weiche Gras unter seinen Füßen, verspürte die Wärme der Sonne und ließ seinen Blick über die unendlich scheinende Wasseroberfläche des Ozeans gleiten. Fasziniert musste er Frinotea recht geben, die dieses dunkle Blau der Ozeane so begeistert wiedergegeben hatte. Selten hatte er auf einem Planeten solch intensive Farbgebungen gesehen. Eine sonderbare Harmonie, derer er sich nicht entziehen konnte – und es auch nicht wollte.

Syrus trat neben ihn.

„Wunderschön, nicht wahr?" sagte er.

„Tatsächlich, das ist es. Kaum zu glauben, dass die Menschheit nahe dran war, dieses Paradies selbst zu zerstören mit ihrem Raubbau an der Natur."

„So wie ich gelesen habe, hätten sie das auch geschafft, wenn die Kometen nicht dazwischen gekommen wären. Es wurden wohl wesentlich mehr Ressourcen verbraucht, als nachwachsen konnte. Ich denke nur an die Papierherstellung. Manchmal kann ich es nicht fassen, dass wir wirklich von der personifizierten Unvernunft und Selbstverstümmelung abstammen. Wären wir mit unserem Planeten so umgegangen, würden wir bestimmt nicht hier stehen..."

„Das ist wohl wahr. Während meines Studiums konnten wir das alles erst gar nicht begreifen, weil ein Wesen, das des Denkens mächtig ist und fähig, aus seinen Handlungen die Konsequenzen zu deuten, nicht den Raum vernichtet, in dem es lebt. Das war so paradox, dass wir uns lange damit aufgehalten haben, eine rationale Erklärung dafür zu finden."

„Gibt es eine?"

Lumarus schüttelte den Kopf.

„Nein. Wenigstens nicht für uns. Begründet wurde dieses Verhalten nur mit einer unstillbaren Gier, die nicht zu beherrschen war. Mit einem kurzfristigen Denken, das sämtliche zukünftige Generationen daraus ausschloss. Es ging einzig darum, immer mehr, immer größer, immer schneller, immer mächtiger zu werden. Und das ist – wie wir wissen – ohne Limit. Ich habe mir einmal die Mühe gemacht, die damaligen wirtschaftlichen Dogmen anzusehen. Es ging einzig und allein nur noch um Wachstum. Das war das Credo jeder Nation, jedes Unternehmens und jeder Regierung. Die Heiligsprechung des destruktiven Tuns sozusagen. Man vergaß alles andere oder setzte es in seiner Wichtigkeit einfach zurück. Was einmal Bedeutung gehabt hatte, wurde vollständig entwertet - wie soziale Gleichstellung, gesellschaftliche Entwicklung, unbedingter Schutz der Umwelt oder einfach die Bedeutung des Menschen an sich. Das alles hatte sich unterzuordnen dem Wachstumswahnsinn."

„Auch Wachstum hat seine natürlichen Grenzen. Wenn die erreicht sind, was dann?"

„Dann entsteht Chaos, soziale Ungleichheit, Aufstand und Anarchie. Wenn man zudem bedenkt, dass die damaligen Menschen mehr mit ihrem Ego zu kämpfen hatten als mit allem anderen, dann steht das meiste davon zumindest in einem erklärbaren Licht."

„Bin ich froh, dass wir in diesen Zeiten leben und das alles längst hinter uns gelassen haben. Nichts ist nämlich schöner als dies alles als ein Naturwunder zu sehen, das nicht zerstört wird, das nicht angegriffen wird und das sich weiterhin verändert, verschönert, verwildert. Um uns allen Freude zu bereiten. Das ist doch nicht schwer zu verstehen, oder? So etwas nennt man Lebensraum. Was soll das, seinen eigenen Lebensraum zu vernichten?"

Lumarus nickte.

„Stimmt. Wir verstehen die Handlungen von damals nicht. Und ich glaube auch, dass die Menschen von einst auch nicht die Handlungen der Menschen tausende von Jahren vorher verstanden haben. Jede Zeitperiode hat eben seine Merkmale. Der Fortschritt mag sich mal so oder so abgespielt haben, aber es blieb doch irgendwann Fortschritt. So wie jetzt, Syrus. Vielleicht wird das, was wir hier – was ich hier – entdeckt habe, eine neue Form des Fortschritts sein. Wenn wir eine noch bessere Zukunft gestalten wollen, müssen wir die Vergangenheit kennen. Und was kann interessanter sein, als die Vergangenheit der allerersten Zivilisationen kennen zu lernen? Ich glaube, wir haben eine große Chance – die größte Chance, die sich jemals den Menschen ausgebreitet hat. Wir können in den emotionalen Bereich unserer Vorfahren eindringen. Und daraus wichtige Dinge lernen."

Er drehte sich zu ihm und sah ihn lächelnd an.

„Gut. Dann gehen wir mal in den Wald. Wir brauchen Proben von jeder Pflanze, jedem Baum und von dem Boden. Wasserproben des Meeres und die Zusammensetzung des Strandsandes."

Gemeinsam betraten sie den dichtbewachsenen Wald und konnten sich nicht sattsehen an einer Fülle von Grünfarben und Formen, an unbekannten bezaubernden Blüten, an den frischen feuchten Geruch und einer Vielfalt, die noch niemals ein Mensch vor ihnen gesehen hatte. Einzig eine Tierwelt ließ sich nicht oder kaum beobachten. Sie konnten nichts davon erkennen, keine Spuren, keine Hinterlassenschaften, keine Tierlaute, die wenigstens auf eine Präsenz schließen konnte. Die Pfeiflaute, die sie schon am Strand wahrgenommen hatten, waren anderen Ursprungs. Vielleicht von einem Meerestier, das zusätzlich mit Lungen ausgestattet war. Sozusagen ein hybrides Lebewesen. Doch sehen konnten sie es nicht. Leben entdeckten sie nur anhand von Insekten und Kleinstlebewesen, die sie auf dem Boden, an den Bäumen und in den Blütenkelchen erkannten. Ein Summen und Brummen füllte den Wald mit diesen Geräuschen. Keine Vögel, keine Amphibien und keine Reptilien. Dass sie nicht sichtbar waren, hieß trotzdem längst nicht, dass es keine gab.

Als die Sonne sich langsam in den Horizont fallen ließ, beendeten sie ihre Sammlung von Pflanzen, Boden- und Wasserproben. Sie verstauten alles in Kisten und beförderten diese dann in den Laderaum des Gleiters. Als sie abhoben, breitete sich eine faszinierende Landschaft unter ihnen aus. Die Schatten waren lang geworden und ließen das Meer, das Land, die Berge und auch die Wolken plastisch und unwirklich erscheinen. Die Baumwipfel der Wälder wurden von den letzten Sonnenstrahlen gekitzelt und boten ein einmaliges Erlebnis. Ein Paradies, das nichts störte. Niemand zerstörte den Wald, niemand baute Straßen und Gebäude. Niemand vermüllte die Wiesen und die Strände und niemand durchbrach die Stille mit künstlich erzeugtem Lärm. Die Natur war sich selbst überlassen und veränderte sich nur ganz langsam in einer perfekten evolutionären Phase. Mal schneller, mal langsamer, aber stetig und immer auf der Suche nach Perfektion.

Lumarus sah bewundernd hinunter, während sie sich schnell in die Atmosphäre erhoben. Als sie in die Übergangszone zwischen Atmosphäre und Weltraum eintraten, hob er den Kopf und dachte an Stefan. Die Arbeit auf der Erde hatte seine Konzentration auf Stefan und dem Tagebuch kurzzeitig beiseite geschoben. Zu fasziniert waren sie gewesen, als sie im Wald waren. Doch jetzt kamen die Gedanken wieder in sein Bewusstsein. Auch verspürte er wieder diese Unruhe, die sich nicht verflüchtigte. Trotzdem er bereits dieses Mystikum weitgehend akzeptiert hatte, nahm die Unruhe nicht ab. Er hatte das Gefühl, irgendetwas tun zu müssen, von dem er nicht wusste, was das sein könnte. Es war so, als ob diese Unruhe ihn stets mahnte, noch eine Aufgabe erfüllen zu müssen. Und da er keine Ahnung hatte, wie diese aussehen könnte, war auch die Unruhe immer präsent. Sie ließ sich nicht wegleugnen oder ignorieren. Sie verlangte eine Aufklärung – und vielleicht sogar einen Abschluss.

Eine sanfte Erschütterung bewegte den Gleiter, als sie auf dem Deck aufsetzten. Das Gate schloss sich und der Raum wurde wieder mit Sauerstoff gefüllt und der Schwerkraft angeschlossen. Er wartete noch, bis die Kisten entladen waren und zu den Biochemikern und den Botanikern gebracht wurden, dann begab er sich in sein Quartier. Er legte sich auf das Bett und dachte darüber nach, welche Wege es geben könnte, um den Ursprung seiner Unruhe zu entdecken. Und die Loslösung daraus.

`Ich muss noch einmal zu Dermon,´ dachte er und setzte sich auf. Aber vorher wollte er noch mit Syrus sprechen. Er betätigte seinen Kommunikator und suchte ihn.

„Kommandant? Was gibt es?" fragte Syrus.

„Wo sind Sie gerade?"

„Ich bin bei der Analyse unserer Proben dabei. Gibt´s ein Problem?"

„Nein. Wir sollten durchsprechen, wie viele Expeditionen noch notwendig sind. Haben Sie bereits einen Überblick?"

„Natürlich. Treffen wir uns auf der Brücke?"

„Ja, gut. Ich bin gleich da..."

Er verließ seine Kabine und begab sich zum Lift. Tenolu saß auf dem Kommandostuhl und steuerte gerade das Schiff über die Pole. Als Lumarus eintrat, stand er auf. Doch Lumarus winkte ab.

„Bleiben Sie sitzen. Ich muss nur etwas mit Syrus besprechen. Welchen Kurs haben wir?"

„Wir scannen gerade die Pole. Es sind bereits mehr als achtzig Prozent des Planeten vermessen, Kommandant."

„Gut. Wenn alles abgeschlossen ist, geben Sie die Daten an den Hauptrechner und lassen Sie eine Analyse erstellen."

„Ja, Kommandant. Ist bereits eingegeben."

Lumarus nickte und drehte sich zu Syrus um, der gerade die Brücke betreten hatte.

„Nun? Wie weit sind wir? Was fehlt uns noch, Syrus?"

„Wir brauchen noch Bodenproben aus verschiedenen Wüsten, den Gletschern und vielleicht noch aus dem vulkanischen Bereich. Hauptsächlich aber müssen wir in die Gebiete, die sich nicht auf dem direkten Einschlagsweg befunden hatten. Denn die sind noch recht ursprünglich und könnten weit mehr hergeben als die relativ neue Deckschicht."

„Verstehe. Haben wir bereits zivilisatorische Überreste ausmachen können?"

Syrus schüttelte den Kopf.

„Nein, noch nicht. Der Tiefenscanner hat zwar einige Anomalien feststellen können, aber das müssen wir auch erst vor Ort untersuchen."

„Was meinen Sie, wie weit wir mit einer ersten fundierten Analyse sind?"

„Die chemischen Zusammensetzungen von Luft, Wasser und den meisten Böden sind bereits verwertet. Die physikalischen Gesetzmäßigkeiten haben sich ja nicht verändert. Was noch dauern wird, ist die Erfassung der Tiefsee und natürlich einer möglichen Nahrungskette. Aber ich denke, das werden wir nicht schaffen können. Dazu würden wir viel mehr Zeit brauchen. Oder eine permanente Forschungsstation..."

„Forschungsstation? Wie meinen Sie das? Heißt das, wir sollten wirklich auf diesem Planeten eine Forschungsstation einrichten, die dies alles weiter untersuchen soll?"

Syrus nickte.

„Das würde nahe liegen, Lumarus. Wie sonst könnten wir eine oder mehrere Populationen entdecken? Ich finde, es reicht nicht, nur die Auswirkungen der Katastrophe und die Regenerationsfähigkeit des Planeten zu erforschen. Dazu gehört sehr viel mehr. Wir müssen wissen, welche Arten eine solche Katastrophe überleben können und vor allem wie. Auch die Art einer möglichen Regeneration könnte uns viele Aufschlüsse darüber geben, was dazu nötig wäre. Wir brauchen viele wissenschaftliche Erkenntnisse und das benötigt eben auch Zeit. Und wir bräuchten auch mehr Ausrüstung – die wir jetzt nicht haben. Unser Gleiter kann nicht in die Tiefsee. Dazu ist er nicht gebaut. Aber wie wir längst wissen, beginnt im Wasser das Leben."

Lumarus nickte. Syrus hatte recht. Aber das war nicht ihre eigentliche Aufgabe.

„Richtig...das wäre eigentlich das Wichtige. Aber das ist nicht unser primärer Auftrag..."

„Ich weiß," sagte Syrus.

Er sah ihn mit einem merkwürdig fragenden Blick in die Augen. Lumarus wusste, was er gerade dachte.

„Sie wollen hierbleiben, scheint mir. Oder wiederkommen..."

„Es wäre eine mehr als interessante Aufgabe. Wir sollten das Oberkommando informieren, dass eine Forschungseinheit auf diesem Planeten enorm wichtig wäre. Nicht nur wegen der wissenschaftlichen Aufgaben...es ist die Erde. Ich wüsste nicht, was interessanter wäre, als diesen Planeten zu erforschen."

Lumarus schüttelte den Kopf.

„Wir können von hier aus keine direkte Verbindung herstellen. Wir müssen erst durch die Dimensionspforte. Oder eine Sonde schicken."

„Ja, das ist richtig. Wir werden nicht mehr lange brauchen, dann sind wir fertig. Ich meine, fertig mit den wissenschaftlichen Arbeiten..."

Den letzten Satz zog er aufreizend lange in die Länge. Wieder sah er ihn mit diesem seltsamen Blick an. Fragend, erwartend, etwas neugierig.

„Ja, das ist richtig...dann werden wir zurückfliegen..."

Aber das war es nicht, was Syrus hören wollte.

„Wollen Sie eine Verbindung mit Stefan herstellen, Lumarus?"

Er zuckte zusammen und sah den Expeditionsleiter fast erschrocken an. Syrus redete nicht um den heißen Brei herum.

„Ich bin...bin immer noch genauso unruhig wie bisher. Die Akzeptanz der Tatsachen haben meine Unruhe nicht lindern können. Irgendetwas ist da noch...und ich weiß nicht, was es ist."

„Vielleicht kann Dermon noch einen Tranceleiter legen. Sie sollten das tun. Wenn es noch etwas gibt, das wichtig ist, dann geht das doch nur auf diesem Weg. Vielleicht hilft uns das auch, unseren Auftrag zu spezifizieren."

Lumarus nickte.

„Wahrscheinlich..."

Er nahm den Kommunikator und hörte Dermon sprechen.

„Kommandant...wie geht´s Ihnen? Was neues von Stefan Meinelt?"

Lumarus hörte ein leichtes Lachen. Der Doktor amüsierte sich anscheinend königlich.

„Eigentlich nicht, Doktor. Aber ich glaube, ich muss eine Verbindung herstellen. Meine Unruhe ist gleich geblieben. Ich hatte gehofft, mit meinem Besuch auf der Erde würde sich irgend etwas ergeben. Hat es aber nicht. Da ist noch etwas, das ich nicht kenne, aber ich kann es intensiv fühlen. Sie müssen mich noch einmal an den Tranceleiter ankoppeln."

„Natürlich. Das können wir tun. Was versprechen Sie sich denn davon?"

„Ich muss versuchen, meinen Geist mit dem von Stefan verketten. Nur so kann ich herausfinden, was noch von Bedeutung ist. Und nur so kann ich feststellen, um was es geht..."

„Gut. Wie sieht Ihr Dienstplan aus?"

„Tenolu hat Dienst die nächsten zwölf Stunden...Syrus wird ihn ablösen."

„Ich bereite alles vor. Kommen Sie in einer Stunde zu mir."

Lumarus schaltete ab und nickte Syrus zu, der aufmerksam zugehört hatte.

„Wenn Sie erlauben, möchte ich gerne dabei sein."

„Natürlich. Wenn Sie es möchten..."

Syrus lächelte. Er machte den Eindruck, als ob er vollkommen gelöst wäre und schon jetzt wusste, was sie erwarten würden.

„Danach noch ein Drink?"

„Selbstredend...." lachte Lumarus.

Sie hatten sich vor das große Sichtfenster begeben und beobachteten den Planeten.

„Sie würden wirklich diese Forschungsstation leiten wollen?" fragte ihn Lumarus noch einmal.

Syrus nickte.

„Gibt es etwas Interessanteres als den Planeten unseres Ursprungs zu erforschen? Gibt es Wichtigeres als zu erfahren, woher wir kamen, wie wir lebten, was wir waren? Wenn auf der Erde trotz dieser vielen Kriege und Grausamkeiten so etwas wie grenzenlose Liebe und Mitgefühl koexistieren konnten, dann will ich unbedingt wissen, wie dies zusammenpasst. Was war den Menschen wichtig gewesen? Worauf waren sie neugierig? Und warum gingen sie nicht friedlich und freundlich miteinander um? - Würden Sie das nicht wissen wollen, Kommandant?"

Er sah ihn an und Lumarus nickte.

„Natürlich. Natürlich will ich das wissen. Mehr noch aber will ich im Moment wissen, was mir der Geist von Stefan mitteilen möchte. Das Tagebuch endet mit der letzten Aufzeichnung Tage vor dem Einschlag. Irgendetwas muss bis dahin noch passiert sein. Irgendetwas, das wichtig genug ist, um mich nicht zur Ruhe kommen zu lassen. Ich kann mir nicht vorstellen, was noch wichtiger wäre als mein eigener Tod und der meiner Familie."

Er hob den Kopf und starrte an die Decke des großen Speisesaales.

„Ich bin sicher, Sie werden bestimmt noch erfahren, um was es geht."

„Ich hoffe es..." murmelte Lumarus. Es klang wenig überzeugend, fast schon zweifelnd.

Dann drehten sie sich um und gingen zum Lift, der sie auf das medizinische und biotechnische Deck brachte.

Doktor Dermon hatte bereits alles vorbereitet. Er nickte den beiden Männern zu und zeigte auf den Stuhl.

„Bitte setzen Sie sich, Kommandant."

Lumarus ließ sich in den ausladenden Sessel sinken. Gleichzeitig wurde er sanft in die Horizontale manövriert, in der die Füße eine leichte Nuance tiefer lagen als der Kopf. Dermon beugte sich über ihn und sah ihn an.

„Konzentrieren Sie sich auf das, was Sie anstreben. Sind Sie bereit?"

„Ja...ich bin bereit..."

Die Assistentin setzte sich an das Hauptpult und gab die Befehle ein. Ein motorischer Arm erschien über dem Kopf von Lumarus und stülpte eine hauchfeine Nadel hervor. Ein anderer mechanischer Arm desinfizierte die Einstichstelle hinter dem Ohr. Lumarus konnte kaum ein Pieken wahrnehmen. Dann verschwanden die beiden Arme wieder hinter seinem Kopf.

„Schließen Sie die Augen und versuchen Sie, die Gedanken einfach laufen zu lassen. Halten Sie nichts fest, lassen Sie los, Lumarus...lassen Sie nur los...“

Die letzten Worte verschwanden bereits in einem aufkommenden Nebel und Lumarus konnte sie kaum mehr wahrnehmen. Das Bewusstsein stand still und machte bereitwillig Platz für einen nicht betretbaren Raum, der so viel mehr enthielt als alles, was man wahrnehmen konnte. Das Unterbewusstsein offenbarte die innersten Geheimnisse und letztendlich alle verfügbaren Erinnerungen. Ein riesiges Tor wurde somit geöffnet, das eine ganz neue Sicht auf die Existenz offenbarte.

„Lumarus? Können Sie mich hören?...“ flüsterte Dermon ganz leise, aber sehr deutlich. Keine Reaktion, keine Antwort. Er verstärkte seine Stimme.

„Lumarus? Können Sie mich hören? Wenn ja, dann antworten Sie...“

„Ich...höre...“

„Verstehen Sie, was ich zu Ihnen sage?“

„Ich verstehe...“

„Wie ist Ihr Name?“

„Mein Name ist...Lumarus Sith...Kommandant...“

„Das ist korrekt. Kennen Sie Stefan Meinelt?“

Wieder Schweigen. Weder Antwort noch Reaktion.

„Hören Sie mich, Lumarus?“

„Ich...höre...“

„Kennen Sie Stefan Meinelt?“ wiederholte der Doktor.

„Stefan...?“

„Stefan Meinelt. Kennen Sie ihn?"

„Stefan...ich kenne ihn...ich..."

„Ja? Was wissen Sie über ihn?"

„Stefan Meinelt...ich bin Stefan Meinelt...ich..."

„Und Lumarus?"

„Lumarus? ...Ich bin Stefan..."

„Ja, das ist richtig. Aber was ist mit Lumarus?"

„Stefan...Lumarus...ich bin Stefan...ich bin Lumarus..."

„Stefan ist Lumarus??"

„Ja...wir sind eins...er ist ich… und ich bin er...wir sind wir..."

„Können Sie ihn erkennen?"

„Ja...er sitzt am Strand...ich sitze am Strand..."

„Und was tun Sie da?"

„Ich...ich sitze im Sand...und denke nach..."

„Über was denken Sie denn nach?"

„...alles...über das Leben...und das Sterben...und danach...was ist danach...wirklich nichts?"

„Vielleicht...wir wissen es alle nicht...weiß Stefan mehr als wir? Weiß Stefan mehr als Lumarus?"

„Stefan weiß es nicht...noch nicht...Lumarus weiß es...ich weiß es...nichts ist endgültig...nichts löst sich in nichts auf...Veränderung...alles verändert sich nur...von einer Struktur in die andere...nichts bleibt wie es ist...Veränderung...alles...Transformation."

„Können Sie Stefan sehen, Lumarus?"

„Ich kann ihn nicht sehen...weil ich ich bin...ich...und er...wir beide...gleich..."

Seine Stimme wurde immer leiser, bis sie in einem keuchenden Flüstern vollkommen erstarb. Dermon versuchte noch, mit ihm zu sprechen, aber er bekam keine Antwort mehr. Er richtete sich auf und sah auf den großen Bildschirm an der Wand, der durch den permanenten

Gehirnscan aktive und passive Veränderungen anzeigte. Aktive Gehirnregionen wurde rot dargestellt. Passive blau bis lila. Die Erinnerungsareale waren nun dunkelrot. Ein Zeichen für sehr hohe Aktivität. Gleichzeitig wurden die Regionen, die für eine kreative Visualisierung verantwortlich waren, mit einer roten Farbe überzogen. Dermon zog die Augen nach oben. Er war überrascht über diese seltsamen Variationen, die in diesem Zustand völlig unüblich waren. Er sah wieder Lumarus an. Die Rotation der Pupillen sagte ihm, dass Lumarus in einer visuellen Welt war, in der er Dinge wahrnehmen konnte. In der er Sehen, Fühlen und Riechen konnte. Seine Sinne hatten sich offenbar geöffnet und waren in die Erinnerungen Stefans eingedrungen. Dermon ahnte, dass ein entscheidender Moment im Begriff war, dieses jetzt schon sensationelle Phänomen auf die Spitze und damit auf die absolute Gleichstellung beider Geisteszustände zu befördern. Er setzte sich auf seinen Stuhl und wartete. Ab und zu fiel sein Blick auf den Bildschirm. Seine Assistentin überwachte den kleinen Monitor, der die Lebensfunktionen in der Balance hielt und darauf achtete, dass durch die Vorstellung keine schockähnlichen Zustände den Körper in Gefahr brachten.

Lumarus hatte die letzte Frage des Doktors noch verstanden, dann flog sein Geist durch die Zeit, durch die Welt, durch das Universum, geradewegs in die nun realisierten Erinnerungen von Stefan Meinelt. Von einem Augenblick zum nächsten fand er sich in einer anderen Welt wieder. Er spürte den Sand, der durch seine Zehen quoll und er hörte die Wellen, die sich überschlugen. Ein sanfter Wind streichelte seinen nackten Oberkörper und hinterließ ein warmes Wohlgefühl, das an ein Streicheln und

Liebkosen erinnerte. Die Sonne strahlte ihm aus einem blauen Himmel entgegen und er spürte ein noch niemals dagewesenes Gefühl des Da-Seins. Sein Kopf senkte sich und er betrachtete seine Hände. Sie waren anders. Sie fühlten sich gleich an – aber sie waren anders. Er hatte nur fünf Finger an jeder Hand. Er drehte sie um und wieder herum. Es blieben fünf Finger. Sein Blick glitt weiter hinunter auf seine Füße. Das Wasser des Ozeans umspülte sie geschmeidig, kühlte die Fußsohlen und die Knöchel. Er spürte Tropfen auf seiner Stirn, die über die Augen rannen. Seine Hand hob sich und wischte den Schweiß ab. In der Bewegung hielt er überrascht inne. Er spürte Haare auf seinem Kopf. Er kannte keine Haare. Neugierig zog er die Finger durch den Kopfbewuchs, der ihm absolut fremd war. Es fühlte sich seltsam, aber nicht unangenehm an. Er sah auf seine Arme, die auch mit einem feinen flauschigen Haarbewuchs überzogen waren. Genauso wie seine Beine. Nur die Schienbeine, nicht die Oberschenkel. Wieder hob er den Kopf, um auf das endlose Meer zu blicken. Menschen um ihn herum wechselten seine Aufmerksamkeit. Er hörte sie sprechen, er hörte sie lachen. Er sah sich vorsichtig nach allen Seiten um. Die Menschen waren fast alle auf dem Kopf behaart. Sie hatten seltsame Kleidung an. Die meisten waren ab dem Knie bis zu den Zehen nackt. Manche Füße steckten in leichten Schuhen, viele liefen aber barfuß über den Strand. Er hörte in der Ferne Kindergeschrei. Sein Blick richtete sich auf den entfernten Spielplatz, wo Kinder an Seilen herumturnten und auf gitterartige Gebilde kletterten. Und in diesem Moment begriff er, dass er nicht mehr Lumarus war. Zumindest nicht physisch. Er saß hier am Strand nicht als der Kommandant Lumarus Sith, sondern als – Stefan Meinelt. Für einen Augenblick erfüllte ihn Erschrecken über die Erkenntnis, aber sofort wurde er wieder ruhig. Er spürte seine Gedanken, die sich sanft und behutsam mit den Gedanken Stefans vermischten. Symbiotisch, freizügig und mit dem tiefen Gefühl, endlich ein nie gekanntes Ziel erreicht zu haben. Er fühlte jetzt das, was Stefan gerade dachte. Er dachte jetzt das, was Stefan fühlte. Er vernahm die wesentliche Ruhe und die Akzeptanz eines unwiderruflich eintretenden Ereignisses. Im eigentlichen Sinne war ihm in diesem Augenblick bewusst, dass er sich in einer Erinnerung befinden musste, aber es spielte seltsamerweise keine Rolle. Er konnte fühlen, er konnte sehen, er konnte riechen, er konnte hören. Es war, als ob sich eine riesengroße Türe geöffnet hatte, durch die er getreten war, um ein neues, unglaubliches Reich wahrzunehmen. Mit seinem Geist, der sich mit den Emotionen eines anderen Geistes vermischte und mit einem fremden Körper, der sich keinesfalls fremd anfühlte. Und je länger er im Sand saß und diese vielen Eindrücke auf sich wirken ließ, desto glücklicher wurde er. Nie gekannte Gefühlswallungen durchdrangen seinen Geist und seinen Körper. Mit einem Male konnte er alles je Erfahrene einfach loslassen und nur in diesem magischen Augenblick sein. Ein Schwall endorphinischer Tsunamis durchflutete alle seine Zellen und entfachte ein bisher unbekanntes Erkennen und ein neuartiges Wissen, das seine Zivilisation niemals würde wahrnehmen können. Ein Lächeln überzog sein Gesicht und ein ganz leichtes Stöhnen drang aus seinem Mund.

„Was ist? Du stöhnst ja wie in Ekstase..." lachte eine dunkle Stimme. Ein Schatten fiel auf ihn und er drehte den Kopf. Ein Mann stand lachend vor ihm und rubbelte mit einem großen Handtuch seinen nassen Körper trocken. Daniel.

„Daniel..." hörte sich Lumarus sagen. Ganz kurz lauschte er auf den Klang seiner eigenen Stimme. So hörte er sich also an.

„Jaa...stimmt. Hast du grad geträumt, Mann?"

Lumarus/Stefan hörte sein eigenes Lachen und nickte. Ein Lachen, zwei Wesen. Es war absolut unglaublich.

„Ja. Und es ist großartig gewesen..."

„Dann tut es mir leid, dich gestört zu haben."

Daniel rubbelte gerade seine Haare trocken und grinste breit.

„Das Wasser ist herrlich. Geh´ doch auch schwimmen."

„Schwimmen? Ich...schwimmen...ja, das war immer schön gewesen."

Sein Blick war in die Ferne gerichtet. Daniel hielt mit dem Rubbeln inne und sah ihn neugierig an.

„Was ist los? Hast du was geraucht? Bist ja völlig abwesend."

„Nein, alles klar. Mir geht´s halt grad gut...fühl mich toll..."

„Aha...dann bin ich ja beruhigt..."

Lumarus lauschte dem Klang seiner eigenen Stimme, die so ganz anders war als seine eigene. Daniel setzte sich neben ihn auf sein Handtuch und ließ sich auf den Rücken fallen. Eine dunkle Sonnenbrille bedeckte die Augen. Neugierig begutachtete Lumarus das fremdartige Ding. Doch augenblicklich verschwand die Neugierde, weil Stefans Wissen sich mit seinem verkettete und solche Dinge einfach zum täglichen Leben gehörten. Er starrte wieder auf das Meer hinaus und beobachtete die vielen weißen Segel, die kreuz und quer über die Bucht segelten. Ein paradiesisches Bild absoluten Friedens.

„Stefan?..."

Daniels Stimme holte ihn aus seiner inneren Begeisterung. Er drehte den Kopf und sah ihn an. Die Sonnenbrille hatte Daniel abgenommen und sein Gesichtsausdruck war ernst geworden. Er richtete sich auf.

„Es ist Zeit, etwas zu besprechen..." sagte er leise und senkte den Blick.

„Über was denn?"

„Nun...wir haben ja jetzt alles getan, was noch getan werden musste. Sogar dein Tagebuch ist hoffentlich sicher vergraben worden. Und jetzt..."

Er stockte und suchte nach Worten. Sein Blick suchte die Weite des Meeres. Er sah Stefan nicht an.

„Was ist los?"

„In vier Tagen werden wir uns ein für allemal verabschieden müssen..."

Lumarus dachte nach. `So wenig Zeit ist noch?´ raste es durch seinen Geist.

„Ja...bekommst du jetzt Angst?"

„Nein, das nicht, aber...ich weiß jetzt nicht, wie ich´s erklären soll..."

„Fang einfach an. Wie immer..."

Mit einem entschuldigenden Grinsen sah ihm Daniel in die Augen. Sein Lächeln verband sich mit einer seltenen Ernsthaftigkeit.

„Ich glaube, ich kann den letzten Augenblick nicht mit euch verbringen..."

„Wie meinst du das? Ich versteh jetzt nicht ganz..."

„Es ist...ich glaube, ich kann es nicht ertragen, euch möglicherweise sterben sehen zu müssen. Ich will auch nicht, dass auch ihr vielleicht sehen müsst, wie ich sterbe...ich..."

„Aber...ich versteh immer noch nicht...das betrifft uns doch alle...es wird niemand übrig bleiben...“

„Ja, schon...aber...aber es besteht die Möglichkeit, dass es das letzte Bild sein wird, das ich sehen werde...und das will ich nicht, das kann ich nicht..., ich möchte euch bis zuletzt so in Erinnerung behalten, wie ich euch kennenlernen durfte. - Das ist mir jetzt noch das Wichtigste...“

„Ich verstehe...was willst du denn tun?“

„Ich werde am Dienstag Morgen nicht hier sein...ich möchte, dass du das verstehst...bitte...“

Er sah ihn fast schon beschwörend an.

„Aber...ich dachte, wir sind uns einig, dass wir zusammen gehen können. Das uns hilft, nicht so viel Angst zu haben...oder überhaupt Angst zu haben.“

„Du hast schon recht, aber ihr steht mir viel zu nahe, als dass ich in meinem letzten Augenblick noch diesen Schmerz erleben möchte. Ich möchte das nicht erleben, auch wenn die Chance dazu bestimmt sehr gering ist. Aber dass nur die Chance besteht, macht mir Angst. Ich...ich hoffe, du kannst das verstehen...wir wissen ja nicht, ob wir danach in eine andere existenzielle Form übergehen können. Aber wenn ja, will ich keinesfalls, dass mir dann solche möglichen Erinnerungen bleiben könnten...“

Lumarus hatte ihm sehr erschrocken zugehört. Er spürte, wie es in ihm brodelte. Er spürte aber auch, welche Angst Daniel in sich tragen musste. Und er spürte noch viel mehr. Nämlich eine so tiefgehende Emotion, die er bisher nur in einer blitzartigen Momentaufnahme wahrnehmen konnte. Es war ein so selbstverständliches Gefühl, das er wahrnehmen konnte, dass er in diesem Moment verstand, was das Mensch-sein vor so vielen tausend Jahren eigentlich bedeutete.

„Ja...ich verstehe das schon...bist du wirklich sicher, dass du das so willst?"

„Ja, ich bin sicher. Aber ich will nicht einfach gehen, wenn du das nicht willst. Ich...ich will einen Freund nicht einfach so verlassen."

„Natürlich wäre es mir lieber, wenn wir zusammen wären. Aber ich verstehe auch deine Bedenken. Ich werde dich nicht zurückhalten...auch wenn ich das gerne täte..."

Sie sahen sich in die Augen und Lumarus vernahm in sich ein schmerzendes Grollen. Sein Magen begann zu rumoren und einen Augenblick lang verspürte er ein seltsames Gefühl des Allein- und Verlassenseins. Doch gleichzeitig konnte er auch Daniels Gefühlswelt verstehen. Langsam nickte er. Verstehend, zustimmend, wenn auch ein bisschen traurig.

„Danke, mein Freund..." flüsterte Daniel.

„Die Kinder werden sehr traurig sein...aber ich glaube, sie werden es auch verstehen..."

„Ich weiß, ich weiß schon..."

*

...Sie standen auf dem Parkplatz vor der Mole. Elena hatte nicht versiegende Tränen in den Augen und Andreas schluckte schwer. Abschied war ein Scheißspiel.

Daniel stand vor ihnen und lächelte.

„Blöd wäre es, wenn ich sagen würde, macht´s gut oder alles Gute. Das hört sich bescheuert an. Nein...ich...ich bin so froh, mit euch diese letzte Zeit genossen zu haben. Ihr seid klasse und es war etwas ganz Besonderes, mit euch noch einmal die Welt zu bereisen."

„Wo...wo fährst du denn jetzt hin?" fragte Andreas.

„Nach Norden. Ich such mir einen einsamen Strand. Keine Angst, das ist schon okay...vielleicht schaff´ ich es wirklich noch, richtig meditieren zu lernen."

„Verdammt, du Arschloch..." sagte Andreas und umarmte ihn.

„Schon gut...passt die letzten beiden Tage auf, wenn ihr über die Straße geht. Nicht dass euch noch ein Auto überfährt..."

Er lächelte, aber es war mehr gezwungen.

„Ciao, Elena..." Er nahm sie in die Arme und drückte sie ganz fest.

„Ciao...ciao..." schluchzte sie. Sie brachte kaum ein Wort heraus.

Dann drehte er sich zu Stefan um. Der sah ihn an und presste die Lippen zusammen. Etwas lag ihm noch auf dem Herzen.

„Vielleicht stimmt es ja, dass wir uns irgendwann doch wieder treffen..aber im Falle, dass nicht, will ich dir sagen, wie viel du mir bedeutest und wie viel mir unsere Reise bedeutet hat..." sagte Stefan tiefernst.

Lumarus spürte diese große Traurigkeit in sich aufsteigen. Diese große plötzlich auftretende Leere, die seinen ganzen Körper einnahm und ihm sagte, dass genau dieses Empfinden in alter Zeit nicht kontrollierbar gewesen war. Doch so traurig er in diesem Moment auch war, konnte er nicht verleugnen, diese Wucht von Gefühlen zu genießen, sie zuzulassen, weil es ihm sagte, dass wahre Freundschaft mindestens genauso intensiv sein konnte wie Liebe. Vielleicht hatte dies sogar noch einen höheren Stellenwert, weil wirklich keinerlei Bedingungen daran geknüpft waren.

Daniel sah ihn an. Seine Augen lächelten.

„Ich werde dich vermissen, Stefan. Ich kann mir nicht vorstellen, wie die letzten sechs Monate gewesen wären ohne einen Freund wie dich..."

Sie sahen sich vollkommen verstehend an. Zwei Freunde, die sich tatsächlich im allerletzten Lebensabschnitt gefunden hatten. Dann fielen sie sich in die Arme. Lange klopften sie sich abwechselnd auf die Schulter. Dann trennte sich Daniel von ihm. Klopfte ihm auf den Oberarm, drehte sich um und sprang in den kleinen offenen Jeep. Er startete den Motor und sah sie alle noch einmal an. Lächelnd hob er die Hand und winkte. Dann legte er den Gang ein und verließ den Parkplatz. Am Heck hatte er ein Schild montiert, das sie alle jetzt erst lesen konnten.

„Ich bin sicher, wir werden uns wiedersehen. Bis dahin..."

Elena schlug die Hände vor den Mund und Andreas fing mit wässrigen Augen an zu grinsen. Lumarus senkte den Kopf, verzog das Gesicht zu einem Lachen, hob die Hand und winkte dem schnell davonfahrenden Wagen nach. Alles ist gut...dachte er.

Es war der letzte finale Abend. Stefan hatte die Kinder gebeten, ihn noch für eine Stunde alleine zu lassen. Gedankenverloren schlenderte er den Strand entlang. Viele Boote waren in der weitläufigen Bucht verteilt. Die Menschen suchten sich eine einsame Bucht oder blieben auf dem Boot, um das allerletzte Mal die untergehende Sonne zu betrachten.

Er setzte sich in das Gras und starrte in die Ferne. Er sah den strahlenden Vollmond, der bereits aufgegangen war und erinnerte sich an das Bild vor dreizehn Monden in dem Café. Tief hörte Lumarus in sich hinein, durchforschte seine und Stefans Gefühle und Gedanken. Sein Geist streifte durch das ganze Menschenleben von Stefan. Intuitiv nahm er alle Gefühle und alle Emotionen auf, um zu erkennen, dass die Menschen ihren Lebenssinn ausschließlich emotional erkennen konnten. Negative wie positive Gefühle ragten tief in das Gedächtnis, in die Erinnerung, um jetzt, am Ende des Lebens, zu einer endgültigen Erkenntnis und vielleicht zu einem Resümee zu kommen. Lumarus spürte, wie Stefan immer ruhiger geworden war, immer gelassener – und immer dankbarer. Gegenüber dem Leben und seiner Fähigkeit, sich ihm vollkommen öffnen zu können. Ohne irgendwelche Schranken oder Hemmungen. Er spürte, dass Stefan Meinelt die letzten dreizehn Monate in einer seltenen intensiven Art und Weise genutzt hatte, um mit sich, seiner Umwelt und seinem Dasein im absolut Reinen zu sein. Und aus diesem entstandenen Reinen hatte sich die letzte Ruhe erhoben. Eine Ruhe, die tief aus der Seele kam, aus dem Geist, aus dem Lebenszentrum. Eine Seelenruhe, die einzigartig war und die nichts mehr erschüttern konnte. Und noch etwas konnte er wahrnehmen – eine Fähigkeit, die Stefans Geist von einem normalen menschlichen Geist abgrenzte. Es war die Wahrnehmbarkeit alles Seienden und es war die Wahrnehmbarkeit möglicher Dimensionen, die weit mehr umfassten als die vier Dimensionen, die die Menschen als ihre Realität ansahen. Stefans Geist beinhaltete eine außergewöhnliche Expansionsgabe, die ein Verständnis aus menschlicher Sicht weit hinter sich lassen konnte. Diese Energie, die sich niemals mit einem menschlichen Bewusstsein verbinden ließ, schlummerte in unbekannten Tiefen und war bereit, erweckt zu werden. Lumarus begann plötzlich, ein Zwiegespräch zu führen – mit sich und Stefan. Es fiel ihm nicht mehr schwer, weil damit alle Grenzen und

Beschränkungen aufgelöst worden waren. Auch wenn es keine Unterscheidung mehr gab, nahm er doch die beiden unterschiedlichen Geisteszustände noch wahr. Mit Leichtigkeit, letztendlicher Entschlossenheit und einer nie gekannten Freude war er bereit, beide miteinander zu verschmelzen. Es fühlte sich an, als wenn sich zwei grundverschiedene Wesen miteinander verbanden, vernetzten und tausende Arme allein durch die zarte Berührung ein einziges Wesen neu gestalteten. Er vernahm das schönste Gefühl, das er jemals gespürt hatte und das ihm die wundervolle Macht des Lebens in seiner reinsten Form präsentierte. Sein Blick war geradeaus in die endlose Ferne des Ozeans gerichtet. Die letzten Sonnenstrahlen beleuchteten das Meer bis zum jenseitigen Horizont, ließen es leben, bereiteten den krönenden Abschluss lebendiger natürlicher Schönheit. Die Zeiten komprimierten sich und erschufen nur noch den präsenten Moment. Er atmete tief ein und aus, ein Lächeln überzog sein Gesicht und sein Herz jubilierte.

Dann vibrierte das Bild vor seinen Augen. Die gerade noch scharfen Konturen begannen sich zu verzerren, sich zu verschieben und zu entfernen. Die vielen verschiedenen Farben verflogen und lösten sich vollständig auf. Kein einziges Geräusch war mehr zu hören und ein grelles Licht übernahm die präsente Hauptrolle. Da...er konnte Stimmen hören. Erst als leises, sanftes Murmeln, dann stärker, lauter, klarer. Das grelle und gleichsam diffuse Licht über ihm wurde durchscheinend und gleißend und eine Gestalt beugte sich über ihn. Jemand sprach zu ihm, aber er meinte, die Stimme nur aus einer weiten Ferne zu hören.

Doch sie kam schnell immer näher, wurde immer klarer, verständlicher, reiner.

„Lumarus...können Sie mich hören? Kommandant, verstehen Sie mich?"

Das Bild wurde glasklar. Die Stimme auch. Lumarus hatte die Augen geöffnet und sah Dermon ins Gesicht.

„Ja...ich höre Sie..." flüsterte er, so als ob er niemanden mit einer lauten Stimme erschrecken wollte.

„Gut. Wie fühlen Sie sich?"

„Ich...kann ich etwas Wasser haben?"

Er reichte ihm ein Glas und richtete das Kopfteil auf. Gierig trank Lumarus das Glas leer. Die gedanklichen Schlieren verflüchtigten sich.

„Wie lange war ich weg?" fragte er Dermon.

„Nicht sehr lange. Vielleicht zehn Minuten. Es wundert mich, dass Sie schon wieder hier sind. Was ist passiert?"

„Zehn Minuten? Das...das kann doch nicht sein. Es ist doch..."

Er dachte an diese so realen Erinnerungen. An diese vielen Gefühle und die Geschehnisse, die nun das gesamte Tagebuch in eine abschließende Klarheit brachten. Er dachte an dieses Gefühl des feuchten Sandes am Strand, der durch seine Zehen gequollen war und sich so angenehm angefühlt hatte.

„Was? Was war denn?"

„Es war doch alles so klar, so greifbar...zehn Minuten. Kann das wirklich sein?"

Er sah Dermon wieder an. Der nickte.

„Bestimmt. Nur ein Augenblick. Hatten Sie Erinnerungen?"

Lumarus lächelte und richtete sich auf.

„Das kann man wohl sagen. Ich habe...wir haben die letzten vier Tage zusammen erlebt. Es war...war seltsam schön...wirklich schön...so tief und so weit, wie der Ozean," fügte er leise hinzu.

„Wie meinen Sie das? Die letzten vier Tage? Das Tagebuch endet sieben Tage vor dem Einschlag."

„Ja, ich weiß. Das war das fehlende Teil. Ich...meine Unruhe...ich spüre sie nicht mehr...sie ist vollständig verschwunden...einfach weg..."

„Was ist passiert? Was war denn in den letzten vier Tagen?"

„So viele Gefühle...Daniel wollte das Ende allein erleben...er sagte, er könne es nicht ertragen, möglicherweise mitansehen zu müssen, wie Stefan, Elena und Andreas sterben müssten...er ist weggefahren..."

„Sie haben tatsächlich miterlebt, was Stefan und die anderen bis zum Schluss gemacht haben?"

„Nicht nur das. Ich war Stefan. Stefan und Lumarus. Ich habe sein ganzes Gefühlsleben gespürt. Die komplette Reise. Sein ganzes Leben. Diese vielen Gefühle. Ein ständiges Auf und Ab. Und...er war tatsächlich zum Schluss die Ruhe selbst. Niemals habe ich solch eine Ausgeglichenheit und solch eine Dankbarkeit gegenüber dem Dasein erlebt...ich glaube, ich bin eine vollständige Verbindung mit ihm eingegangen. Ich...ich kann mich an alles erinnern. Als wenn ich alles selbst erlebt hätte. Es ist wirklich unbegreiflich...unbegreiflich..."

„Und jetzt ist diese Unruhe weg? Nur weil Sie diese Gefühle der Ruhe gefühlt haben?"

Dermon zweifelte und erwartete noch ein spektakuläres Ereignis – das nicht kam.

Lumarus starrte an die Decke und war immer noch völlig aufgewühlt über dieses Neue, das er entdeckt hatte. Mit einem völlig unbekannten neuen Lächeln sah er den beiden Männern ins Gesicht, die rätselten, was denn ihr

Kommandant in diesen zehn Minuten erlebt haben könnte. Lumarus erhob sich aus seinem Sessel und nickte gedankenverloren. Irgendwie war er mit seinen Gedanken immer noch an diesem Strand an diesem letzten Abend. Er suchte den Blick Syrus.

„Wollen wir uns später bei einem oder mehreren Gläsern unterhalten?" fragte er ihn.

„Sicher..."

Syrus nickte ein wenig sprachlos und überrascht. Überrascht über eine ungewöhnliche und sichtbare Ruhe, die Lumarus ausstrahlte. Sein Blick kreuzte den des Doktors, der ihn ein bisschen verständnislos erwiderte.

*

Lumarus starrte hinaus auf die Erde, die gerade in den Tagbereich überging. Seine Hand drehte das halbvolle Glas um seine eigene Achse. Syrus sah ihn neugierig an. Er wartete. Er war gespannt wie noch nie – aber er wartete geduldig.

„Syrus, wie lange kennen wir uns schon?"

Syrus lachte.

„Sehr lange, Lumarus. Sehr lange...viele Jahre."

„Hmm..." brummte Lumarus, wendete den Kopf und lächelte ihn an. Sein Lächeln war anders geworden. Syrus konnte das sehen – und er war noch mehr gespannt.

„Das ist unsere vierte Expedition, die wir zusammen unternehmen."

„Ja, stimmt. Wir haben viel zusammen erlebt."

„Würden Sie uns als Freunde bezeichnen?"

Syrus nickte ohne zu zögern.

„Natürlich. Sie nicht?"

„Doch. Sollte es nicht Zeit werden, dass wir dies auch offiziell machen? Ich meine, diese vorgeschobene Höflichkeit zwischen uns ist doch vollkommener Quatsch...“

„Wie meinen Sie das...?“

„Syrus, ich bezeichne dich als meinen Freund, auf den ich mich immer verlassen konnte. Das meine ich damit. Einem Freund bringt man Vertrauen und Respekt entgegen, nicht irgendwelche Höflichkeitsetiketten und einen unangebrachten emotionalen Abstand.“

Syrus lachte laut auf. Vor Freude und auch vor Überraschung. Sein Kommandant hatte etwas fallen lassen und setzte nun neue Prioritäten.

„Lumarus...das ist glaub ich längst überfällig. Ich wollte nur nicht mit der Tür ins Haus fallen.“

Lumarus grinste, hob das Glas und stieß mit ihm an.

„Wir sind Idioten...“ feixte er.

„Ja, vielleicht...aber jetzt nicht mehr. Ich bin jetzt neugierig. Erzähl mir vom Leben Stefans...“

„Gleich...du hast gesagt, du würdest dich freiwillig melden, wenn auf der Erde eine permanente Forschungsstation errichtet werden würde.“

„Ja. Das ist wahr. Warum fragst du?“

„Nun...da ich ja jetzt eine ganz eigentümliche Beziehung zur Erde habe, wäre ich bereit, an diesem Projekt dabei zu sein. Wir beide könnten bestimmt großartige Entdeckungen machen. Was meinst du?“

„Wirklich? Mensch, das wäre toll und ich würde mich sehr freuen. Aber was ist mit Frinotea? Und deiner Frau?“

„Als ich Frinotea gefragt habe, ob sie sich das vorstellen könnte, hier für eine gewisse Zeit zu leben, ist sie mir sofort um den Hals gefallen. Sie ist wissbegierig und genauso neugierig wie wir alle. Und ich glaube, meine Frau wäre sicher auch sofort dabei. Das hat sie zumindest sehr oft angedeutet."

Syrus grinste breit vor lauter Freude.

„Das wäre wirklich großartig. Mann..."

Er schlug vor Begeisterung Lumarus gegen die Schulter.

„Also, dann werde ich mal nach unserer Rückkehr und den Auswertungen einen Antrag stellen. Ich glaube, das Komitee wäre sehr interessiert..."

„Da bin ich sicher. Schließlich kommen wir mit einer Masse von Daten und Erkenntnissen..."

Sie stießen an und tranken die Gläser auf einmal leer.

„Erzähl mir jetzt endlich von deinen und Stefans Erinnerungen..."

Lumarus nickte, lehnte sich zurück und ließ seinen Blick in eine imaginäre Ferne schweifen. Sein Geist spiegelte die Bilder wieder. Bilder, die eigentlich Stefan vor Augen hatte – und nun Lumarus darauf zugreifen konnte. Durch die Verschmelzung beider am Strand des letzten Abends vor dem Einschlag war der Geist Stefans und seine gesamten Erinnerungen, Erfahrungen und Emotionen mit dem Geist von Lumarus eine untrennbare Symbiose eingegangen, die einen uneingeschränkten Zugriff auf alle Erinnerungen einschließlich der daraus resultierenden Gefühle besaß. Syrus erkannte das entspannte Lächeln seines Freundes, sah, wie sich die Bilder vor dessen geistigen Auge aufbauten – und lehnte sich entspannt zurück. Für einen kurzen Moment schloss Lumarus die Augen, dann begann er zu sprechen.

„...Es war in einem Treffpunkt, den man damals „Café" nannte. Im zwölften und letzten Monat des Jahres. Dieses uralte Fest „Weihnachten" stand vor der Türe. Erst kurz vorher wurde das Ende der Menschheit mitgeteilt. Es hatte zu schneien begonnen und ich dachte über mein Leben nach, nachdem klar war, dass es enden würde...und wie ich es beenden wollte...ich trank dieses seltsame Getränk, das wir nicht kennen, ...ähh, ich weiß nicht mehr, wie hieß das noch mal?..."

„Cappuccino?..." ergänzte Syrus und grinste. Er hatte sich alles aus Stefans Tagebuch gemerkt.

Lumarus nickte.

„Ja, genau. Ich sah auf diesen Kalender, auf dem die Erde abgebildet war. Darunter waren die Tage eingezeichnet und die Mondphasen. Ich habe das Symbol des Vollmondes gesehen und gedacht..."

Er machte eine Pause und lächelte mit geschlossenen Augen. Sah den hell erleuchteten Vollmond vor dem geistigen Auge. Als Symbol auf dem Kalender und als leuchtenden Hoffnungsträger in der Nacht vor dem Einschlag.

„Was? Was hast du gedacht?"

„Ich habe gedacht...noch dreizehn solcher Monde kann ich sehen. Überall auf der Welt...."

„Hast du Erinnerungen an den allerletzten Augenblick? Wie ist der gewesen?"

„Der letzte Augenblick...er kam so blitzschnell...ich weiß nur noch, dass wir uns alle an den Händen hielten...wir hatten die Augen geschlossen...ich glaube, ich habe den letzten Gedanken ausgeschaltet...vielleicht gab´s aber auch gar keinen..."

Lumarus schloss die Augen, aber es gab wirklich keine Erinnerungen an diesen allerletzten Moment.

„Dann fang´ an mit dem Tag, als du erfahren hast, dass alles ein Ende haben wird. Und wie du mit diesem Wissen umgegangen bist."

Noch einmal wurde eine Geschichte der allerletzten Suche erzählt. Vom Beginn der Erkenntnis eines kollektiven Endes bis hin zum Finden des letzten Prinzips des Lebens. Eine Suche durchsetzt mit Emotionen, Sehnsüchten, Wissen, Erfahrungen und dem allumfassenden Verstehen des Seins. Erzählt durch die Verschmelzung zweier vollkommen unterschiedlicher Geisteszustände, aber mit einem exakt übereinstimmendem Verständnis des Lebens, des Todes und einer weiterführenden Existenz des Seins.

Ende

9 783769 305975